Le Cherokee

COLLECTION DIRIGÉE PAR JOËLLE LOSFELD

ISBN : 978-2-07-282932-1

Richard Morgiève

Le Cherokee

Roman

ÉDITIONS JOËLLE LOSFELD

À Marie Chaix

« C'est comme le gars qu'a le hoquet et qui achète un lion pour lui faire passer… Y a de drôles d'histoires, j'vous jure. »

Double mystère

26 septembre 1954

La nuit était blanche jusqu'au ciel, c'était la première neige, le début de l'automne. Corey rentrait à Panguitch, chef-lieu du comté de Garfield, mille âmes à peu près vivantes et pas mal de fantômes. Les montagnes lointaines et une forêt sans fin fermaient l'horizon à gauche — et devant, derrière, à droite, le plateau se répandait comme un type qui aurait bu sans soif. Un désert à deux mille mètres d'altitude. Il y avait si peu de citoyens dans le comté de Garfield qu'il n'y avait pas de crimes, parfois un bonhomme se suicidait. Toujours d'une balle dans la tête et toujours avec du gros calibre si bien qu'on les enterrait sans tête.

La radio a grésillé, c'était le standard de la police de Provo — à deux cents miles de là. Panguitch ne pouvait pas se payer de standard de nuit, seulement un shérif au rabais dans sa jeep Willys en provenance des stocks de l'armée. Le comté fourmillait de pistes la plupart impraticables à des véhicules normaux. Corey a pris l'appel radio. Jessie lui a dit que Lars Andersson venait d'appeler pour signaler une soucoupe volante. C'était l'ancien maire de Panguitch, il ne buvait pas, ne fumait pas. Pas le genre à avoir des hallucinations. C'était la troisième fois de la soirée que Jessie rapportait à Corey qu'un ovni avait été aperçu : lumière rouge, puis verte, intense. Apparition d'une forme dans le ciel, à basse altitude, pas de bruit, odeur bizarre… Disparition instantanée du truc, chiens qui aboient les oreilles aplaties, canaris en transe, radios qui s'éteignent… Tous les témoignages concordaient.

— C'est quoi cette maladie qu'ils ont avec les Martiens ? a grommelé Jessie. Ils en voient, ils en voient… ils voient que ça !

— Ils forniquent pas assez, a répondu Corey, comme moi.

Jessie s'est marré et a dit qu'il y avait cent millions de cocos avec des bombes atomiques et on leur signalait des Martiens sur des balais-brosses lumineux. Depuis que *Little Boy* et *Fat Man* avaient dressé leurs glands monstrueux au-dessus d'Hiroshima et de Nagasaki, les Martiens avaient rappliqué, comme si c'était lié. L'année dernière, la police avait recensé près de vingt-trois mille déclarations d'apparitions d'ovnis. Peut-être qu'ils étaient venus en masse fêter la fin de la guerre de Corée ? Va savoir avec les Martiens les idées qu'ils pouvaient avoir.

Une lueur rose frangée de rouge a coloré le ciel et la neige tandis qu'un double bang lointain ébranlait la baraque. Un satané pilote de l'US Air Force (USAF) qui avait démoli le mur du son en balançant de la grenadine par-dessus bord. Corey a consulté sa montre, c'était vingt-deux heures cinquante-sept minutes et sept secondes… Et il n'était pas au lit avec une tisane et le *Reader's Digest* pour s'endormir. « La chance, ce n'était pas pour tout le monde », disait Perry, un type bien sur toutes les faces, avec un rire communicatif et un tout petit gosse qui venait de naître. Il s'était fait égorger de nuit, Perry, là-bas dans le Pacifique, quand on jouait à la guerre avec les

Bridés — combien de morts des deux côtés ? Et on avait gagné quoi ?

Corey s'est garé et est sorti de la jeep équipée d'une longue antenne, il a inspecté le ciel et le reste. Tout semblait normal si tant est que ce qu'il voyait l'était — et que c'était normal de voir avec des yeux et non pas avec des tentacules ou des parapluies. Tout était OK, RAS, comme disaient les bidasses, mais rien ne l'était, rien du tout. Corey était du genre plutôt grand, maigre, et à cette heure il avait des yeux plutôt blancs — carrément bizarres, blancs, ou rétrécis et noirs. Un regard de boa qui aurait marché debout. Ça ne mettait pas à l'aise ceux qui le fréquentaient. Il était vêtu d'un pantalon marron, d'une chemise en laine dans les bruns et d'un vieux blouson en cuir à col de fourrure, avec l'étoile de shérif piquée sur le cœur comme si c'était un papillon. Les gens du coin n'aimaient pas spécialement l'uniforme et lui non plus. Pour dire vrai, il ressemblait plus à un fermier qu'à un poulet. Les cheveux assez longs et striés de blanc rajoutaient à la confusion. Toutefois la large cicatrice sur son visage de totem taillé dans du bois à matraque amenait à réfléchir sur sa vraie personnalité.

Il s'est soulagé au bord de la piste en se sentant plus ou moins philosophe comme chaque fois qu'il pissait la nuit — pisser devait le rendre intelligent. Il a allumé une Lucky pour profiter de ses jambes, du vent froid, des étoiles blêmes et de ce quelque chose qu'il ne savait pas nommer. Ce mystère qui faisait que les hommes méchants et bêtes croyaient pourtant aux petites fleurs et aux anges… Pas tous quand même.

Il allait remonter dans la jeep, lorsqu'un éclat de lumière l'a titillé, son côté vieux garçon. Tout devait être à sa place au royaume des apparences. Et cet éclat de lumière, il faisait quoi par ici ?

Corey est revenu en arrière sur la piste, jusqu'au croisement avec une autre quasiment invisible qui conduisait à un cimetière oublié — signalé par deux arbres hauts de plus de quarante mètres. Il s'est arrêté à côté d'un pieu, qui portait un panneau taillé en flèche et usé par les années. Jadis on aurait assurément lu un nom gravé dans le bois. Pas de traces dans la neige, mais elle était tombée il y a de cela une heure, une fine couche. Il s'est accroupi sur le côté droit de l'embranchement, à côté du pieu, et a balayé délicatement la neige avec le tranchant de sa main droite. Il a parachevé le boulot en soufflant : l'empreinte du pneumatique est apparue, nette — un Firestone peu usé.

Corey s'est redressé et a décidé d'aller voir ça de plus près. Il avançait sans bruit. C'était un homme qu'on n'entendait pas arriver. Il a distingué l'arrière de la bagnole, une Hudson Sedan verte — il s'est approché. Elle était garée sous les arbres. Des pins jaunes aux troncs énormes qui avaient presque enseveli une ruine. Ils devaient avoir l'âge de Shakespeare et s'en battaient les flancs de ce qui se passait dans le poulailler, à leurs pieds.

Corey n'a plus bougé et devait respirer, si ça se trouvait. C'était son côté setter. Il reniflait à distance la proie, la photographiait sans s'en rendre compte, sortait une fiche vierge et commençait à la remplir. Rien ne lui échappait et ce n'était pas volontaire.

Corey a tourné autour de la Sedan immatriculée au Nouveau-Mexique. Elle était bien entretenue, pouvait appartenir à un représentant, en machines à coudre… Un type qui ne voyait pas forcément venir le futur, la fermeture d'Hudson, par exemple. Le problème, c'était qu'un type comme ça ne se fourvoyait pas dans un coin comme ça — ne tombait pas en panne d'essence et ne sortait pas de la piste pour arriver sous cet arbre dans un dernier soubresaut. Un type comme ça serait resté sur la piste pour être vu, secouru. Un type comme ça croyait au père Noël. Et l'enquêteur devait appliquer scrupuleusement la première règle : dissocier l'apparence des faits de la probabilité qu'ils aient pu se dérouler comme on aurait bien voulu. Donc celui qui avait garé la bagnole ici n'était pas un représentant en machines à coudre, ni en mode de Paris.

La règle d'or d'un enquêteur, c'était de ne pas prendre les triangles rectangles pour des guitares. Aucun homme ne tenait en quelques lignes d'une quelconque page. La vie était bien plus compliquée que les hommes blancs voulaient bien le dire. Le monde n'était pas ce qu'on disait qu'il était. On avait voulu le faire tenir avec les lois physiques — dites physiques. C'était bidon. Les lignes droites n'existaient que sur les feuilles de papier. Il n'y avait pas de ligne droite dans l'espace — le hasard était le tout. Pour autant, s'il n'y avait pas de lois physiques du hasard, il y avait des lois qui réglementaient l'enquête criminelle. Une d'entre elles : ne pas mettre ses gros doigts n'importe où, ça laissait des traces. Corey a déplié le mouchoir qu'il avait sur lui et l'a utilisé pour manœuvrer la poignée de la portière conducteur qui s'est ouverte. L'habitacle était vide — Corey s'est assis derrière le volant. Pas de mégots dans le cendrier, rien dans la boîte à gants, rien derrière le pare-soleil… Et les clefs pour inviter à démarrer. Ça ne tournait pas rond. Corey a mis le contact, la jauge d'essence était à zéro. Le seul point solide, pour l'heure : plus d'essence, impossibilité de continuer la route.

Corey a attendu et a senti le parfum, une trace ténue, un parfum raffiné, forcément français. Une poupée de luxe n'avait rien à faire à l'arrière de cette Hudson 1950, car elle avait voyagé à l'arrière, l'odeur venait de là. Corey a regardé dans le rétroviseur. Il ne l'a pas vue et s'est senti mal, envie de vomir. Il est sorti et a ouvert la portière arrière. La fille n'était pas là mais elle avait été là. Il a refermé la portière et a ouvert le coffre qui était vide.

Il a fait quelques pas et contemplé les tombes — les pauvres bougres coincés là devaient trouver le temps long. L'espace était si grand, si fait de vie et de mort, d'abstractions inimaginables, que Corey ne pouvait pas être seul. Il fallait quelqu'un d'autre, au moins pour le regarder douter. Il s'est retourné lentement… Il devait être tout petit, ce gars-là — carrément invisible.

Il est revenu vers sa jeep carrossée et repeinte en bleu avec une étoile blanche sur la portière conducteur. La carrosserie, c'était pour la neige et le froid — autant dire que c'était indispensable dans le coin. Comme ça lui arrivait trop souvent, Corey s'est souvenu de ses parents morts. Un souvenir comme un film de trois secondes — éclairés par la torche qu'il tenait, tous les deux dans le lit trempé de sang.

Il a pivoté vers le zinc qui a surgi à cent mètres, trois étages au-dessus du sol, un chasseur Sabre, sans lumière, réacteur coupé, noirâtre — odeur de brûlé, d'essence. Autre odeur bizarre, chaleur.

Corey s'est jeté à terre instinctivement. Le Sabre est passé au-dessus de lui dans un souffle violent. Corey a relevé la tête pour le voir filer sans bruit, le train d'atterrissage sorti.

Vingt-trois heures dix-neuf minutes et trente-quatre secondes.

Corey a sauté dans sa jeep et démarré sec. Il n'a pas mis sa sirène, ç'aurait juste servi à lui faire croire qu'il n'était pas seul. La jeep plafonnait à cinquante miles à l'heure et à cette vitesse elle vibrait de partout comme si elle avait une crise de palu. Le Sabre a fini par toucher terre, rebondi, oscillé puis s'est mis à rouler en cahotant et en perdant de la vitesse.

Corey a stoppé à sa hauteur, bord à bord. Une course de pas loin d'un mile. Il avait du mal à réunir ses idées. Il a lâché le volant et a soulevé son chapeau réglementaire posé sur le siège passager, découvrant le Colt .38 Special dans son étui. Il a reposé le chapeau et s'est décidé à sortir. Le Sabre refroidissait en cliquetant, ç'aurait pu être banal… Ça ne l'était pas. Le pilote ne donnait pas signe de vie. Corey a touché l'aile. Elle était chaude et ses doigts étaient maintenant tachés de suie.

Il s'est lavé les mains avec de la neige, ça lui a donné le temps de réfléchir. Il a déclenché sa torche, s'est courbé et a regardé un peu ce qui se passait là-dessous. Il a baladé le faisceau lumineux ici et là sans rien voir de particulier, à part de la suie et des traces verdâtres sur les pneus arrière — certainement de la peinture sur la piste au décollage.

Corey s'est remis au volant et a manœuvré de façon à ce que le capot soit juste sous le bord d'attaque de l'aile du Sabre. Il a mis un pied sur le treuil fixé à l'avant de la Willys et s'est hissé sur l'aile en s'aidant du capot de la jeep. Il s'est redressé et a inspecté le chasseur vedette de l'USAF à la lumière de la torche. Ce fichu zinc était maculé de suie.

Corey a marché avec précaution jusqu'au cockpit, impossible de voir à travers le verre fumé comme un jambon. Corey a tiré sans y croire sur la verrière qui a coulissé : pas de pilote, pas un poil, rien. Juste de la suie. Ce putain de Sabre avait atterri sans pilote et c'était tombé sur lui, Nick Corey. Il a longuement inspecté le cockpit avec le faisceau lumineux de la torche, s'arrêtant sur un appareillage apparemment ajouté aux instruments de bord. Du doigt, il a ramassé un peu de suie sur le siège et l'a reniflée comme un chien l'aurait fait avant de la goûter. Il a soupiré. Il faisait une tournée de nuit tous les huit jours et il avait fallu que ça tombe aujourd'hui.

Il a éteint la torche et a sauté à terre. Il a craché pour se débarrasser de ce goût de suie. Il lui a semblé qu'il passait sur un détail — impossible de savoir quoi. Il n'avait pas le temps de réfléchir des heures. Il est monté dans la jeep et a pris le micro :

— Jessie ?

— Shérif ? Un Martien ?

— Je crois que c'est pire, Jessie, vous pouvez joindre l'USAF ? Priorité absolue, ce genre de classification de l'appel.

— Carrément ? Vous auriez mis le nez là où il faut pas ?

— On dirait, Jessie.

Corey s'est laissé aller en arrière — il a senti tous ses os. Les ingénieurs qui avaient pondu ce joujou pensaient au débarquement, pas au tourisme. Corey a tenté d'attraper la queue du temps pour partir avec lui ailleurs, fuir... Il n'a pas insisté, le temps se dérobait, lui laissant dans les mains non pas sa queue, mais ce *rien* qui obsédait Corey. Il se sentait pétrifié comme s'il avait plongé le doigt dans une des fontaines magiques des vieilles histoires que lui lisait sa maman. Il était là pour quoi ? Il vivait pour quoi ? Pour conduire une longue et magnifique enquête sur l'existence ? Et puis mourir en se persuadant qu'il avait fait un beau chemin ?

Il a tourné la tête et a vu le puma blanc, à cinq mètres. Le fauve semblait le regarder, Corey en avait entendu parler. Il pensait que c'était une blague, une hallucination due à l'altitude. En fait le puma était effrayant, comme s'il mentait sur ses origines, un peu comme lui, Nick Corey. Le puma blanc a fini par s'écarter sans le lâcher des yeux, puis il s'en est allé, sans bruit, si blanc qu'il était impossible de le distinguer de la nuit.

Branle-bas de combat

27 septembre 1954

Des Sikorsky comme deux insectes géants l'ont réveillé. Ils fouillaient la nuit avec leurs projecteurs aveuglants. Corey a consulté sa montre — il leur avait fallu juste un peu plus de deux heures. Ils avaient fait vite, ils étaient à cran donc. Le Sabre sans pilote, ce n'était pas prévu. Pas dans les manuels. Il est sorti de la jeep et a observé les hélicoptères s'approcher du sol, balayant la neige avec leurs pales. Des silhouettes ont jailli des carlingues, têtes baissées pour éviter de se faire décapiter. Les seconds couteaux rappliquaient avec leurs chiens de garde. Les huiles ça serait plus tard. Corey s'est baissé et a tracé une ligne dans la neige avec l'index. Ils l'ont rejoint. Ils étaient neuf et se sont arrêtés à quelques mètres comme s'il était en quarantaine.

— C'est vous ? a aboyé l'un d'eux.

Gradé, borné, aux ordres.

— On dirait.

Corey avait la voix enrouée, traînante, l'accent des ploucs qui forniquaient en famille. Les gens se faisaient une idée sur lui qui n'était pas la bonne — ils prenaient la piste du mauvais pied. C'était la vaste question des traces qu'on laissait volontairement ou pas, des clefs au contact, une vague odeur de parfum. Dans le lointain, il a entendu des rumeurs, d'autres hélicoptères. On n'allait pas tarder à se marcher sur les pieds par ici.

— Qui vous a permis de monter sur l'aile de cet avion ? a dit le chien de garde en s'approchant. Vous avez agi sans aucune autorisation.

Corey a montré son étoile.

— Ça concerne la défense nationale, a dit le type, votre étoile vous pouvez vous la carrer…

— Le code de la route, l'a interrompu Corey. Ça concerne le code de la route… Véhicule qui circule sans lumière et sans conducteur.

— Vous vous ficherez pas longtemps de nous.

Le chien de garde a fait un pas en avant, comme s'il pouvait être menaçant.

— Vous voyez la ligne là, l'a prévenu Corey, devant vous. Il ne faut pas la franchir rapport au code de la route… Ou alors je vous embarque et vous fais inculper pour outrages, coups et blessures, blasphèmes… Le juge Schoolcraft m'a à la bonne, il picole un peu et prend sa retraite l'année prochaine.

Corey a pris une Lucky et l'a allumée en faisant un clin d'œil au chien de garde. Il fallait prendre du bon temps quand on pouvait — et pour l'accent, il se forçait un peu. La vie était marrante. Mais on pouvait se faire saigner dans son lit, à côté de celui qu'on aimait, de celle qu'on avait regardée tous les jours comme un miracle à portée d'un homme ordinaire.

Le geai bleu

Il a entendu la grive solitaire qui chantait dans le silence — c'était si beau, si calme après l'horreur. Les Japonais avaient trinqué, des dizaines étaient éparpillés. On leur faisait les poches pour transmettre les informations aux types du renseignement. Corey a retourné un corps, l'homme vivait. Il pleurait et a dit quelques mots en japonais — la grive solitaire s'est tue. L'homme est mort en lâchant une photo qu'il tenait. Corey s'en était emparé. La photo d'un couple qui souriait, le mort et une jeune femme. Corey a songé à ses parents — il a remis la photo dans le poing de l'homme.

Corey s'est éveillé en voyant tout en noir et blanc, comme dans le rêve, ça lui arrivait. Tant de choses arrivaient aux hommes et aux femmes et puis un pasteur lisait un passage de la Bible et c'était terminé. Il savait qu'il aurait mal à la tête et verrait des formes géométriques et lumineuses, très colorées. Il était crevé, n'avait pas dormi plus de trois heures. Il a fermé les yeux pour attendre que ça passe. À la place des pentagones et heptagones roses ou jaunes habituels, il a vu l'Hudson, senti le parfum. Il s'est redressé en sursaut, asphyxié. Il a réussi à se calmer, à respirer profondément. Derrière les vitres sales, de rares nuages vaporeux défilaient au-dessus des façades de l'hôtel et de la banque coincés sous le ciel. Il faudrait qu'il installe des rideaux, pourquoi pas un tapis ?

La chambre était nue, juste le lit, la commode en pin et le bois empilé près de la cheminée. En janvier, c'était descendu à moins trente-huit. Pour le lit deux places, il s'était décidé à l'acheter car il était bradé. Il y avait une place en trop, c'était sûr. En arrivant, il avait mis un coup de blanc sur tous les murs, l'appartement était petit. La plupart des autres shérifs avaient habité une baraque mise à leur disposition à la sortie du bled. Corey, lui, n'avait pas de famille et appréciait de pouvoir veiller dans son bureau, de monter quand il sentait que le sommeil venait enfin. Personne ne disait aux enfants que la vie était sans pitié et qu'ils s'en sortiraient forcément mal. Tout le monde mentait, ça tenait comme ça, sur le mensonge — pas sur la foi.

Les gants chirurgicaux roses étaient posés sur le rebord de l'évier de la cuisine, c'était banal. Sa mère les posait toujours ainsi, soigneusement. Elle disait que l'ordre et l'habitude étaient le berceau de l'entreprise humaine. Corey avait compris qu'elle portait des gants pour ne pas toucher ce qui était sale… Ou peut-être qu'elle ne le supportait pas ? Le Mississippi coulerait toujours, c'était comme ça.

Corey a bu son café en regardant la cour par la fenêtre de la cuisine. À force de la regarder, il lui semblait qu'elle prenait une place prépondérante dans sa vie. Sous le hangar bancal au toit en tôle ondulée, la vieille Chevrolet au milieu du bois coupé ne démarrerait plus. Le balai posé contre le mur n'avait pas bougé depuis trois ans. Au loin, les montagnes étaient là comme un trompe-l'œil dans une pièce de théâtre. Il regardait la cour et se laissait posséder par la fatigue, l'amertume, le sentiment d'absurdité que vivre faisait éprouver à force de respirer. Il avait l'habitude, il fallait croire au quotidien, à sa force inepte et saine. Se laisser porter par l'enchaînement des actions les plus simples et ainsi la vie s'écoulait raisonnablement.

Il faudrait qu'il achète du beurre, des côtes de porc, du café, des cigarettes. Il s'est souvenu du puma blanc, de son regard. Il était content de l'avoir vu et déçu de ne pas en avoir plus profité, de n'avoir su tirer de cette rencontre qu'un souvenir. Il éprouvait la même sensation qu'il ressentait après avoir bu une canette de bière, une frustration qui le poussait le plus souvent à s'en faire une autre.

Le geai bleu est venu sur le rebord de la fenêtre — il a fait sa toilette et Corey n'a plus bougé. C'était important, cela évoquait ou appelait la pudeur, le respect, la joie. C'était un petit instant d'une intensité banale et merveilleuse — c'était le temps du geai bleu, son chapitre. Corey était vraiment content quand il partageait cette minute avec l'oiseau qui s'est envolé pour se poser sur le manche du balai — il avait ramené la vie sur scène.

Corey s'est souvenu de l'impression qu'il avait eue avant de joindre Jessie et de lui dire de rameuter les huiles de l'USAF, ce sentiment de passer à côté… À côté de quoi ? Pas plus que la veille il n'a su répondre à cette interrogation. La vie d'enquêteur était faite de ce genre de désillusion, la vie de saint inévitablement aussi.

Il s'est servi un autre café, a traversé le salon vide et a descendu l'escalier intérieur. Il est passé devant les deux cellules. Ça sentait la poussière et il aurait fallu donner un coup de propre. Miss Frost disait qu'elle n'avait pas le temps et que si un bonhomme se retrouvait là, c'était qu'il l'avait bien cherché.

Corey a poussé la porte et s'est assis derrière le bureau, tournant le dos au râtelier où trois fusils à pompe étaient rangés en cas d'émeute, des Winchester Riot. Ils devaient être là depuis la construction du poste de police. Ils n'avaient pas servi et ne serviraient sûrement pas. Corey se sentait bien ici. Chaque shérif depuis 1910 avait laissé un souvenir, des crânes d'ours, de pumas, celui d'un bonhomme perdu sans collier, une horloge de parquet, un globe terrestre, une collection de pipes, des livres, un baromètre-thermomètre... Et d'autres curiosités comme les trois chevaux de bois du lustre. Un bric-à-brac de brocanteur exposé dans une pièce tout en longueur, avec au bout, en face de la porte d'entrée, un cagibi comme trois cages à lapins — le standard téléphonique dedans. Un standard en bois des années vingt, ça ne rimait à rien, car il n'y avait qu'une ligne et le standardiste s'installait le plus souvent derrière le bureau de Corey.

Corey a allumé une Lucky, son but était de la faire durer, de retarder le moment où il décrocherait le téléphone. Au fond, il avait de la chance de se retrouver à Panguitch. Ce n'était pas impossible qu'il y reste jusqu'à la retraite et même qu'il y meure, à condition d'être réélu périodiquement. Ce qui n'était pas difficile. On ne se battait pas pour être le shérif d'un bled paumé à plus de deux mille mètres d'altitude. D'un tiroir, il a sorti un Leica et son flash, une pellicule neuve au cas où. L'appareil photo appartenait au comté. Corey ne s'en était pas servi officiellement, ça serait une première.

Les vitres aux stores à demi baissés se sont mises à trembler, ainsi que toute la baraque. Il s'est levé et est allé voir ça.

Les cornes des cocus

Il a ouvert la porte, le vent froid est entré dans un tourbillon de neige qui a poudré le parquet en grosses planches de pin blanchi par la javel. Un motard de la police militaire était arrêté sur sa Harley, en plein milieu de Main Street, tourné vers un convoi qui rappliquait à petite allure sur la route en terre. Tous les commerçants étaient sortis, ils n'avaient jamais vu ça. Le premier engin se rapprochait, c'était un mastodonte. Un Ward LaFrance qui trimballait sur sa remorque un Caterpillar de la taille d'une locomotive, apparemment deux autres suivaient. Ils avaient dans l'idée de raboter le plateau ?

Corey a passé son blouson en cuir et s'est approché du motard qui avait levé le bras, stoppant tout le convoi pour des raisons inconnues. Corey a tiré une longue bouffée et a exhalé la fumée qui a flotté autour du motard.

— Fait pas si froid que ça, a-t-il déclaré. C'est bien pour le bain.

— Ouais, a marmonné le motard.

Il a regardé Corey.

— Ouais ? a-t-il répété.

— Rapport au pont, à une cigarette d'ici.

— Ah la bonne blague ! Si vous aviez pas vos yeux dans vos poches, pardon de vous le dire, vous verriez qu'on vient avec.

Il a montré le convoi du pouce.

— On n'a pas que des parasols et des chaises longues.

Corey a regardé le convoi et a hoché la tête.

— Ah oui je vois… Après les bulldozers… Sacré pont que ce pont-là… Entre nous, pourquoi il est pas en premier… Parce que là-bas, arrivé à la rivière, c'est compliqué de manœuvrer… Mais ce que je dis…

Il a tiré une bouffée et a jeté son mégot qu'il a écrasé avec sa botte.

— M'en parlez pas, a dit le motard ulcéré, le fils de pute qui a fait ça…

Il a soupiré… Corey s'est baissé et a ramassé son mégot.

— Voilà c'est comme ça, a-t-il dit, c'est comme ça.

— Ouais, ouais, c'est comme ça, a répété le motard qui avait l'air de vouloir pondre un œuf.

— Allez, bonne continuation, a dit Corey.

Il a fait mine de rejoindre son bureau. Le motard s'est décidé même si ça lui faisait mal au ventre de dévoiler son ignorance :

— Entre nous, pourquoi que vous ramassez votre mégot ? C'est municipal ?

— Le mégot ? Ah ramasser le mégot, ah… C'est pour le ramasser, voyez, comme ça quoi, juste pour le ramasser, vous comprenez bien…

Ils se sont regardés… Le motard a acquiescé.

— Ouais, a-t-il susurré, juste pour le ramasser… Je suis quand même un sacré abruti de pas y avoir pensé, shérif.

Il s'est marré et a démarré. Corey s'est planté sur le trottoir, devant son bureau, et a regardé passer le convoi qui faisait son mile de long. Il aurait fallu un masque à gaz pour les gaz d'échappement. Ils n'avaient pas oublié les bidasses pour fermer le ban — manquait quelques tanks au cas où les Navajos auraient déterré la hache de guerre. Corey a jeté son mégot dans le bidon d'essence de cinq litres qu'il avait converti en cendrier.

Il a fermé la porte de son bureau et a traversé la chaussée que le convoi n'avait pas creusée parce que la terre était dure comme de la pierre. Ici et là il y avait des flaques d'huile — l'armée s'en fichait bien et pas que l'armée. Dans ce pays, le sol, l'air et l'eau on s'en tamponnait. C'était comme les cornes des cocus, normal et invisible.

Frank Balling

Le sabre, les Martiens, une peau d'Indien

Corey a essuyé les semelles de ses bottes sur le paillasson. Il a poussé la porte vitrée, s'est décoiffé et assis dans un des deux fauteuils. Il appréciait la quiétude du salon de coiffure, ses odeurs. Le poêle était allumé et pour un peu Corey se serait endormi. Frank Balling a plié son journal et s'est levé. Il a équipé Corey d'une blouse et a entouré son cou de papier, puis il a passé la lame d'un de ses rasoirs sur le cuir hérité de son père. Il était petit et n'avait pas besoin de raquette pour jouer au ping-pong, il avait des mains énormes. C'était curieux un bonhomme. Il y avait fatalement un truc qui clochait, ce n'était pas pareil avec les femmes… Elles échappaient au sens commun.

— Si vous me permettez, shérif, a déclaré Frank Balling, je ne vois pas pourquoi vous vous obstinez à vous faire raser alors que vous n'avez pas de barbe.

— Ça viendra, à force.

Frank Balling a saisi une serviette chaude, l'a posée sur le visage de Corey.

— Vous avez vu ce que j'ai vu ? a-t-il dit. Sacré défilé…

Il a enlevé la serviette chaude et a enduit le visage de Corey de mousse.

— Et maintenant ils comptent faire quoi de ce débarquement, de ces engins ? a-t-il poursuivi. Ils veulent quoi ? Goudronner avant que les Martiens débarquent ?

Il a commencé à raser Corey.

— Un Sabre ? a-t-il grommelé.

— C'est ça.

— Et pas de pilote ?

— Pas l'ombre.

— Il a dû prendre une sacrée cuite et s'est éjecté sans le vouloir.

Corey ne se fatiguait pas à savoir comment Frank Balling et inévitablement tous les habitants de Panguitch avaient appris ça. Ici tout se savait et il ne fallait pas l'oublier.

— Ou bien, a repris le coiffeur, c'est cette soucoupe qui l'a avalé ? Avec une pompe nucléaire, on sait pas trop avec eux…

— Comme vous le dites.

— Lars Andersson l'a vue… Vous voulez que je vous dise… Ils vont pas tarder… Qu'est-ce que vous en pensez, shérif ?

— Comme vous, m'sieu Balling, absolument comme vous.

Frank Balling a acquiescé.

— Vous savez ce qu'on dit sur le puma blanc ?

Corey s'est empêché de réagir.

— Savez que je suis nouveau dans la région, m'sieu Balling.

— Frank… On dit que quand on l'a vu, on sait qu'avant une semaine quelqu'un se fera manger… Je me figure bien que ça soit pareil avec cette histoire de Martiens… Vous voyez ce que je veux dire ?

— Je vois, oui… Je vois.

— Sont pas en peine de nous déporter ou… Enfin, c'est comme ça.

Frank Balling s'est emparé d'un flacon de lotion après-rasage, s'en est versé dans les mains et a tapoté les joues de Corey avec.

— Vous avez une peau d'Indien, a dit Frank Balling, sans insulte.

— Est-il pas vrai, m'sieu Balling, que tous les enfants sont les enfants de Dieu ? Quelle que soit leur peau ?

— Sûr.

Frank Balling n'en a pas dit plus. Il ne partageait pas tout à fait le point de vue de Corey mais il avait un commerce. Corey a déposé un billet, l'a remercié et a quitté le salon de coiffure en mettant son chapeau.

Frank Balling s'est remis à lire son journal — le temps, lui, continuait sa route.

Des traces dans la neige

À force ici, a songé Corey, on confond le ciel et le vent. Il a reculé instinctivement pour éviter de se faire écraser par Gladys Burnett au volant de son Oldsmobile. Elle était très maladroite au volant, un peu aveugle. D'un autre côté, elle faisait de bons gâteaux et était serviable. Son mari, Raymond Burnett, était amputé d'une jambe, après le naufrage de sa vedette lance-torpilles en 43, près des îles Salomon. Il avait été sauvé par le patron de la vedette, le lieutenant JF Kennedy, présentement sénateur du Massachusetts — avant de voir plus loin, plus grand. Gladys Burnett a pilé et a entrouvert sa portière — Corey s'est arrêté et tourné vers elle.

— Pardon, shérif, a-t-elle dit, le buste sorti. J'ai un problème avec les pédales et je pensais à trouver monsieur Gilbert, notre pick-up est en panne… Il a refusé de démarrer et pourtant la batterie est neuve…

Corey a soulevé son chapeau.

— Mes respects, m'dame Burnett. Bien content de vous voir.

Comme elle ne refermait pas sa portière, il s'est approché. Elle était timide et n'a pas osé le regarder.

— Je peux vous parler d'un détail insignifiant ?

— Allez-y, m'dame.

— C'est que ça a l'air ridicule…

— Pas du tout, m'dame… Je vous écoute.

— J'ai vu des traces près des écuries…

— Oui, m'dame ? Des traces ?

— Sur la piste qui file dans la forêt… Un homme… On est un peu loin de tout et jamais personne ne passe…

— Vous avez bien raison, m'dame, de me signaler ça… Rien de volé ?

— Je ne crois pas.

— Et ces traces, vous avez idée d'où elles venaient, m'dame ?

— Du sud.

— Comme du vieux cimetière là-bas sous les pins ?

— Oui… Oui, sûrement.

— Et elles allaient plutôt vers la 88 ?

— Oui, plutôt…

— Je passerai aujourd'hui, m'dame.

— Je ne voulais pas vous déranger, shérif.

— Un plaisir de vous voir, m'dame.

Il a soulevé son chapeau.

— Pardon, shérif… J'ai été obligée de faire un long détour, les militaires bloquent la route… C'est vrai cette histoire ?

— Vrai, m'dame.

— Vous pensez que c'est les communistes, shérif ? Qui seraient…

— Qui sait.

Gladys Burnett a poussé un petit cri.

— Les traces ça ne serait pas lui qui se serait éjecté ? Avec la complicité…

— Des Martiens ?

— Oui, shérif, c'est ce que je pensais.

— Je vais vérifier ça, m'dame.
— Merci, shérif, merci.
Elle n'était pas sotte, l'Amérique était la proie d'une puissante hantise, elle vivait son Moyen Âge. À force de trop de néons et de lumières, les gens voyaient des ténèbres insondables dans leurs verres de lait.

Après avoir salué Gladys Burnett, Corey a traversé la chaussée vers son bureau. Il fallait savoir que pour pas mal de gens du cru, les Martiens portaient le chapeau avec les cocos. Ils travaillaient ensemble, d'une certaine façon. Les petits hommes verts n'étaient pas considérés comme à proprement parler rouges mais ils représentaient une menace pour le pays, c'était sûr. Corey n'aurait conseillé à personne de se déguiser en Martien pour Halloween, même en plein jour. Le .44 Magnum était une munition couramment utilisée dans le coin et ce qui était bon pour un éléphant devait l'être pour un Martien.

Les citoyens de Panguitch n'avaient pas la bombe, les militaires, eux, si. Nombre d'entre eux pensaient que les soucoupes étaient soviétiques, que c'était une arme secrète et que lorsqu'elle serait opérationnelle, les cocos attaqueraient et donc qu'il fallait planter avant un très gros champignon sur Moscou. Le sénateur McCarthy n'avait pas encore sauté sur l'occasion. Il pouvait le faire, se servir de la peur verte pour mener à bien sa croisade contre les rouges et les homosexuels. Heureusement qu'il perdait de son pouvoir depuis la diffusion du documentaire de Murrow à la télé. On voyait le sénateur sous son vrai jour d'alcoolique paranoïaque, accuser tout le monde de trahison, sauf son chien, mais il ne devait pas en avoir.

Un C-47 est passé à moyenne altitude, prêt à larguer son chargement. Ils avaient décidé que l'aéroport de Cedar City était trop éloigné. Ils n'allaient pas barguigner. À tous les coups, ils allaient construire une piste. Et à ce train, il y aurait bientôt un McDonald's avec ses hamburgers vraiment bons à pas plus de quinze cents.

Corey s'est essuyé les pieds sur le paillasson à l'entrée de son bureau en se demandant combien de temps il passait à faire ça. Mises bout à bout toutes ces actions auxquelles on ne prêtait pas attention, qu'on faisait en pensant à autre chose, vidaient le sablier. On se retrouvait un jour à regretter de ne pas avoir accordé assez d'attention au chant des oiseaux, aux parfums de l'été près de la grotte de L'homme mort, là-bas dans la forêt de Dixie.

Ed Wolf & Jack White

Diverses hypothèses

Ed Wolf était assis derrière le bureau de Corey et raccrochait le téléphone. Il avait son habituelle veste de velours décoloré, sa visière de poker sur le front qui renvoyait un reflet verdâtre sur son nez acéré et ses lunettes de vue aux verres épais. Il assurait le standard téléphonique la journée contre un petit pécule — il aimait écrire et lire et était payé pour le faire.

— Trois appels depuis que je suis là, a-t-il dit, les Martiens, le Sabre.

Il a baissé les yeux sur le livre qu'il lisait, la main levée, prêt à écrire avec son crayon. Corey a accroché son chapeau à une patère et a saisi la cafetière posée sur le poêle qu'Ed Wolf avait allumé. Il faisait le meilleur café de Panguitch et de ses environs, sucré avec un goût de vanille. Ça valait le coup d'en profiter. Corey s'est assis dans un des deux fauteuils à bascule en bois qu'il a tiré près du poêle. Il a humé sa tasse de café et a frissonné en pensant à l'Hudson.

Ed Wolf écrivait dans un de ses petits calepins, il prenait des notes. C'était un individu qui vivait du papier, une sorte d'insecte. Il avait décidé d'écrire une histoire des États-Unis — il savait qu'il ne la terminerait pas, ça ne le dérangeait pas.

Il avait hérité d'une maison sur Main Street et vivait là depuis un peu plus de deux ans. Il disait avoir travaillé au cadastre d'Olympia. Pourquoi vérifier ? Il aurait pu aussi bien pêcher des poissons-chats dans le Mississippi ou beurrer des tartines au Waldorf Astoria. C'était son passé, son histoire. Et puis de toute façon les lettres anonymes, elles, trouvaient leurs destinataires. Corey appréciait Ed Wolf. Ils se parlaient peu, c'était reposant.

On a frappé, ce qui était incongru ici à Panguitch. Un bonhomme avec une cravate, un loden comme à New York, est entré en soulevant son fichu chapeau de luxe. Sans lever les yeux de ce qu'il écrivait, Ed Wolf a hoché la tête en guise de salutation, comme Corey qui en voulait à l'intrus de l'empêcher de savourer son café.

— Une voiture volée, a dit l'homme en guise de bonjour. C'est mon hypothèse.

L'accent de la banque Morgan pour un travail de va-nu-pieds. La preuve : il était dans ce trou du cul du monde à essayer de tirer les vers du nez au shérif Nick Corey qui ne croyait plus en Dieu mais au Diable.

— Tiens ça, a répondu Corey en indiquant d'un geste l'autre fauteuil à bascule.

Ed Wolf a montré le sucrier et les tasses en wedgwood destinées aux visiteurs et posées sur un plateau. Au centre d'une table que tenait au bout de ses bras un singe empaillé — d'une race inconnue à Corey qui se demandait d'où venait cette saloperie. Le visiteur a pris une tasse et l'a emplie de café, s'est assis. Corey a allumé une Lucky. Le visiteur était penché sur sa tasse comme s'il guettait des augures. Un sacré cinéma. Il avait son jeu en main et attendait le bon moment pour sortir ses as, ses jokers, sa quinte flush royale.

— Je vous ai mis tout ça sur une fiche, a-t-il déclaré.

— C'est bien aimable.

— Emmett Dunn… Un représentant qui habite El Paso et qui faisait une tournée… Il ne donne plus signe de vie depuis cinq jours. Habituellement, il téléphone tous les soirs à sa femme… Rarement bu un aussi bon café.

— Bien jolies chaussures que vous avez, a dit Corey, ça m'en bouche un coin de voir du cuir comme ça.

— Merci… Il faudra que je songe à changer de vêtements.

Le téléphone a sonné, Ed Wolf a décroché en disant: « Bureau du shérif, Ed Wolf à l'appareil. » Il parlait du nez et ne se fatiguait pas à être compréhensible, lui, c'était le papier, pas la scène. Il a raccroché en disant: « Je lui dirai, m'dame, pas de problème. » Il s'est emparé d'un registre.

— La veuve Alexander, a-t-il marmonné en écrivant sur le registre, pour le Sabre… Elle s'inquiète que le pilote soit fou et rôde prêt à tout.

— On peut supposer qu'il est mort ou qu'il fugue en faisant du stop, a repris le visiteur.

— Il a pu sauter en parachute, a dit Corey, après s'être immolé.

Le visiteur a souri.

— Impossible, le cockpit n'a pas brûlé, ni l'avion.

— Un poulet rôti au four ne brûle pas le four, a ajouté Corey.

Le visiteur a hoché la tête, séduit par cette hypothèse.

— Vous les avez goûtées les cendres ? a dit Corey.

— Non.

— Ça pourrait bien être celles d'un bonhomme très cuit.

Corey a étiré le bras et pris un cendrier posé sur une étagère à côté d'un tonneau en bois d'un gallon, de six petits verres à dégustation et de la photographie du shérif W. Burton et de sa chienne, Hilary.

— Vous diriez un certain goût d'homme, a susurré le visiteur.

Corey a haussé les épaules et a écrasé son mégot dans le cendrier.

— Faudrait demander à un cannibale, a-t-il répondu, il y en a peut-être au FBI ?

Le visiteur s'est levé et a montré une plaque du FBI au revers de son loden.

— Je l'ai mise là parce qu'on ne peut pas faire deux mètres par là-bas sans qu'on vous demande votre date de naissance… Agent spécial Jack White.

Il a tendu la main à Corey qui l'a serrée.

— Jack White, a-t-il dit, c'est pas banal comme nom.

White lui a proposé une carte de visite qu'il a prise et parcourue des yeux.

— … Détaché auprès du président des États-Unis, a-t-il lu.

Il a levé les yeux vers White.

— Sacrée carte de visite… Je peux la garder ?

D'un geste, White l'a encouragé à le faire et a regardé Ed Wolf, occupé à prendre des notes en vue de son œuvre posthume.

— Je vous y ramène, agent spécial White, a proposé Corey qui avait compris la demande.

White a acquiescé.

— Je veux bien, shérif… Bonne journée, monsieur Wolf, et merci pour le café.

Ed Wolf a levé la tête et l'a regardé, songeur, voire inquiet… Comment savait-il son nom ? Corey a pris le Leica, son chapeau et son baudrier avec son arme.

Norma McCoy

Le port du pistolet-mitrailleur,
généralités et habitudes

Dehors une jeep capotée attendait avec un bidasse au volant. Jack White l'a rejoint et lui a parlé. Corey a manqué lui dire de ne pas porter son pistolet-mitrailleur Thompson en sautoir sur le ventre, parce qu'il pourrait bien le regretter. Mais si on disait tout, on n'arrêterait plus de parler. Corey a salué Norma McCoy qui lui a souri. Un sourire à renverser un bonhomme et elle n'avait pas que ça comme arme, oh que non. Qu'est-ce qu'elle fichait là à attendre personne ?

Un T-6 de reconnaissance de l'armée a fait du rase-mottes au-dessus de Panguitch, cherchant le pilote du Sabre dans les poubelles et les cheminées. Des chiens lui ont couru après en aboyant. Corey et White ont marché sur le trottoir sans parler, sont passés devant l'épicerie générale Watson et fils et le café Prince. Ils ont contourné les bâtiments qui donnaient sur un terrain vague, des bâtisses plus ou moins décrépites, et sont revenus vers l'arrière du bureau du shérif, la cour et le garage attribué à Corey. Il était ouvert. Corey ne fermait les portes que lorsque ça passait en dessous de zéro.

Le garage était vaste et abritait, en plus de l'outillage habituel et de la Willys, une Harley Panhead noire. Corey l'avait troquée contre sa Chevy Fleetline avec laquelle il était arrivé et trois, quatre billets. Comme dans le transport de l'électricité, il y avait une déperdition d'énergie dans le commerce. C'était toujours le compteur de l'acheteur qui tournait. Le garagiste de Cedar City qui lui avait cédé la Harley était venu rapporter les billets à Corey lorsqu'il avait appris qu'il était le shérif du comté de Garfield. Ils lui brûlaient les doigts comme s'il avait entendu le père de Corey qui disait que dans chaque billet, il y avait un peu du sang des pauvres, un peu de la sueur des travailleurs. Corey n'avait pas accepté les billets et rassuré le garagiste, lui disant que la Harley était la meilleure affaire de sa vie. Ce qui n'était ni vrai ni faux, car il attendait la bonne affaire. Il l'imaginait comme une sorte de rédemption qui lui ferait découvrir le bonheur, par exemple. « On ne peut espérer qu'en Dieu », disait le père de Corey. Plus ça allait, plus Corey se disait que son père avait raison — il fallait croire en Dieu, pas au Diable… Comment faire ?

Corey a posé son baudrier et son arme sur la banquette arrière et les a dissimulés sous son chapeau, le Leica à côté. Il s'est mis au volant et Jack White s'est assis à côté de lui. Le moteur s'est fait tirer un peu l'oreille. Il faudrait acheter une batterie avant l'hiver, changer les bougies. Les chaînes et la pelle étaient en permanence à bord, avec une trousse d'urgence pour les premiers soins, des couvertures et un pistolet lanceur de fusées de détresse au cas où.

— Si ça ne vous dérange pas, a dit Jack White, faisons signe à mon chauffeur.

C'était banal et pourtant… Corey sentait… Il ne savait pas

ce qu'il sentait justement. Il était sur ses gardes — ça venait de lui, de cette part obscure qu'il avait cadenassée, ne voulait pas connaître.

Le crotale

Les Nord-Américains

— Ça fait quoi de vivre là ? a demandé Jack White.

Corey a ralenti devant la station Texaco, a salué James Gilbert, le patron, et a montré de l'autre côté de la chaussée les fauteuils en ciment et bois plantés devant le Lazy Rooster.

— Cet été, un matin, il y avait un ours assis là… Pas un coq comme c'est marqué sur la devanture… Il a fallu que je tape dans mes mains pour qu'il lève son gros cul.

Ils sont sortis du bled en passant devant l'ancienne prison. Une cahute en bois que le conseil municipal avait décidé de garder en l'honneur du bon vieux temps où on pendait les hommes au lieu de les griller à l'électricité. Lee William, l'ancien propriétaire de la station Texaco, avait pendu deux bonshommes. Il le racontait à qui voulait l'entendre. À le voir comme ça, on pouvait penser qu'il était normal. Corey avait vu beaucoup de morts et de pauvres gars en train de mourir. Il avait tué, y compris avec ses mains. Tuer son prochain, ce n'était pas normal. Il n'oublierait pas. Il se souviendrait jusqu'à sa dernière cigarette du premier homme qu'il avait vu brûler au napalm, de ses cris. Ils étaient tous des criminels de guerre.

Il ne fallait pas croire que Corey était un bon gars simple et gentil. Des blagues. Il pensait qu'il était un sacré fumier — et on ne se refait pas.

Il a craboté le pont avant de la Willys pour avoir les quatre roues motrices. Il a obliqué vers la droite et s'est engagé sur une piste qui grimpait et s'enfonçait dans la forêt de Dixie. C'était un tape-cul. Mais ils évitaient le convoi, l'installation du pont qui prendrait un bon bout de temps. Le chauffeur de Jack White suivait comme il pouvait. Corey aurait voulu marcher, courir, pour sentir toutes les odeurs. Profiter de la vie de la nature qui était bien différente de celle des hommes. Personne ne parlait de la vie de la nature, c'était un sujet inconnu des Blancs. Les Blancs étaient des prédateurs sans conscience — les nazis étaient blancs. Lui-même Corey était blanc. Les Blancs ne pouvaient pas vivre dans la nature, avec elle. Les Blancs ne pouvaient que se propager, asservir, produire.

Corey aurait aimé avoir la liberté, le courage de tout plaquer et de vivre avec la nature, à son rythme. Cependant, il avait sa place dans la machine de production blanche qu'on ne pouvait pas quitter si facilement. Et puis, il avait un but. Il ne savait pas si c'était un but de Blanc.

Il a stoppé et mis le frein à main. Il est sorti et a rejoint le bidasse. Il avait des soucis, à l'arrêt trente mètres en arrière. Il avait sauté trop haut et tapé trop fort à l'atterrissage. Sa jeep faisait la gueule accroupie sur une fesse. Lui n'avait pas l'air en forme, assis, les jambes sorties, flasques comme du gras de jambon.

— Qu'est-ce qu'il y a mon gars ? a dit Corey.

Le bidasse était blême et a montré la crosse de la mitraillette qu'il portait encore en sautoir.

— C'est des trucs qui arrivent, a dit Corey. Dans le temps, on conseillait un verre de lait ou un cataplasme de sauge… Faut juste avoir ça sous la main.

Il a jeté un regard sur la grande pierre plate exposée au soleil et est allé voir un peu ce qui se passait à l'arrière. Les lames de suspension avaient cassé à gauche. Satané bidasse que ce bidasse. Il avait l'air d'aller un peu mieux et s'est levé tandis que White se pointait et le regardait.

— Besoin d'aide, soldat ? a dit White.

— Ça va aller, m'sieu, a répondu le bidasse d'une voix pas pétillante de santé.

— Comme tu as la radio, a dit Corey, appelle une dépanneuse.

Il a montré la grande pierre plate et le crotale d'un bon mètre qui s'en allait. C'était marrant, personne n'aimait vraiment les crotales, pas plus les chevaux que les bidasses. Celui-là a reculé, la pomme d'Adam en berne, les mains serrées sur son piano de Chicago.

— Il a pris son bain de soleil, a dit Corey en regardant tour à tour le crotale et le bidasse. Il a eu trop froid cette nuit, et présentement, il va dans le trou sous le genévrier, tu vois ? C'est un repaire de crotales, ils passent l'hiver là… Tu risques d'en voir passer plus d'un… Allez, au revoir, mon gars.

Corey a tourné le dos au bidasse qui n'était pas à la fête — devait s'imaginer un défilé de serpents à sonnette pleins de venin, prêts à lui mordre les couilles. Corey s'est installé au volant et a démarré en songeant au bonheur. Ç'avait l'air possible, presque normal, et tant de gens disaient le connaître ou l'avoir connu.

— Je suis arrivé à cinq heures trente-huit ce matin, a dit Jack White rompant le silence. Ils avaient déjà parachuté plus de deux cents hommes, des chiens, un groupe électrogène, des préfabriqués, un standard téléphonique, des jeeps… Ça n'arrêtait pas, un avion toutes les cinq minutes et les hélicoptères, sans cesse. À six heures vingt-trois, ils avaient repéré l'Hudson, cinq minutes plus tard j'étais sur place avec un photographe, je vous ferai parvenir les photos. À sept heures, j'étais installé dans un préfabriqué et je téléphonais pour avoir des renseignements sur l'Hudson. Il y avait déjà cinq opérateurs, une carte lumineuse, un mort, un blessé. Ce soir, il y aura plus de deux mille hommes. Ils commenceront à faire une piste d'atterrissage de campagne. Les bulldozers avanceront de front, éclairant la nuit avec leurs projecteurs et dans le campement, un juke-box passera des disques : *Little Things Mean a Lot*, *Secret Love* ou *Cross Over the Bridge*…

Jack White s'est tu. Il avait dit à haute voix une partie de ce que pensait Corey : les Nord-Américains avaient un besoin pathologique de s'étendre, de construire. Ils ne pouvaient pas s'empêcher de produire en masse. La civilisation nord-américaine s'éteindrait par surplus de production, étouffée par ses frigos, ses téléviseurs.

Jack White n'avait pas parlé de la nature. Il représentait le président des États-Unis. L'homme qui avait la capacité de vitrifier la planète avec son arsenal atomique. Le président des États-Unis n'avait pas de temps à perdre avec la nature et les Soviétiques pas plus. Les uns croyaient en Dieu, les autres en Marx. Jack White, il croyait en quoi, à quoi ? En tout cas, c'était un type intéressant. Il n'était pas là où on l'attendait, n'avait pas le discours de l'agent spécial type — il n'était pas l'agent spécial type. Il était le conseiller du président des États-Unis… Et pas que ça… Non, pas que ça — Jack White était mystérieux comme un aimant.

Le Far West

Après une boucle, la piste descendait vers la rivière. Ils ont quitté la forêt. Corey a ralenti et a franchi le gué au pas. L'eau était haute et si elle continuait à monter, il faudrait des tubas pour passer. Les roues avant ont mordu sur la berge et Corey a accéléré pour passer le talus. La piste n'était plus que des ornières dans l'herbe. Ils ont traversé une ville de chiens de prairie, au moins une centaine de terriers. Ceux qui étaient de sortie se sont égaillés de tous côtés en jappant à leur manière. Ils étaient marrants, joyeux. Les mormons ne les aimaient pas et les empoisonnaient en se réclamant de Dieu. Corey a pensé à son père et à sa maman, à leur piété. Le père de Corey était incapable de tuer un lapin, voire une mouche, quant à sa maman…

Corey a freiné pour ne pas écraser une ribambelle de chiens de prairie qui couraient à la queue leu leu, le nez dans le cul les uns des autres. Dans pas longtemps, ils s'endormiraient dans leurs terriers, en général avec un hibou pour leur tenir compagnie.

— Le Far West s'est réfugié ici, a dit Jack White.

Ils se sont regardés comme s'ils partageaient la question qui suivait forcément : « Pour combien de temps ? » L'un et l'autre savaient que ça ne durerait pas. Le passé ne pouvait pas coexister avec le présent. Corey a senti la nostalgie de Jack White qui s'est mêlée à la sienne. Il a décraboté et retrouvé la piste sur laquelle le convoi s'était engagé en sortant de Panguitch. Ils n'ont pas roulé longtemps. Des policiers militaires avaient installé un barrage avec un rouleau de barbelés en travers de la piste.

Un des policiers s'est approché de la jeep. Corey a manœuvré sa vitre qui s'ouvrait latéralement.

— Faut un laissez-passer pour continuer, shérif, a dit le policier en se penchant vers Corey et en le saluant machinalement.

White a tendu un porte-carte. Le policier a pris comme une châtaigne dans les parties, l'a salué avec déférence. L'agent spécial White avait le pouvoir de lui rendre la vie infernale. Il a fait signe aux deux autres policiers qui ont tiré sur le rouleau de barbelés avec une corde, libérant le passage. Corey a embrayé et a passé une vitesse.

— L'Amérique a peur du vide, a déclaré White, ça se voit dans les tableaux de Hopper.

— Moins dans ceux de Pollock, a marmonné Corey. Et, entre nous, agent spécial White, de cinq heures trente-neuf à six heures vingt-trois, vous avez fait quoi, à part manger vos œufs au lard frit et votre tartine à la confiture de myrtilles ?

Dans un bruit effrayant une « banane volante » leur a rasé le crâne, brassant l'air avec les pales de ses deux turbines. L'hélicoptère a disparu, penché en avant comme si le pilote cherchait des champignons.

— J'ai pensé à vous, a dit White, je lisais votre rapport

transcrit par le capitaine Ellis en faisant le tour du Sabre. Vos remarques et informations sont précises, circonstanciées. C'est très rare d'avoir un témoin oculaire fiable.

— Vous êtes spécialisé dans les soucoupes ?

— Le Président me fait confiance quand il veut des informations précises sur des faits qu'il considère comme graves ou extraordinaires… Tiens, je voudrais bien une cigarette, s'il vous plaît.

Corey lui a tendu le paquet. Il s'est servi, comme Corey qui l'a fait avec les lèvres — ça lui rappelait la guerre sans savoir vraiment pourquoi. Il a sorti son Zippo d'une poche de son blouson et a allumé leurs cigarettes. Jack White tenait la sienne entre son annulaire et son pouce droits, un détail curieux. Cela ne semblait pas être affecté — ça devait trahir un handicap, une maniaquerie ancrée dans un quelconque traumatisme, comme aurait dit un psy. Et pour être agent spécial, conseiller du Président, il fallait être sacrément traumatisé.

— Vingt-deux minutes et vingt-sept secondes, a dit Jack White. C'est le laps de temps entre l'instant où vous avez vu cette sorte d'éclair rose et entendu le double bang et celui où le Sabre a surgi.

— Faut pas vous en compter en mathématiques, a fait Corey.

— À la vitesse du son, on fait plus de quatre cents kilomètres dans ce délai.

— Vous voulez dire comme ça qu'il y a une baignoire qui fuit quelque part, un train qui n'est pas passé à l'heure ?

— Pendant un peu plus de trois minutes on a deux échos radar, un qui peut être celui du Sabre, l'autre…

— Les Martiens.

Jack White a acquiescé. Corey a ralenti car ils arrivaient en vue d'un autre barrage et du campement. Les gars du génie avaient dû s'inspirer de vieilles illustrations de Capharnaüm. Un sacré bordel, pour dire ça d'une autre façon. De l'agitation dans tous les sens — et dans un espace dégagé un grand chapiteau en bâches vertes. Manquait le nom du cirque, des lamas et des girafes en train de brouter. À la place, il y avait des bidasses qui montaient la garde.

Corey a ouvert sa vitre, le policier militaire l'a salué et White a montré sa plaque, le train-train. Le policier leur a dit de se garer au plus vite. La circulation était réservée aux véhicules d'urgence et aux véhicules affectés au transport. Il parlait comme un mode d'emploi. Les gars du barrage ont tiré sur les barbelés. Corey a redémarré. Jack White a écrasé son mégot dans le cendrier que Corey avait ajouté au tableau de bord.

— C'est une affaire bien étrange, a dit White, à bien des égards, c'est impossible, complètement impossible.

Corey s'est garé.

— Un Sabre ne peut pas atterrir tout seul, a poursuivi Jack White, ça me paraît invraisemblable. J'ai demandé aux spécialistes des statistiques de la NSA de calculer les probabilités avec leur IBM.

Corey a noté que l'agent spécial White avait vraiment tous les pouvoirs car le FBI et l'Agence nationale de la sécurité étaient deux administrations qui ne « communiquaient » pas. On pouvait être accrédité à l'une et pas à l'autre. Ils sont sortis de la jeep — Corey s'est souvenu du puma. Sa beauté maintenant s'imposait à lui comme une vérité aussi fragile que l'amour. Côte à côte, ils ont avancé vers le chapiteau, installé au centre d'un cercle d'une centaine de mètres de rayon fermé par des barrières métalliques. Des bidasses patrouillaient à l'extérieur du cercle. L'USAF était à cran. Des généraux risquaient leur carrière, ça se voyait aux moyens mis en œuvre. Des policiers militaires les ont arrêtés avant de les laisser passer. Ils sont allés jusqu'à l'entrée du chapiteau, gardée par deux militaires. Qui ont de nouveau contrôlé leur identité.

Corey et White sont entrés dans un sas. Une voix sortie d'un haut-parleur leur a demandé d'enfiler les combinaisons blanches et les gants mis à leur disposition, de protéger leurs chaussures par les chaussons jetables.

— En quelques heures, a dit Jack White, ils en sont déjà arrivés à ce niveau de paranoïa, imaginez demain.

Ils se sont habillés — et l'un derrière l'autre, ils ont pénétré dans l'arène.

Le Sabre

Le passé de Corey

Le Sabre, éclairé par des projecteurs, semblait présenté à la vente au salon des incidents majeurs. Corey a ressenti la même impression de mystère qu'il avait éprouvée lorsqu'il était sorti de la jeep pour affronter les faits — cet avion maculé de suie qui avait surgi de la nuit, « en roue libre ». Le mystère demeurait. Le Sabre enfonçait son évidence impossible dans la matérialité, le besoin de matérialité de l'homme blanc. Une nacelle montée sur un bras articulé attendait avec un technicien en combinaison blanche à ses commandes. Un plancher en bois peint en rouge permettait de la rejoindre et faisait le tour du Sabre. Une autre voix, sortie d'un haut-parleur, leur a enjoint de ne pas quitter le chemin de « ronde », de ne pas fumer, de ne rien toucher sauf accréditation spéciale.

— Théoriquement, a dit White, il n'a pas dû bouger d'un millimètre.

Ils ont fait lentement le tour du chasseur. Corey s'est arrêté, réfléchissant au détail qu'il pensait avoir classé sans suite dans le labyrinthe de sa mémoire. Il s'est accroupi comme la veille. Pas besoin de torche, le ventre du Sabre était éclairé par des projecteurs. Corey a su qu'il ne se souviendrait pas. La compagnie de White, la mise en scène l'empêchaient de réfléchir.

Il s'est levé et a répondu d'un haussement d'épaules à la question muette de White qui a dit, comme si c'était anodin :

— Il vient de Minot.

Dakota du Nord, base de la 5e Escadre de bombardement stratégique du SAC[1]... Ses bombardiers B-36 *Peacemaker* et les B-47 *Stratojet* étaient prêts à s'envoler pour lancer leurs bombes nucléaires sur Moscou... Que faisait un Sabre là ?

— Il a décollé à vingt et une heures quarante-trois de la base de Minot, a poursuivi Jack White, et a disparu des radars à vingt-deux heures dix-sept.

— Et des informations privées sur le Président, vous en avez ?

— Combien de soldats ont reçu la Médaille d'honneur[2] ? Je me suis laissé dire que vous étiez un des Marines les plus décorés, voire le plus décoré...

— Il y a plein de bonshommes décorés, de partout... Il y en a trop... Je suis juste un shérif comme tous les autres.

— Non, Nick Corey, vous n'êtes pas ce shérif-là... Vous avez été adopté bébé par les Corey, Mildred et Samuel, lui était pasteur. Ils ont été assassinés sauvagement et vous avez été suspecté du crime, jusqu'à ce qu'un shérif s'intéresse à une Bible trouvée dans la chambre d'une femme enceinte, assassinée dans son lit comme vos parents... La Bible appartenait à votre père.

Corey était resté treize mois en prison. Il y était entré à seize ans et avait bien plus de soixante ans quand il était sorti. Le

1. *Strategic Air Command*, créé en 1946 pour regrouper les unités de bombardement stratégique de l'USAF.

2. *Medal of Honor*, plus haute distinction américaine, remise par le président des États-Unis en personne.

tueur n'avait pas été retrouvé. La guerre était venue et tout le monde s'était intéressé à un autre type de meurtre. Il n'était pas impossible que l'assassin de ses parents ait été décoré pour bravoure ou héroïsme. Corey espérait qu'il était vivant, lui n'avait pas clos l'enquête. Il n'avait pas la possibilité d'avoir accès à toutes les procédures pour homicides, à toutes les enquêtes, alors il attendait. Il attendait depuis vingt et un ans. Il n'espérait pas — c'était un type au bord de l'eau qui attendait que ça morde, sans ligne, sans hameçon.

La nuit où ses parents avaient perdu la vie, il avait eu la permission de dormir à la belle étoile, en récompense de ses résultats scolaires. Il s'était éveillé brusquement et avait vu un homme au visage peint en blanc penché vers lui. Certainement un Cherokee. Il murmurait, des sons rauques. Corey s'était redressé, le Cherokee aussi. Corey avait le cœur qui battait trop vite. Il ressentait un sentiment très fort, qu'il éprouvait encore en se remémorant cet instant. L'impression d'être en contact avec une partie de lui inconnue. De voyager en lui et d'être relié au Cherokee — que quelque chose de cet homme était en lui, pénétrait tout son corps, circulait dans son sang. Le Cherokee avait continué de parler en fixant Corey. Puis, il était parti en marchant à reculons entre les noyers noirs et les tulipiers de Virginie.

Corey avait marché en rond autour de son duvet. L'angoisse s'était peu à peu emparée de lui. Le Cherokee était porteur d'un message qu'il n'avait pas compris. Corey s'était hâté de revenir, il voulait voir ses parents. Les entendre. Plus il allait vers eux, plus la peur l'étreignait. Il courait en parlant tout seul, en les appelant. Il se tordait les mains et suppliait Dieu, titubait parfois avant de se remettre à courir… Et il les avait vus morts dans le lit.

Corey a fait un effort pour quitter le passé. Jack White semblait s'intéresser au fuselage du Sabre et Corey lui en a su gré sans pour autant oublier que l'agent spécial avait fouillé dans sa vie. Il devait faire son métier et il n'y avait rien à dire à cela.

— Je vais en terminer, a dit White, avec votre biographie et votre curriculum vitæ. Vous avez sauvé le fils du général Edwards qui est devenu votre débiteur et continue à l'être, croyez-moi.

Jack White s'était tourné vers Corey qui aurait aimé avoir les pouvoirs d'investigation de l'agent spécial, l'accès à l'énorme réservoir de mémoire des administrations américaines, s'il avait eu ça, s'il avait ça…

— Il vous a aidé à entrer dans la police de Chicago, a repris White, et vous y êtes resté jusqu'à fin 49. Avec des états de service brillants, on parle de votre « flair », de votre abnégation, comme on parlait dans l'armée de votre capacité d'éclaireur, votre esprit d'observation extraordinaire, votre bravoure… Vous avez démissionné sans que personne ne comprenne pourquoi…

— Et vous ?

— Je peux imaginer…

Corey avait été amoureux d'une femme, il en avait le goût dans la bouche, encore. Une amertume simple comme un cercle, sans fin. Bien sûr, certains parlaient de l'illusion de l'amour, c'était lâche. Pas d'illusion ni de désillusion, de la peine, du vide, et des regrets.

— On a de la chance de vous avoir pour témoin, a dit

White rompant le silence, et voilà pourquoi je partage avec vous ce que je sais, par intérêt… Dans le rapport du capitaine Ellis, vous parlez par deux fois d'une odeur « spéciale »… La sentez-vous encore ?

— Non.

— Vous pourriez la définir ? Trouver une comparaison ?

Corey a eu un geste évasif. Ils se sont dirigés vers la nacelle. Jack White a demandé au technicien de s'approcher au plus près du cockpit du Sabre.

— J'ai donné l'ordre qu'on ne touche à rien, a-t-il dit à Corey, les spécialistes arrivent, s'il y a des spécialistes pour ce genre de problème.

La nacelle s'est élevée, elle était électrique — tout était bien pensé, pas d'émissions de CO_2, a songé Corey. Tout était fait pour que rien n'« altère » l'état du Sabre. Ils se sont élevés avec des secousses et rapprochés du cockpit qui était resté à demi ouvert, tel que Corey l'avait laissé. Il s'est souvenu de l'instant où, marchant sur l'aile, il s'était approché du cockpit.

— La température a dû monter très haut, a dit White, sans rien brûler, à part peut-être le pilote… Tout à fait plausible et normal.

Corey a examiné le cockpit, pas plus de jour que de nuit, ça ne tenait debout. White a regardé Corey qui lui a répondu d'un hochement de la tête — inutile de s'éterniser, les œufs étaient pondus, restait à les frire en espérant qu'aucune poule n'en pondrait d'autres de ce calibre.

Minnie Turner

L'acide formique, *L'Heure bleue*

Un C-47 larguait ses parachutes qui s'ouvraient à la file, descendaient en se balançant. Une jeep a manqué emboutir Corey et White car le conducteur regardait en l'air. White a guidé Corey vers des baraquements surmontés d'antennes et accouplés à un gros générateur électrique. Un planton gardait l'entrée des baraquements. Par ici on passait un peu trop de temps à montrer patte blanche. Si les cocos ou les Martiens débarquaient, ils n'auraient pas forcément de cartes d'identité.

White et Corey ont traversé une pièce où cinq opérateurs étaient au téléphone et observaient par moments une carte lumineuse de l'État où apparaissaient des points rouges, bleus ou verts qui clignotaient et se déplaçaient lentement. Ils ont quitté la pièce pour une autre où des dactylos des deux sexes tapaient à la machine. Corey a poussé une porte et ils ont pénétré dans un dernier compartiment. Derrière l'un des deux bureaux, une femme avait deux combinés téléphoniques plaqués contre ses oreilles, apparemment en communication avec deux interlocuteurs différents, et une cigarette en bouche — cigarette qu'elle tétait comme un bouledogue son os.

— Minnie Turner, a dit Jack White en se décoiffant, le shérif Nick Corey.

— Bien le bonjour, m'dame, a dit Corey.

Minnie Turner a marmonné une vague formule de politesse. Jack White lui a ôté sa tétine de la bouche et l'a écrasée dans le cendrier posé devant elle. Il a entrouvert la fenêtre.

— Je suis votre secrétaire particulière, a râlé Minnie Turner, pas votre souffre-douleur. Je ne suis pas payée pour subir vos lubies.

Elle a proposé à un de ses interlocuteurs de cesser de jouer à l'ahuri. Elle a raccroché violemment un des combinés. White a montré une chaise à Corey et a fait le tour de son bureau. Il s'est débarrassé de son manteau et de son feutre. Il s'est emparé d'une mallette et s'est assis à son tour en poussant la mallette vers Corey.

— On ne sait pas comment ça se termine, a-t-il dit, c'est pourquoi on continue.

D'un geste, il a invité Corey à ouvrir la mallette — ce qu'il a fait, découvrant une série de fioles contenant des liquides. Corey a dévisagé Jack White. L'agent spécial aimait bien la mise en scène et savait y faire, encourager le public à jouer le jeu. Corey a débouché la première fiole et reniflé, ça puait les égouts. Il a rebouché la fiole et s'est emparé d'une autre. White le regardait. Minnie Turner disait à un interlocuteur de se magner le train, s'il comprenait ce que ça signifiait. Corey a tendu la fiole qu'il venait de humer. Jack White s'en est emparé et l'a sentie à son tour.

— Acide méthanoïque ou acide formique, a-t-il dit.

Il a rebouché la fiole et l'a rangée dans la mallette.

— *Formica*... Fourmi pour nous les barbares.

— Faudrait imaginer que le Sabre a rencontré une équipe de fourmis volantes qui auraient roussi le pilote ? a fait Corey.

— On trouve aussi cet acide dans les glandes des abeilles et sur les poils des feuilles d'orties.

Corey a acquiescé.

— Ça ouvre des perspectives, a-t-il marmonné, si c'est des abeilles, il faudrait voir s'il y a pas un peu de miel dans cette affaire.

Jack White a poussé une chemise en carton vers Corey qui l'a ouverte, découvrant des photos du Sabre qu'il a examinées. Jack White a fini par se lever et a fermé la fenêtre. Il s'est réinstallé face à Corey qui a reposé une photo du cockpit du Sabre et s'est carré une cigarette entre les lèvres.

— Je vais me remettre à fumer, a dit White, c'est idiot mais important.

— Complètement incohérent, a bougonné Minnie Turner. Vous pourriez choisir votre genre une bonne fois pour toutes.

Corey a eu du mal à comprendre la remarque de la secrétaire particulière de l'agent spécial. Il a proposé son paquet de Lucky à Jack White qui s'est servi. Corey a dégainé son Zippo, ouvrant le capot et déclenchant la flamme d'un seul geste comme un shérif.

— On est d'accord, a-t-il dit.

White a hoché la tête en exhalant de la fumée.

— Vous pensez que rien ne relie cette Hudson abandonnée à ce Sabre.

— Comme vous venez de le formuler, shérif... Ces deux faits n'ont rien en commun.

Corey a pensé à la première règle : dissocier l'apparence des faits de la probabilité qu'ils aient pu se dérouler comme ils apparaissaient. Lui et Jack White partageaient un avis similaire : ce n'était pas une fourmi qui avait garé l'Hudson sous le pin jaune.

— Je ne dirais pas que je préférerais être à votre place qu'à la mienne, a dit Jack White.

Il n'a pas continué sa phrase et a tiré sur sa cigarette. Ils ont fumé en silence pendant que Minnie Turner disait à un de ses correspondants que ce n'était pas parce qu'il avait des bretelles qu'il pouvait se permettre d'être aussi incompétent. Corey a fait pivoter la chemise qui contenait les photos du Sabre et a posé son index sur la dernière photo qu'il avait examinée.

— C'est quoi cet appareil rajouté ?

— Ah vous avez vu… Un calculateur…

Jack White a scruté Corey.

— Oui ? a-t-il demandé, aux aguets. Vous voulez dire ?

— Rajouté pourquoi ? Un calculateur pour quoi ? Ça pourrait être une piste ?

— Je ne préférerais pas, a dit White.

Ce calculateur semblait drôlement indigeste… Corey a écrasé son mégot et a joué avec son Zippo, le faisant apparaître et disparaître.

— En même temps…

— En même temps, a répété White.

— Trop, c'est juste assez pour douter.

— Douter de ce que l'on voit ?

— Comme vous dites… Ce n'est pas obligatoirement les Martiens qui ont enlevé le pilote, ni qui l'ont grillé. Le pilote a pu sauter en parachute… Si ça se trouve, il boit tranquillement des Tom Collins à Vegas.

L'humour était l'arme des faibles mais aucune arme n'était à dédaigner si on savait s'en servir. Quant aux faibles, il y avait tellement de gars sûrs d'eux… Corey s'est levé et tourné vers

Minnie Turner qui l'a scruté intensément en prenant une cigarette dans son paquet de Viceroy.

— Tous mes respects, m'dame, a dit Corey.

— Shérif ?

— Oui, m'dame ?

— Vous prenez tous les gens pour des…

Elle n'en a pas dit plus et s'est mis la cigarette dans la bouche.

— Ah non, m'dame, a répondu Corey, certainement pas vous.

Il a allumé sa cigarette avec son Zippo, d'un geste de cow-boy. Minnie Turner a levé les yeux au ciel. Elle forçait son côté secrétaire acariâtre, comme d'aucuns leur côté shérif. Elle était plutôt belle — malgré ça, elle risquait bien de mourir d'un cancer des poumons. Personne n'en parlait parce que les cigarettiers tenaient le pays.

Au moment où Corey s'apprêtait à sortir, White lui a dit :

— *L'Heure bleue*.

Corey s'est tourné vers lui.

— *L'Heure bleue*, a répété White, un parfum français de la maison Guerlain.

Un tueur en série

L'empreinte, le ticket

Corey ne jouait pas la comédie comme le pensait Minnie Turner. Il avait opté pour un costume de shérif du Grand Ouest pour être tranquille. Il ne voulait pas qu'on s'intéresse à lui. Il voulait être anonyme, enfin le plus possible. Il voulait retrouver Frances — se souvenait de ses pieds dans ses mains. Des fois, il lui parlait — elle n'était pas là. Ça lui arrivait de penser qu'elle était derrière lui et il n'osait pas se retourner. Il se demandait s'il n'était pas fou. Il craignait d'être la victime d'un sale atavisme. Qui étaient ceux qui l'avaient engendré et abandonné ? Comment ne pas se méfier de ce passé, de ces ombres dont il était issu ? Et ceux qui l'avaient élevé et chéri avaient été tués par le Diable. Et le Diable narguait leur fils en torchant son gros cul sur sa destinée. La peau du Diable, ça valait combien ?

Corey avait déjà utilisé le Leica à titre personnel, pris des photos du ciel, vingt-quatre. Son père disait que le ciel reflétait les mouvements des âmes. Il avait fait développer et tirer les photos à Provo. Il lui arrivait de les disposer comme des cartes pour une réussite, ou il en regardait une au hasard. La vie… La vie était une expérience terrible, inhumaine en vérité — les hommes n'étaient pas faits pour vivre.

Il s'est garé derrière l'Hudson en pensant à la base provisoire, à tous ces moteurs qui fonctionnaient simultanément. Au contraire du loup, l'homme blanc était partout chez lui et partout il se conduisait mal. Corey se souvenait des montagnes de détritus et déchets que les Marines laissaient derrière eux au fur et à mesure de la progression de leur reconquête dans le Pacifique. Les Nord-Américains jetaient plus qu'ils ne tuaient et priaient moins qu'ils ne produisaient. Les Nord-Américains étaient les leaders mondiaux de la poubelle — civilisation de déchets.

Corey est sorti et a regardé l'Hudson entourée de traces de pas. Il s'est assis derrière le volant. Il a attendu longtemps avant de sentir le parfum, sa trace avait presque complètement disparu. Corey a regardé dans le rétroviseur intérieur. Il ne l'a pas vue, pourtant elle avait été là. Elle était forcément raffinée pour porter un parfum français.

Celui qui avait massacré ses parents avait dépouillé son père de sa Bible qu'on avait retrouvée chez l'institutrice qu'il avait éventrée deux mois plus tard — le pauvre fœtus jeté dans une poubelle. La Bible avait été trouvée dans un tiroir de la commode de la chambre où la malheureuse avait été sacrifiée. Corey pensait que c'était un élément d'une mise en scène, d'un rituel : le tueur avait *semé le doute* dans le décor du crime de l'institutrice. Il avait dû jouir de cette sorte d'interpolation. Corey était persuadé que cette pratique vicieuse était au moins aussi importante pour lui que le meurtre lui-même. Corey était persuadé que c'était un *modus operandi*, que le tueur procédait toujours ainsi. Corey était persuadé que le tueur avait tué d'autres innocents avant ses parents et après l'institutrice.

Dans les années trente, Ernst Gennat, directeur de la police de Berlin, avait inventé le terme de *Serienmörder* — tueur en série. Il concernait Peter Kürten, le « Vampire de Düsseldorf ». Ernst Gennat montrait le lien entre la répétition des meurtres et une sexualité déviante, le besoin de tuer et de violer étaient liés. Ici en Amérique du Nord où tout le monde avait foi en Dieu, le concept de meurtrier en série n'existait pas ou plutôt n'était pas reconnu, pas encore.

Si Corey ne se trompait pas, il aurait dû trouver dans la chambre de ses parents ou dans leur demeure quelque *objet* venant d'une autre scène de crime. Corey n'aimait pas le terme de « théâtre du crime », non pas qu'il n'y ait pas de mise en scène mais l'œuvre jouée n'était pas destinée à un public classique. Elle se jouait à guichets fermés entre le tueur et ses victimes. Quand cette *brillante idée* lui était venue à l'esprit, il était sur une civière et le brancardier de tête avait marché sur une mine… De toute façon, c'était trop tard, la maison de ses parents avait été vendue par autorité de justice lorsqu'il était en prison.

Corey regardait dans le rétroviseur. La femme au parfum français lui échappait, se dérobait. Il était patient et n'avait rien à faire de particulier. Surtout pas, comme d'autres, rechercher un pilote supposé avoir sauté en parachute pour ne pas se faire dézinguer par le rayon de la mort ou une bande de fourmis vindicatives.

Comme lorsqu'il s'était mis pour la première fois au volant de l'Hudson, il sentait la mort et il se souvenait de ses parents et il se demandait… C'était idiot, cependant la règle numéro deux de l'enquêteur était de ne pas repousser les idées, de les peser, de les examiner. Si l'homme qui avait laissé l'Hudson là était le tueur de ses parents, il aurait pu abandonner l'Hudson comme il s'était défait de la Bible de son père et donc il aurait tué Emmett Dunn, le propriétaire de la voiture. Quant à la femme au parfum, Corey ne savait pas quoi en penser, n'imaginait pas quelle pouvait être sa place dans la dramaturgie du scénario du tueur.

Corey avait une hypothèse sur le tueur de ses parents. Hypothèse que ne semblait pas partager Ernst Gennat, l'inventeur du concept. Corey pensait que le tueur mettait en scène ses crimes pour ceux qui les découvraient, pour lui bien sûr, pour ses victimes — et pour tous ceux qui découvraient ou enquêtaient ou parlaient du crime. Le tueur était peut-être fasciné par le cinéma ? À la différence du Vampire de Düsseldorf, il vivait aux États-Unis, le pays de l'image. Si Corey ne se trompait pas, le tueur devait être déçu de ne pas être connu, reconnu, que ses crimes ne soient pas appréciés. Ou alors, c'était un esthète et il se contentait d'imaginer les réactions de ceux qui « recevaient » ses crimes ?

C'était un Français, Alphonse Bertillon, qui à la fin du siècle dernier avait inventé l'anthropométrie, la police scientifique, l'identité judiciaire. Et c'était un Allemand qui avait su définir ce concept de meurtrier en série que Corey ne pouvait pas s'empêcher de rapprocher d'un autre concept, celui de meurtre de masse, de génocide. Ce que d'aucuns avaient appelé la

« Solution finale ». L'Europe était un sacré creuset où la haine et l'intelligence s'accordaient pour tuer et faire souffrir le plus de gens possible.

Corey a mis ses mains sur son visage, c'était la technique instinctive d'un orphelin nord-américain du vingtième siècle pour élucider les crimes. Ainsi il se rapprochait de la peau, de la carnation, de l'odeur, du souvenir. Tous les enquêteurs étaient proustiens, forcément, encore un point marqué par les Français. Le crime à résoudre était toujours ancré dans les souvenirs de l'enquêteur, toujours. C'était une loi, la loi. L'enquêteur devait *lire* dans ses propres souvenirs le meurtre sur lequel il travaillait. C'était eux qui résolvaient les énigmes, les enquêtes. Corey sentait ses mains pour se rapprocher du tueur. Les yeux abrités par ses mains, il était en sécurité, protégé, et son esprit tentait de se rapprocher de celui du tueur. Le tueur vivait. Il était organique, mangeait, buvait, chiait. Même s'il était monstrueux, il était humain. Il ne fallait pas l'oublier. C'était pourquoi l'enquêteur ne devait pas oublier qu'il avait une peau, des mains et des pieds comme celui qu'il traquait. Et le plus difficile pour l'enquêteur nommé Nick Corey, c'était de ne pas oublier que le tueur, le tueur de ses parents, avait des émotions, des sentiments.

Tous les tueurs étaient le tueur des parents de Corey. C'était un rien débile mais l'enquêteur avait le droit d'être con. Structurellement, pathologiquement con — et paranoïaque. Tout enquêteur était paranoïaque sinon il n'aurait pas fait le boulot. Con et paranoïaque, c'était le profil d'un enquêteur comme lui, Nick Corey. Il a ôté les mains de devant son visage. Ce truc de l'enquêteur orphelin permettait de revenir à l'enquête comme après une nuit de sommeil. De voir et d'entendre autrement. De se poser ou reposer les questions sans en avoir marre. Car il ne fallait pas hésiter à radoter.

Quel était le sort de la femme à *L'Heure bleue*, comment avait-elle rencontré le tueur ? Ou avait-elle rencontré Emmett Dunn d'abord ? Cela paraissait improbable qu'une femme raffinée ait un lien avec un représentant en matériel de cuisine. À moins qu'elle ait fait du stop, à la suite d'une panne, une crevaison ? Corey est sorti de l'Hudson et s'est dirigé vers le cimetière. Le T-6 qui avait survolé Panguitch est passé très bas, jouant à cache-cache avec son ombre. Corey s'est arrêté et a observé les tombes, il en a compté neuf. Une seule avait une stèle plantée verticalement en terre, les autres portaient leurs croix comme tout pauvre pécheur le fait, sauf une qui n'était plus signalée que par un vague tumulus herbeux. Le cimetière était assez particulier. Deux étroites allées en terre le traversaient, se coupaient, formant une croix. Les allées avaient été recouvertes jadis de mâchefer et certainement tassées avec un rouleau à damer, ce qui expliquait que l'herbe n'ait pas repris ses droits, ne pousse que par plaques. Chacune des tombes était ainsi bordée par une ou deux allées.

Corey a avancé lentement, il attendait tout, n'espérait rien. Sa mère avait les yeux les plus doux qu'il ait jamais vus et le tueur l'avait énucléée. Corey ne savait pas si on avait retrouvé les yeux de sa mère. C'était elle sa mère, l'autre qui l'avait conçu et abandonné n'était pas sa mère. Elle avait existé ou existait et c'était terrible, une source de peine et de colère.

Corey ne s'est pas baissé tout de suite. Il a observé l'empreinte, un pied droit, un petit pied, sur le bord du tumulus de la tombe sans croix. Un pied droit, ça signifiait que le gauche avait marché sur la tombe, qu'elle avait marché délibérément sur la tombe, car c'était une femme ou un homme chaussé d'escarpins taille trente-six. Pas d'autre empreinte visible sur le tumulus, c'était assez étrange. Corey s'est baissé et a examiné la trace laissée. Un petit pied, *L'Heure bleue*. Il faisait l'association, conscient du risque d'infléchir sa réflexion, de la fausser. Rien ne faisait le lien entre l'empreinte et le parfum français, rien non plus ne faisait le lien entre l'empreinte et l'Hudson — c'était son désir en fait qui parlait. Son désir qui associait un tueur du passé à une affaire qui n'en était pas encore une, une affaire sans dossier, sans procureur.

Corey est allé chercher le Leica et a pris une série de photos de l'empreinte au flash. Il a engagé une pellicule neuve. Pour l'Hudson, il n'avait plus d'ampoule et il a fait des photos sans le flash. Il savait qu'il recevrait les photos prises par le photographe de Jack White. Lorsqu'on séquençait la vie avec des verbes d'action, des descriptions d'action, elle semblait simple et un peu bête alors qu'elle était cruelle et bien trop lascive pour un homme seul. Corey a posé le Leica dans la jeep. Un C-47 a surgi. Il remorquait un immense planeur qui semblait hésiter, battait des ailes.

Corey a rejoint l'Hudson et a noté le kilométrage total et celui indiqué par le compteur journalier. Il n'a pas soulevé le tapis de sol, ni démonté la banquette arrière, car Jack White et son équipe l'avaient fait. Il a ouvert le capot, ce n'était pas une impulsion irraisonnée. Il n'avait tout simplement pas pensé au moteur jusqu'à cet instant. La troisième loi de l'enquêteur : réfléchir à ce qui pouvait dissimuler quelque fait dont on n'avait pas l'idée. Ce qui pouvait s'exprimer ainsi : que cachait l'arbre qui cachait la forêt ? Il fallait de la patience, de la volonté. Corey attendait que ses yeux cessent de voir l'évidence, il avait le temps.

La batterie… Les cosses avaient été nettoyées récemment. Elle était propre. Pas forcément neuve. Elle avait été manipulée, sans l'ombre d'un doute. Corey a dévissé un à un les bouchons des accumulateurs et a utilisé sa torche pour les inspecter — rien à signaler.

Il a reculé d'un pas, observant le moteur comme certains font face à une œuvre abstraite dans le but non avoué de la « remettre à l'endroit », de lui trouver un équilibre, sinon une raison.

Finalement, il a posé la main sur le bouchon de l'orifice de remplissage du carter d'huile qui avait été nettoyé récemment et l'a dévissé — une ficelle en pendait. À son bout était attachée une petite pochette en plastique maculée d'huile. Corey a enclenché le grand ralenti, pour se souvenir de tout, pour que ça soit imprimé en lui. L'expérience ne venait pas avec l'âge mais avec l'attention qu'on prêtait à ce qu'on faisait. La sagesse prêtée aux vieux, c'était des balivernes. Il y avait plein de vieux cons, des divisions, des armées de vieux cons. Et parfois un sage.

En tenant le bouchon du bout des doigts, Corey s'est dirigé vers la jeep. Dans la boîte à malices, posée derrière le siège passager, il a pris un chiffon et a essuyé le fil, la pochette, le bouchon. La pochette contenait un ticket. Corey a coupé la pochette avec des ciseaux et s'est servi d'une pince à épiler pour saisir le ticket. Un ticket d'une station-service Texaco de Cortez, Colorado. Le ticket datait du samedi 25, il y avait de cela trois jours. Un sacré plein : vingt-trois gallons. Corey n'aimait pas du tout ça. Pour lui l'Hudson venait du Nouveau-Mexique, à la limite de la Californie… Si elle venait du Colorado, ça devenait encore plus compliqué. Encore plus compliqué, tout le temps plus compliqué, comme un cocktail pour soûler les enquêteurs.

C'était un début d'enquête la tête dans le gouffre, le cul par-dessus. Pourquoi un indice de plus, parce qu'il y avait un crime de plus ? La fille aux escarpins était morte et il avait tué quelqu'un d'autre ? Pourquoi cacher le ticket dans l'orifice de remplissage du carter d'huile ? Pour qu'on le trouve, c'était sûr, qu'on le trouve si on jouait avec lui, si on était sur sa piste ? Et qui aurait pu trouver ce ticket, à part lui, Nick Corey ? Un garagiste à la prochaine vidange… Corey a glissé le ticket dans une enveloppe, le plastique et la ficelle dans une autre et a refermé le capot de l'Hudson sans remettre le bouchon du carter qui était devenu une pièce à conviction et était dans la boîte à malices.

Corey s'est mis au volant de la jeep, il fallait qu'il se hâte, avant que la neige soit complètement effacée par le vent, la chaleur.

Avant de trouver l'empreinte de l'escarpin, il pensait que le tueur avait croisé la route d'Emmett Dunn qu'il avait vraisemblablement tué. L'empreinte avait chamboulé cette histoire et le ticket d'essence encore plus. Si le tueur avait laissé l'Hudson comme trace d'un hypothétique crime, que penser de l'empreinte et de ce ticket ? Il y avait un trop-plein d'indices. Corey peinait à les organiser, à raconter l'histoire. Pour élucider un crime, il fallait raconter l'histoire. Pour enquêter sur un crime, il fallait supporter son histoire, vivre avec : Corey n'était plus vierge, après son séjour en prison. Après son séjour en prison, il ne voulait que mourir et ne l'avait pas fait par amour pour son père et sa mère. Corey n'avait pas eu de rapport sexuel avant de rencontrer Frances, fin 48. Corey avait peur de son sexe, peur de bander, honte, horreur. Pour enquêter sur un crime, il fallait supporter son histoire, vivre avec : le tueur avait volé la Bible de son père et avant il l'avait castré.

Le pin Bristlecone

Le petit tas de poussière

Raymond Burnett était assis dans son fauteuil roulant sur la véranda de sa maison accrochée sur une pente, à la lisière de la forêt. Il avait une peau de mouton sur les cuisses, les cheveux blancs. C'était pourtant un homme de pas quarante ans. Il disait que ses cheveux avaient blanchi dans la flotte, lorsque sa vedette avait été coulée. Corey s'est approché de lui, arrêté avant les trois marches qui permettaient d'accéder à la véranda.

— Vous avez de mauvais souvenirs, Nick ? a dit Raymond Burnett.

— Je crois bien.

Raymond Burnett a hoché la tête.

— Le mal absolu existe, a-t-il affirmé, et il est en nous. Je ne sais pas si c'est vraiment écrit dans la Bible, on jure tous sur elle et pas sur nous, si on jurait sur nous, vous pariez que ça changerait la donne ?

Corey a monté les trois marches et l'a rejoint.

— M'sieu Burnett, a-t-il dit, vous risquez de griller en enfer.

— Et pourquoi vous ne me prénommez pas ?

— Comme qui dirait que je ne sais pas trop me débrouiller avec les familiarités, m'sieu Burnett.

Comme Raymond Burnett, il a regardé le pin Bristlecone tout tordu qui se dressait à une centaine de pas.

— Si ça se trouve, a murmuré Raymond Burnett, il a bien plus de deux mille ans, celui-là, vous vous rendez compte ? Et nous on ne tient pas compte de lui, on tient compte de rien de notre… Rien… On se fout de la nature et avec la bombe, je sais pas où on va aller…

Ça sentait bon le repas de midi, du lard grillé et un gâteau au chocolat en dessert. Les deux hommes regardaient l'arbre millénaire et c'était triste, car Raymond Burnett avait raison. Cependant on ne pouvait pas empêcher les hommes d'être ce qu'ils étaient.

— Si ce pin avait de la valeur pour eux, a repris Raymond Burnett, ils le couperaient, comme ils défoncent tout pour trouver leur pétrole, leur charbon et maintenant cet uranium avec lequel ils vont finir par nous tuer. Personne ne peut se substituer à Dieu et c'est un homme qui ne croit pas spécialement en Dieu qui vous parle, Nick… Dans ce pays on parle au nom de Dieu, mais on ne périra pas par Sa main, mais par la nôtre.

Il a levé les yeux pour observer un choucas qui planait et a poursuivi sans regarder Corey :

— C'est ça le Jugement dernier, pour moi, ce suicide, et si Dieu existe, c'est ça Sa punition, nous séparer de Lui pour l'éternité… Casser le noyau originel comme on casse celui de l'atome.

Gladys Burnett est apparue, un tablier noué sur le ventre.

— Vous déjeunez avec nous, shérif ?

— C'est que j'ai trop de fers au feu, m'dame Burnett, et je vais d'ailleurs commencer par regarder de plus près votre propriété… Avec votre accord, bien sûr.

— Évidemment que vous l'avez !

Elle s'est tue, comme si elle s'était rendu compte qu'elle vivait vraiment… Et puis elle a balbutié :

— Je vous laisse parce que je ne voudrais pas que ça brûle.

En vérité, elle ne savait plus quoi dire. On avait inventé le théâtre à cause de l'insignifiance qui n'était qu'humaine — pour faire croire à l'homme que sa parole résonnait, était d'or, que sa vie avait un sens. Gladys Burnett a disparu, si vaine qu'on pouvait avoir des doutes sur sa réalité. Elle était jolie d'accord, néanmoins elle vieillirait… Si elle ne rencontrait pas le mal absolu.

— Pourquoi que vous vous êtes retrouvé là à Panguitch, Nick ? Vous pariez que je le sais ?

— Vous pariez trop, m'sieu Burnett, si vous me permettez.

— Des fois, il n'y a pas d'autre solution, pas vrai ?

Corey n'a pas su si Raymond Burnett lui répondait ou se répondait à lui-même. Il a manœuvré les roues de son fauteuil et est entré dans la cuisine. Corey a regardé la piste qui passait à côté des écuries, se perdait dans la forêt immense. Perché sur un piquet, un grand corbeau a déployé ses ailes, comme un de ces gars aux bras écartés sur les porte-avions. La différence c'était la couleur de l'uniforme — et les ailes. Corey a rejoint sa jeep et n'a pas bougé. Il observait la piste, attendait un signe et a vu un cerf mulet sortir de la forêt, se figer avant de partir au trot le long des arbres — tout était signe quand on en attendait un.

Corey s'est emparé de son Leica et a avancé lentement. Au bout d'une trentaine de mètres, il a vu la première trace, sur la droite de la piste. Il s'est baissé pour l'examiner et a regretté de ne pas avoir d'ampoule, de ne pas pouvoir utiliser le flash.

Il ferait sans. Il a pris une série de photos. Celui qui avait laissé cette empreinte du pied droit avait de grands pieds, au moins du quarante-quatre, plus sûrement du quarante-cinq. C'était une semelle en caoutchouc, des chaussures de travail, des Thorogood ? Le talon était plus usé sur l'intérieur. Est-ce que le bonhomme était un tueur, un tueur en série ? Ce n'était pas écrit. S'il avait marché pieds nus, Corey en aurait su plus sur lui. Il s'est relevé et s'est remis à marcher. Le chemin descendait un peu avant les écuries, formait une sorte de cuvette. La neige était plus abondante et les empreintes de l'homme plus nettes et nombreuses. Empreintes des deux pieds. La semelle gauche était plus usée sur le bord droit — diagnostic de pronation avérée. Mais au moins trente millions de citoyens étaient atteints de pronation. Et combien se curaient le nez de la main gauche ? Les chiffres et les statistiques, c'était le nouvel avatar de la pensée blanche. Ça permettait de payer des gens à ne rien dire et de faire croire aux abrutis qu'ils ne l'étaient pas.

Une jument alezane a henni, son petit s'est mis à courir maladroitement. Les chevaux des Burnett étaient parqués dans un vaste enclos fermé par les écuries aux bardeaux teintés de cuivre. L'homme avait continué son chemin, avait laissé les écuries sur sa gauche. C'était un individu lourd, ses empreintes en témoignaient. Corey aurait voulu le dépersonnaliser, lui enlever toute humanité. Il savait que c'était une grave erreur pour un enquêteur, en plus d'être une faute morale et philosophique. Il haïssait cet homme qu'il ne connaissait pas et c'était une autre erreur. Il ne devait pas devenir l'otage de sa culpabilité, sa faiblesse. L'homme qui avait laissé ces traces était un inconnu. Un homme sur lequel ne pesait aucune charge. Un homme qu'il devrait aider s'il lui demandait de l'aider, car lui,

Nick Corey, représentait la loi — et la loi était juste, censée l'être.

L'homme qu'il suivait n'était pas l'assassin de ses parents et s'il l'était, ce serait à lui, Nick Corey, d'en apporter la preuve.

Pour se calmer, Corey a obliqué vers les écuries qui servaient aussi de garage pour le pick-up Chevrolet et l'Oldsmobile des Burnett. Corey s'est appuyé contre la clôture en pin délavé, le poulain l'a rejoint, s'est figé à un mètre. Il regardait Corey avec innocence, c'était sûr qu'il ne connaissait rien à la méchanceté. Seul l'homme savait ce que c'était. Il fallait être méchant pour parler, c'était pourquoi les animaux se la fermaient. C'était la méchanceté qui poussait l'homme en avant, la méchanceté et le sexe. En même temps qu'il inventait la torture, l'homme comprenait qu'il ne jouissait pas, qu'on ne pouvait jouir que par le crime — l'amour était devenu une scène de crime. Corey croyait à ce qu'il pensait et ça lui faisait mal, il avait honte. Son père n'aurait pas supporté ça, quant à sa maman…

La mère du poulain s'est approchée de Corey, confiante. Elle a tendu son beau visage et Corey lui a caressé le front. Il a essayé d'oublier, il n'y est pas parvenu. Le poulain a imité sa mère et Corey a voulu le caresser à son tour… Il a eu peur, a sauté en l'air et s'est écarté. Corey a respiré profondément et a tourné le dos aux chevaux.

Il a remarqué un petit tas de poussière sur un des poteaux, même pas deux centimètres de haut. C'était quoi ? Il a respiré profondément et s'est dit qu'il pouvait prêter attention à tout — tout pouvait devenir pièce à conviction.

Il a rejoint la piste et a suivi les traces en s'enfonçant dans la forêt.

Au début du dix-neuvième siècle aucun Blanc n'avait mis les pieds par ici. Il avait fallu attendre Étienne Provost qui avait donné son nom à la ville de Provo. Désormais les Blancs étaient ici chez eux et lui, Nick Corey, était là pour faire régner l'ordre, la justice des Blancs. Et il avait une tête de matraque, pas du tout la tête de sa maman ni de son père. C'était un tourment pour lui, d'autant plus qu'ils étaient morts et qu'il ne se reconnaissait pas en eux. Leurs voix avaient disparu et même parfois leurs traits le fuyaient. Il ne parvenait pas à les faire apparaître derrière ses paupières. Il était un orphelin extrême. Il avait perdu ceux qui l'avaient engendré et ceux qui l'avaient recueilli et lui avaient tout donné. Comment vivre seul à ce point ? Sans origines à ce point ?

La forêt

Les traces

Il n'était pas tombé assez de neige pour qu'elle traverse les feuillages. Peu importait, Corey suivait la piste de l'inconnu tout en sachant qu'il y avait une piste antécédente, originelle. Le secret, il cherchait le secret. Il voulait comprendre pourquoi il avait été abandonné, pourquoi ses parents avaient été massacrés. Cela ne lui suffisait pas de penser que c'était parce que l'homme était méchant, non. Il y avait un secret, ce n'était pas possible autrement.

Le monde existait et Corey voulait bien supposer que c'était par hasard. Mais il ne pouvait admettre qu'il existait juste pour permettre à ceux qui l'avaient engendré de l'abandonner. Il ne supportait pas de leur ressembler forcément et de ne pas ressembler à ses parents. Il aurait voulu remonter jusqu'à eux, ceux qui l'avaient fait par inadvertance. Il aurait voulu les observer et puis prendre leur déposition, la consigner, la lire puis la ranger dans un classeur, un fichier. La nuit, il aurait pu ouvrir le fichier, le classeur, lire et relire la déposition.

Parfois, il imaginait : ils n'avaient pas péri, ils dînaient tous les trois ensemble sur la terrasse. Il pouvait les regarder, se rassurer, entendre leurs voix, prier avec eux au début du repas pour remercier le Seigneur.

Il avait conscience qu'il rabâchait sa peine depuis des années et que ça ne le menait nulle part. Il aurait souhaité être plus que nu — et déjà nu, ç'aurait été mieux qu'accoutré comme il était en shérif à la coule.

Il s'est souvenu d'une autre forêt, du Cherokee aux pommettes barrées de deux traits de peinture blanche qui lui était apparu la nuit où ses parents avaient été assassinés. Bien sûr qu'il avait pensé que le gars pouvait être fin soûl ! Ou fou, fou et soûl, défoncé. Mais il ne pouvait pas s'interdire d'imaginer qu'il était venu le prévenir… Et il avait remis ça… Oui, il avait remis ça. Il était revenu le voir quand il était dans le coaltar à Guadalcanal, sur une civière avec une blessure à la tête, au ventre, une jambe brisée… Le Cherokee lui avait parlé et Corey n'avait rien pigé, rien de rien !

Après cinq opérations, Corey s'était mis à voir de temps en temps en noir et blanc. On lui avait dit que c'était impossible et il n'avait pas insisté. C'était impossible d'être accusé du meurtre de ceux qu'on aimait. Impossible de voir simultanément un Sabre atterrir sans pilote et un puma blanc.

Corey avait connecté les deux histoires, celle du Cherokee au visage peint en blanc et celle du puma blanc. C'était interdit par le code de l'enquêteur : tant pis. Il les avait connectées parce que c'était la même satanée histoire en vérité. La même histoire parce que c'était lui, Nick Corey, qui les vivait, lui le trait d'union.

Cela faisait plus d'une minute que Corey ne voyait plus d'empreintes — l'inconnu était sorti de la piste. Corey est revenu en arrière en marchant dans ses pas. Il a examiné la dernière empreinte. Il est sorti de la piste à droite, puis à gauche, pour poursuivre la traque. Aucune trace visible. C'était toujours bien de prendre une leçon, d'être remis en cause. Corey s'est assis sur ses talons, une position qu'il prenait facilement. Ainsi il voyait d'un autre point de vue et son énergie était centrée différemment, comme sa pensée. Si l'inconnu avait décidé de ne plus laisser d'empreintes ou d'effacer ses traces, avant de le faire, il avait nécessairement conscience d'en laisser — jouait avec ou s'en contrefichait.

Si l'inconnu était un meurtrier en série, il l'était d'une façon bien particulière, unique, si Corey se référait à ce qu'il connaissait de la criminologie et de l'anthropologie criminelle. Secteur qu'il pensait plus ou moins réservé aux enquêteurs abandonnés nourrissons par leurs géniteurs et recueillis par des croyants ultérieurement massacrés par des tueurs en série. L'inconnu de l'Hudson jouait avec ceux susceptibles de suivre sa piste, ceux susceptibles de s'intéresser à lui, à ses actes, ou à ses victimes, ce qui n'était pas exactement pareil.

Corey a choisi de penser que l'inconnu voulait qu'on s'intéresse à lui et à ses actes, pas vraiment à ses victimes. Elles devaient être le combustible de sa jouissance. Une fois qu'il s'en était « servi », elles n'étaient plus que des objets dans une mise en scène. Un jeu de piste qui renforçait à ses yeux sa supériorité et c'était une forme supplémentaire de jouissance.

Corey s'est levé et a regagné la piste en faisant une boucle. Il est revenu à l'orée de la forêt, un C-47 perdait de l'altitude. Comme celui aperçu au-dessus du vieux cimetière, il remorquait un planeur géant. Ce genre d'engin avait été utilisé en Normandie pour le transport des troupes. On pouvait s'en servir aussi pour le fret, le convoyage de lettres anonymes ou de poil à gratter. L'USAF devait en avoir en réserve et avait décidé de s'en débarrasser — ils pourriraient en Utah. Les grands condors tourneraient en rond au-dessus d'eux et comprendraient vite que ces charognes étaient du genre mécanique — celui inventé par l'homme blanc, rien à bouffer.

Les dents

Le petit tas de poussière *bis*

Corey était immobile à quelques mètres du pick-up et de l'Oldsmobile des Burnett... Oui, pourquoi le pick-up n'avait-il pas démarré ?

Corey a avancé et a levé le capot du pick-up. Comme à son habitude, il a pris le temps d'examiner le tableau signé Chevrolet. Problème de démarrage : batterie, démarreur, bougies, delco. La batterie était neuve. Les bougies devaient l'être ou au minimum avoir été vérifiées. James Gilbert était un homme sérieux. Corey ne croyait pas que le démarreur ait lâché, non il n'y croyait pas. Il a ouvert le delco : le doigt du delco était absent, en conséquence le pick-up ne risquait pas de démarrer. Ni de décoller. Si le père de Corey était un ange qui essayait d'amener Dieu dans le cœur des pécheurs, c'était aussi un sacré mécano. Il aurait pu démonter sa Ford A les yeux fermés et Corey avait appris la mécanique à ses côtés.

Ce que le père donnait au fils, c'était aussi précieux que le lait de la mère. Corey avait sur les lèvres encore le goût du lait de sa maman qu'il n'avait pas goûté, pas tété — pourtant il l'avait bu tous les jours dans ses yeux si doux.

Il a noté que l'inconnu s'était manifesté à lui par la batterie « propre » de l'Hudson. Volontairement ou pas. Certes, c'était un hasard que celle de ce pick-up soit neuve, mais le hasard… Le doigt de delco manquant, ce n'était pas un hasard.

Corey a noté dans son livre d'heures de l'enquêteur en campagne : « Piste électrique, ne pas l'oublier. » En attendant… Pas besoin de reculer d'un pas pour remettre d'aplomb le visage de Dora Maar : le bouchon du carter d'huile n'était pas spécialement propre — il n'avait plus besoin d'attirer l'attention. Corey l'a dévissé. Bien sûr une ficelle y était accrochée et au bout, il y avait une surprise de plus emballée dans du plastique huileux. Corey s'est retourné vers Gladys Burnett qui portait un plateau avec une part de tarte dans une assiette à dessert.

— Des problèmes, shérif ? a-t-elle demandé.

Elle regardait ce que Corey tenait dans les mains.

— Un plaisantin, a-t-il dit, j'en ai pour cinq minutes, m'dame Burnett.

Il a marché à grands pas jusqu'à sa jeep et s'est emparé du chiffon de sa boîte à malices. Il a nettoyé le plastique, a enlevé l'adhésif, trouvé le doigt de delco et une dizaine de dents humaines, tachées de sang. Corey les a fait glisser dans une enveloppe et est revenu vers les écuries de madame Burnett. Il a remis le doigt de delco en place et a vissé le bouchon d'orifice du carter d'huile. Il ne croyait pas aux empreintes laissées au hasard par celui qui jouait à la mort. Il a tourné la clef restée sur le contact, le moteur est parti.

— Comment vous remercier, shérif ? a dit Gladys Burnett.

— Bonne idée que de m'avoir prévenu pour ce rôdeur,

m'dame Burnett, a répondu Corey. Vous pouvez être tranquille, il est parti loin de chez vous et ne reviendra pas… Au fait, je pourrais m'entretenir un peu de plus près avec cette tarte ?

— Ah pardon ! Suis-je étourdie.

Elle a tendu le plateau à Corey qui s'est emparé de la part de tarte et a laissé la petite cuiller sur le plateau.

— Si vous me le permettez, m'dame Burnett, je vais la croquer devant vous, comme un sauvage.

Il a mastiqué en prenant son temps et en pensant aux dents, il valait mieux en avoir — pas de doute.

— Jamais mangé une tarte aux pommes aussi bonne, m'dame Burnett.

— Shérif ! Ne faites pas votre flatteur, c'est juste une tarte de ménagère.

— Et votre caramel, m'dame Burnett, votre caramel, il y en a pas deux comme le vôtre… Votre époux a bien de la chance… Allez faut que j'y aille, merci encore, m'dame Burnett.

Il a voulu s'en aller… Le concierge qui supervise tout enquêteur en a décidé autrement et il est allé inspecter de plus près le petit tas de poussière. Il en a pris sur son index… Du… Juste un petit tas de ciment, quoi…

— Un problème, shérif ? s'est inquiétée Gladys Burnett.

— Ah non, m'dame Burnett ! Ah non ! Je regardais juste un petit tas de poussière… Savez bien, m'dame Burnett, notre attention est souvent attirée par des… sornettes !

Il a mis la main sur son chapeau et a tiré sa révérence. Le ciment, c'était encore une de ces chimères en marge de toutes les enquêtes. Ç'aurait pu être un petit tas de crottes de nez ou… Il avait le goût de la tarte dans la bouche, pas de doute. Cependant, il n'oubliait pas les dents. Ce n'était pas dix petites horreurs emballées dans du plastique, c'était une provocation d'un esprit malade, cruel — maniaquement cruel.

Pas besoin de se poser la question s'il avait arraché les dents à un gars refroidi ou qui frétillait encore de la queue. Non, pas besoin.

Mat en trois coups

Lars Andersson avait le visage émacié et ressemblait à un sacré oiseau. Il a déplacé son cavalier noir et Corey a vu arriver le mat en trois coups. Il a couché son roi et s'est calé en arrière dans son rocking-chair. Il aimait bien. Il aimait cette terrasse qui bordait trois côtés de la maison de Lars Andersson dont l'arrière donnait sur la forêt.

— Vous le faites exprès, shérif ? a demandé Lars Andersson. À peine quinze minutes.

On aurait dit qu'il parlait dans un cornet pour les sourds, drôle de voix qui allait avec le reste.

— J'aime pas perdre, m'sieu le maire.

— Je ne suis plus maire depuis dix ans.

— Les fonctions demeurent, pas vrai, m'sieu le maire ?

D'une main, Lars Andersson a vérifié si son nœud de cravate était en place, une manie.

— J'ai des pattes de poulet, a-t-il dit, les vieux sont plus que des os, nonobstant on ne fait pas de bons bouillons avec.

Il s'est levé, flottait dans son pantalon. Il était assez grand et dégingandé, se tenait un peu de travers — résultat d'une blessure attrapée en France, en 18. Il a posé la main sur un de ses deux télescopes et l'a manœuvré machinalement.

— Les habitudes, a-t-il grommelé, c'est tout ce qui reste aux vieux. À force, ils font plus la différence entre leurs femmes et leurs chiens… Tout ce qui compte pour eux, c'est de vivre.

Il a lâché le télescope.

— Je peux dire quoi de moi ? Insomniaque, veuf, astronome amateur… Et j'ai vécu aussi longtemps pour ça ?

Il a tourné le dos à Corey et a posé les mains sur la rambarde. Il a semblé contempler ce qu'il voyait depuis quarante ans.

— Vous avez idée de ce que je vois, shérif ?

— Je pense pas.

— Au moins vous ne répondez pas comme tous les autres, les autres répondent, parlent sans réfléchir… Bon, pour en revenir à votre visite… J'ai entendu très loin, un bruit comme celui que fait un avion lorsqu'il passe le mur du son…

Il est resté silencieux assez longtemps et Corey s'est empêché d'allumer une cigarette sans savoir exactement pourquoi.

— Et puis… À droite du séquoia, entre deux et trois cents mètres d'altitude, une forme sans description possible, une forme sans forme. J'ai pas dit une soucoupe à Jessie, Jessie entend ce qu'il veut… J'ai pas dit une soucoupe, shérif, mais je sais pas ce que j'ai vu et Dieu sait que je regarde le ciel à m'user les yeux… Comme je viens de vous le dire, je sais pas ce que j'ai vu…

Il s'est retourné vers Corey.

— C'était vingt-deux heures cinquante-sept et des secondes.

À l'instant où Corey entendait le double bang et que le ciel s'éclairait en rose martien.

— C'est resté visible cinq secondes, à peine…

Il a hoché la tête et a semblé mâcher des mots qu'il ne dirait pas pour une raison qui ne regardait que lui.

— La radio est morte, la télé pareil, faudrait prévoir un enterrement ou un remboursement du comté, qu'en pensez-vous, shérif ?

— J'ai cette impression personnelle qu'ils deviennent sourds quand on leur parle d'argent.

— Je vous le fais pas dire… Radins à l'intérieur, patriotes à l'extérieur… De toute façon, j'en ai par-dessus la tête de cette télévision ! Un ramassis de stupidités entrecoupées de publicités… J'ai pas besoin de machine à laver le linge et j'aime pas fumer.

Corey s'est levé.

— Et cette odeur, m'sieu le maire ?

— Laquelle ?

— Vous avez pas dit qu'il y avait une espèce d'odeur ?

— Je l'ai pas dit… Shérif, entre nous, vous êtes un drôle de pèlerin.

— J'ai des défauts, ça c'est sûr.

— Une espèce d'odeur comme je l'ai pas dit à Jessie, c'est exactement ça.

Une « mule de l'armée » est passée bas et à grand bruit, lui aussi avait deux rotors comme une « banane volante ». Corey a aperçu l'équipage dans sa bulle transparente. Ils devaient chercher le pilote manquant. Là-bas derrière les arbres, il y avait vers juillet un gazon si doux qu'il aurait fallu marcher pieds nus pour en profiter. Mais plus personne ne marchait pieds nus, à part Stone.

— Un avion n'atterrit pas tout seul, a dit Lars Andersson, si c'était pas vous qui étiez là, je n'y croirais pas.

— J'y étais et j'ai du mal à y croire.

— Je vous parie que c'est pas fini… Tiens cette nuit, j'ai

entendu un loup qui hurlait… Ou c'était ce pilote qui avait mal aux dents…

Mal aux dents… Il ne fallait pas le dire trop fort. Histoire de ne pas se les faire arracher sans anesthésie.

— Alors, ça sentait quoi ? s'est enquis Lars Andersson.

— L'acide formique, m'sieu le maire.

Lars Andersson a hoché la tête.

— Ce que je voyais tout à l'heure, a-t-il dit, c'est ce qui va disparaître… Et vous ?

La question a pris Corey de court.

— Je pensais à votre peine, shérif… Faudrait bien qu'elle disparaisse… Vous êtes trop jeune pour vous racornir dans l'aigreur.

Corey s'est senti à poil, Lars Andersson lui avait mis la tête sur le cul et il ne pouvait pas coucher son roi. Le vieux grigou avait raison de le mettre en garde, mais on ne choisissait pas son malheur — il vous menait au gouffre et plus rarement au nirvana.

— M'sieu le maire, a-t-il marmonné, faut que je travaille un peu pour mériter mon salaire, merci pour ce mat.

— J'en ai d'autres en réserve, shérif.

Une troisième jouissance

Corey ne se moquait pas de la lycanthropie mais il ne pouvait pas imaginer que l'inconnu ait besoin de hurler à la lune. C'était lui qui faisait hurler les autres en leur arrachant les dents. Ce que n'avait pas écrit Ernst Gennat, tout au moins à la connaissance de Corey, c'était le besoin sexuel du tueur en série. Corey pensait que c'était l'élément numéro un de la construction sadique du tueur en série. Corey ne savait pas ce qu'en pensaient les psychiatres. Pour lui, Nick Corey, le tueur en série jouissait au sens propre en abusant de ses victimes, en les torturant. Corey ne comprenait pas vraiment les Français, ils avaient guillotiné tout le monde sauf Sade. L'inconnu de l'Hudson était sûrement un tueur en série. Néanmoins, il semblait définir un nouveau genre de ce comportement criminel. L'inconnu de l'Hudson avait une troisième jouissance qui était de semer des indices derrière lui comme celui qui avait massacré ses parents.

Est-ce que cet homme voulait se faire arrêter, ne souhaitait que ça, laissait des indices derrière pour ça, reliait les scènes de crime pour ça ? C'était possible, toutefois Corey n'avait aucune compassion pour lui. L'enquêteur devait réfléchir autrement qu'avec ses gros genoux et ses oreilles décollées.

Y avait-il un lien entre tous ces crimes, un lien autre que les éléments de mise en scène qu'il trimballait d'une scène de crime à une autre — Bible, empreintes, dents ? Choisissait-il ses victimes pour tel ou tel détail, couleur des cheveux, profession ? Ou était-ce le hasard qui le guidait ? Et ses revenus, il vivait de quoi, comment ? Il avait une fondation ? Avait hérité, touchait une pension de donneur de sang ?

L'enquêteur devait être pragmatique, simple. L'enquêteur devait vivre dans le caleçon de celui qu'il chassait, bouffer ses morpions, boire son sang… Et lui baiser la gueule.

Corey a stoppé dans un couloir de pins sombres. Il a allumé une cigarette en se souvenant que chez Lars Andersson, il s'était interdit d'en allumer une. Il croyait savoir pourquoi. Il a soupiré et est sorti, il aurait voulu être un autre. Un bonhomme qui n'aurait pas porté sur les épaules la mort de ceux qu'il aimait. Il s'est trouvé obscène avec sa clope dans les mains. Il l'a écrasée, l'a ramassée et s'en est débarrassé dans le cendrier de la jeep.

Une buse à queue rousse qui tournoyait cherchant sa proie a piaulé. Corey s'est enfoncé entre les verges austères qui semblaient vouloir le guider. Sa maman le peignait quand il était enfant et puis ils allaient tous les deux au temple. Elle lui tenait la main. Ils s'asseyaient côte à côte et contemplaient sagement l'autel, non pas sagement, avec innocence. Ils attendaient le berger et il apparaissait avec sa Bible.

Corey aurait souhaité être encore plus seul. Même là dans la forêt immense, il ne se sentait pas vraiment seul car son ombre était de trop. Elle témoignait contre lui. Il n'avait pas de sexualité. Il était fou et pouvait tuer un jour, par dépit, ou pour jouir enfin. Frances lui avait dit que les hommes ne jouissaient pas, que c'était ça leur malheur et qu'ils confondaient leur « miraculeuse érection », leur « éjaculation mortelle » avec la jouissance. Ils rêvaient d'être des femmes, disait Frances. Corey était persuadé que les tueurs en série ne pouvaient être que des hommes. Les femmes, elles, avaient la jouissance, pour elles, à elles. C'était leur force, la clef de leur pouvoir et elles le savaient bien, disait Frances. Les tueurs en série tuaient pour être des femmes toutes-puissantes, et lui, Nick Corey, voulait-il être une femme toute-puissante ? La reine mère des femmes, shérif ?

Les tueurs en série essayaient de jouir à toute force. Ils étaient prêts à tout pour. L'inconnu de l'Hudson, lui, faisait durer le plaisir. C'était bien sûr Frances qui employait les termes d'« éjaculation mortelle » et de « miraculeuse érection ». C'était elle aussi qui lui avait traduit des passages de Sade. Elle lisait le français, le parlait. Frances avait été la chance de sa vie. Il ne pouvait pas râler. Il l'avait tenue dans ses bras, entendue et écoutée. Il se souvenait de sa voix, de ses inflexions, et de ses pieds — de ses ongles.

Pourquoi, lui, Nick Corey, n'arrivait-il pas à prendre du plaisir ? Ce petit plaisir des hommes qui n'étaient pas encore tueurs en série ? Il n'y arrivait pas car il débandait — c'était con comme une poule. Il avait honte. Une honte qui s'additionnait à toutes les autres, tout ce qu'il avait été obligé d'encaisser en prison. Oui, beaucoup de honte et de douleur.

Il avait été puni, privé de l'enterrement de ceux qu'il aimait plus que tout. Privé de se recueillir, de prier pour eux à leur entrée en terre. Parricide et matricide, il avait été jugé trop dangereux. Il était voué au viol et à la chaise électrique — la façon de faire en Oklahoma. Ici en Utah on pouvait choisir entre la pendaison et le peloton d'exécution… Mais en Utah comme en Oklahoma, on ne pouvait pas choisir l'oubli.

Stone

La grotte de L'homme mort

Il s'y attendait… Malgré ça, il a tressailli en se retournant pour découvrir Stone. Il scrutait Corey avec une intensité inhumaine. En fait c'était le seul bonhomme à avoir une paire d'yeux aussi dérangeante que celle de Nick Corey. Pour parler vrai, le regard de Stone était carrément dingue. C'était le genre de citoyen qu'on préférait ne pas rencontrer dans une forêt. Il était de la taille de Corey, plus maigre, vêtu d'une combinaison kaki, ouverte sur sa poitrine maigre. Corey n'avait pas souvenir de l'avoir vu accoutré autrement. Sauf en janvier, quand ça avait frôlé les moins quarante. Il avait toujours un bonnet de laine enfoncé sur la tête. Ses cheveux en sortaient, gris, roux, blancs, encadraient son visage encore plus marqué que celui de Corey. On aurait voulu sculpter Moloch dans un enfant de Dieu, on aurait pris Stone. Le problème, c'était pour le prendre… Corey ne s'y serait pas risqué.

Ce jour-là, Stone avait son arc, un carquois avec trois longues flèches empennées avec des plumes de grive. Un arc comme celui de Stone, Corey n'en avait pas encore vu. Plus long qu'un arc classique, il devait propulser les flèches à plus de deux cents mètres. Celui qui avait un arc comme celui-là devait savoir s'en servir. Des flèches comme celles que lançait Stone transperçaient le cheval et le cavalier dessus, ça dépendait juste de l'angle de tir — Corey n'aurait pas voulu être la cible de Stone.

Stone a contourné Corey et s'est mis à marcher devant lui, suivant un étroit sentier tracé par ses seules allées et venues. Il était pieds nus, ne se chaussait que lorsque l'hiver était là. Pour cette raison, Corey l'enviait, pour cette raison et bien d'autres.

Ils ont marché une vingtaine de minutes, remontant la pente, et ils sont arrivés à la clairière où se trouvait l'entrée de la grotte de L'homme mort. Corey avait découvert cette clairière par hasard. Il s'y était endormi au mois d'août, la première année de son installation à Panguitch. Il avait rêvé de Frances. C'était si fort, si doux. Elle lui disait de venir la rejoindre, lui tendait la main. Il s'était endormi comme ensorcelé par les oiseaux, les parfums et les bruits de la vie.

Il s'était levé, aigri, et avait mis une cigarette entre ses lèvres. Stone avait surgi et fait non de la tête. Le plus incroyable était que Corey avait passé outre sa colère. Il avait remballé sa Lucky, son Zippo. Il n'avait plus remué un poil. Le sauvage qui était là à côté de lui l'aimantait carrément. Un peu comme quand on a le pied sur une mine et qu'on sait qu'on n'a pas intérêt à se gratter — ça lui était arrivé. D'ailleurs Perry disait qu'il préférait marcher sur un Jap que sur une mine, il avait plutôt raison. Corey avait marché sur des Japs, des dizaines et des dizaines dans une tranchée, morts ou en train de mourir. Un sacrilège impardonnable mais le soldat vendait son âme au Diable. Corey avançait sur les corps, entendait gémir, supplier et il ne pouvait pas prendre une main, recueillir un regard, une parole. Il devait marcher sur les corps pour tuer d'autres hommes ou se faire tuer.

Sans savoir pourquoi, il avait suivi le sauvage et traversé derrière lui un buisson d'épineux. Ils avaient pénétré dans une première grotte, traversé un autre buisson d'épineux. Le sauvage avait ramassé une torche et l'avait allumée. Ils s'étaient enfoncés dans un boyau très étroit. Au bout d'une centaine de mètres, ils étaient parvenus dans une cavité assez importante. Un squelette reposait sur un lit de sable. Le sauvage s'était assis sur les talons, Corey l'avait imité. La torche éclairait le squelette, un peu les parois de pierre. Ça sentait l'armoise. L'air était sec, propice à dessécher les chairs, à fabriquer des momies. La torche avait fini par s'éteindre. Corey avait entendu le sauvage se lever et puis plus rien. Il n'avait pas paniqué. Il savait que c'était un instant capital de sa vie et il ne savait pas pourquoi. Il savait qu'il voulait bien mourir là, ce n'était pas grave, au contraire.

Il fallait des secrets et des rêves pour grandir et mourir — pour espérer et entendre.

Corey avait retrouvé le monde des hommes vivants, le sauvage n'était pas là. Il l'avait appelé Stone et la grotte, la grotte de L'homme mort. Il ne comprenait pas pourquoi Stone avait partagé avec lui ce secret. Personne à Panguitch ne lui avait parlé de la grotte, du squelette. Corey n'était pas un fouille-merde, il n'avait pas cherché à savoir qui était Stone — on en parlait comme du puma blanc et ça lui avait suffi. Pour lui Stone était un recours, une sorte de prière.

Il s'était demandé s'il avait le droit… Il avait fini par se l'accorder. Au printemps suivant, il était revenu dans la grotte de L'homme mort. Il avait longtemps contemplé le squelette. Il lui semblait apprendre ce qu'il n'aurait jamais pu apprendre de l'histoire des hommes. Il s'était retourné : Stone était là. Ils avaient veillé ensemble l'homme qui était mort. Corey était persuadé qu'il avait choisi de mourir là, ce n'était pas un accident. Était-il mort seul ? Corey penchait pour cette hypothèse, l'homme avait voulu mourir là et seul… Pour une raison de transcendance, une certaine forme de foi. Pour vivre sa mort comme une expérience… Il y avait pas mal d'hypothèses. En partant, Stone lui avait fait découvrir deux autres cavités vides qui attendaient. Il avait ramassé une poignée de sable et l'avait montrée à Corey. Il était aurifère, plus d'or que de sable.

Corey était revenu une autre fois et Stone l'avait rejoint. Stone était le gardien d'un monde inconnu. Gardien, passeur, nocher. Stone ne pouvait être contenu dans une définition.

Corey ne savait pas si Stone parlait, il ne l'avait pas entendu prononcer un seul mot. Plus le temps passait, plus le secret qui l'unissait à Stone prenait du poids. Plus Corey comprenait qu'il ne s'agissait pas de comprendre, qu'on pouvait vivre sans tout vouloir comprendre. Comprendre était une sorte de tic d'homme blanc. L'homme dans la grotte était un lien profond qui unissait Corey à Stone, à un passé inconnu qu'il pensait à tort ou à raison englober le sien… L'inconnu dans la grotte était un aïeul et Corey en manquait.

Marcher derrière Stone qui ne laissait pas de traces purifiait Corey. Il espérait plus en l'homme, sans pouvoir l'expliquer. C'était comme ça, comme l'extase, on ne pouvait pas la définir. Au fond, Corey attendait l'impossible de la part de Stone, comme lorsqu'il allait au temple avec sa mère. Comme lorsqu'il mangeait avec eux aux beaux jours, sur la terrasse, et que la nature embaumait. Chaque fois qu'il venait voir Stone, l'impossible avait lieu en partie. Il manquait ce petit rien pour qu'il se produise totalement. Peut-être qu'il aurait fallu que Corey cesse de chercher à trouver celui qui avait tué ses parents — qu'il abandonne et accepte la vie telle qu'elle était, comme Stone semblait le faire, lui.

Corey venait voir Stone pour vérifier qu'on pouvait vivre encore avec la nature, dans la nature. Corey ne pensait pas qu'on pouvait vivre sans regrets, dès lors le miracle ne pouvait pas se produire. Il suivait quand même Stone, l'homme qui ne laissait pas de traces et qui faisait encore moins de bruit que lui, Corey… Ils ont d'ailleurs surpris un cerf hémione qui a détalé, démarré en pleine pente comme une monoplace d'IndyCar.

Plus ils montaient, plus Corey se sentait régénéré, purifié. La musique pouvait émouvoir aux larmes, comme une phrase, un vers, un regard. La forêt, elle, faisait naître une émotion simple, *première*.

Corey a senti qu'on l'épiait. Il a tourné la tête et rencontré le regard d'un grand corbeau. Un vrai joueur de poker. Il fallait être plus malin que Corey pour savoir ce qu'il avait dans son jeu. Corey n'était pas de taille. Le grand corbeau n'a pas pipé, pas bougé un cil, une plume. Corey s'est dit que cet oiseau pouvait en raconter, des histoires. Là, il s'est rendu compte qu'il y avait au moins une vingtaine d'autres grands corbeaux silencieux, noirs au point d'être bleus. Chacun sur son perchoir et tous le fixaient. Corey n'était pas le genre de citoyen à se monter la tête, c'était heureux pour lui.

Il s'est remis à marcher pour ne pas perdre le contact avec Stone qui avait tout du remonte-pente, en silencieux. De nouveau, Corey a eu le sentiment d'être épié, mais pas de grand corbeau, personne.

Celui qui avait massacré ses parents avait massacré la vie, la nature, les oiseaux, les brins d'herbe, l'été et l'hiver. Voilà ce qu'a pensé Corey, le shérif de Panguitch. Les tueurs en série étaient des hommes du monde dit « moderne », ce monde qui en réalité fonçait vers la fin. Les tueurs en série niaient la nature, c'était des hommes urbains. Même s'ils perpétraient leurs crimes en dehors des cités, leurs aires étaient dans le dédale de la civilisation mécanique où la cité tenait une place prépondérante.

Frances lui avait dit que Sade était un homme des machines, que la pornographie était une conséquence d'une certaine décadence et de la mise en scène de la torture dans les âges qui avaient précédé celui du marquis. Le besoin de jouir de la défaite de la pudeur, de la dignité. Le besoin de jouir de l'autre comme d'une chose, le besoin de salir... La phrase du sadique était une énumération sans construction raisonnée. La raison du sadique était ce qu'il cherchait et ne pouvait pas trouver, obtenir. La raison de l'enquêteur était de déduire de ses investigations un portrait du tueur en série. L'enquêteur devait finir par précéder l'action du tueur, ou, hypothèse absurde qui est venue à l'esprit de Corey, ou l'enquêteur devait sauver une proie choisie par le tueur ? Pour ce monstre, il ne devait pas y avoir pire outrage que de savoir que celle qu'il voulait massacrer, violer, torturer était sauve.

Il poursuivait un homme qu'il nommait « l'inconnu ». Il y en avait un autre, celui couché dans la grotte. Corey s'est dit comme ça sans vraiment faire attention qu'il était dans un problème à deux inconnus... Il connaissait l'existence de l'équation à deux inconnues. Il s'est dit que le masculin et le féminin allaient bien ensemble et que l'inconnue était cet élément avec lequel l'enquêteur devait sans cesse s'affronter s'il voulait mener à bien son enquête, voire sauver celle qui allait mourir.

Si l'inconnu était un tueur « compulsif », il tuait des hommes aussi bien que des femmes. Corey pariait que ses victimes de prédilection étaient des femmes. L'inconnu pouvait être homosexuel, avoir des tendances ou des fantasmes homosexuels — mais il jouissait plus de la mort d'une femme. Ce n'était pas le résultat d'une réflexion approfondie, c'était l'instinct, le flair. L'enquêteur devait écouter son instinct sans pour autant abandonner les déductions issues de la logique : celle qui se parfumait à *L'Heure bleue* était une bourgeoise. Une femme d'un milieu aisé et cultivé. Une femme qui était sûrement allée en Europe, en France bien sûr. L'inconnu devait jouir de démolir tout ça, d'arracher tout ça à la vie.

Ils sont sortis de la forêt, ils devaient être près des trois mille mètres. Vivre pouvait être une expérience incroyable, quelle importance qu'elle soit inutile ?

Les mouettes

Le radium 226, l'espoir

Stone s'est arrêté au bord d'une pierre plate qui surplombait la forêt, plus de cent miles de gauche à droite, un peu moins en profondeur. À vingt miles sur la gauche, Corey a vu le camp militaire en construction. Deux longs convois le rejoignaient par deux pistes différentes. Si Stone avait sauté et s'était éloigné en volant, Corey n'aurait pas été spécialement étonné. Mais Stone ne bougeait pas et Corey s'est efforcé de voir ce qu'il ne voyait pas. Parce que Stone n'était pas appointé par le comité des fêtes de Panguitch, par aucun syndicat d'initiative des comtés de Garfield, d'Iron ou de Kane. Si Stone l'avait conduit là, ce n'était pas pour le panorama. Corey en était sûr, aurait parié la moustache qu'il n'avait pas. De toute façon, il ne pariait pas, ni n'espérait. Il essayait de mener l'enquête — elle avait commencé il y a longtemps.

Il a semblé à Corey surprendre un éclair lumineux, celui de jumelles, mais Stone n'a pas bronché. Corey s'est dit que sa traque du criminel commençait à lui chauffer le cerveau.

Des mouettes sont passées en criant. Elles filaient vers le nord, vers un nouveau miracle, comme en 1848 lorsqu'elles avaient bouffé les criquets qui s'étaient abattus sur les premières cultures des colons mormons. Corey ne savait pas s'il pouvait imputer un miracle supplémentaire aux mouettes, en tout cas, elles l'avaient réveillé avec leurs cris, lui avaient ouvert les yeux : aux confins du comté de San Juan, tout au fond de l'horizon, un nabab du corned-beef avait fait rebâtir dans les années trente un château qu'il avait acheté au pays de Galles. Le nabab avait voulu aussi son aéroport privé. Pour que la piste en terre battue soit visible par mauvais temps, s'inspirant du cadran des montres lumineuses, il avait eu l'idée saugrenue de mélanger un additif vert à la terre et une saloperie, genre du radium 226. En moins de deux ans, tout le monde était mort, lui, sa famille, les chevaux, moutons, cuisiniers, gouvernantes, chauffeurs et jardiniers. La propriété avait été déclarée contaminée, interdite, entourée de barbelés aux frais du défunt.

Si c'était du radium 226 qui avait été utilisé, il y en aurait pour plus de mille ans avant de pouvoir prendre un bain de soleil sur la piste d'envol sans risquer de méchantes démangeaisons. Et il ne valait mieux pas boire l'eau qu'il y avait dans le coin.

Corey s'est aperçu que Stone avait disparu, cela ne l'a pas étonné. Stone avait le don d'apparaître et de disparaître, à son gré, sans bruit. Corey a repris à l'envers le chemin qu'ils avaient emprunté pour venir. Ça le rapprochait de Stone et de son métier d'enquêteur spécialisé dans les affaires non élucidées ou non élucidables. Si Stone n'avait laissé aucune trace, ce n'était pas son cas. Ce qu'il y avait d'intéressant, c'était de se voir dans ses propres traces. Corey se souvenait ainsi de ses émotions, se revoyait en train de monter. C'était aussi une façon de progresser, de savoir comment faire mieux, comment ne plus rien laisser derrière lui — comment disparaître en avançant. Car si Corey y parvenait, à l'instar de Stone, il finirait par apparaître comme par magie et pourrait surprendre celui qu'il avait décidé de traquer sans fin.

Le soir arrivait, Corey était ému. Il se sentait proche de ses parents et encore plus proche de la nature dont il était séparé par le meurtre de ses parents. Ce n'était pas un paradoxe, c'était une souffrance. Le meurtre de ses parents l'avait tué et il vivait mort. La nature l'appelait et lui rappelait ses parents qui s'éloignaient dans le temps, s'effaçaient. La souffrance qu'avait provoquée leur agonie, non, bien au contraire. Corey avait l'impression que sa peine mutait, qu'elle devenait une obsession folle. Il se disait presque consciemment « quand j'aurai trouvé l'assassin, je vivrai dans la nature, j'essayerai d'être comme Stone ». Il était venu ici à Panguitch par hasard, pour échapper à la souffrance occasionnée par sa séparation d'avec Frances. Depuis ses seize ans, il tentait de fuir la douleur et n'y parvenait pas.

Il ne bougeait plus depuis il ne savait combien de temps et c'est le geai qui l'a éveillé — il était sur son épaule. C'était si beau, si simple, si important. À deux mètres, un écureuil l'observait, étonné. Il tenait une pomme de pin dans les pattes avant, devait préparer son hiver. Il s'endormirait dans un mois pour se réveiller en mai. Il a fini par se retourner pour se faufiler un peu plus loin dans son terrier. Le geai s'est envolé. Corey était subjugué par la force d'innocence et de vie dont il avait été le témoin. Il espérait. Il espérait comme le geai et l'écureuil doré. Il espérait et comprenait que c'était ça vivre, cet espoir qui ne se disait pas, ne se prononçait pas. Cet espoir en nous et qu'on projetait sans le savoir, sans en être conscient, pour marcher sur la corde au-dessus du vide.

C'était peut-être un peu du baratin, s'est dit Corey qui a craché comme s'il s'était lavé les dents. Du gentil bla-bla-bla. Un besoin d'avoir de bons sentiments ? Les mots, les phrases, les belles formules qui sonnaient... On s'enivrait si facilement de ses propres mensonges. Il fallait se méfier de soi — qui arrivait à enquêter sur lui-même ? Qui aimait son prochain comme il s'aimait lui-même ? Le Mississippi coulait et coulerait. Les gants chirurgicaux étaient utiles pour ne pas se salir les mains, voire ne pas laisser d'empreintes. Pourquoi les hommes avaient-ils une queue au lieu d'une pince ? Lui, Corey, voyait parfois en noir et blanc. C'était complètement abracadabrant pour un autre gars, mais ce gars pouvait trousser sa fille ou sa jument, va savoir ? Des gars qui avaient l'air tout à fait normaux... En embrassaient d'autres sur la bouche et baisaient carrément comme maris et femmes. Tous n'étaient pas pendus, loin de là. C'était pourtant un crime si on avait lu un peu la Bible sur laquelle tout le monde s'essuyait les pieds en jurant sur elle.

Qui ne connaissait pas l'histoire de la blonde qui voulait être brune ? Tout le monde voulait du miel sur sa crêpe et après on se plaignait qu'on avait un gros bide, des grosses fesses. Les sentences et les paraboles, c'était du flan. Il y aurait toujours un aveugle pour voir là où la mouche avait chié.

Il fallait guetter les impressions, essayer de les photographier — et puis avec peindre le tableau. C'était un peu ça le job de l'enquêteur. Le papa de Corey disait que l'homme doutait, que c'était sa nature et qu'il devait se tourner vers Dieu qui Lui ne doutait pas, montrait *ad vitam æternam* la Voie. Ce qui comptait en premier, c'était de ne pas faire le mal. Corey essayait de s'y tenir. Pas facile quand on avait une mentalité de criminel comme il avait.

Francis Bacon & Dewey Gray

Le ciel posé sur les toits et Katherine Welch qui promenait son buste et son staffordshire terrier méchant comme une teigne. Charlie Dean qui sortait de l'armurerie de Dennis Raid avec un sourire enfantin, s'est gratté les parties et a balancé son glaviot comme une bénédiction. Le vieux Grover Carlson qui mangeait ses cacahuètes dans sa main pour ne pas en perdre une. Ce gosse qui a traversé la chaussée un sac en papier sous le bras, avec les achats pour le dîner. Sa maman devait sûrement l'épier par la fenêtre comme le lait sur le feu. Les commerces allaient s'éteindre un à un et le dernier à descendre le rideau de fer serait le père Watson. Son fils s'éloignerait de dos pour démarrer sa Chrysler New Yorker qu'il venait d'acheter et dont il vantait les mérites à qui voulait l'entendre. Elle brillait, toute rouge, ses chromes comme des belles dents.

Corey a pensé à Hopper, évoqué par l'agent spécial Jack White comme peintre du vide. L'inconnu avait horreur du vide, c'était sûr — Corey en était sûr. C'était un homme moderne, si un peintre devait le représenter ça serait ce Francis Bacon que Corey avait découvert après-guerre avec stupeur et consternation. Bacon l'avait instruit sur le crime en peignant l'envers de l'anthropométrie. C'était le sentiment de Corey. Les tableaux de Bacon lui faisaient penser aussi à des écorchés, à de la viande. Le bonhomme devait être raide dingue. Et lui, Nick Corey, trouvait ça beau. Qui était le plus cinglé des deux ?

Il s'est garé devant son bureau. Il a pris sa boîte à malices comme un démarcheur qui va montrer sa marchandise. Il est entré dans la boutique de Dewey Gray, cigarettes, matériel de pêche, souvenirs, couronnes mortuaires... Et il développait aussi les pellicules photo, s'occupait du tirage. Ça sentait le passé. C'est ce que se disait à chaque fois Corey. Dewey Gray est apparu, venant de son arrière-boutique, et a avancé dans le boyau qui circulait dans le magasin où même le plafond était pris par ce qu'il y avait à vendre, notamment un canoë en pin douglas. Corey se demandait à chaque fois qu'il le voyait si Dewey Gray se considérait comme commerçant ou gardien d'une collection hétéroclite rassemblée pour célébrer un autre temps en train de disparaître. Dewey Gray était maigre, de taille moyenne, la peau blanche. Il était perpétuellement coiffé d'une casquette dont la visière en plastique coloré renvoyait sur son visage des reflets bleus ou roses, assez hallucinants. À cause de cette visière, il faisait penser à Ed Wolf. Il a rejoint sa tourelle de tir et a ouvert le tiroir-caisse. Une manie, une façon de se mettre au travail car Dewey Gray était tout sauf cupide.

— Comment va, shérif ?

— Comme un cheval qui rentre à l'écurie... Et vous, m'sieu Gray ?

— Vous arriverez jamais à me dire Dewey ! Je vais comme le gars que vous avez devant vous, shérif... Qu'est-ce que je peux pour vous ?

Corey lui a donné deux rouleaux de pellicule en lorgnant sur un présentoir à mouches de pêche, une vingtaine de leurres chatoyants sur du satin de la couleur des yeux de Bette Davis. La pêche à la mouche était un des vices de Gertrud Frost, la mégère qui nettoyait son bureau et son appartement.

— Je développe et je tire ? a demandé Dewey Gray.

— C'est ça et le plus vite que vous pouvez, s'il vous plaît.

— Je peux, à part encaisser, dire bonjour et au revoir… Ça se résume à ça mes journées… Un jour, je serai remplacé par un robot et tout le monde sera d'accord pour dire qu'il était temps.

Il a soupiré.

— Il y a la pêche, a dit Corey.

— Il y a la pêche, c'est vrai.

Et la tombe de sa femme, morte avant que Corey ne s'installe à Panguitch.

— La facture au comté ou à Nick Corey ?

— Au comté.

— Pas de sang, au moins ?

— Pas de cauchemar, je vous le garantis.

Corey a montré le présentoir à mouches.

— Et vous me mettez ça dans un sac, si c'est pas trop abuser.

Il a posé un billet de vingt devant Dewey Gray qui le dévisageait.

— Vous pêchez pas, shérif ?

— Tout peut arriver.

Dewey Gray n'y croyait pas trop. Il s'est emparé du présentoir et l'a enfoncé dans un sac qui faisait la publicité des fleurs artificielles O'Connor : « Ce qu'il y a de mieux pour nos morts. »

La vérité

Le dessin, « un dindon »

Éclairé par la lampe de bureau au bras articulé, Ed Wolf était penché sur son histoire des États-Unis. Le poêle cliquetait, en train de s'éteindre. Corey s'est débarrassé de son chapeau et de son baudrier.

— Mes excuses pour le retard, Ed, a-t-il dit.

Ed Wolf a continué d'écrire et Corey l'a admiré de s'être lancé dans cette entreprise et de persister jour après jour.

— Un appel de Myrtle Tate, a dit Ed Wolf sans sortir le nez de son mythe de Sisyphe.

Corey a posé sa boîte à malices sur une chaise et a ouvert le couvercle. Pour le sac qui contenait les mouches artificielles, Corey s'en est débarrassé en le posant sur le tabouret de piano, drapé d'un tissu rouge incrusté de têtes d'enfants noirs qui souriaient qu'on pose son cul sur leurs lèvres. Quant au café, il n'y en avait plus. C'était aussi bien, le café bu à cette heure, c'était l'insomnie garantie pour l'enquêteur — il gigoterait dans le lit et empêcherait le shérif de ronfler.

Corey est entré dans le cagibi où était installé le standard. Il a pris l'annuaire du Colorado et a composé le numéro de téléphone de la station-service Texaco de Cortez. On a fini par décrocher. Il s'est présenté et a demandé si quelqu'un se souvenait de quelque chose de particulier le 25 du mois, notamment un plein… Son interlocuteur l'a interrompu pour lui apprendre que lui n'était là qu'exceptionnellement, en remplacement, de rappeler le lendemain. Bernard et Ann Chambers, les propriétaires, seraient là.

Ed Wolf a soufflé sur la page sur laquelle il était à l'œuvre. Il écrivait à la plume et à l'encre violette quand il sentait que c'était du solide, sinon, il utilisait le crayon de papier. Il a rangé sa plume dans un étui et refermé la bouteille d'encre, des gestes méthodiques. Théoriquement il aurait dû attendre Corey, son matériel rangé, en lisant George Bancroft qui l'avait précédé avec une monumentale histoire des États-Unis — du poids d'une roue de secours. Mais Ed Wolf était sur la défensive en réponse à l'arrivée inopinée de l'agent spécial Jack White qui connaissait son nom.

— La vérité, a dit Ed Wolf.

Il avait du mal à continuer.

— Des fois, a-t-il repris, on peut mentir, en croyant avoir de bonnes raisons.

— Je suis bien de votre avis, a répondu Corey.

Il s'est assis dans un des fauteuils à bascule, son paquet de Lucky à la main. Ed Wolf avait du mal à continuer ce qu'il voulait dire ou il avait été frappé d'amnésie… À l'époque des Martiens, difficile d'avoir une opinion qui sonnait juste à tous les coups.

— Je suis bien de votre avis, a répété Corey, par exemple, cet homme qui a purgé sa peine à la prison d'État de Washington…

Ed Wolf l'a dévisagé et a remonté sa visière.

— Quinze ans, a-t-il fini par murmurer. Quinze ans et treize jours.

— Comme vous dites… Eh bien, si vous me le permettez, cet homme a le droit de vivre comme vous et moi.

— Pourquoi vous fumez pas ?

— Comment je fume pas ? J'ai le paquet dans les mains.

— Je connais pas beaucoup d'hommes comme vous, shérif… Pour parler vrai, je connais que vous comme vous.

— La vérité, a dit Corey, la vérité… Il y en a tant et tant des vérités. Pour moi, Ed, vous êtes un honnête homme qui s'échine à écrire l'histoire de son pays, répond sans se fâcher à Myrtle Tate… Et pourtant, de ce que je sais de sa logorrhée…

— Elle aurait vu un drôle d'individu aujourd'hui, j'ai noté son appel évidemment.

— Ah tiens…

— Vous fumez pas ou je vois pas ?

— J'ai reçu une lettre jadis, a dit Corey en se levant. Vous voyez le genre, je l'ai jetée… Alors elle aurait vu un homme ?

— Une lettre anonyme ?

— Pas tout à fait, elle était signée par le directeur de la prison d'État de Washington.

— Ah… Il vous disait que j'étais dangereux, asocial, alcoolique ?

— Un peu… Un homme, vous dites ?

— Oui, c'est ça… Il lui aurait montré un dessin horrible.

— Un dessin ?

Corey était décontenancé… Un dessin ? Ça ne ressemblait pas à un meurtrier en série qui arrachait les dents de ses victimes.

— Le dessin d'un homme sans dents, des fois ? a-t-il dit en espérant la bonne pêche, vu qu'il venait d'acheter des mouches.

— Exactement, shérif… Un homme sans dents qui avait l'air plutôt mort d'après Myrtle Tate.

Dessin ou pas, l'inconnu continuait de jouer à sa manière, de semer des indices. Corey avait l'impression d'avoir été réveillé avec un grand seau d'eau gelée. Mais l'enquêteur devait se garder de frétiller à la moindre nouvelle de l'affaire en cours, c'était écrit dans le manuel.

— J'irai voir ça, a marmonné Corey. Ce qui m'étonne, c'est qu'elle nous appelle. Elle déteste tout ce qui s'approche de près ou de loin d'un poulet, de ce que j'en sais.

— J'ai pensé comme vous, shérif… Elle était pas comme elle aurait pu être d'habitude, m'a pas traité de « couille molle » ou de « croupion de truie »… En vérité, elle était un peu comme une femme qui a eu peur…

— Une femme qui a eu peur, Myrtle Tate ?

— Sans exagérer, shérif… Elle a employé plusieurs fois le terme de « dindon »… Qu'il lui faisait penser à un dindon.

— Un dindon ?

— C'est ça… Ouais… Je comprends pas bien où ça va cette histoire.

Ed Wolf s'est mis une Old Gold dans le bec — Corey s'est bien gardé de la lui allumer. Souvent Ed Wolf rempochait la cigarette qu'il avait gardée aux lèvres.

— Excusez-moi, shérif, ça me trotte dans la tête… Comment vous avez fait pour savoir pour le dessin ?

— Ah… Juste de la chance.

— Vous devriez aller à Vegas, vous feriez fortune.

— Et pour parler de cet homme qui a montré le dessin à Myrtle Tate… Il ressemblerait à quoi ?

— Grand… Costaud… Elle n'a pas vu son visage. Il a tapé

au carreau et a tendu le bras pour montrer le dessin… C'était il y a deux heures.

Myrtle Tate habitait à cinq cents mètres de la 88, en lisière de la forêt de Dixie. Corey ne savait pas quoi faire. Monter dans sa jeep, rejoindre la 88 à vingt miles de là et chercher l'homme dans la nuit… Passer un avis de recherche… Et quel signalement ? Corey a décidé de ne pas s'exciter. Inévitablement, l'inconnu était déjà loin. Corey devait remonter sa piste et à un moment, prendre de l'avance sur lui, anticiper ce qu'il allait faire… Ou dénicher son repaire s'il en avait un.

Ed Wolf a rangé son matériel d'historien dans un cartable en gros cuir jaunâtre. Il a croisé le regard de Corey et a hoché la tête.

— Bien content de vous connaître, Corey.

— Pareillement, Ed.

Ed Wolf est sorti, un peu trop voûté pour un homme qui n'avait que cinquante ans, mais tout le monde ne portait pas le même poids. Corey a enfourné une bûche dans le poêle qu'il a laissé porte ouverte pour augmenter le tirage — raviver les flammèches qui ondulaient sur les braises. Il s'est senti vulnérable et s'est assis en attendant il ne savait trop quoi, que le feu reparte ? La vie aurait pu être plus simple, s'il s'était agi juste de border son lit, de boire son café et de surveiller le poêle… Dont Corey a poussé la porte du pied, il ne pouvait plus bouger. Ça lui arrivait parfois, il était comme collé. Incapable de se décider à faire quoi que ce soit. Dans ces moments, il sentait le poids inimaginable du temps. Penser était lâche et se suicider aussi. Pas de solution à la condition humaine, on avançait par défaut. On ne pouvait rien faire d'autre. Luth ou serpette, tous les instruments étaient ceux de la mort.

Pembroke Castle

Le mystère du Sabre, le kamikaze

Une voiture passait, des pas résonnaient sur le trottoir, ou une voix. Corey aurait bien signé un pacte là avec le magasinier en chef pour qu'il le déclare hors d'usage et le remise quelque part — ou nulle part, d'ailleurs. Corey s'est mis à jouer avec son Zippo sans vraiment s'en rendre compte. Il entendait à peine le claquement du capot. Il était fasciné par ce qu'il ne voyait pas et par tout ce qu'il avait vu et ça faisait un rien noir et dense. Un rien qui le tenait à la gorge, à sa merci. Il devait être un peu comme le bonhomme qui s'apprêtait à se faire sauter la tête avec son bon vieux fusil. Mais Corey ne se suiciderait pas, pour ses parents. N'empêche, il était fatigué de vivre. Ce qui était honteux à son avis et ça le fatiguait encore plus. Main Street n'avait plus beaucoup d'autre réalité que celle des couleurs et de vagues formes crépusculaires. Et dans ce satané potage hallucinogène, une silhouette est apparue derrière la vitre de la porte. Il a réussi à dire : « Entrez. »

L'agent spécial Jack White est apparu, vêtu d'une parka militaire, d'un treillis et de rangers.

— Voilà que vous êtes devenu soldat, a réussi à marmonner Corey.

— Mieux vaut tard que pas du tout, shérif... On dirait que vous êtes mourant ou que vous avez vu ce qu'il ne fallait pas voir.

Il a remarqué la boîte à malices.

— Ah... Votre boîte de Pandore en quelque sorte... Je peux ?

Corey a donné son assentiment d'un geste, il ne parvenait pas à se décider à bouger.

— Tiens donc des dents et un ticket d'essence, a murmuré Jack White. Comme c'est curieux.

Un bidasse est apparu avec un sac en papier dans les bras, dessus était écrit *Prince*.

— Posez ça sur le bureau, lui a conseillé Jack White, le shérif vous en donne la permission.

Ce qu'a fait Corey d'un autre geste, il finirait sémaphore. Jack White a donné un billet au bidasse et lui a dit de l'attendre au comptoir le plus proche. Corey s'est dit qu'il sentait la saucisse, la saucisse avec de la moutarde. L'agent spécial avait bien joué. Les hot dogs de Prince étaient les meilleurs du comté.

Jack White a refermé la boîte à malices. Il a ôté sa parka, a tendu une serviette en papier et un hot dog dans son emballage à Corey. C'était quand même formidable un hot dog. Ce n'était pas du caviar, pas la *Neuvième*, ni la *Dixième*, pas les œuvres complètes de Nathaniel Hawthorne, mais c'était un hot dog. « Un chien qui bandait », d'après Frances. Cette étymologie contestable n'avait pas dégoûté Corey des hot dogs.

— Un peu plus de moutarde ? a demandé Jack White en s'asseyant sur un coin du bureau.

Corey s'était décidé à mordre dans le hot dog et d'un hochement de la tête, il a décliné la proposition. La vérité, c'était que Prince était imbattable. Le poêle ronflait, il aurait fallu fermer franchement sa porte, juste repoussée… Corey avait mieux à faire. Jack White a sorti deux canettes de Budweiser, les a décapsulées d'un geste d'expert sur le coin du bureau et en a tendu une à Corey qui s'en est emparé en la levant. Jack White l'a imité. Ils ont bu et mangé leurs hot dogs. White en a proposé un autre à Corey qui a accepté.

— Vous avez entendu parler d'Ernst Gennat ? a-t-il demandé.

— Le théoricien du *Serienmörder*.

— Je pense que je suis en train de me faire manœuvrer par l'un d'eux.

— Comme celui qui a assassiné vos parents ?

Corey a regardé Jack White et derrière l'agent spécial, loin derrière, il y avait une tombe. Une dalle simple avec deux noms et deux prénoms.

— Vous avez dit qu'il vous manœuvre ? a ajouté Jack White.

— Si je suis sur ses traces, a répondu Corey, c'est par l'effet de sa volonté, de son désir, n'est-ce pas ? D'une certaine manière, il me tient, joue avec moi.

— On peut le dire comme ça… Vous pouvez m'accorder une cigarette ?

Corey a tendu son paquet à Jack White et lui a allumé sa Lucky avec son tour de cow-boy.

— Va-t-il laisser un indice de plus par ici ? a dit Jack White.

Corey lui a parlé de Myrtle Tate et de ce dessin exhibé par l'inconnu.

— J'irai rendre visite à cette dame demain, a-t-il ajouté.

Corey appréciait que l'agent spécial ne lui demande pas pourquoi il ne fumait pas.

— Les tueurs en série ont été en quelque sorte inventés par l'expressionnisme, a déclaré Jack White, Murnau est leur père en quelque sorte... Vous ne diriez pas ça ?

— Les camps ont changé la façon de voir l'horreur, à mon avis... Peut-être bien que Murnau filmerait maintenant en couleur, des teintes blafardes, voyez ?

— C'est intéressant de parler cinéma avec vous, shérif... Au fait, je suis embêté de vous apprendre ça... Demain, on viendra prendre des échantillons de votre sang.

— Carrément ?

— Au cas où vous auriez été contaminé et je vous ai épargné le pire, une hospitalisation dans l'hôpital de campagne où sévit le médecin-chef, le Major Kenneth Henry, un double du docteur Moreau de Wells.

— Merci bien.

— J'ai deux parts de forêt-noire, a dit Jack White. Ça vous tente ?

Corey a acquiescé et s'est emparé de sa forêt-noire, présentée dans une boîte en carton.

— J'aurais été contaminé par les fourmis géantes ? a-t-il demandé.

— Bien sûr.

Corey a goûté la forêt-noire, ce gâteau se digérait dans la bouche avec une sorte de suave onctuosité, parfumait le palais, imprégnait les narines d'un parfum de cacao et de kirsch.

— Et pour les pneus du train d'atterrissage arrière ? a-t-il dit.

— Oui ? Les pneus... Oui ?

L'agent spécial n'avait pas trop envie semblait-il de dévoiler ses cartes, cependant, il était ferré.

— Vous évoquez… Dites-moi ce que vous voulez me faire dire ?

— Ces traces verdâtres.

— Ah…

Jack White a fini sa forêt-noire, Corey la sienne. Il a réussi à se lever et à mettre une bûche dans le poêle. Il a cru voir une ombre sur le toit de la baraque d'en face qui abritait le salon de coiffure de Frank Balling. L'heure était passée d'installer une antenne de télévision ou de nettoyer une cheminée.

— C'est un problème de plus, a dit Jack White.

— Vous ne m'étonnez pas.

— Et vous, vous avez une idée, shérif ?

— Ça serait-il pas du radium 226 ?

— Je crois que je vais vous demander une autre cigarette.

Corey la lui a allumée avec son Zippo qu'il a empoché.

— Vous m'expliquez ou vous gardez ça pour vous ? a dit Jack White.

— Il s'appelait Herman Fleming, il avait fait fortune dans le rail et les conserves de viande, notamment en fournissant l'armée. Il est revenu dans le coin où il était né et a acheté une propriété dans le comté de San Juan, pas loin de la frontière avec le Colorado… C'était au début des années trente.

Corey avait envie de fumer, la cigarette le distrayait de vivre. Sans cigarette, il allait rider très vite, et crac.

— Vous n'allez pas me dire qu'il a fait construire une piste… a susurré Jack White.

— Si je vous le dis… Une piste pour son Ford Trimotor. Une piste qu'il avait fait enduire de cette saloperie pour la voir par mauvais temps et la nuit je suppose… Bref, il est mort, ils sont tous morts et la propriété sous scellés depuis.

Il a regardé deux ronds de fumée de cigarette qui divaguaient. Jack White avait l'air fasciné par quelque mystère qui échappait à Corey.

— Il aurait atterri là-bas, a dit Jack White, puis redécollé, puis atterri sans pilote…

Il a écrasé son mégot dans le cendrier.

— C'est encore un peu plus ennuyeux, voire beaucoup plus… Vous êtes de mon avis, shérif ?

— Je pense que c'est une sacrée pétaudière que cette affaire, vous pouvez rien mettre dans l'ordre… Comment que ça s'appelle ? Vous savez dans un syllogisme…

— La concaténation ?

— La concaténation… Quel mot que ce mot ! Donc, le pilote du Sabre est le frère de Paul, Paul est une fourmi géante… Le pilote du Sabre a atterri à Pembroke Castle…

— L'énorme truc que s'était fait construire Roger II de Montgommery au pays de Galles dans les années mille ?

Corey a acquiescé.

— Herman Fleming avait dû vouloir le racheter, avait dû se faire envoyer sur les roses, avait acheté un autre château, moins royal, et l'avait baptisé *Pembroke Castle* pour faire plus sérieux, plus british, ramener des siècles de tradition dans ses rêves de parvenu.

— Parfait… Mais on n'avance pas beaucoup… Pourquoi le pilote du Sabre a-t-il atterri à Pembroke Castle ? Pourquoi a-t-il redécollé ou pas ? Quel pilote dans ce cas pilotait le Sabre… Sans parler des Martiens…

Jack White s'est tu. Corey s'est levé et a empli deux petits verres au tonneau posé à côté de la photographie du shérif

W. Burton et de sa chienne, Hilary. Il en a proposé un à Jack White qui l'a humé.

— Un bourbon de derrière les fagots, dirait-on.

— Je l'ai trouvé en arrivant.

Pour être précis, c'était la quatrième fois que Corey en buvait et ça serait peut-être la dernière. Il a gardé le verre dans sa main comme une grenade quadrillée. Quelque chose lui flanquait les grelots, quelque chose qu'il sentait venir. C'était comme s'il avait vu l'accident arriver, là-bas, au loin — et qu'il ne voulait pas ou ne pouvait pas mettre le pied sur la pédale de frein. Ça venait de lui, c'était en lui. Il le savait et ne voulait pas le savoir. Ah oui, il était lâche, c'était sûr. Il aurait voulu fuir et… Surtout pas. Le temps qui s'écoulait était précieux, un poison enivrant.

— Nick, a dit Jack White, Nick, il y avait cent kilos de TNT dans le Sabre.

C'était bizarre d'entendre son prénom dans la bouche de l'agent spécial, ça rendait un peu sourd.

— On peut supposer que le pilote, a repris Jack White, voulait faire son kamikaze… Enfin du temps de son vivant.

Il avait tellement envie de fumer que Corey l'a senti et lui a proposé une cigarette qu'il a allumée avec son Zippo.

— Merci, Nick, a dit Jack White.

Il a tiré sur la petite mort en papier comme on boit les premières gorgées d'alcool en sachant qu'on va s'enivrer et a poursuivi :

— Il a décollé à vingt et une heures quarante-trois de la base de Minot et a disparu des radars à vingt-deux heures dix-sept… avant d'atterrir devant vous à vingt-trois heures dix-neuf minutes et trente-quatre secondes… On a un trou d'une heure dix-sept minutes.

Les trois chevaux de bois du lustre ont oscillé. Cette baraque était pleine de courants d'air et de souvenirs. Elle devait rêver à tous les shérifs, aux prisonniers qui avaient pleuré ou espéré dans les cellules.

— J'ai épluché les états de service du pilote, Norman Mason, a confié Jack White, rien à signaler, jusqu'à ce soir où j'ai appris que sa femme avait levé le pied.

Corey a bu une gorgée de bourbon. Il avait la douceur profonde que les ans apportaient aux alcools qui vieillissaient mieux que les hommes, sans parler des orphelins.

— Votre avis, Nick ?

— Je commencerai par une question… Ils ont débarqué quoi du Sabre à Pembroke Castle, agent spécial ?

— Vous voyez l'histoire comme ça ?

Corey a soupiré, il voyait le Sabre qui surgissait, éteint. Il était encore chaud. Depuis il avait refroidi et le mystère ne faisait que croître.

— Deuxième question, a-t-il poursuivi, l'explosif dans le Sabre… Il a été mis où ? À Minot ou à Pembroke Castle ?

Corey a imaginé qu'il allumait une Lucky. Il est allé à la porte et à regardé Main Street. Melvin Gilbert, le fils du propriétaire de la station Texaco, sortait sa Chevrolet Corvette rouge URSS pour la faire pétarader et tenter des pointes de vitesse sur la 88. Le problème, ce n'était pas qu'il se tue mais qu'il tue quelqu'un.

— On m'appelle rarement par mon prénom, a dit Corey.

— Ça vous gêne ?

Oui, Corey était troublé par son rapport avec Jack White.

— Troisième question, a-t-il repris, éludant la question de Jack White, celui qui a décollé de Pembroke Castle était-il, est-il, celui qui a décollé de Minot ? Quatrième question, celui qui pilotait le Sabre s'apprêtait à commettre un acte terroriste, si c'est votre pilote…

— L'USAF est forcément discréditée, a répondu Jack White, je préférerais ne pas m'occuper de cette affaire. Et ce bourbon… C'est un sacré bourbon.

Il s'est débarrassé de son mégot.

— Quand je m'entends mettre en cause l'USAF, a-t-il continué, j'ai l'impression d'être complètement irresponsable… Que je ne mesure pas la gravité de mes propos…

Il s'est vêtu de sa parka, il était manifestement en proie au doute.

— Si nous pensons juste et nous pensons malheureusement juste, a-t-il fini par dire, un pilote de l'USAF est mêlé à une action qui vise la sécurité du pays. Il n'a pas agi seul, il s'agit d'un complot… Vous avez entendu ?

— Je crois.

— Je n'aurais jamais imaginé ça, Nick, je ne pensais pas que c'était possible dans notre pays.

Corey aimait bien l'agent spécial, il était sincère, une grande qualité pour un homme qui était le conseiller du président des États-Unis. Jack White était doux, a pensé Corey, gêné. Il était doux, inspirait confiance. Il devait savoir réconforter celui qui en avait besoin. Corey a baissé la tête, il s'était senti rougir. Il a craint d'avoir une tête de queue, ouais — de gland de cheval qui sort de son fourreau.

— Je vous fais le point de ce que je sais demain, a dit Jack White.

Corey n'arrivait plus à réfléchir, bégayait dans sa pauvre tête. Jack White le regardait avec une certaine curiosité et Corey a eu envie de se tanner la peau des fesses et d'en faire une selle pour qui voudrait. Jack White a mis la main sur le loquet de la porte et a ajouté :

— Cette nuit du Sabre sans pilote, il y a eu vingt-trois appels concernant des ovnis en Utah, comtés de Garfield, Piute, Wayne, Kane, San Juan… Entre vingt-deux heures cinquante-quatre et vingt-trois heures vingt-cinq. C'est beaucoup… Peu importe, j'ai une certitude : c'est que ces apparitions d'objets volants non identifiés n'ont rien à voir avec un quelconque complot… Donc s'il y a un lien, ça ne peut être que fortuit… Comme cette Hudson et son chauffeur… Le hasard, Nick, juste le hasard et rien que le hasard… Seulement, qui peut imaginer un monde né du hasard et construit sur le hasard et ne répondant qu'au hasard ? Vous, Nick ?

Corey était redevenu à peu près normal, à peu près un gars qui a des pieds et un gros nez pour respirer. S'il avait été un peu plus débile qu'il ne l'était, il se serait demandé si ce n'était pas les Martiens qui lui avaient injecté un truc qui faisait perdre les pédales, les Martiens ou bien sûr les… Il s'est aperçu que Jack White attendait une réponse.

— Je suis de votre avis sur l'absence de lien entre ces trois affaires… Sauf…

— Oui, Nick ?

— Sauf que j'étais là et je ne crois pas que ça soit qu'un hasard.

Jack White est parti. Ils ne s'étaient pas serré la main, Corey appréciait. Avec l'agent spécial, ça sonnait toujours juste. Il est monté dans la Willys qui marinait, moteur tournant, le bidasse au volant — il en avait eu marre du comptoir de Prince. Il a démarré et la jeep s'est gommée toute seule par l'effet du déplacement, de la nuit et de l'espace-temps.

Corey s'est retourné et a contemplé son bureau, il lui était tout à fait familier. Corey s'y sentait bien, pourtant il pourrait le quitter sans aucun regret. L'enquête primait, elle seule comptait. Enfin, non. C'était un mensonge, Corey se mentait, il le savait. Il le savait et détournait les yeux. Des fois, on préfère s'asseoir dans une bouse que sur le canapé en soie, pourquoi ? Parce qu'on était idiot et des fois, on ne pouvait pas être autrement. C'était comme l'histoire du condor à deux têtes. Pourquoi il avait deux têtes ? Pour se regarder, mon vieux.

Shérif de nuit

Parfois Corey croyait sentir l'odeur de sa maman, c'était très violent. Il se retenait de vomir, il suait. Et puis ça disparaissait. Sa maman lui manquait, il s'était construit autour de sa présence, un creux en lui. S'il était encore en vie, c'était grâce à elle, sa bonté et son amour l'avaient sauvé et le sauvaient tous les jours.

Il est sorti de son garage, s'est mis à marcher dans l'ombre, longeant l'arrière des bâtiments qui donnaient sur Main Street. Il a surpris un chat qui s'est esquivé, retourné et l'a scruté avec un regard d'Othello. À remarquer qu'il n'y avait pas de navires ottomans menaçant Chypre. Juste des officiers américains compromis dans un complot contre la nation. C'était une activité de types désœuvrés ou perdus. La guerre était passée, la Corée c'était fini, il leur fallait un autre os à ronger. C'était une évidence pour Corey que le lieutenant Norman Mason n'avait pu agir qu'avec d'autres militaires. Le pays ne pouvait pas compter sur la loyauté de tous ceux et celles qui avaient juré de le protéger.

Pour l'heure, le complot apparaissait comme bancal. Équiper un jet de quelques dizaines de kilogrammes de TNT pour le transformer en bombe volante, cela paraissait un poil « amateur ». On pouvait faire mieux. C'était l'épine qui fichait l'infection à Corey. C'était trop ou pas assez, ça marchait avec une patte en moins. Quant à l'atterrissage sans pilote, c'était une autre paire de manches. On pouvait supposer que les complotistes étaient tombés sur un os, une fourmi géante, va savoir... Ou pas du tout ! Cela pouvait faire partie de leur stratégie.

L'enquêteur devait tout accepter, absorber comme une éponge les liquides des délits, faits et circonstances aggravantes — les dents, le TNT, le radium, le parfum, le carter d'huile. L'enquêteur était une poubelle et un réceptacle à augures. L'enquêteur devait tout boire et ne rien croire. L'enquêteur devait déduire la vérité des faits en s'aidant des indices à sa disposition. L'enquêteur pouvait réfléchir, imaginer, mais il devait systématiquement revenir aux faits et à la possibilité qu'ils aient pu se dérouler de telle ou telle façon. Le Sabre avait disparu pendant une heure dix-sept minutes. Il avait atterri sans pilote, contenait cent kilos de TNT. Il avait des traces de radium sur les roues, ce qui pouvait faire supposer qu'il était passé au préalable par la piste de Pembroke Castle.

Un début d'enquête au synopsis flou.

Une question : quelles étaient les véritables intentions des complotistes ?

Corey ne s'est pas posé cette autre question : un enquêteur pouvait-il ne pas être obsédé par son enquête ? Corey savait que l'enquêteur était un chien, il rongeait son os. Corey savait qu'il était obsédé. Carrément. Il savait que son enquête englobait désormais celle que menait Jack White. Il y en avait qui carburaient à l'héroïne, d'autres à l'hémoglobine. Lui, Corey, trempait dans le sang jusqu'à il y a pas longtemps et il y avait rajouté une décoction de radium 226, de TNT et d'acide formique — un sacré mélange.

Corey est revenu par Main Street à son bureau. Le Sabre et l'inconnu se succédaient dans ses pensées. Ça tournait vite et aucun bon numéro n'était tiré par la tombola. Il entendait les télés, les radios qui marmonnaient dans la nuit. Il est passé devant la boutique de Dewey Gray au rideau tiré. Un peu plus loin, Norma McCoy était assise dans l'ombre, sur le bord du trottoir en bois. Elle l'a entendu venir et lui a adressé un petit signe de bienvenue.

— Shérif, quel plaisir de vous voir.

— Bien le bonsoir, m'dame McCoy.

— Norma… Vous me tenez compagnie ?

Corey a hésité. Il était méfiant, tout pouvait être un mirage, une vue de l'esprit. Un gars un peu tordu pouvait s'inventer n'importe quoi pour ne pas voir ce qui lui faisait horreur.

— Vous craignez pour votre réputation, shérif ?

Corey s'est assis à côté d'elle. Elle sentait bon. Pas *L'Heure bleue*, un parfum franc, simple. Elle avait les pieds nus dans la flaque de lumière d'un réverbère et les ongles vernis en rouge, semblait les contempler.

— J'ai dû voir ça dans un film, a-t-elle murmuré. Vous voyez ce que je veux dire, shérif ?

— Pas trop.

— La femme, les pieds nus dans la lumière d'un réverbère… Désillusionnée p't-être… qui attend la bonne rencontre… Voyez ?

Corey a acquiescé — c'était malin, bien observé.

— On devient ce qu'on voit, a-t-elle constaté.

Elle a haussé les épaules.

— Ce qui fait que je sais plus si c'est moi ou si c'est les films, les publicités.

Elle a regardé ses pieds.

— L'hiver va vite arriver, a-t-elle dit.

Elle s'est tournée vers Corey :

— Profiter de la vie, c'est ça le plus dur, marcher pieds nus par exemple... Et vous allez me demander pourquoi je me suis fait les ongles alors que personne ne les regarde... Mais vous ne me demandez rien.

Elle avait de beaux pieds, c'était très important — Frances avait de beaux pieds. Corey s'en est voulu, il n'y pouvait rien. Sa pensée avait le pouvoir, ou tout au moins pas mal de pouvoir. Il regardait les pieds de Norma McCoy. De beaux pieds, hâlés, c'était émouvant. Ses chevilles étaient fines, hâlées elles aussi.

— Vous aussi vous devez vous sentir seul, shérif ? Vous avez une cigarette pour moi ?

Corey lui a tendu son paquet et la lui a allumée.

— Je croyais qu'on la partagerait, a dit Norma, si vous ne fumez pas...

Elle a haussé les épaules et a aspiré une bouffée de fumée sans y croire.

— Je mesure un mètre soixante-huit... Et vous ?

— Un mètre quatre-vingt-six.

— Six ?

— Six.

Norma McCoy a souri et a écrasé sa cigarette et a gardé le mégot dans la main.

— J'imite qui ?
— Vous êtes observatrice.
— Je n'ai que ça à faire… Et vous ?
Corey a eu un geste vague, genre : « Un shérif vous savez, c'est juste un gros cossard. »
— Pourquoi vous êtes ici ? a insisté Norma McCoy. Pour échapper… Pour attendre… Par dépit, fatigue ?
— Un peu tout.
— Ah carrément !
— Et vous ?
— Par lâcheté, avec l'excuse d'être utile à ma mère… Par déception… J'attends, Corey, et j'ai déjà vingt-neuf ans… Je suis rousse, vous avez remarqué ?
C'était tellement bizarre comme remarque que Corey a eu envie d'être un autre homme, dans une autre histoire, un autre destin.
— Et mes yeux ?
— Plutôt verts avec…
— Avec ?
— Des reflets, a murmuré Corey.
Il était étourdi, n'avait pas assez bu pour être éméché et avait le pressentiment qu'il fuyait une vérité effroyable.
— Corey ?
Elle n'a rien dit de plus. Corey, lui, craignait l'éveil du monstre caché en lui, sa fureur et son vice.
— Voyez, Corey, ma mère voulait que je me dépucelle à quinze ans avec un homme qui aurait eu de l'argent… Pour qu'il m'épouse… Longtemps les hommes m'ont dégoûtée à cause de ça.
Corey était troublé par cette confidence, elle résonnait en lui. Il a eu conscience qu'il ne se posait pas certaines questions

parce qu'il ne pouvait pas admettre les réponses — le comble pour un enquêteur.

— C'est pas fréquent un homme avec une étoile, a dit Norma McCoy, on a envie qu'elle brille.

— Faudrait que j'y aille maintenant, a-t-il murmuré.

Il était triste et crevé, il s'est levé.

— On cache tous un truc, a-t-elle dit, c'est plus ou moins lourd à porter, c'est tout.

Elle a tendu la main, il l'a aidée à se mettre debout et il aurait dû les garder dans sa serre ces cinq doigts chauds et délicats — oui il aurait dû, mais il ne l'a pas fait.

— Au revoir, Norma, a-t-il dit en s'en voulant, en le regrettant.

— Au revoir, Corey.

Il s'en est allé comme un shérif de nuit. Ses pas résonnaient et il n'a pas pu s'empêcher de se retourner. Elle le regardait. Il lui a fait un signe de la main, elle le lui a rendu. Que c'était lourd, comme il aurait voulu être plus léger, plus simple. Il a baissé les yeux sur son étoile — elle ne brillait pas. Une trouille atomique l'a empoigné aux couilles. Là où le péché attendait l'homme sans se faire trop de souci sur son commerce car l'homme était né pour pécher… Pas sûr que c'était son papa qui disait ça.

Les histoires

Les photos, l'inconnu, la Bible

Les écrivains n'étaient rien que des gars mal dans leur peau avec des boutons et des petites bites. Ils essayaient de sortir de leur misère en racontant des histoires. Les histoires servaient à croire. Tout le monde voulait croire. La Bible, ce n'était qu'un ramassis d'histoires invraisemblables. Pourtant on y croyait ou avait besoin d'y croire. On avait besoin tout le temps d'histoires, tout le temps. Tout était une histoire, tout, si on le voulait. Le Sabre maculé de suie qui surgissait sans pilote, l'Hudson abandonnée avec son parfum, c'était des histoires. Corey avait besoin d'histoires, de se raconter en les vivant, de poursuivre une histoire mal entamée, la sienne — d'essayer de trouver une fin. Il fallait raconter des histoires et éviter de s'en raconter. Il fallait raconter des histoires aux gens, les écrivains l'avaient bien compris. Leur raconter des histoires pour les inquiéter, les distraire, détourner leur attention ou les prévenir qu'ils allaient se coincer les doigts dans la porte.

Raconter des histoires, raconter des histoires… Par exemple celle du gars qui avait six doigts à la main droite et qui était gaucher.

Corey s'est assis derrière son bureau et a battu les vingt-quatre photos du ciel qu'il avait faites et les a posées une à une devant lui, comme les cartes d'une réussite. En contemplant le ciel, il a eu la certitude qu'il serait confronté à l'inconnu, qu'il le verrait… Mettrait-il fin à ses agissements ? Corey n'a pas su trouver la réponse dans les vingt-quatre métamorphoses du ciel mais il y a vu Norma McCoy — certaines de ses remarques l'avaient diablement troublé.

« Celui qui se ment, disait son papa, ment à Dieu. » Ça aussi, c'était une sorte d'histoire. Parce que son papa était mort et qu'il était devenu une histoire. Les morts n'étaient ni au paradis ni en enfer, ils étaient dans les histoires. Ils étaient la quille des histoires, le ferment de la pâte. Sans mort, pas d'histoire. Sans histoire, pas de moissons, d'été ni d'hiver. L'enquêteur le savait bien. Tout était histoire, tout était enquête. Nombre d'histoires et d'enquêtes n'étaient pas finies, bâclées — car ceux qui voulaient les raconter n'en avaient pas la force, l'honnêteté. Ainsi les tueurs en série continuaient d'écrire leurs œuvres.

Corey a rangé les photos dans leur tiroir et est resté sans bouger, pour disparaître. La journée de l'enquêteur s'achevait. Norma McCoy avait un corps et une saveur. C'était certain, mais un raton laveur aussi. Il a fermé à clef son bureau et éteint les lumières, s'est déplacé dans l'obscurité. Un sacré fantôme de plus dans une ville de fantômes. Il connaissait son labyrinthe et ne craignait pas d'affronter la nuit. Ce qu'il craignait d'affronter, c'était la vérité.

Un souvenir concernant le crime de ses parents est passé dans son esprit, il a eu envie de vomir. Un souvenir comme une odeur. Le souvenir est resté en eaux profondes et il n'a pas vomi. C'était ça la vie de l'enquêteur : la multiplication des frustrations, le sentiment de manque perpétuel. L'enquêteur devait toujours rester en rapport avec sa pensée, l'analyser, y compris ses rêves. C'était impossible, vivre l'était aussi. L'enquêteur devait savoir que ce souvenir oublié pouvait lui revenir sur le bout de la langue, surgir avec telle ou telle association, pendant, après... Un jour ou l'autre. Un jour ou l'autre, on était face à un souvenir oublié. C'était souvent au dernier moment, au dernier souffle... Le souvenir apparaissait et le bonhomme partait avec.

Corey a quitté son bureau et est passé devant les cellules. Il s'est arrêté, il lui a semblé sentir une odeur inconnue, du savon ou de l'eau de Cologne. Il a monté l'escalier rapidement et sans aucun bruit, s'est de nouveau arrêté en haut, dans la pièce vide.

Il a attendu, le plancher craquait et s'il y avait quelqu'un... Finalement Corey a traversé la pièce, s'est arrêté sur le seuil de la cuisine. Une vitre de la fenêtre était cassée. Il est allé dans la chambre. Il sentait l'homme, il avait été là il n'y a pas longtemps. Corey s'est souvenu des chevaux de bois du lustre qui s'étaient ébroués — chacun ses oies du Capitole, sa surdité. Il s'est souvenu de l'ombre sur le toit de la maison de Frank Balling... Ils étaient peut-être deux ? Un qui surveillait Corey tandis que l'autre fouillait son appartement ?

Corey a tiré sur le premier tiroir de la commode. La Bible était là. Il l'a contemplée longuement dans la pénombre. Elle était tout ce qu'il avait d'eux. Il l'a prise dans ses mains, l'a serrée contre sa poitrine. Il l'a feuilletée sans l'ouvrir. Il la connaissait par cœur, par amour — presque mot à mot. Il connaissait les coquilles, les menaces et les louanges, les prédictions, les calamités, les blasphèmes et les crimes. Il connaissait les taches de sang. Il connaissait les mots soulignés, les phrases. Ainsi il réfléchissait aux questions que son père s'était posées, ainsi il partageait avec lui son amour.

La gravitation

28 septembre 1954

Les criminels rôdaient à la frontière de sa chambre, de la porte de la fenêtre, du tapis. Ça ne servait à rien de se cacher les yeux avec les mains, à rien. La douceur de maman n'y pouvait rien. Ses sourires et ses caresses, rien non plus. À la nuit, ils venaient — à la nuit, toutes les nuits. Il fallait du courage, il n'en manquait pas. Il entrait dans sa chambre, se préparait pour maman et papa. D'abord papa. Papa lui disait que le Seigneur protégeait son sommeil, il lui caressait le front et disait : « Il m'a donné ce bel enfant. » Des fois les yeux de papa étaient embués de larmes. Corey percevait tout l'amour, tout l'amour qu'il recevait. Et puis maman était là. Elle lui tenait la main, il aurait voulu qu'elle ne s'en aille pas. Dans la chambre éteinte maintenant, il était seul et les autres le guettaient. L'un d'eux pointait sa tête de poule au bec si pointu. Corey pensait à maman et à papa pour se protéger. Il attendait, attendait que les autres, les criminels, se fatiguent.

Le geai bleu l'a regardé et Corey savait que l'homme perdu s'inventait des prétextes, des pensées, des actions. L'homme perdu se mentait pour ne pas affronter la vérité. Le papa de Corey croyait en Dieu mais n'importe qui savait que Dieu était mort depuis belle lurette. Sinon personne n'aurait juré sur la Bible. Le geai bleu le regardait, concentrant dans ses pupilles minuscules une question immense à laquelle Corey ne pouvait pas répondre. Le geai bleu s'est envolé et s'est posé sur le manche du balai comme la veille. Corey n'était pas sot au point de croire à l'immuabilité. Sur une planète qui tournait sans cesse sur elle-même et autour d'un astre auquel elle était attachée par la gravité, rien ne pouvait durer. Rien n'était figé… Et quand tout ne serait que mort et froid, l'aventure continuerait.

Le jour se levait tout juste, le bled roupillait encore. Corey a fini son café à la fenêtre. Il avait ramassé le verre brisé et demanderait à Earl Davis de remplacer le carreau. Corey est revenu pieds nus dans la chambre. Pieds nus, sans personne pour les regarder. Il a contemplé la Bible, refermé le tiroir. Il s'est assis sur le rebord du lit, comme un prisonnier qui sait que la journée va être longue. La tasse refroidissait dans ses mains, il aurait aimé prier.

Il était en caleçon, torse nu, il avait des muscles saillants, des cicatrices. C'était un homme dangereux, à l'évidence — lui aurait voulu prier. Il a fini par se lever, s'est lavé et il était bien obligé de voir le visage de l'enquêteur dans la glace. Ce gars-là faisait semblant de ne pas savoir que l'érection et la gravitation marchaient de pair. Pour tenir droit sur ses guiboles, il fallait bander dru.

Un cabriolet Packard

Un avion a bourdonné au-dessus du bled. Il allait là-bas. Là-bas le Sabre captait toute l'attention. Le Sabre prenait une place de roi dans cet *intermonde* que l'information avait interposé entre les hommes et la réalité. Ceux qui manipulaient l'information étaient les premiers manipulés. Le Sabre était pour eux une évidence, la preuve du complot qu'ils dénonçaient tous les jours. Le problème, c'était qu'il y avait un autre complot — qui concernait aussi ceux qui manipulaient l'information. Pas sûr qu'ils aient le loisir de l'évoquer.

Il était à son bureau, avait du mal à tourner le bouton de mise en marche. Il a regardé l'étoile sur son blouson, à l'autre bout de la pièce. La journée de l'enquêteur devait bien commencer à un moment ou à un autre.

Corey a réussi à lever son cul, a traversé la pièce. Dewey Gray lui avait glissé les tirages sous la porte. Ils étaient plutôt nets dans l'ensemble. Corey s'est assis à son bureau, les tirages devant lui comme la veille le ciel. Il a introduit une Lucky entre ses lèvres, l'a reposée. Il a composé un numéro de téléphone.

Il a attendu longtemps avant qu'on décroche — une femme à la voix plutôt agréable.

— Ann Chambers ? a dit Corey.

— Elle-même… Vous êtes policier ?

— Shérif Nick Corey, du comté de Garfield, juste une question.

— Pas besoin de dire que vous êtes shérif, ça se sent à travers le téléphone. Qu'est-ce qu'on a fait ? La journée commence tout juste.

— J'ai un ticket d'essence du 25, samedi dernier, vingt-trois gallons.

— Vous m'en direz tant…

— Une Hudson Sedan verte.

— Il rentre pas vingt-trois gallons dans une Hudson Sedan, shérif, verte ou dorée à l'or fin… À moins de remplir le coffre.

Corey a eu l'impression qu'on lui refermait la porte sur les doigts — il s'est senti idiot et en panne.

— Attendez, a repris Ann Chambers, attendez… Il y avait bien une Hudson verte, j'en suis sûre, mais je sais pas combien le gars a embarqué d'essence.

— Vous vous en souvenez ?

— Baissait la tête, voyez… Restait dans l'ombre… Il avait le crâne comme qui dirait tondu très court, très court… Un grand, en salopette, une baraque… Tiens, il avait aux pieds des Thorogood qui avaient servi… La couleur d'une vieille selle virant un peu vers l'orange… Les lacets étaient neufs, jaune et noir.

Corey avait bien deviné — les Thorogood allaient avec le type.

— Et la voix ? a demandé Corey. Un accent, par exemple ?

— Il a pas dit dix mots… Plutôt comme s'il était un personnage de dessin animé, genre Donald… Ça faisait bizarre… Il m'a tendu un billet de dix, je lui ai rendu la monnaie. Il m'a demandé s'il pouvait vérifier la pression des pneus, j'ai dit que oui. J'ai raccroché la pompe pour m'occuper d'une beauté… Eh bien, c'est elle ! Je vous le signe moi, dans un cabriolet Packard Caribbean jaune, vingt-trois gallons, une Packard, ça les boit.

Corey a gardé son calme.

— Rien de plus à ajouter sur cette femme ?

— Parfumée, habillée pour aller en ville, je me suis demandé où d'ailleurs… Me semble qu'elle avait des plaques de Californie… Voilà, shérif, je crois bien que j'ai fait le tour du problème… Non, j'ai oublié pour le bonhomme… M'a semblé qu'il avait les dents en métal, ou en argent… Je le jurerais pas… drôle d'impression.

Des dents en métal ou en argent… Et il arrachait les dents. Une vocation de dentiste contrecarrée, pas de doute.

— Merci beaucoup, m'dame. S'il y a quelque chose qui vous revient à l'esprit… Soyez bien aimable de me le faire savoir.

— Avec un beau gars comme vous, si vous me permettez, shérif, j'hésiterai pas.

Il lui a donné son numéro de téléphone et ne s'est absolument pas rendu compte qu'il raccrochait. L'inconnu avait vu la femme à *L'Heure bleue*. Il avait dû la suivre, l'avait « enlevée », mise à l'arrière de l'Hudson et… Il fallait trouver la Packard… Il était un peu étonné que la femme à *L'Heure bleue* ait ce genre de voiture. Il aurait parié pour une Jaguar, une Alfa Romeo. Il s'est empêché de passer un avis de recherche. Ça serait mieux s'il avait l'identité de la conductrice, les numéros des plaques d'immatriculation. Et pour l'inconnu, il avait progressé : la salopette, la haute stature. Il pouvait commencer le portrait-robot… Il pouvait l'imaginer, l'entendre.

Le souvenir est venu le détourner de l'enquête. Corey a essayé de le repousser mais le souvenir était le plus fort. Dans un coin des douches, les surveillants laissaient faire. Horn l'a forcé et les autres après. Les criminels de son enfance s'étaient réveillés avec leurs becs durs et leurs têtes de dindons ou de loups. La nuit et le jour s'étaient confondus. Il était seul tout le temps et les criminels tout le temps là. Maman et papa n'étaient plus et Corey s'efforçait de ne pas penser à eux pour ne pas pleurer.

Horn parlait souvent du Mississippi et des poissons-chats. Il racontait son bled, sa barque. Corey avait dessiné une carte du Mississippi dans sa tête avec le bled de Horn marqué d'une croix jaune comme les yeux du Diable.

Myrtle Tate & Sitting Beer

Le dessin

« Le courage, c'est aimer, disait sa maman. Un jour tu aimeras une femme, tu choisiras les alliances, prépare-toi à ça. C'est un but dans la vie, du bel or, pas n'importe lequel. Des alliances faites pour vous deux. Elles vous uniront pour la vie, comme vos lèvres et vos yeux, vos mains. »

Corey s'est garé en dessous du repaire de Myrtle Tate. Une vraie cabane de sorcière, pas loin de la 88. Biscornue, en partie sur pilotis. Elle surplombait la piste et on y accédait par un chemin privé qui était reconnu comme un casse-cul de première. C'était Myrtle Tate qui l'avait construite de ses mains avec l'aide de malheureux à qui elle offrait de force ses charmes et qui devaient rembourser ses faveurs en s'usant l'échine pour elle. Coiffé de son chapeau, Corey a gravi la pente lentement en cherchant des empreintes de Thorogood et il en a vu une nette, pied droit. Il l'a prise en photo, au flash ce coup-ci. Il a continué à monter, scrutant le sol, ce qui ne l'a pas empêché d'entendre qu'on armait une culasse. Il a levé les yeux et aperçu Myrtle Tate, à quinze mètres au-dessus de lui avec son Trench Gun, un Winchester conçu pour nettoyer les tranchées en 18. Un vieil amant l'avait rapporté de France et lui avait laissé en héritage.

— Bien le bonjour, m'dame, a dit Corey.

— Miss.

— Miss.

— C'est bien vous, Nick Corey, le shérif de Panguitch ?

— C'est moi, miss.

Elle n'a pas baissé son canon tout de suite et Corey savait que si le coup partait, il serait enterré en plusieurs morceaux. Mais lorsqu'on est mort on est mort et on est sourd et aveugle, mon vieux.

— Vous trouvez normal qu'on vienne chez moi me montrer des horreurs ?

— C'est pas normal, miss, c'est sûr.

— Pourquoi que vous venez que maintenant ? Pourquoi que c'est possible qu'on vienne terroriser une femme américaine chez elle, putain de la mort ?

— Entre nous comment que vous avez fait pour pas le tuer avec votre Trench Gun ?

— M'a prise par surprise, sinon bien sûr qu'il serait raide mort, ce cannibale.

Corey s'est mis en marche et l'a rejointe. C'était une drôle de femme — on pouvait le dire et le redire. Elle avait un peu une tête de veau sur un corps assez malingre, boursouflé de manière formidable au niveau de la poitrine. Elle était en chemise de nuit, avec un petit tablier en guise de cache-sexe. Coiffée d'un stetson. Les pieds dans des mules à pompons — très maquillée, arrangée d'un chignon retenu par une fourchette.

— J'étais en train de prendre mon thé, je le prends assez tard avec un bon lard frit.

Son thé, en fait, c'était un whisky qu'elle distillait quelque part dans la montagne. Corey avait autre chose à branler qu'à faire la chasse aux alambics clandestins. Quant au lard, c'était celui de trois cochons tachetés blanc et noir que Corey entrevoyait, enfermés dans un parc en lisière de forêt.

— C'était vers les six heures, une heure avant que le soleil tombe derrière les crêtes, venez voir ça.

Il l'a suivie. Elle marchait tout à fait bizarrement, comme si elle pédalait en danseuse sur un vélo sans guidon. Corey a manqué l'imiter par mimétisme. Elle devait rendre dingue toute personne vivant une journée en sa compagnie. Elle a gravi souplement les cinq marches qui permettaient d'accéder à une terrasse en planches et à la baraque.

— Vous savez pourquoi que c'est peint en rouge ?

La terrasse, toute la baraque, pour dire vrai — on comprenait les taureaux.

— Pour le sang, shérif ! C'est Donald, un de mes fiancés, qui m'a appris que dans la marine à voile, le coin des canonniers était peint en rouge sang, à cause que quand ils se prenaient un boulet au coin de la gueule… Eh bien, sang sur sang, ça se voyait pas et les survivants mollissaient pas…

Elle s'est gratté les seins et le pubis et a poursuivi :

— Si j'avais pas eu un coup de faiblesse, un accès de féminité… Je lui mettais les tripes à l'air ! Vingt dieux, je l'aurais fait avec plaisir.

Elle s'était arrêtée sur le seuil de la cuisine — une fenêtre donnait sur le ciel, l'autre sur le terrain qui entourait la baraque. Elle scrutait Corey, décontenancé. Elle avait les yeux dilatés, devait fumer le calumet de la paix avec son dernier fiancé, un Shoshone surnommé Sitting Beer et qui se disait fils du chef Pocatello.

— On vous a déjà dit que vous étiez un Apache ?

Corey a tressailli.

— Sont tous aveugles et vous encore plus… Comment que vous faites dans votre boulot, si vous êtes pas fichu de vous regarder dans la glace, shérif ?

Elle a craché sur le plancher…

— Bordel, je croyais que j'étais dehors ! Je perds les pédales.

Elle a passé la serpillière avec une de ses pantoufles à pompons. Corey, lui, n'arrivait pas à revenir à la surface.

— Moi je m'y connais, a repris Myrtle Tate, je m'y connais en hommes et en Indiens. Les Indiens sont pas vraiment des hommes, mais alors les Apaches… Sacrée bande de voleurs et d'égorgeurs. Des fils de pute capables de marcher cent miles sans débander, sans boire et sans bouffer… Vous êtes bien un putain d'Apache, sauf votre respect, shérif.

Elle est allée chercher une Chesterfield, Corey la lui a allumée avec son Zippo et son tour de cow-boy.

— « C'est bon pour vous », a-t-elle marmonné.

Répétant un des slogans de la marque qui avait déjà dû enterrer de pleins cimetières de ses amateurs.

— Vous êtes un dur, shérif, je m'y connais. Je préférerais pas me frotter à vous, c'est sûr, mais le Dindon… Le Dindon, c'est la mort ambulante…

— Le « dindon », miss ?

— Vous imaginez une faible femme comme moi en train de renifler son thé et de prendre la première tranche de lard qui rissole dans la poêle ? Tiens je vous le fais sans le thé, ni le lard.

Elle s'est assise sur une chaise en cuir dont le dossier était décoré de cornes de longhorn.

— Voilà, je suis comme ça… et vous voyez, shérif, je finis par me sentir mal, alors…

Elle s'est retournée…

— Alors je me retourne et je le vois ! Par les burnes de mon père, j'ai hurlé ! Moi, Myrtle Tate ! Pardon, shérif, ça m'a secouée.

Elle s'est levée, semblait revivre la scène.

— Il me regardait, le visage dans l'ombre… Je voyais que ses dents, des dents en fer, sacredouille ! Il souriait… Une abomination… Surtout que, comment dire… Voyez il a le crâne rasé avec les poils qui poussent et son visage c'est pas mieux… Ce qui fait qu'il y a pas de différence entre les deux, les yeux dans les poils… Et encore les poils qui sortaient de sa chemise… Comme un cochon sauvage habillé en homme… Il a tendu le bras et a plaqué ce putain de dessin sur la vitre ! Oui, comme je vous le dis et je m'en souviendrai bien après que je sois morte et enterrée.

Elle a caché son visage dans ses mains.

— Un cauchemar, a-t-elle murmuré.

Elle a enlevé ses mains et aspiré une bouffée de sa Chesterfield.

— Le Dindon parce qu'il rit comme un dindon qui glougloute.

Sacré client… Il devait inspirer une trouille infecte lorsqu'il surgissait avec son sourire Super Colgate — dents blanches, haleine fraîche.

— Vous pouvez me décrire ce dessin, sans vouloir vous importuner ? a-t-il demandé avec un détachement feint de shérif qui a rangé son cheval dans la penderie.

— J'ai une tête à être importunée, franchement, shérif ?

Elle a plongé les mains dans la poche de son tablier et a donné une feuille de cahier pliée en quatre à Corey.

— Me l'a laissé en cadeau.

Corey n'en est pas revenu… Il a saisi la feuille et l'a dépliée. C'était un dessin très habile au stylo à encre noire et aux crayons de couleur. On aurait pu dire que c'était beau et effrayant comme le dessin d'un enfant fou mais c'était monstrueux car c'était l'œuvre « raisonnée » d'un adulte. La tête d'un homme aux yeux pleins de souffrance et d'horreur. L'homme avait le visage barbouillé de sang, la bouche ouverte, sans dents visibles. Traces de gomme, les oreilles semblaient avoir été rajoutées. Corey était fasciné par le dessin, les couleurs, les fausses proportions. Elles accentuaient l'horreur que celui qui l'avait fait avait voulu transmettre.

L'homme n'avait plus de dents et lui, Corey, en avait trouvé un petit sachet en promotion. La question : comment arracher les dents d'un homme qui n'était pas consentant ? Quant aux éventuelles empreintes… Il faudrait des mois pour obtenir le moindre résultat et Corey préférait foncer.

— Impossible d'oublier ça, shérif, impossible. Dites-moi que c'est un canular.

— Je peux pas vous le dire, miss, j'aimerais pourtant.

Le dessin lui faisait mal — le tenir dans ses mains le révoltait.

— Vous me donnez la permission de jeter un œil autour de votre maison ?

— Vous savez pourquoi je l'ai pas tiré comme un nègre ?

— Non, miss.

— C'est la faute de Sitting Beer, ce gros salaud de Shoshone était couché sur mon flingot, carrément comme si c'était un godemiché, pardon shérif… Je lui ai mis une torgnole qu'il oubliera pas… Vous avez qu'à regarder.

Corey s'est retourné pour voir un gros sac à frites avec une tempe gonflée et violacée. Il était en tricot de corps et pas plus — puait plus que de raison.

— J'ai rien fait, shérif, a-t-il bredouillé. C'est pas moi.

— Ferme-la, tête de couille, a gueulé Myrtle Tate, remonte ou tu vas voir !

Le gros Shoshone s'est pressé d'obéir. Corey n'était pas fier de lui. Il n'avait pas entendu arriver le gars, autant se coller une cible dans le dos avec la mention : « Tirez, c'est gratuit. »

— Et bien sûr que vous pouvez faire le tour de cette baraque, a maugréé Myrtle Tate… Mais je vais vous dire un truc, shérif, les Apaches, comme vous le savez, je connais, et un Apache avec des yeux comme vous avez, ces yeux que vous avez, sauf votre respect… Eh bien shérif, cet Apache-là, c'est un esprit qui est sorti de son corps. Je vois bien que vous avez un truc lourd à régler, votre blanc d'œil il est chargé de poison. Vingt dieux, réglez-moi ça au plus vite, ça sera mieux pour tout le monde car les esprits qui errent, c'est pas bon… Z'avez qu'à penser au Dindon.

Corey était coi, Myrtle Tate l'avait chloroformé. Apache et deux fois orphelin, ça faisait beaucoup pour un shérif de l'an mille neuf cent cinquante-quatre. Corey aurait pu classer dingueries les assertions de Myrtle Tate. Mais elles sonnaient juste en lui, ou plutôt elles lui faisaient entendre ce qu'on lui avait plus ou moins dit ouvertement ou ce qu'il avait pu penser. Une gueule d'Apache avec des yeux… Ouais… Et si Myrtle Tate lui avait parlé de ses origines martiennes ?

— Quoi ? a-t-elle marmonné. Quoi ? On dirait que vous êtes au cabinet à forcer.

Corey n'a pu que saluer Myrtle Tate, pas possible de parler. Il est sorti le cerveau essoré… Elle l'a appelé et il a pivoté.

— Vous pouvez me tirer le portrait, shérif ? Personne m'a prise en photo depuis au moins vingt ans.

Cette demande absurde a fini de désarçonner Corey. Il a pris Myrtle Tate en photo. Elle souriait, ses seins serrés dans ses bras et Corey se méfiait de se faire mordre — que les nichons fantastiques sautent sur lui et le dévorent.

— Merci bien, shérif, a dit Myrtle Tate, vous êtes un dur de dur mais vous avez du cœur.

Le bouton

La cerise sur le gâteau

Corey a laissé là Myrtle Tate sinon il était bon pour l'asile. Il a fait le tour du propriétaire. Vu son état psychique, il n'aurait pas vu une empreinte de dinosaure dans le beurrier. À la place, il a vu le bouton posé sur la pierre. C'était un peu trop voyant. Corey ne s'est pas baissé tout de suite, il a regardé aux alentours. La maison de Myrtle Tate le dominait. Il avait descendu un étroit sentier que Sitting Beer avait dû tracer avec son postérieur lorsqu'il se faisait virer par une faible femme demeurant dans le coin.

Sentier qu'il n'aurait pas dû emprunter — l'enquêteur s'arrangeait toujours pour ne pas faire ce qu'il aurait dû faire. Sinon il aurait enseigné la flûte traversière dans une banlieue paisible de Boston.

Corey a ramassé le bouton, un bouton de chemise peut-être ? Noir. Mais des boutons noirs… À qui appartenait-il ? Au Dindon ? Est-ce que ce bouton avait de l'importance ? Lui, l'enquêteur, il pouvait en espérer quoi ? Le pousser sur l'échiquier comment ? Et Corey a su : le bouton avait été mis là en évidence par le Dindon. Il faisait partie de la mise en scène qu'il organisait, devait être relié à une scène de crime — laquelle ?

Un indice ça parlait toujours, il fallait simplement être là quand il se mettait à table. Mais deux ? Parce qu'il y en avait un deuxième. Un deuxième tas de « poussière » à cinq, voire six pieds du bouton — ça voulait dire quoi ? Pas du ciment, du sable. L'affaire devenait encore plus tarabiscotée. Il voulait en venir où le Dindon, voulait lui faire piger quoi, le conduire où ? Le tas de sable semblait un peu plus haut que celui laissé chez les Burnett. C'était intentionnel ? Corey se disait que oui. Seulement ça voulait dire quoi ? Il y avait forcément une allusion, laquelle ? Pourquoi du ciment et du sable ? Pourquoi en petits tas qui grossissaient ?

Le Dindon laissait des indices derrière lui, comme le Petit Poucet des cailloux. Mais le Dindon ne voulait pas retrouver son chemin. Le Dindon voulait jouer avec Corey, le conduire où il voulait pour le découper en morceaux, le cuire à l'étouffée ou à la broche, farci à la menthe. Et bien sûr, lui arracher les dents et le reste.

L'enquêteur devait être patient, lucide, et un peu masochiste. L'enquêteur devait défiler sans cesse devant ses preuves et indices rangés sur les étagères du présentoir à preuves et indices. Il devait attendre le déclic, l'intuition. L'enquêteur devait chercher de la merde pour marcher dedans du pied gauche et démasquer le jardinier qui avait empoisonné le thé sans éveiller les soupçons — d'autant plus qu'il n'était pas là lors de l'assassinat de miss Smith.

L'elk

La balle perdue

« Ceux qui ne veulent rien de grand sont forcément malheureux », disait Perry. « Vois le poulain, disait maman, et tu sauras ce qu'est le beau. » « On ne peut pas faire le mal sans nier la force du bien », disait papa. Et il disait aussi sous la Ford A : « Un homme de Dieu est forcément un mécanicien »... Comment comprendre tout ce qu'on entendait dans une vie ?

Corey a été tiré de sa rêverie par un choc... Un elk frottait son cul contre le capot de la jeep, s'en contrefichait totalement de Corey. Il a lâché un pet détonnant et s'en est allé, tout seul dans son monde... Satanée bestiole, faut le dire.

« En vérité, disait Charlie Dean, un putain d'elk c'est bien plus dangereux qu'un putain d'ours. Ces gros fainéants, poursuivait-il, sont peureux comme des femmes enceintes tandis qu'un putain d'elk qui t'arrive dans le cul c'est un putain de suppositoire de pas loin de trois mètres de long et huit cents livres, putain ! Avec des putains de cornes pour te branler avec, putain ! »

Charlie Dean avait été à moitié sodomisé par un elk qui était arrivé en traître à quarante miles à l'heure dans son pare-chocs arrière. Il avait réussi à l'avoir — avait passé un mois couché sur le ventre pour le digérer. Sa femme, une Ute, avait fumé l'elk à la place de sa sauge et de son peyotl habituels et ils avaient mis un an pour le bouffer. « Il en reste rien, disait Charlie Dean à qui voulait l'entendre, je l'ai entièrement chié. » Tous les matins, il pissait sur les bois de l'elk pour qu'il se réincarne en couche-culotte… Des histoires… Il fallait des histoires, elles n'empêchaient pas le crime mais elles rendaient la vie supportable. Il ne fallait pas confondre les histoires et les souvenirs. Les souvenirs étaient tous pathologiques, tous incurables. « La preuve, Freud est mort d'un cancer », aurait pu dire Perry… Histoires, souvenirs… Un écrivain devait pouvoir s'en sortir avec ça, aller de l'un à l'autre — Corey n'était pas écrivain. L'elk qui avait fait office de madeleine avait levé le camp. Il n'en restait rien du tout et Corey s'est senti assez en forme pour s'intéresser au dessin de l'inconnu.

Il a réouvert l'enquête : l'inconnu avait kidnappé la femme à *L'Heure bleue*. Ça c'était une certitude. L'avait-il tuée, sans doute… Sans savoir pourquoi, Corey ne voulait pas. Il voulait qu'elle vive. Ce qui était presque indécent pour un enquêteur. Cependant une règle non écrite du code de l'enquêteur était que l'enquêteur avait le droit à des caprices, ce que la raison appelait l'intuition. C'était souvent les caprices des enquêteurs qui résolvaient les énigmes.

Vers les neuf heures du matin, ce 28 septembre, Corey en arrivait à imaginer que pour une raison ou une autre l'inconnu avait changé de *modus operandi*, ou pour le moins l'avait modifié. Corey pensait que l'inconnu jouait avec lui, qu'il l'entraînait consciemment, volontairement, à sa poursuite. Pas spécialement lui Nick Corey mais un supposé type sur ses traces. Corey avait du mal à imaginer que l'inconnu ait toujours agi de la sorte. Mais il ne pouvait pas le démontrer, se le démontrer. Et puis « inconnu » ce n'était pas le bon mot. C'était le Dindon, un tueur compulsif qui n'en était pas à ses premiers crimes. S'il avait changé de scénario, pourquoi l'avait-il fait ? Un type comme lui ne changeait pas sa manière de procéder sans raison.

Il avait besoin de jouir encore plus intensément ? Corey a pilé pour laisser passer un ours brun si gros qu'il arrivait à peine à marcher. Il s'était rempli de bouffe pour l'hiver et devait rêver de roupiller.

Un souvenir a traversé la mémoire de Corey, si hâtivement qu'il n'a pas pu l'attraper, le retenir. Ça lui a fait grincer les dents. Il a passé la première pour redémarrer tandis que l'ours brun pénétrait entre les douglas sans se presser… Et la balle a traversé le pare-brise qui s'est étoilé, a frôlé la tempe gauche de Corey en sifflant tandis que la détonation éclatait.

Un hélicoptère de l'ANG[1] a jailli si bas que Corey a baissé la tête — l'engin a plongé dans la forêt.

Un jour son papa, sous la Ford qui perdait ses eaux, avait dit à Corey : « Putain de moine ! » Corey était sidéré. Son père s'était extirpé de dessous la bagnole et avait ajouté : « Fils,

1. Garde nationale aérienne.

quand il faut jurer, alors il ne s'agit pas de mollir. » Ce qu'a fait Corey — il est sorti de la jeep. Les chasseurs du dimanche devenaient vraiment dangereux. Ils laissaient leur partie de mikado entamée à Vegas, Los Angeles ou Boston, débarquaient de l'avion à Cedar City, achetaient un fusil comme on achète un paquet de biscottes, les munitions qui vont avec, plutôt très gros gibier… Ils partaient en forêt et se déchaînaient sur tout ce qui bougeait. L'imbécile qui avait tiré avait voulu accrocher l'ours à son tableau de chasse, à la place il avait manqué avoir un shérif. Pas plus compliqué que ça. Présentement, il ne devait plus remuer un poil de cul de peur de se faire repérer.

Peut-être bien que le Sikorsky avait sauvé la peau de Corey, empêché le chasseur de buffles d'appuyer une deuxième fois sur la détente ? La balle était ressortie de l'habitacle en traversant le toit amovible, au niveau de l'accroche avec l'arrière de la jeep. Ça coûterait juste un pare-brise au comté, pas d'enterrement, pas de fleurs. Et comme disait Charlie Dean : « D'accord, les ours sont des traîne-lattes, mais si tu leur marches sur les couilles, ils aiment pas. »

Osceola, Arkansas

Papa disait : « Aie confiance en toi, Nick. Le Seigneur t'inspire et te guide. » Le Seigneur pouvait-Il veiller sur Corey toutes les secondes ? Il y avait tant d'enfants et de misère. Il avait grandi, s'était drôlement endurci en prison. Ses parents n'auraient pas imaginé ce destin pour lui. Il n'avait pas pardonné. Des années se sont écoulées, pas forcément faciles.

Corey était devenu un homme. Il savait ce qu'il faisait, il était responsable, c'était sûr. Là-dessus aucun doute. Il avait pris son temps pour venir là. Pas vraiment pour le tourisme. Le bled s'appelait Osceola, Arkansas, comté de Mississippi. Cinq mille habitants, un concessionnaire Chevrolet/Buick, une station Texaco, des putains pour le Klan. Des putains pour les nègres. Les bagnoles rangées en épis, les mères de famille, la poussière, le poisson-chat frit, les mains grasses.

Le Mississippi coulait toujours, on pouvait dire que c'était un beau spectacle. Corey était là depuis trois jours. Il savait ce qu'il devait savoir, il avait fait son enquête. Il a décidé d'agir, c'était le moment. L'aube d'un dimanche, le jour du Seigneur. Les oiseaux chantaient. Il y en avait tout un tas invraisemblable, une ménagerie : des cigognes, des oies, des trucs qui ressemblaient à des dindes, des mouettes qui criaient, des canards, un héron bleu qui s'est envolé au moment où Corey surprenait un alligator qui s'enfonçait dans la baille… Ce n'était pas un oiseau et Dieu l'avait créé pour manger son prochain.

Corey a vu la lumière de la lampe à pétrole derrière la vitre, puis Horn est sorti de sa cahute. Il a pissé comme un gars normal. Il se levait tôt pour faire le plein de poissons-chats. Il avait toujours aimé ça, il n'y avait pas de doute. Corey est sorti de l'ombre lorsque Horn s'apprêtait à monter dans sa barque. Corey avait des gants chirurgicaux roses aux mains et un sac en caoutchouc en bandoulière — un peu comme un scout dégénéré sorti de *Freaks*.

Horn n'a pas reconnu Corey tout de suite, les gants chirurgicaux l'ont effaré. Il a compris que c'était une question de vie et de mort. Il a tenté de frapper Corey avec une rame.

Tuer son prochain, ce n'était pas normal. Mais rien n'empêchait de le faire. Corey a noyé Horn en lui maintenant la tête sous l'eau pour qu'il se taise et meure. Il a drôlement gigoté avant de cesser.

On ne devient pas méchant sans y mettre du sien, sans le vouloir, ça ne se fait pas par hasard. Le hasard était partout sauf dans la haine. Corey avait choisi d'être méchant, c'était plus confortable. Il s'est signé avec les gants, a demandé pardon à Dieu pour l'offense. Dieu n'était pas né à l'époque du signalement anthropométrique, des empreintes, tout ce tralala.

D'ailleurs Dieu n'était pas né à l'époque des tueurs en série, de la télé et des crèmes glacées. Dieu n'était plus de l'époque, Il était dépassé. Personne ne le disait parce que ça faisait peur.

Plus tard, Corey a balancé le corps de Horn dans le fleuve, les gants pareil. Tu en avais à trente pennies, ça valait peau de nèfle. Exactement comme la vie d'un gars. Corey a mis ses vêtements et ses godasses dans le sac en caoutchouc. Il a sauté de la barque et a regagné la berge en nageant. Il avait fait ce qu'il devait faire et ne le regrettait pas.

Celui qui tue son prochain… On peut en dire et en dire, là-dessus… Beaucoup de vérités, beaucoup de conneries. Il ne fallait pas se faire prendre — c'était le seul conseil qu'aurait pu donner Corey. Il estimait qu'il était un meurtrier, ne se trouvait pas d'excuses. Il était devenu poulet en partie à cause de ça. Il ne voulait pas réparer, pas effacer son crime, non. Il avait dans l'idée qu'il était un satané tueur, voire un satané tueur en série. Et c'était mieux pour tout le monde qu'il soit poulet. Sauf pour les tueurs en série, les tueurs du dimanche, les violeurs, étrangleurs et compagnie. Pour le voleur de poules, il suffisait de le calmer et Corey savait faire.

Le chat

Les mouches

Tous les bonshommes ont des souvenirs, sauf les morts. La morale, c'était qu'il ne fallait pas se faire avoir. Si tu tuais ton prochain, il ne fallait pas se faire prendre. Quelle était la différence entre des souvenirs et des réminiscences, Corey ne savait pas trop. Entre une balle blindée et une balle dum-dum, il voyait bien. Ça dépendait comment tu voulais occire le gars. S'il était dans une bagnole ou en train de prendre un bain de soleil au bord de sa piscine. Dans ce cas, Corey préconisait la balle dum-dum, ou le fusil à pompe. À noter que la poupée à côté de lui serait obligée de changer de maillot de bain.

Il s'est arrêté — le chat du vieux Thomas Grieve était au milieu de la piste. Il n'irait pas sur la Lune. Il s'était fait baiser par une bagnole. Corey a ramassé ce qui restait. Il a pris la pelle pliable rangée sur l'aile arrière droite de la jeep et a enterré le matou. Ça allait plus vite que pour un bonhomme. Vingt centimètres de profondeur, pas de croix, de dates, de pasteur.

Il a pensé aux p'tits tas de ciment et de sable. Et puis pourquoi le deuxième p'tit tas était-il plus haut que le premier ? Oui, pourquoi ? Ça le taraudait cette affaire.

Corey a remis la pelle en place et est remonté en selle, s'est dit en démarrant qu'engagé comme c'était engagé, cette histoire de bombe et de Dindon, ce n'était pas absurde qu'il soit plus ou moins obligé d'enfiler ses gants chirurgicaux. Si tu étais borgne et cul-de-jatte, tu ne jouais pas dans un film de la Paramount. Il fallait accepter ce qui devait arriver, voilà ce qu'a pensé Corey en entrant dans Panguitch. Ce bled existait vraiment, c'était un peu invraisemblable. Qui était assez taré pour vivre là, qui avait posé la première pierre ?

Il a regretté d'avoir pensé aux gants et a dit pardon à sa maman. Il se conduirait comme son fils, pas comme un dégénéré qui règle ses comptes.

Il s'est garé devant son bureau et a vu la silhouette de miss Frost — il est entré. Elle avait ses bigoudis habituels sous une sorte de bonnet rouge. Une robe verte, des après-skis en phoque. Elle passait le plumeau. Elle disait que c'était à ça qu'on reconnaissait une vraie femme d'intérieur. Le problème, c'était qu'on n'était pas sûr de son identité sexuelle. On pouvait penser que c'était une femme, certes, mais ça ne faisait pas honneur au genre.

— C'est moi, Gertrude, a dit Corey.

Elle s'est retournée. Elle avait un peu un visage d'Esquimau, ça expliquait les après-skis en peau de phoque.

— De quoi, Gertrude ? a-t-elle grogné.

Elle avait une voix peu amène, comme si elle mâchouillait des clous.

— C'est bien votre prénom ?

— Ouais... Je me méfie de vous. Un homme qui lave son

linge tout seul, c'est pas engageant… Qu'est-ce que vous me voulez ?

— Z'avez trouvé les mouches là ?

— Ouais.

Elle a montré le sac.

— Qu'est-ce que vous foutez avec ça alors que vous trempez pas votre canne dans une petite chrétienne ? Pardon de vous le dire, shérif, mais on pourrait croire que vous êtes…

— Vous, vous la trempez votre canne ?

— Façon de parler… Qu'est-ce que vous me voulez avec ces mouches qui coûtent la peau des fesses ?

— Et votre anniversaire ?

Elle n'a pas su quoi répondre tout d'abord.

— Et puis quoi ? Je serais née en septembre, merde ! Vous allez me dire que j'ai une tête à ça ? Et puis quoi ?

— Vous avez bien un anniversaire ?

— Ça vous regarde pas.

Elle l'a dévisagé avec suspicion.

— Vous voulez en venir où ?

— Que c'est pour votre anniversaire, il arrivera bien un jour.

Elle était comme un boxeur qui a pris un pain et qui oscille, s'est ventilée avec son plumeau.

— J'ai pas envie de pleurer devant vous.

Il l'a embrassée, elle a essuyé une larme.

— Putain de mouches, a-t-elle murmuré.

Un T-6 est passé au-dessus d'eux, bas, Corey reconnaissait leur bruit maintenant.

— Sacrée race de cocus ceux-là, a déclaré miss Frost… Ouais j'aime pas trop votre air de poule qui a pondu… Vous voulez quoi encore ?

— Savez qu'il y a deux cellules là-bas derrière, a dit Corey.

— Ouais je sais, je sais aussi l'année qu'on est et qu'on marche pas sur la tête.

— Voyez qu'un matin vous arriviez et qu'il y ait un bonhomme dans une cellule ou deux bonshommes… Vous voyez ?

— Non, je vois pas.

— Ben, disons qu'il y ait un bonhomme enfermé là-dedans.

— Bien fait pour sa gueule, l'avait qu'à pas.

— Au cas où, faudrait faire comme s'il n'existait pas.

— Je ressemble à une chrétienne qui pourrait s'intéresser à un dégénéré ? Vous voulez quoi ? Chercher la guerre ?

— S'il vous parle…

— J'écoute pas ce genre d'animaux.

— Et rien dire à personne.

— Je suis fâchée avec tout le monde… Vous voulez me prêcher quoi avec tout ça ?

— Ah, histoire de parler.

— Ouais, bon, j'ai pas que ça à faire.

Elle a continué de passer le plumeau.

— Il risquerait de vous faire amadouer, non ? Voyez bien, vous êtes une femme, un compliment bien tourné et puis…

Elle s'est retournée vers lui, les dents du dessous sorties comme un bouledogue.

— Dites shérif, c'est pas parce que vous m'avez fait un cadeau qu'il faut m'insulter, l'homme qui me tournerait un compliment il est pas né, il est même pas en boîte.

Elle a repris son travail en bougonnant. Corey s'est marré en douce, miss Frost avait mordu à l'hameçon. Somme toute, c'était normal pour une pêcheuse. Il a décidé d'aller chez

Frank Balling. La lotion après-rasage et la quiétude du salon de coiffure le réconfortaient, pourquoi s'en priver ? En plus, c'était le bon endroit pour réfléchir car il n'y avait que ça à faire.

Juliet Patterson

Deux gars dans une DeSoto

Sa maman chantait une chanson qui l'angoissait et c'était bizarre, il voulait l'entendre. Il l'aimait. C'était une chanson en allemand, sa mère était d'origine allemande. Il avait peur des mots inconnus, peur que sa mère ne soit plus la même et en même temps, il adorait que sa maman ne soit plus exactement la même. Comme si c'était une autre femme, sans papa. Peut-être bien que dès le départ Corey était une sorte de fumier ? Ça lui faisait de la peine de penser ça, au fond, il pensait qu'il était droit, plutôt bon. L'enquêteur pouvait bien se raconter des histoires vu qu'il n'arrêtait pas d'en raconter. Vivre ce n'était pas simple, mourir, c'était rébarbatif. Il restait le sommeil, l'alcool, les drogues... Raconter une belle histoire, qui se termine bien, le mieux possible.

Et puis, il y avait le coiffeur, ça passait le temps. La sonnette a tinté. Frank Balling s'occupait de Clarence Mills. Renversé en arrière, il faisait chinois — c'était un vrai bon mormon à l'endroit.

— Comment va, m'sieu le maire ? a dit Corey en entrant dans le salon de coiffure.

— Encore mieux quand je vous vois, shérif. Alors cet avion ?

— Ah, m'sieu le maire, vous connaissez les militaires…

— Ouais, n'ont pas fini de chercher leur arrière-train… Et les Martiens ?

— Je crois bien, m'sieu le maire, qu'ils sont pas prêts à débarquer dans le coin.

Corey s'est assis. Comme il ne fumait pas, pour s'occuper, il a pris le *LA Times* que Frank Balling recevait car il jouait à tous les concours, gagnait souvent des abonnements, des cadeaux publicitaires. C'était le journal de la veille, daté du 27. Elvis Presley avait participé pour la première fois au *Grand Ole Opry*. Visite du Premier ministre japonais Yoshida Shigeru en Occident. Une convention serait signée à New York, le 28 — elle concernait le statut des apatrides.

Dans la rubrique des faits divers, un encadré a attiré l'attention de Corey : c'était la photo d'une beauté. Corey a senti *L'Heure bleue*. Une récompense de mille dollars était promise à toute personne donnant des nouvelles de Juliet Patterson. Elle pouvait circuler dans un cabriolet Packard Caribbean jaune, immatriculé en Californie. Juliet Patterson devait être la fille de Charles Patterson, sénateur, magnat du pétrole — mort en février 1952. Il avait été assassiné, saigné au rasoir dans son lit. L'affaire avait fait la une de toute la presse, son assassin restait impuni.

Clarence Mills s'est levé, c'était un homme grand. Il portait la cravate et une canne, par conviction, comme on a un perroquet et un parapluie. Il avait dit à Corey qu'il n'avait besoin ni de l'une, ni de l'autre, que la fonction de maire, oui. D'après lui, sa cravate et sa canne rassuraient la population et lui conféraient une dimension « nationale ». Corey a pris sa place et

Frank Balling l'a équipé. Corey lui a demandé s'il pouvait lui emprunter son *LA Times*. Frank Balling lui a dit de le garder. Il ne lisait que le *Daily Herald* et le *Iron County Record*.

— Vous avez remarqué cette DeSoto, shérif ? a-t-il dit en savonnant les joues de Corey.

— Une DeSoto, vous dites…

— Hier soir… Une Firedome bleue immatriculée dans le Dakota du Nord.

Il a affûté son rasoir et a poursuivi :

— Deux gars tout ce qu'il y a de rébarbatif… J'ai noté les numéros des plaques.

— Bonne idée, m'sieu Balling. Si tous les citoyens étaient comme vous, il y aurait plus besoin de shérifs.

… Juste de gibets et de cordes. Corey a trouvé qu'il était un peu sévère. S'il n'y avait pas des Frank Balling, les poulets seraient en panne d'informations et sans informations…

— Frank… Tout le monde m'appelle Frank.

— J'essaierai, je vous garantis rien, je suis de l'ancienne école.

— On a beau dire, les traditions et que chacun reste chez soi, c'est ça le drapeau de notre beau pays… Regardez ici, on n'a pas de nègres et on s'en porte bien.

Frank Balling n'était pas un méchant homme. Il admettait simplement qu'on pouvait castrer un Noir pour de bonnes raisons. Au Moyen Âge, en Europe, on torturait les supposées sorcières avant de les mettre au bûcher et les âmes pies estimaient ça normal, moral. Corey avait fait la guerre et vu toutes les saloperies dont les hommes étaient capables sans faire de cauchemars. Mais juger était facile, avoir la bonne pensée qui ne faisait pas de tache était facile — Corey le savait. Au fond, il fallait s'occuper de soi. C'était sûrement la meilleure façon de s'occuper des autres.

S'occuper de soi, ce n'était pas de la tarte, surtout pour un enquêteur. Corey en connaissait un rayon sur les enquêteurs. Il était presque incollable. Par exemple : l'enquêteur c'était forcément un gars qui était fasciné par le crime. Forcément un gars que le crime avait titillé. Voire un gars qui avait une ou deux fois aidé un gars à passer la main. Sans parler de l'enquêteur qui avait été décoré pour avoir bousillé tout un paquet de pauvres types sous le prétexte que c'était la guerre. L'enquêteur et le crime marchaient main dans la main, ils avaient des besoins semblables.

La bombe

En sortant de chez Dewey Gray avec un paquet de Old Gold pour Ed Wolf et un de Lucky pour l'agent spécial Jack White, Corey a buté contre Norma McCoy.

— Bonjour Nick, ça ne vous gêne pas que je dise votre p'tit nom en plein jour ?

— Pas du tout…

Elle a souri et ajouté :

— Vous vous souvenez de mon prénom ?

— Norma.

— J'aime bien être dans votre bouche, c'est joli comme vous me dites.

Corey a piqué un fard, s'est senti bête comme un ouvre-boîte.

Norma McCoy l'a dévisagé d'une drôle de façon.

— Vous n'êtes peut-être pas complètement insensible aux femmes, a-t-elle murmuré, faut voir. Quel drôle de bonhomme que ce bonhomme que vous êtes, Nick Corey… Je voudrais rester avec vous, mais faut que j'accompagne ma mère à Detroit, chez son frère… Vous imaginez pas ce que c'est palpitant… Vous m'attendrez ?

Bêtement, Corey a acquiescé. Elle est partie, s'est retournée puis est entrée chez Dewey Gray — sa mère attendait dans la Buick de son mari décédé au début de l'année. Corey a pensé qu'il était un bonhomme amer — trimballant sans raison sa carcasse dans la vallée de Hinnom. Cette pensée n'aurait pas fait plaisir à son papa, il a tenté de l'effacer.

Il allait poser la main sur la poignée de la porte de son bureau, lorsqu'il a entendu la voiture arriver. Une Willys conduite par Jack White. L'agent spécial détaché auprès du président des États-Unis a manqué emboutir l'arrière de la jeep de Corey à qui il a fait signe. Corey a embarqué avec le *LA Times* qu'il a glissé sous son blouson. Jack White a massacré la boîte de vitesses, reculé violemment, manqué aplatir la vénérable Zilpha Glover qui a brandi sa canne et l'a traité de sagouin. Ce qui dans sa bouche prenait une dimension honteuse, scatologique, voire marxiste.

— Vous vous débrouillez plutôt bien au volant, a dit Corey.

— Je ne vous le fais pas dire.

Jack White est passé à fond les ballons devant le Lazy Rooster.

— Alors il y avait un ours assis, là ? a-t-il déclaré. Carrément.

— Comme vous le dites… Et le ciment, ça vous inspire quoi, agent spécial ?

— La construction.

— Et deux p'tits tas, un de ciment, l'autre de sable… L'un plus haut que l'autre ?

— Ça m'inspire à réfléchir.

— Et puis ?

— Une progression.

Corey a estimé que c'était la bonne réponse. Ils ont roulé

en silence, sont passés à côté d'un camion Dodge en partie renversé sur le talus. À se demander comment c'était possible d'obtenir ça avec ce type d'engins increvables et passe-partout — deux bidasses peignaient la girafe en attendant la dépanneuse.

— Vous savez ce calculateur dans le cockpit du Sabre, a dit Jack White.

— Drôle de phrase.

Ils se sont regardés.

— Pour l'heure, a repris Jack White, il n'y a que dix Sabre qui en sont équipés. Cinq étaient affectés à la base de Minot… Il en reste donc quatre opérationnels. Ils devaient partir pour l'Europe, Berlin pour être précis… Vous avez une cigarette ?

— 'Tention de pas l'avaler avec ce train que vous nous menez.

Jack White a ralenti. Corey lui a proposé son paquet de Lucky, il s'est servi. Corey a fait claquer son Zippo. Il s'est souvenu du pare-brise de sa jeep qui s'étoilait, de la balle qui le frôlait. Le souvenir qui lui avait déjà traversé la mémoire si rapidement qu'il n'avait pu l'attraper est repassé comme un courant d'air. Et lui a échappé une nouvelle fois. Ils ont traversé à grand bruit le pont métallique que les bidasses avaient apporté avec eux.

— Vingt-deux pouces de diamètre, a murmuré Jack White comme subjugué par une évidence effrayante, cent cinquante-cinq de long, poids à peu près mille deux cents livres… Son petit nom, c'est Mark-12… Sa puissance, dans les quatorze kilotonnes… Celle de *Little Boy*.

Il avait freiné, restait au milieu de la piste à la sortie du pont.

— Quatorze kilotonnes, quatorze mille tonnes de TNT…

Il a fumé, absent, et a redémarré pour rouler à petite allure.

— Il leur en manque une là-bas à Minot, a-t-il ajouté.

Un complot dans lequel était impliquée l'USAF et qui menaçait l'État et tous les citoyens de ce pays... Eisenhower avait trop baissé le budget de l'armée, il avait joué avec le feu. D'autant plus que depuis le 12 janvier et la doctrine des représailles massives de John Foster Dulles, la méthode était exposée et l'ennemi reconnu : il fallait vitrifier l'URSS au premier soupçon. Le baptême du *Nautilus*, le premier sous-marin nucléaire du monde, l'attentat du Capitole, les essais nucléaires de Bikini et l'arrêt *Brown contre le Bureau de l'éducation* invalidant les lois instaurant la ségrégation raciale étaient les autres éléments qui permettaient au cocktail d'exploser — le cocktail: NÈGRES ROUGES BOMBE. *Le cocktail de la grande paranoïa.*

— Je n'arrête pas de tourner en rond, a dit Jack White. Elle est où ? Qui a monté ça ? Quel est leur plan ?

L'énormité de l'affaire empêchait Corey de réfléchir, de lever les yeux. De remuer un seul poil. Il regardait le capot de la Willys et c'était tout ce qu'il pouvait faire. Les hommes avaient maîtrisé l'atome, principalement pour se détruire. Les nouveaux criminels avaient cette tentation et ils y cédaient obligatoirement. Le pire avait toujours été certain mais on ne mettait pas jadis un visage sur le pire. Depuis Hiroshima on le connaissait et il n'était plus certain, il était inéluctable.

— À deux heures du matin, a poursuivi Jack White, j'étais à Pembroke Castle. On a fait des prélèvements sur la piste. C'est sûr que c'est là que le Sabre a atterri. On voit parfaitement l'endroit où il a touché la piste en premier et là où il s'est arrêté. Il y a de nombreuses empreintes de pneus, des traces de campement, une équipe est là-bas pour examiner tout ça...

Il a exhalé de la fumée, au moins ça se voyait, pas les remords.

— Et c'est là que j'ai appris… J'ai averti le Président, pour l'heure, Nick, nous sommes trois à savoir.

— Il saura que vous m'avez prévenu ?

Jack White a opiné.

— Et ce calculateur qui manque sur le Sabre ?

— Il sert à larguer une bombe atomique, seuls ces Sabre F-86F en sont équipés pour l'heure.

Comme la veille dans son bureau, Corey était sur ses gardes, se méfiait de lui. Des fois, on ne se racontait pas l'histoire du condor à deux têtes parce qu'on n'était plus seul… Ça donnait le tournis.

— Jack…

Corey était aussi surpris par l'emploi du prénom que l'agent spécial qui l'examinait comme s'il était une fichue amibe.

— Vous m'avez prénommé ? Ah au fait, l'équipe du labo viendra prendre votre sang.

Il a balancé son mégot… Il a pilé, est sorti, a cherché le mégot… qu'il a mis dans sa poche.

— C'est comme ça que vous faites, non ?

— Que je faisais.

Jack White a redémarré.

— Vous vouliez dire, Nick ?

Nick, c'était lui Nick Corey, pas de doute. Jack et Nick…

— Je crois bien qu'on m'a tiré dessus, tantôt.

— Ah…

— Et on est passé chez moi hier soir.

— Tant qu'à faire.

Il y avait par là des bonshommes prêts à tuer. C'était sûr et la peau d'un shérif valait moins que celle d'un paillasson quand on se promenait avec une bombe atomique tactique. Jack White a quitté la piste à l'endroit où lui et Corey l'avaient retrouvée la veille au matin. Il a craboté le pont avant. Des chiens de prairie les ont accueillis et Jack White n'en a écrasé aucun, ni aucun terrier.

— Certains forcent sur leur accent, a-t-il dit.

Et d'autres se font passer pour de piètres conducteurs, juste pour qu'on ne les prenne pas pour ce qu'ils étaient, pour avoir un coup d'avance.

— À bien réfléchir, a déclaré Corey amusé par Jack White, le tireur était embarqué dans un hélicoptère de l'ANG... J'ai pensé un moment que c'était un chasseur du dimanche, je me trompais.

— Si j'étais shérif au Texas ou au Nouveau-Mexique, je marmonnerais une injure et je cracherais par terre... Ils pensent que vous savez quelque chose, que vous avez vu quelque chose ou...

— Nettoient le terrain, ne prennent aucun risque.

— Il va falloir prendre des mesures pour vous protéger, Nick.

— J'aime pas trop l'idée, en prison on me tenait ce genre de discours et je l'ai entendu aussi à Guadalcanal... Et vous risquez plus que moi, me semble, Jack.

Ils sont restés silencieux. Corey s'est dit qu'il était devenu bon à tuer, une proie. Ceux qui voulaient sa peau étaient des militaires, des tueurs militaires, ils savaient faire et en plus, ils aimaient ça.

— Pourquoi vous souriez ? a demandé Jack White.

— Je vais leur donner du fil à retordre, ils accrocheront pas ma tête comme ça dans leur salle à manger...

— Moi, a murmuré Jack White, j'aimerais ne pas avoir de tombe, disparaître. Surtout que personne ne me ferme les yeux, que j'aille dans la mort comme dans la vie.

Corey a dévisagé Jack White. Il avait l'impression que l'agent spécial lui avait fait une requête et comment ne pas penser à la grotte de L'homme mort ? Il s'est senti étrangement bien, comme si Jack White le soulageait de vivre.

— Vous montez à cheval ? a demandé Jack White.

— Ma mère me disait que j'avais dû naître à cheval.

Jack White a souri.

— Un de mes rêves, c'est de partir à cheval, tout plaquer.

— Et un autre ?

— D'être aimé.

Les oreilles de Corey se sont bouchées, trop tard. Jack White a ralenti pour passer un creux dans la piste, presque un fossé antichar.

— Norman Mason, a-t-il dit en accélérant, le pilote, a ou avait des problèmes conjugaux et des problèmes avec l'alcool. Patriote, très croyant… Il a pu être manœuvré… Tous les officiers de la base sont consignés, communications téléphoniques interdites. Il faut se hâter, on ne peut pas faire durer ça plusieurs jours. J'ai déjà trente agents qui travaillent sur les dossiers de tout le personnel de la base, à midi ils seront quatre-vingts.

Ils ont franchi le guet et ont grimpé vers la forêt.

— Vous voyez ça comment vous ? a ajouté Jack White.

— Ils tirent un shérif comme si c'était une pipe en terre, a répondu Corey, sont pas trop regardants sur la méthode… Moi je dirais que des militaires qui volent une bombe, c'est pour la faire péter… Un militaire veut employer son arme, balai pour les corvées de chiottes ou… Voyez ?

— Et puis ?

— Votre Président appuie sur le bouton ou je ne sais pas trop quoi et on a une bonne guerre nucléaire.

— Pour vous le Président est obligé de réagir même s'il sait que ce ne sont pas les Russes ?

— Il ne peut pas prendre le risque de ne pas riposter, même en sachant que ce ne sont pas les Russes. Il ne peut pas expliquer à la nation que ce sont des militaires américains les responsables, parce qu'à partir du moment où il dirait ça à la télévision, admettons, il aurait droit à un putsch. Ceux qui sont allés si loin iront encore plus loin… Pour en revenir au Président, à l'instant où la bombe aura explosé, il aura moins de cinq minutes pour prendre la bonne décision… Comment pourrait-il écarter l'idée que les Rouges ont pu infiltrer l'armée, intoxiquer certains généraux… Jack, d'une façon ou d'une autre le Président déclenchera la guerre…

— Il ne nous reste plus qu'à trouver la bombe… Votre idée ?

— Ils ont trois jours d'avance, elle peut être n'importe où.

— N'importe où ? a répété Jack White.

— Une grande ville forcément… Pas trop éloignée. Ce qui exclut pour moi le nord, mais aussi bien à l'est qu'à l'ouest.

— Salt Lake City ?

— Je ne sais pas…

— San Francisco, Denver ?

— Oui.

— Los Angeles, Phoenix, San Diego… Vegas.

— Oui… Ça me paraît être la bonne direction… J'écarterais Phoenix et San Diego, Vegas aussi, quand on a Los Angeles, le reste…

— Dallas au sud serait trop loin et Kansas City au centre trop loin aussi ?

Corey a acquiescé.

— Nick, elle est sur place ou pas ?

— Moi, je dirais non… Je pense qu'ils se sont focalisés sur la bombe et qu'ils n'ont pas obligatoirement choisi leur cible… À mon avis, ils choisiront le centre d'une ville, le jour d'une commémoration ou d'une fête pour frapper encore plus les esprits.

Corey a tendu le paquet de Lucky qu'il avait acheté pour Jack White… à Jack White, un peu interloqué. Il a remercié Corey qui lui a allumé sa cigarette avec son tour à deux pennies. C'était bizarre un enquêteur, un enquêteur ça n'oubliait pas l'enquête, son enquête, l'enquête initiale. Au fond, une enquête c'était rien qu'un mélange d'histoires et de souvenirs. Ça devait être pathologique comme l'espoir ou cette volonté d'aller au bout. Cette étrange discussion, elle aussi était pathologique. Deux types malades de la tête conversaient dans une jeep alors que des criminels s'apprêtaient à faire exploser une bombe atomique, ici, au pays des téléviseurs. Jack White était dingue, autant que lui Nick Corey. Tous les deux étaient acculés et cette « promenade » dans le comté de Garfield en témoignait. Elle parlait en sourdine, les conduisait là où elle voulait. Ils étaient manœuvrés par le temps et la bagnole, par ce qu'ils avaient tu, par leur détresse. Ça ne se terminerait pas par un point, car la vie des hommes n'avait pas de ponctuation. À un instant « t » ils seraient exactement là, là…

— Donc elle est là, par là, a dit Jack White.

— J'ai pas d'argument, a répondu Corey, je le sens comme ça. Ils ont récupéré la bombe et l'ont trimballée jusqu'à une cachette pas trop éloignée. Ils ne voulaient pas circuler en plein jour avec… Peur de se faire repérer… Ils vont attendre… Et le Président ne peut pas maintenir le pays en alerte pendant des mois, ce n'est pas possible.

— Ils attendent puis ils transportent la bombe, la placent là où ils auront choisi de la faire exploser. En centre-ville, plutôt… C'est ça ?

— Oui.

— On est d'accord… Je vais lancer des recherches avec Pembroke Castle comme centre du cercle… Un rayon de cinquante miles pour commencer… Qu'en pensez-vous ?

— Il faudrait que rien ne soit laissé de côté.

— Cinq cents hommes aujourd'hui, Nick, cinq mille dans deux jours… Et je vais mettre la pression… Pas un centimètre carré ne sera pas inspecté.

Corey a cru l'agent spécial, ce n'était pas un bonimenteur.

— Parallèlement je vais mener l'enquête sur ceux qui se sont lancés dans cette aventure… Je les aurai et ils payeront… À vous regarder du coin de l'œil, mes vœux sont imparfaits ou construits sur du sable…

— Ils trahissent leur pays mais ils ne sont pas idiots.

— Ils savaient qu'une enquête serait menée… En conséquence, ils ont prévu une parade ? C'est ça ?

— La désertion, par exemple.

— Avaient-ils prévu que nous localiserions le lieu de l'atterrissage du Sabre ?

Corey s'est souvenu des éclairs dans le ciel, du parfum et du puma blanc — son Moby Dick personnel à quatre pattes. Chacun son mythe et son capitaine Achab. Corey n'arrivait pas à réfléchir. Il était anesthésié et surexcité, tout mou et brûlant. Il comprenait qu'il ne comprenait pas. Il ne comprenait pas ce qui était en train de se passer.

— Ils ne pouvaient pas le prévoir, a dit Jack White, je réponds à votre place.

Corey regardait les mains de Jack White, elles étaient belles, fines et fortes. Il ne les oublierait pas, saurait les dessiner de mémoire, ça lui a fait peur.

La révélation

Jack White a stoppé en haut du col surplombé par une falaise de pierre noire d'une quarantaine de mètres de haut. Elle faisait penser à une statue de l'île de Pâques. Difficile d'échapper à l'attraction de ce visage sculpté par la nature, à sa force et à son mystère. Corey se demandait pourquoi Jack White s'était arrêté là, avait-il repéré cette curiosité sur une carte ? Était-ce un pur hasard ? Corey n'osait pas parler, il se sentait plus que timide. Il avait les chocottes, ne voulait pas l'admettre.

Un aigle volait au-dessus d'eux. Corey entendait le silence et le froid, son pauvre cœur qui battait solitaire. Il se souvenait que Frances avait évoqué les « transports amoureux » dans certains romans français, *Les Liaisons dangereuses*, *Le Rouge et le Noir*. Il lui semblait être coincé, empêché… Empêché de quoi ? Il ne pouvait pas aimer parce que ses parents l'en empêchaient ou plutôt il s'en empêchait par culpabilité ? Le silence avait le goût du vent et des larmes — il n'avait pas assez pleuré. Il n'avait pas pu. Pleurer en prison, c'était se condamner à encore plus de coups, de brimades et de honte.

En haut du col silencieux, le 28 septembre 1954 — voilà comment on pouvait démarrer l'histoire. Corey a croisé le regard de Jack White qui lui a montré un bouquet de trembles.

— Vous connaissez le nom de ces arbres, a-t-il dit, et le goût de la terre et celui de la bière faite à la maison. Du whisky distillé de nuit dans la montagne, le goût du miel et des fruits sauvages… Vous connaissez tout ça… Vous n'avez pas peur de la mort. Vous aimez les hauts plateaux, la forêt. Vous aimez tremper les pieds dans l'eau d'une rigole d'eau glacée qui descend des neiges au printemps, je le sais, non, je le sens… Vous êtes une sorte de double, Nick, c'est étrange.

Corey a pensé qu'il était arrivé, qu'ils étaient arrivés au sommet du col, c'était sûr. Comment se ferait la descente ?

— Le Président le sait et n'en parle pas, a repris Jack White, mes ennemis le savent et tentent de s'en servir pour me détruire. Mais Hoover est une tante et personne encore n'a réussi à le faire tomber… J'ai pensé me tuer, je me dégoûtais et j'espérais que mes parents ne puissent pas imaginer que je n'étais pas « normal »… Ils ont péri dans l'incendie du *Hindenburg* et l'horreur de leur mort est une sorte de punition pour moi… Ils ont brûlé pour racheter ma faute… On se ressemble, non ?

Ils se sont enlacés — Jack White caressait la tête de Corey et murmurait des mots que Corey ne comprenait pas.

Le suçon

La certitude

Corey aimait surprendre les ombres légères qui passaient dans le ciel, se cognaient aux arbres ou aux pierres. Ça lui avait toujours paru insensé que les ombres puissent voler comme les oiseaux. Tout ramenait au métier d'enquêteur. Une des règles supérieures de l'enquêteur, c'était de croire à ce qu'il voyait, sentait et espérait. Au fond, pour être enquêteur, il fallait prendre ses désirs pour des réalités et après se punir. L'enquêteur était nécessairement masochiste. D'autres règles supérieures existaient. Par exemple ne pas confondre vengeance et enquête. Ne pas tenter de piéger celui qu'on traquait en mettant en péril la vie de quelqu'un. L'enquêteur au fil de la traque pouvait perdre le peu d'humanité qu'il avait au départ. L'enquêteur ne devait pas devenir lui-même un criminel prêt à tout pour satisfaire son pseudo-besoin de justice. Autre règle supérieure : dormir son compte, ne pas manquer de sommeil au moment fatidique. Ne pas baiser à couilles rabattues juste avant de mettre la main au collet du criminel poursuivi. Il ne fallait pas être repu. Il fallait avoir faim, bander à mort. Cette règle, Corey n'avait pas eu à se forcer à la respecter, car il ne baisait pas. Corey ne savait pas s'il y avait des règles sur l'homosexualité. L'homosexualité était un crime. Un crime sans cadavre, sans *corpus delicti*, sans sang et sans scène de crime, à part les draps ou l'anus.

Sa maman lui avait dit : « S'il y a amour, il n'y a pas péché, ce n'est pas possible. » Elle avait fait un clin d'œil à Corey et avait ajouté : « C'est entre nous, tu comprends, ton père vit du péché. »

Ça ne changeait rien, Corey était désespéré d'être pédé, seulement il l'était. Voilà le hic. Corey savait que les règles de l'enquêteur n'étaient pas immuables, que tout changeait, mais il ne croyait pas qu'il allait se transformer en gentil shérif hétérosexuel. Il ne le croyait pas car au fond il ne l'espérait pas.

Il est entré dans Panguitch quand onze heures sonnaient, c'était une très longue journée déjà. Une ambulance militaire Dodge stationnait devant son bureau, un bidasse au volant. Corey est entré dans son bureau, Ed Wolf n'était pas là ce qui était tout à fait anormal. Corey a salué le bidasse et s'est débarrassé de son blouson, le *LA Times* est tombé. Il l'avait oublié. Il a ôté sa chemise, s'est assis torse nu. Le bidasse ne devait pas aimer parler ou avait avalé sa langue. Il a posé un garrot à Corey et lui a pompé un litre de sang.

— C'est les Martiens, a-t-il affirmé. Je comprends pas pourquoi on laisse faire.

Il parlait un peu à la manière d'un ventriloque, avait une face comme si on l'avait aspirée. Si les Martiens débarquaient, ils ne le louperaient pas, c'était sûr. Il irait directement dans un zoo.

— Ce truc comme un suçon vous l'avez depuis combien de temps ? a-t-il ajouté. Rapport au boulot.

— C'est un moustique, a expliqué Corey qui s'est empêché de rougir.

— Y a des moustiques à cette altitude ?

— Y a de tout, des cons et des cocus tant que vous en voulez.

Corey a remis sa chemise, l'infirmier a remballé son matériel.

— Des moustiques, a-t-il dit, moi je pensais que c'était un pays de loups et de rennes, voyez ?

Il s'est tiré. Corey s'est précipité au premier, voir le suçon… À la base du cou, en forme de lune. Il a laissé longtemps son index dessus. Il avait le sentiment de rêver. Il s'est forcé à revenir dans le monde des tueurs en série. Il s'est assis à son bureau et a déplié le *LA Times*. Il a composé le numéro de téléphone figurant dans l'encadré consacré à Juliet Patterson. Il n'a pas attendu longtemps, une femme a décroché en disant : « Secrétariat de Beverly Patterson, je vous écoute. » Une voix distinguée qui en disait long sur les tapis, l'argenterie, la piscine, le tennis qui devaient traîner à côté.

— Je crois que j'ai des informations concernant Juliet Patterson.

— Vous croyez ?

— Je vous l'ai dit.

— Quelles informations ?

— Écoutez, m'dame, voilà mon numéro de téléphone. Qu'on me rappelle, vite, je n'ai pas que ça à faire.

Il a raccroché. Ses yeux se sont promenés sur les photos tirées la veille par Dewey Gray, l'empreinte de l'inconnu, celle de la femme aux petits pieds, celle à *L'Heure bleue*… Et le souvenir qui lui échappait est passé. Il s'est levé brusquement et a cavalé à l'étage. Il s'est penché vers la Bible. Ses mains empoignaient la commode comme s'il comptait sur elle pour le retenir ou le soutenir. Finalement il a saisi la Bible, fermé les yeux. Une sorte de fatigue immense l'accablait. Combien de fois il avait feuilleté le Livre saint, priant pour son père et sa mère.

Corey a tourné les pages, il savait où il allait. Une fleur séchée était serrée là, sur la page de droite une traînée de sang comme une flèche indiquait cette phrase :

« Il est une race dont les dents sont des glaives et les mâchoires des couteaux pour dévorer le malheureux sur la terre. »

Corey lisait la phrase et regardait la traînée de sang qui la ciblait. Maintenant, il savait : celui qui avait tué ses parents était l'inconnu.

« Les dents sont des glaives et les mâchoires des couteaux. »

Les dents de fer ou d'argent signalées par Ann Chambers et Myrtle Tate. Son père avait tenté de désigner cette particularité. Corey tremblait. Il avait attendu vingt et un ans et c'était maintenant. Le téléphone sonnait, il a fermé la Bible, poussé le tiroir. Le téléphone sonnait encore, il a descendu l'escalier.

— Shérif Nick Corey, j'écoute, a-t-il dit en décrochant le téléphone.

C'était un automatisme.

— Vous savez quoi, shérif ? a dit la femme.

Une jolie voix de femme riche et qui n'avait pas l'habitude d'attendre, ni de laver son linge.

— Elle portait des escarpins, taille trente-six. Oui ?

— Oui.

— Son parfum, c'était *L'Heure bleue* de Guerlain ?

— Je vous envoie un avion, il atterrira à Cedar City dans… quatre heures. Et vous ramènera ultérieurement.

Elle a raccroché sans se présenter, Corey aimait plutôt — Ed Wolf n'était pas là.

Ed Wolf (dernière)

Dans toute enquête, ce qui n'était pas normal ne l'était pas. Il ne fallait pas croire que le ciel pouvait être plus bas que la terre. Le vent s'était levé et il lui a fallu retenir son chapeau. Les dieux de la colère étaient aux tambours, Corey le sentait. Ils faisaient chauffer leurs cymbales et du col des Deux Pédés leur colère balayait Main Street. Corey pensait à son père qui avait essayé de désigner le tueur, de le montrer du doigt. Corey marchait à grands pas, courbé pour rien montrer. Il pleurait, voyait son père et sa mère — et leur demandait pardon. Il n'était pas là, il aurait dû périr avec eux. Les larmes coulaient sur ses joues de cuir. Quelqu'un lui a parlé, il n'a pas su qui.

Il est arrivé devant la porte de la baraque d'Ed Wolf. Elle était en bois à la peinture écaillée, une vieille baraque au bout de la rue. Corey s'est essuyé les yeux — il a redressé la tête et a sonné. Il avait la face d'un shérif qui avait fait un mauvais rêve. Il payerait la réparation de la porte. Il a reculé et l'a enfoncée d'un coup d'épaule. Il ne lui en fallait pas plus. Elle s'est ouverte en claquant contre un mur. Le jour et le vent des dieux en colère se sont engouffrés dans le long couloir, glissant sur le linoléum vert.

Un corps était couché en bas de l'escalier, Corey a serré les lèvres. C'était sa faute. Il a avancé vers l'escalier tout au fond du couloir. Ed Wolf regardait la cage d'escalier, une flaque de sang sous sa nuque. Accrochée au mur, face à lui, la *Joconde* le contemplait avec son petit sourire trop connu. Elle semblait le narguer. Corey s'est accroupi, penché au-dessus de celui qui écrivait humblement une histoire des États-Unis. Il sentait l'alcool et ne buvait qu'occasionnellement, jamais avec excès. Corey a pris le poignet d'Ed Wolf, non pas pour le pouls — pour vérifier la raideur et la température de son corps. Il était mort il y avait longtemps déjà, sûrement dans la nuit.

Le compte rendu du légiste : mort accidentelle, due à une chute dans l'escalier, le sujet ayant absorbé une grande quantité d'alcool. Voilà comment on raconterait l'histoire de la mort d'Ed Wolf : il s'était éveillé avec une sacrée gueule de bois. Il avait décidé d'aller boire de l'eau, ou de prendre du bicarbonate. Il s'était levé et avait raté une marche.

Ed Wolf avait jadis empoisonné sa femme qui souffrait le martyre à cause d'une maladie inconnue. Elle était morte dans ses bras, il était allé se constituer prisonnier. Il avait pris vingt ans et avait été libéré avant pour bonne conduite.

Corey avait envie de le serrer dans ses bras, de lui dire ce qu'il ne lui avait pas dit. Les morts partaient sans attendre, ils étaient pressés. Corey aurait voulu lui fermer les yeux. Il ne pouvait pas, devait respecter la procédure. Buford Lindsey, le médecin, le ferait lui. Seul Jack White saurait qu'il avait été assassiné. Le juge Schoolcraft n'ouvrirait pas une information pour homicide car Corey ne signerait aucun procès-verbal stipulant qu'il y avait doute dans la mort d'Ed Wolf… Ed Wolf était tombé dans son escalier. C'était un accident, pas un homicide.

L'affaire du Sabre sans pilote s'était mêlée à la vie d'Ed Wolf. L'enquête de l'agent spécial Jack White menaçait des criminels prêts à tout. Ces criminels tueraient tous ceux qui de près ou de loin étaient mêlés à cette enquête. Tous ceux qui de près ou de loin étaient en rapport avec le shérif Nick Corey seraient suspectés de savoir quelque chose qu'il ne fallait pas savoir et seraient assassinés.

Corey n'a pas pris Ed Wolf dans ses bras. Il a glissé le paquet de Old Gold qu'il avait acheté pour lui dans une poche de son pyjama, au cas où.

Le Diable

Le vent soufflait en bourrasques glaciales. Corey a coupé la chaussée en diagonale. La pluie martelait la terre auréolée d'arcs-en-ciel dus au contact de l'eau et de l'huile moteur. Ce n'était pas la peine de prier, ni pour l'eau, ni pour Ed Wolf. Ça ne servait à rien, l'irréparable avait pris de l'avance. Le Diable était dans les nappes d'eau souterraines, avant il était passé chez Ed Wolf. Là, il se précipitait vers Los Angeles ou Denver, pour enfourcher une certaine Mark-12, foutre le feu à quatorze mille tonnes de TNT. Un champignon dégueulasse monterait au ciel. Personne n'aurait entendu les cris des petites filles et des petits gars. Il ne faudrait pas un très grand cimetière, des corps, il ne resterait rien — à part de la suie et quelques ombres sur les murs calcinés.

Les tempes bouillantes malgré la pluie et le vent, Corey est entré dans la boutique de Dewey Gray qui est apparu, sortant du ventre obscur dans lequel il cuvait photos et deuil.

— M'sieu Gray, a dit Corey, je vous serais bien obligé si vous jetiez de temps en temps un œil sur mon commerce, suis obligé de m'absenter.

— C'est que je suis pas très compétent.

— Un bon pêcheur… Bien sûr que si. Alors ?

— Bon… Eh bien d'accord.

— Je vous dois une fière chandelle, m'sieu Gray.

Corey a posé une clef du bureau devant Dewey Gray et a ajouté :

— Vous téléphonerez à Buford Lindsey, s'il vous plaît, pour lui dire qu'Ed Wolf est décédé des suites d'une chute, de s'occuper de ça… Il attend en bas de son escalier.

— C'est pas possible, il vivait hier…

Les yeux de Dewey Gray s'étaient embués et Corey a su une fois de plus que l'enquête permettait de rencontrer des hommes bons et justes.

— Je vais fumer des Old Gold, a murmuré Dewey Gray, il le sentira peut-être là-haut.

Corey pensait que la gentillesse était une des formes les plus abouties de la beauté.

— Et, siouplaît, m'sieu Gray, a dit Corey, vous commanderez une belle couronne pour moi.

— Et on met quoi ? Si vous me permettez, shérif ?

— « À Ed Wolf qui écrivait tous les jours ».

Dewey Gray a dévisagé Corey.

— C'est vrai que le courage n'est pas toujours là où on pense qu'il est, a-t-il dit.

Corey a quitté Dewey Gray, s'est hâté en marchant contre le vent trempé de flotte. Il est entré dans son bureau, l'a regardé comme si c'était la première fois qu'il y entrait. Il lui a semblé voir Ed Wolf en train d'écrire son histoire des États-Unis. Il a décadenassé le râtelier et s'est emparé d'un des Winchester, à peu près aussi mortels que le Trench Gun de Myrtle Tate — pas besoin de voir pour tuer. Il l'a chargé et a pris une boîte de munitions.

La grotte de L'homme mort

La nuit éternelle

La pluie a cessé et le ciel s'est éclairci à la vitesse d'un cheval au galop, chassant les nuages au sud. Ils passaient bas, ricochant sur les arbres. Corey a garé la jeep à côté d'une Dodge bleue, plaques minéralogiques du Dakota du Nord — Minot, d'où était parti le Sabre, c'était là-bas. Corey est sorti le fusil à la main. D'un coup de crosse, il a cassé la vitre conducteur de la Dodge, rien dans la boîte à gants. Rien sur les banquettes, dans les vide-poches. Une voiture de tueur ou de flic. C'était pareil. Il a arraché les fils du démarreur et s'est élancé sur les traces des hommes. Ils étaient au moins deux. Peut-être trois ?

Corey s'en voulait. La dernière fois qu'il avait vu Stone, il aurait dû prendre au sérieux son sentiment d'être suivi. C'était bien des jumelles qui avaient provoqué cet éclat lumineux qu'il avait surpris tout là-haut, juste avant de penser à l'aéroport radioactif d'Herman Fleming. Ils étaient surveillés. Il avait été assez con pour ne pas penser qu'il y avait de fortes probabilités pour qu'il soit filé. En conséquence, il avait mis Stone en péril.

La forêt trempée s'éveillait après le déluge. Corey se mouvait vite et sans bruit, sans ombre. Il savait faire, s'il était encore en vie, c'était qu'il savait faire.

Au milieu de la piste, un paon faisait la roue dans un rayon de soleil, comme s'il était projeté par une caméra sur un écran de couleur. Corey était en alerte, ne remuait pas un cil. Le paon s'est rhabillé et s'en est allé en tirant sa traîne de plumes. Corey s'est remis en mouvement. Il était comme une balle enclenchée dans le canon. Un peu plus loin, les traces s'éparpillaient dans deux directions différentes. Ils avaient repéré Stone, ou le contraire. En même temps qu'il constatait ça, Corey a senti la mort à l'affût. Il s'est jeté à terre. La détonation a claqué et la balle s'est enfoncée dans le tronc d'un douglas, à moins de trois mètres. Corey a roulé sur le côté, dans la pente. Deuxième détonation, la balle a touché une pierre et a rebondi en miaulant. On le tirait à la carabine US M2. Il connaissait le bruit de l'arme, l'avait utilisée. Il s'est accroupi derrière la souche d'un autre douglas, l'arbre déraciné s'était cassé en deux. Corey ne bougeait pas. Il s'était aggloméré à la souche, quelqu'un qui serait passé à côté ne l'aurait pas remarqué.

Les oiseaux se sont remis à chanter. La buse à queue rousse que Corey avait repérée la dernière fois qu'il était passé là a piaulé — elle planait au-dessus des arbres. Une biche a surgi. La balle l'a frappée au cou. Elle s'est affaissée sur les pattes de devant, puis sur le flanc pour mourir. Le tueur était à une centaine de mètres, dans un bouquet de trembles. Il trouvait le temps long. C'était le défaut des tueurs. La vie n'avait pas de prix pour eux et le temps leur brûlait les doigts. Ils vivaient à la vitesse du son, celle de leurs projectiles. Ce n'était pas des gars contemplatifs. Ils craignaient l'inaction. Elle leur rappelait qu'ils vivaient et que donc ils allaient mourir un jour, ou dans la minute qui suivait.

L'oiseau qui avait tourné la tête n'a plus vu Corey — il s'est envolé. Ça faisait l'affaire de Corey. Le bruit énerverait le tueur à cran et sorti de derrière son rideau de feuilles. Corey se mouvait très rapidement en arc de cercle, dans le sens contraire du tueur, revenant dans son dos. Il est passé à côté du corps d'un bonhomme, une flèche fichée dans l'oreille qu'il ne se gratterait plus. C'était signé Stone. Corey a pris le temps de se baisser. Le mec avait des papiers militaires. Un lieutenant de l'USAF en civil qui trahissait son pays pour des raisons idiotes de suprématie de la civilisation nord-américaine blanche. Corey l'a laissé les yeux ouverts, à regarder que dalle. S'il s'était servi de ses yeux, il aurait été incapable de dire où Corey avait disparu.

Le tueur impatient a pivoté, prêt à tirer, et n'a rien vu que la forêt, tous ces arbres. Lorsqu'il s'est retourné, il a encaissé la crosse du fusil que Corey lui a envoyée en pleine face. Un bruit d'os qui pètent. Le gars est tombé à la renverse. Il était bon pour manger de la bouillie pendant un an.

Corey l'a délesté de sa carabine et d'un S & W .38 Special, de ses papiers, un autre lieutenant de l'USAF en civil. Il ne devait pas y avoir beaucoup de bidasses dans ce complot. Eux ne rêvaient pas de médailles et de défilés de la victoire. Corey a vidé les armes du gars qui roupillait la gueule en sang. Il a jeté le S & W dans un taillis, fracassé la carabine contre une racine.

Il s'est mis à courir sans bruit, courbé, à peine visible, changeant sans cesse de trajectoire. Il est revenu sur la piste qu'il avait quittée.

Il s'est raconté l'histoire : celui à la carabine était en couverture, assurait les arrières des deux autres délégués pour tuer Stone. Stone s'était manifesté. Les tueurs s'étaient séparés pour le prendre en tenaille. L'un était mort, Corey avait ses papiers sur lui. L'autre… Corey a suivi ses traces et au bout d'une centaine de pas, l'a trouvé immobile, plié sur un tronc cassé à un mètre du sol. À hauteur de bar ou prêt à un acte contre nature. Cependant, il ne se baisserait pas plus bas pour faire les lacets de ses godasses. Il avait reçu une flèche dans le ventre, s'était ployé, tentant d'arracher la flèche avec ses mains et était mort lentement d'une hémorragie — il avait eu le temps de réfléchir.

Corey s'est avancé. Il savait ce qu'il allait voir mais avançait. Il a contourné l'arbre foudroyé, continué sur une vingtaine de mètres et a vu le sang dans les épines qui jonchaient le sol. Le chien de garde, celui à la carabine, avait eu Stone, au ventre. Stone avait violemment reculé, était tombé dans le taillis — là, des taches de sang.

Le chien de garde s'était précipité, n'avait pas trouvé Stone. Stone était bien plus que chez lui ici. La forêt l'avait aidé, s'était refermée sur lui, avait empêché le chien de garde de suivre sa trace.

Stone avait dû bloquer l'écoulement du sang. Certains y parvenaient. Corey s'est élancé. Il n'a pas perdu de temps à tenter de suivre la trace de Stone. Il est revenu sur la piste et n'a plus cessé de courir. Juste avant la clairière, Corey a repéré le sang. Stone était sorti là du songe de la forêt pour aller rejoindre la grotte de L'homme mort.

Corey a soulevé le buisson d'épineux et est entré dans la première grotte. Il a déclenché sa torche électrique et a suivi le boyau jusqu'à la tombe de Stone. Il était couché dans une des deux cavités vides, éclairée par une torchère. Stone vivait. Il avait attendu Corey. Corey lui a pris la main et a partagé sa mort. Il lui a fermé les yeux et a dit le Notre Père, s'est signé. Il a laissé Stone, il aurait de la lumière encore un peu et puis ça serait la nuit éternelle.

Tout bas, tout bas, il répétait : « Mon Dieu, protégez-le maintenant qu'il est seul au monde. Mon Dieu… Ah mon Dieu, bénissez la tombe de mes parents et veillez sur eux, pitié… Ils sont si innocents. »

Sans sommation

Corey a balayé le sol de la première grotte avec une branche, effaçant les traces de sang. Il a poursuivi le travail sur la piste. Il a mis les voiles en courant. Il a retrouvé le lieutenant de l'USAF — donnait l'impression d'avoir embrassé un bulldozer. L'air perclus et pas vaillant. Il était en train d'ouvrir la portière de la Dodge dans laquelle ils étaient venus faire leur sale travail.

— T'esquinte pas, lui a dit Corey, tu démarreras pas, j'ai arraché les fils.

Il lui a fait sauter la tête avec son fusil à pompe, s'est signé par respect pour son papa.

Beverly Patterson

Joy, la honte

Le pilote n'en avait toujours pas décroché une, la bonne affaire pour Corey. Il voyait en noir et blanc depuis que l'avion avait décollé il y a de ça deux heures par là. Il ne croyait pas en Dieu mais ne pouvait pas s'empêcher de penser que Dieu punissait les méchants. C'était indigne d'une réflexion un tant soit peu élaborée, il en avait conscience. Pour autant, il était à peu près sûr que Dieu lui infligeait le tourment de cette étrange vision parce qu'il était méchant.

Il ne verrait plus Stone, ne le suivrait plus dans la forêt. Il n'était pas triste. Il avait puni le gars qui avait déconné — il ne recommencerait plus. Il savait bien que Stone était en lui, pour tout le temps, qu'il marcherait avec lui dans les forêts et au flanc des montagnes, traverserait la rivière tumultueuse avec lui et se tirerait quand ça deviendrait plus intime.

Il avait téléphoné à Minnie Turner et lui avait transmis les identités des trois militaires, lui avait appris qu'ils étaient immobilisés pour très longtemps. Elle avait demandé des précisions, il avait répondu : « Très longtemps, disons, jusqu'au Déluge. »

Il a déplié une fois de plus le dessin du Dindon et l'a contemplé, cherchant le détail qui le guiderait. Il n'a rien trouvé sinon la folie et l'horreur qui avaient inspiré la main du Dindon. Si… Il y avait un détail qui dérangeait Corey, toujours le même : pourquoi le Dindon avait-il utilisé la gomme, rajouté les oreilles ?

Le Bonanza a perdu de l'altitude, pourtant Los Angeles n'était pas en vue. Corey a rangé le dessin. C'était la pleine brousse, le Colorado, pas la Californie, pas une goutte de Pacifique. La couleur a remplacé le noir et blanc — Corey voyait comme un pékin ordinaire. Le Bonanza a viré sur l'aile. Corey a aperçu la piste, le hangar tout au bout. Un aéroport privé, pourquoi pas ? À condition que la piste ne soit pas en radium 226.

L'avion roulait sur la piste et perdait rapidement de la vitesse, c'était l'heure du goûter. Corey n'avait pas faim, pourtant il n'avait rien mangé depuis la veille. Corey a tourné la tête sur la droite et a vu la cavalière sur un appaloosa léopard, elle tenait par la bride un autre appaloosa capé taché, sellé.

— Z'êtes arrivé, a marmonné le pilote sans se retourner.

— Merci bien de me prévenir, a répondu Corey. Bonne continuation.

Le pilote a grogné quelques mots. Il aurait gagné à se faire opérer du nez ou des amygdales, à moins qu'une lobotomie soit plus appropriée. La question, c'était qu'avec ses Ray-Ban, il pouvait être plus ou moins mal voyant en plus du reste. Les hélices se sont arrêtées. Corey s'est redressé, il a ouvert la portière — ça sentait la résine, le parfum de la forêt. Il a sauté à terre et s'est approché de la cavalière. Le cheval capé taché a tourné la tête et l'a regardé, c'était sûr qu'il en savait un rayon sur la vie. La cavalière, elle, écrivait sur un calepin qu'elle a rangé dans une poche à l'instant où Corey enfourchait le cheval et se posait sur la selle en beau cuir brun, aux reflets cuivrés. Elle a tendu la bride à Corey.

— Doit s'appeler Hopalong, je pense, a-t-il marmonné.

Elle l'a dévisagé pour savoir si c'était du lard ou du cochon et a donné le signal du mouvement. Bien sûr qu'elle sentait bon — un parfum français sûrement. Et elle était belle, ah ça c'était vrai. Un profil parfait, des lèvres dessinées. Grande, mince, les cheveux raides et bruns. Bon, elle n'avait pas une poitrine comme Jayne Mansfield et ne parlait peut-être pas cinq langues comme elle — tout laissait à penser qu'elle n'allait pas se pendre à cause de ça. Elle était hautaine. Mais, lui, Corey, forçait bien sur son accent. Il fallait laisser une chance à tout le monde et un enquêteur qui se respectait devait se la fermer. Le premier qui parlait avait perdu, ça se disait. Il se disait aussi que les hommes bandaient et que les femmes gémissaient et que dans le pays de cocagne rêvé par Brueghel, l'or devait couler des poulardes rôties. En vérité, il en voulait à Beverly Patterson. C'était avec Jack White qu'il voulait cheminer à cheval côte à côte, et disparaître.

Beverly Patterson avait mis son cheval au trot et Corey suivait le mouvement, sur sa gauche. Hopalong était un bon cheval, comme on dit une bonne bagnole. Ce n'était pas le genre de canasson à marcher à reculons ou à faire une wheelie. Corey a ralenti l'allure. Il est passé derrière la belle cavalière pour se mettre sur sa droite. De nouveau, elle l'a dévisagé.

— Pour dégainer, a dit Corey, je suis droitier.

Il a eu honte de sa vanne parce que Beverly Patterson

pleurait. Elle est partie au galop, traversant un pâturage. De l'autre côté de la rivière, les trembles commençaient à virer vers le jaune et l'orangé.

Beverly Patterson a ralenti l'allure pour passer le gué. Tout concourait à imaginer que c'était un récit un peu bucolique que proposait Beverly Patterson. Erreur, c'était une histoire de criminel en série.

De l'autre côté du gué, la pente franchie, Corey a aperçu un chalet en pin. Le ciel et la forêt se reflétaient dans les vitres, ainsi qu'un nuage à la gueule effrayante. Le ciel était comme on voulait le voir, Corey n'était pas dupe. Il était enquêteur, savait qu'il fallait se méfier en premier de lui-même. Beverly Patterson s'est retournée vers lui. Elle ne pleurait plus, était pâle. Corey n'a pas su quoi faire. Un faucon pèlerin s'est abattu sur sa proie, là-bas.

« Il n'y a pas de criminel dans la nature, disait le papa de Corey, c'est le Diable qui a inventé le crime pour perdre l'homme. »

Beverly Patterson avait pivoté et tournait le dos à Corey. Son cheval a chié.

— Ma sœur conduisait la voiture d'un ami à elle, a dit Beverly Patterson. Il ne sait pas à quelle heure elle est partie… Il était ivre.

Elle est descendue de cheval, l'a attaché par la bride à un des troncs équarris qui soutenaient la terrasse. Corey l'a imitée. Debout face à Beverly Patterson, il s'est senti nu et fragile. Une fois de plus, elle a semblé le jauger. Corey était démuni, il n'avait jamais bien compris la vie. Nonobstant, il n'était pas aveugle, Beverly Patterson était une beauté. Pas de doute. « La beauté est amour », disait maman. Il a suivi Beverly Patterson dans l'entrée noire, murs et plafond.

— Fermez la porte, a-t-elle ordonné.

Ce qu'il a fait, et même s'il s'y était préparé, la pénombre était si dense qu'il n'entrevoyait qu'à peine Beverly Patterson. Elle a avancé dans le couloir, sans bruit. La moquette noire épaisse jouait son rôle. Beverly Patterson ne bougeait plus. Il a senti un parfum extraordinairement puissant et singulier. En même temps qu'il mettait un nom sur le parfum — *L'Heure bleue* forcément — il a entendu le bruit d'un projecteur de cinéma. Juliet Patterson est apparue sur l'écran, filmée en couleur, parfumée à *L'Heure bleue*. Elle était au bord d'une piscine, sur un transat, seins nus. Elle fumait nonchalamment et buvait un whisky sour. Corey a senti des doigts de fer lui serrer le cœur, elle ressemblait à Beverly Patterson — un peu plus en chair. Ses cheveux étaient auburn, ondulés. Elle s'est tournée vers la caméra et a fait un clin d'œil, le film s'est arrêté.

Dans le noir, Corey voyait encore les couleurs qui ondulaient et ont fini par disparaître. Beverly Patterson l'a enlacé, embrassé. Elle avait empoigné ses parties et il bandait. Jack White lui avait ressuscité les hormones mâles. Jack White avait le pouvoir d'un dieu. Corey était bien content de bander, ça ne faisait de mal à personne. Et il était prêt à baiser en fait, peut-être qu'il pourrait baiser Beverly Patterson ? Et il ferait des enfants et ils iraient entendre prêcher le fantôme de son papa… Un peu comme l'histoire de ce gars qui avait trois femmes et un fauteuil et qui dormait tout le temps dedans.

— *Joy*, de Jean Patou, a-t-elle murmuré. Tu aimes ?

Elle s'est séparée de lui sans attendre une réponse ou peut-être qu'elle n'en voulait pas.

— Dites ? Dites ce que vous savez.

— Elle a croisé la route d'un tueur, a répondu Corey.

Il pensait à Jack White, l'amour devait sûrement impliquer la fidélité. Son papa aurait su faire un beau prêche à ce sujet. Il a tenté de faire le sien : il ne connaîtrait le coït qu'avec Jack White, on n'avait qu'un seul annulaire, qu'un seul trou du cul.

— Elle est vivante ?

Corey a débandé et s'est rappelé qu'il était somme toute en train d'enquêter.

— Je ne sais pas.

— C'est un kidnapping avec une demande de rançon à venir ? a demandé Beverly Patterson.

— Non.

— Vous en êtes sûr ?

— Oui.

— Qui est cet homme ?

— Je ne sais pas.

— Trouvez-la, ramenez-la.

Elle a quitté la pièce, il l'a suivie comme un chien — faudrait qu'il apprenne à aboyer. Elle a ouvert la porte et la lumière du jour a ébloui Corey, le cheval de Beverly Patterson a renâclé.

— Le général Edwards m'a dit qu'il vous faisait une totale confiance, que vous étiez un sauveur... *Et cetera*...

Elle s'est tournée vers Corey :

— Elle a quitté le ranch samedi dans l'après-midi, pour je ne sais quelle raison...

Elle est montée en selle.

— Trouvez-la, ramenez-la, s'il vous plaît.

Elle a fait tourner sa monture et est partie au galop. Corey a croisé le regard d'Hopalong. Il était de son avis, Beverly Patterson avait un sacré caractère. Corey a fait le tour du chalet, beaucoup plus grand qu'il ne se l'était figuré. Sur l'arrière, il a découvert une piscine, un terrain de tennis et un garage. Une Jaguar décapotable XK 120 crème y stationnait. Elle allait mieux à Juliet Patterson, elle sentait Guerlain. Les clefs sur le contact. Corey a donné un tour de clef : plus de jus. Une belle voiture sans batterie ça n'allait pas loin. Et une femme avec un seul escarpin ? À cet instant, Corey n'avait pas de doute : le tueur jouait. Le tueur espérait être suivi, qu'on le suive. L'enquêteur pouvait avoir des intuitions, c'était salutaire, nécessaire à l'enquête. Mais l'enquêteur devait transformer ses intuitions en certitudes, ou au minimum les étayer, les approfondir. Corey avait une intuition, le tueur voulait impliquer celui qui le suivait, suivrait. Comment ? Si Corey s'appuyait sur cette intuition, il pouvait penser que le tueur essaierait de le tuer ou de le culpabiliser, de l'inciter à s'en vouloir. Par exemple de ne pas arriver à temps pour sauver Juliet Patterson.

Et quel était le rôle de l'homme à qui le tueur avait arraché les dents ? Rôle n'était pas le bon mot. Quelle place avait-il dans le scénario du Dindon ?

Corey s'est tourné vers la piscine. Il a pensé à un tableau qu'il ne connaissait pas, qui s'était peint pour lui : une piscine et une fille aux seins nus. Il s'est déshabillé et a plongé, il n'avait pas pu résister à l'impulsion. C'était irrésistible, tous les Nick Corey en avaient besoin, l'enquêteur, l'impuissant, le tôlard, l'orphelin, celui qui venait de se faire toucher et qui avait bandé. Il a fait une longueur sous l'eau et a vu l'envers du monde. Là il y avait le tueur en série et Juliet Patterson, l'homme aux dents arrachées et ses parents, Horn… Et ce requin venu des abîmes et qui filait vers la surface, c'était la bombe atomique Mark-12.

Il n'avait jamais pu pénétrer Frances et un jour elle lui avait donné son interprétation de son impuissance. Corey ne l'avait pas supporté. Il n'avait pas revu Frances. Un soir, au téléphone, elle lui avait souhaité d'être heureux et appris qu'elle partait pour l'Europe, l'Italie d'abord… Il avait su qu'il penserait à elle tant qu'il n'aurait pas accepté qui il était — enfin un peu.

Corey avait toujours pensé que la pomme, la faute, tout ça, c'était des mensonges, voire de grosses conneries. Mais il pouvait marmonner tout ce qu'il voulait, il avait honte. Avant de punir Horn, il s'était dit qu'il allait se couper la bite… Il ne s'était pas coupé la bite. Parfois, il se disait que le seul spectacle de ses parties le contentait. Voir ce qui pendouillait, la queue qui se dressait si elle voulait, ça l'excitait. C'était un sentiment de dégénéré imbu de lui-même, pas de doute. Parfois il cédait au désir, après il était écœuré de vivre, d'être lui. Heureusement que Wilson, Albert Wilson, son copain de cavale, appelait ça de l'« érotisme de proximité »… Où est-ce qu'il avait pu pêcher ça ?

Le pauvre cow-boy

Dix mille dollars

Corey a retrouvé Hopalong et est monté en selle. Avant d'être shérif, il avait été cow-boy dans un ranch au Montana. Il s'était attendu à découvrir un paysage à la Albert Bierstadt, entre luxuriance et romantisme. Non, le Montana lui était apparu simplifié et froid comme certaines toiles de Fitz Henry Lane, contemporain du premier. La perte des êtres chers simplifiait tout. Tout devenait abstraction à force de solitude.

L'hiver avait été rude, des dizaines de vaches avaient gelé, il avait fallu en abattre. Aux autres on avait coupé la queue ou les oreilles, ou les deux. Une des vaches mutilées pleurait et ses larmes gelaient.

Au soir, un des cow-boys s'est pendu dans les écuries. C'était un homme gentil et effacé. Corey l'a tenu dans ses bras, un autre a coupé la corde. Corey l'a couché sur le sol en terre battue et glacée. Il lui a fermé les yeux. Un gars a dit une prière. Ils étaient tous en cercle autour du mort, Corey entendait la prière sortir de sa bouche. Il pensait à son père, à sa maman et un peu au pauvre homme. Il s'appelait Scott, pas de prénom, il boitait. Il chantonnait souvent un truc dans le genre « Cow-boy, cow-boy, pauvre garçon, pauvre garçon». Il n'était pas important cet homme-là. Il s'était pendu, désespéré et seul.

Corey pensait souvent au gars, une façon de lui dire qu'il l'aimait. Le pauvre cow-boy était mort et Corey mourrait à son tour. Bientôt, il n'y aurait plus de cow-boys. On élèverait directement les vaches dans des boîtes de conserve. Pour autant il y aurait encore des gars seuls, tristes, acculés. Ceux-là étaient les frères de Corey.

Il a attaché Hopalong à une barrière et a rejoint le Bonanza. Le pilote était aux commandes, ses Ray-Ban sur le nez, les écouteurs sur les oreilles. Genre fourmi géante. C'était peut-être un extra-terrestre, faudrait s'intéresser à lui. Corey a ouvert la portière, le pilote lui a tendu une enveloppe.

— Je l'aime bien, a-t-il dit d'une voix de gars qui fume et boit son content. Oui, je l'aime bien. Elle a mauvais caractère. Elle est snob avec ses manières et ses cigarettes à la con, des françaises qui puent… Mais elle a bon fond… Sous les manières, c'est une chouette môme. Et puis, elle en a… Vous l'avez pas vue sur un cheval rétif, ou sauter de dix mètres dans la rivière.

Il a lancé le moteur qui a pétaradé. Dans l'enveloppe, Corey a trouvé des photos de Juliet Patterson, une carte d'identité à son nom et dix mille dollars en billets de cent — trois coupés DeVille Cadillac. Une lettre signée par Beverly Patterson et qui attestait que les dix mille dollars étaient une avance non remboursable pour les frais de Nick Corey engagé pour rechercher Juliet Patterson. Corey a remis le fric et la lettre dans l'enveloppe — le pilote a tiré sur le manche et l'avion a quitté la piste.

Albert Wilson, le sergent Gibson, Jason Brown

Un nuage de chauves-souris s'enfonçait, plein ouest, à la poursuite de l'origine, projetant son horreur mouvante sur la chaussée et les toits des baraques. Corey s'est engagé dans Main Street à vitesse réduite et a inspecté les voitures garées. Il avait dormi dans l'avion et ses rêves inconnus lui filaient la gueule de bois.

Il a fait le tour du bled, par-devant, par-derrière. Pas de DeSoto Firedome bleue immatriculée dans le Dakota du Nord. Rien de suspect, la météo au vert. Des conditions à mourir vieux et en bonne santé. Corey a garé sa jeep dans le garage. Il a choisi une photo de Juliet Patterson, pris mille dollars dans l'enveloppe transmise par le pilote du Bonanza. Les a mis dans une poche de son pantalon. De quoi tirer des bords, rouler sous les bars une paire de semaines. Il a glissé l'enveloppe sous son siège, sans le restant du fric. Le restant du fric, neuf mille dollars en billets de cent, il l'a mis dans une poche intérieure de son blouson. « Faut toujours porter son fric sur soi, disait Wilson, le fric ça aime la chaleur et puis si on veut te le soulever, ça te gratte. » C'était une des innombrables théories de Wilson. Corey ne savait pas ce qu'en pensait son gros orteil. Lui, Corey, avait dans l'idée qu'un enquêteur doit toujours penser à son avenir. Et tous les banquiers suisses le disaient : « Pas d'avenir sans monnaie. »

Le prénom de Wilson, c'était Albert comme Einstein. Mais Wilson n'appréciait pas la relativité, ni restreinte, ni générale. C'était un gars qui pouvait manger pendant des heures et des heures des quantités de bouffe et de liquide incroyables. Inhumaines. Il faisait le plein pour les jours de disette. Il avait trop crevé de faim pour s'occuper de physique comme l'autre Albert. Lui son domaine, c'était les banques. S'il avait dû trouver une équation, ç'aurait été dans le domaine de l'excès. Il avait la phobie de finir dans la panse d'un alligator, chacun son destin.

Corey n'a pas fermé le garage, le froid ce n'était pas encore pour tout de suite. Et puis Panguitch, c'était presque de l'histoire ancienne. Il ne laisserait rien d'important derrière lui. Un shérif de plus qui en aurait plein les bottes des tournées solitaires, de se consoler en se branlant ou en écoutant sa moitié ronfler.

Il est revenu vers Main Street. Il n'était pas onze heures et pourtant tout le monde roupillait ou presque. Trois, quatre lumières ici et là, pas plus. Le bled s'apprêtait à se prosterner dans son songe d'hiver. Ça irait un peu mieux pendant quatre mois, entre mai et fin août.

« Quand y a pas d'oiseau qui chante, les gars, disait le sergent Gibson, ou quand un oiseau s'envole ou chante, quand c'est calme, pas un bruit, quand c'est le jour ou quand c'est la nuit, quand ça flotte, ou quand ça flotte pas, quand soudain tu te rends compte que tu existes et que tu fais des projets, alors, les gars, c'est qu'il y a un Jap, des Japs, il y a tout le temps des Japs, oubliez pas ça si vous voulez vivre. »

Corey s'est arrêté devant la porte de son bureau. Son ombre se projetait sur le trottoir. Il n'y avait rien à redire mais Corey se souvenait de Gibson. Il avait sauté sur une mine et avait murmuré à Corey qu'il était en train de penser à sa fille et qu'il crevait là. Corey ne bougeait pas, sa vie était précieuse. On aurait pu passer à côté de lui sans le voir. Il a fini par introduire la clef dans la serrure et l'a tournée. Il est entré — Ed Wolf n'était pas là.

Corey a refermé la porte. Les chevaux de bois du lustre ont frissonné. Corey a attendu encore un peu, les chevaux se sont rendormis. Il a traversé la pièce froide, s'est assis. Il a lu une note de Dewey Gray qui le prévenait que le docteur Buford Lindsey s'était occupé d'Ed Wolf. Corey a joué avec les menottes posées sur le bureau et les a empochées. Il s'est levé. Il a monté l'escalier en faisant un arrêt au milieu, comme un loup. Qui sait ce que ça veut dire « à pas de loup » ? Corey le savait, il avait pisté des loups, des Japs et des criminels.

Il savait aussi qu'il était un homme bon à tuer et ceux qui voulaient sa peau étaient des professionnels.

Il est allé à la fenêtre de la cuisine, le carreau n'était pas réparé. Le geai bleu cauchemardait quelque part. Corey a quitté la cuisine en songeant qu'il ne faudrait pas oublier les gants. Pas le dire à maman. Il s'est allongé, les mains croisées sur la nuque, et a contemplé le plafond. Tous les enfants y voyaient merveilles, chimères et épouvantails, c'était connu. Pour les shérifs et les loups, personne n'avait fait d'étude — pas de chiffres disponibles au bureau des statistiques. Corey a souri, il devait voir un truc marrant. Et puis, il s'est tourné sur le côté, s'est entortillé dans la couette comme un bonhomme qui va s'endormir et s'est souvenu de cette histoire : « C'était un péquenot qui s'appelait Jason Brown. Il avait une dizaine d'arpents de cailloux et de nids de vautours — de genévriers rabougris. Et une sacrée belle femme plus jeune que ta sœur, avec des réserves à lait splendides, des tétines pointues qui en sortaient et damaient le pion de tous les gars du coin. Ils venaient de se marier. Personne ne comprenait ce que cette beauté fichait avec ce bouseux sans le sou, rachitique et moche comme une chèvre. Tout le monde se doutait que la jeune épousée ne tarderait pas à être pleine, parce que ce bâtard de Jason Brown devait la piner et la repiner, ce qui était légitime. Ce qui a pris tout le monde de court, c'est que ce Jason Brown a trouvé un paquet d'or dans sa terre, un vrai putain de filon. Il a flanqué sa jeune épouse dehors à coups de pied au cul et s'est mis à la colle avec une bonne femme qui frisait la quarantaine avec les mamelles qui traînaient sur ses talons. Ils ont mené la belle vie, picolé, baisé par tous les trous à deux et à plus. Lui a passé l'arme à gauche vers les cent ans, ses derniers mots ont été : "Allez tous vous faire enculer." »

Comme quoi il fallait toujours réfléchir à deux fois, pas croire à ce qu'on voyait et bien se garder de tendre son postérieur car des bites qui passaient, ça existait. Corey appréciait l'histoire de Jason Brown. Elle s'adressait à tous les publics, spécialement les publics de gars qui croyaient dur comme fer que c'était facile d'arriver par-derrière et de se trousser le shérif comme s'il venait de tomber de l'arbre — prêt à tout gober et à se faire plomber comme un lapin.

La loi n'avait pas de nuit

29 septembre

Il a surgi de la pénombre sans aucun bruit. Il a braqué un Colt .45 avec un réducteur de son et a fait feu à quatre reprises sur le dormeur dans la couette. Pas tellement plus de bruit qu'une mouette qui pétait, odeur de poudre. Corey s'est pointé dans le dos du flingueur et lui a envoyé un coup de poing dans la nuque. Le tueur est parti en avant en appuyant sur la détente. La balle a miaulé en zigzaguant et en se frottant le ventre sur le plancher. Corey était déjà à genoux sur le tueur et l'a délesté de son arme. Lui a tordu le bras droit en arrière et lui a passé une menotte. Idem avec l'autre. Il a bouclé les menottes serrées. Il a retourné le gars qui revenait sonné dans le monde des fourmis et des Martiens.

— T'avais qu'à connaître l'histoire de Jason Brown, a dit Corey, t'aurais fait plus attention, tête de veau… Tu t'appelles comment ?

Il lui a fait les poches et a trouvé un insigne et une carte du FBI au nom de David Oliver.

— Si tu m'expliquais un peu, a dit Corey.

— Crève, pédé.

Corey s'est levé en ramassant le .45, il l'a débarrassé de son réducteur de son.

— Lève-toi, a-t-il dit. Comment t'as deviné que je suis pédé ?

Il l'a aidé en le soulevant par une oreille qui a craqué, le type a gémi.

— T'en as deux, a dit Corey, te plains pas.

Il l'a poussé hors de la chambre, puis vers l'escalier.

— La morale de l'histoire, a ajouté Corey, c'est que t'as deux oreilles et deux bras, c'est un capital auquel faut prêter attention.

D'une bourrade, il a fait comprendre à l'agent du FBI de descendre — s'en est fallu d'un poil qu'il ne le fasse la tête en avant. Apparemment, Corey n'en avait rien à fiche. Pourtant si le gars du FBI avait deux oreilles et deux bras, il n'avait qu'une seule tête. Arrivé en bas, Corey l'a chopé par le col, a ouvert une des cellules et l'a poussé dedans.

— Tu vois y a un chiotte et de l'eau, c'est la Côte d'Azur. Pour manger, faudra attendre. Ça te fera du bien vu toute la couenne en trop que t'as… Et pour sortir pareil. Si j'y reste en route, tu trouveras le temps long… Sors tes bras si tu veux que je t'enlève tes bracelets… T'avise pas de faire le malin.

Le type a passé ses bras, Corey a ôté ses menottes.

— Vous avez tué Ed Wolf, a dit Corey, c'était un homme que je respectais, je pense qu'il vous pardonnerait s'il le pouvait, moi pas.

Il lui a cassé le bras gauche sur le barreau horizontal, comme s'il avait fait du petit bois pour l'Armée du Salut. Le gars est parti à la renverse, dans les pommes — serait forcément moins malfaisant mais pourrait moins bien se gratter. Tout n'avait pas que des avantages.

Corey a passé son blouson, ôté son étoile qu'il a piquée au revers du cuir, face contre son cœur. La loi n'avait pas de nuit, mais son représentant pouvait avoir une éclipse. Corey a pensé à Jack White. Il brillait, lui, à la face du monde. *L'homme qui avait deux étoiles*, c'était pour l'heure le nom de l'histoire, pas qu'une histoire de pédés : il y avait un tueur en série, le Dindon, et une bombe atomique dans la nature.

Un raton laveur

Un elk encore, l'éternité

La Firedome bleue immatriculée dans le Dakota du Nord était garée à cent mètres du bureau de Corey. Main Street marinait dans l'obscurité, les réverbères s'éteignaient deux heures après la tombée de la nuit pour économiser le fric des contribuables. Le type au volant de la DeSoto a regardé son bracelet-montre, c'était deux heures du mat. Il avait une sale gueule et allait bien avec son coéquipier mis au régime par le shérif Nick Corey. Il a entendu un drôle de bruit comme un truc qui glousserait en se lavant les dents et ça a gratté au bas de sa portière. Le gars a marmonné un truc comme « C'est-y pas un raton laveur qui chicoterait, ça ? ». Il a entrouvert sa portière et s'est penché.

Corey, qui était couché en partie sous la voiture, l'a agrippé par la cravate et l'a tiré violemment.

Le gars est passé par-dessus bord en grognant, les mains entre son cou et la cravate pour ne pas finir étranglé. Il a percuté la chaussée du front et c'était connu de tout le monde, Main Street, ce n'était pas un trampoline. Là-dessus, Corey qui ne l'avait pas lâché lui a collé deux pains dans la tempe.

Tout ça, c'était beaucoup pour un seul homme. Il ne bougeait pas plus qu'un fichu paillasson. Corey lui a fait les poches, lui aussi avait un Colt .45, un insigne et une carte du FBI au nom de Peter Long.

« La vengeance était un crime », disait le papa de Corey. Les pères étaient là pour ne pas être écoutés et mourir avant les fils. Corey a bouclé une menotte sur le poignet gauche du tueur. Il l'a soulevé en le tenant par le col de sa veste. Le gars a écarquillé les yeux, ils étaient vitreux.

— C'était pas un raton laveur, a dit Corey, tu connais l'histoire de Jason Brown ?

Il l'a assis sur le siège conducteur et a bouclé l'autre menotte au volant.

— Si tu la connaissais, t'aurais p't-être su que c'était un poulet qui caquetait, tête de fion.

Il a claqué la portière, fait le tour de la voiture — s'est assis à côté de l'agent du FBI. Peter Long, qu'il s'appelait donc cet oiseau-là. Corey lui a balancé un coup de poing dans la tempe et l'a réveillé en lui tordant le nez, voire en le cassant. Somme toute, un nez, c'était ni un marchepied, ni un fer à cheval.

— Je t'aime pas, a-t-il dit, ça se discute pas.

Il a mis le moteur en marche. Il avait envie de fumer, la cigarette facilitait la vie, c'était sûr — la chaise électrique pareil.

— Voilà comme je vois l'affaire, a-t-il dit, tu as la main droite libre, les pieds, tu vas partir d'ici et tu vas rouler… Prends du champ, si je retombe sur toi, t'auras pas la belle vie.

Le gars a baragouiné des mots incompréhensibles, il bavait du sang.

— Ferme-la, lui a conseillé Corey, t'as mauvaise haleine.

Peter Long n'était pas James Oliver Curwood, son histoire,

Corey s'en tamponnait. Il est sorti et a tapé sur le toit de la Firedome. Peter Long a pris la tangente, s'en est allé comme conseillé. Faut dire qu'il n'avait pas tellement d'autres possibilités. Corey a vu un instant les veilleuses de la bagnole au bout de la rue, puis plus rien. Peter Long roulerait longtemps ou pas, Corey s'en fichait. Peter Long était brûlé pour tout le monde, discrédité. Il ne valait pas un pet de lapin. Il finirait par se débarrasser des menottes, ça ne le mènerait pas loin. L'agent spécial Jack White n'était pas le genre d'homme à laisser en paix les ennemis de la nation. De toute façon, ça se terminerait mal pour Peter Long, c'était sûr.

« Si tu es gentil, Nicky, si tu es gentil, tout le monde sera gentil. » C'était sa maman qui lui disait ça. « Si tu souris, le monde sera encore plus beau. Ne fais pas le mal, Nicky, mais le bien. Respecte la nature et les hommes, aide ton prochain. Tends la main à l'enfant, au vieillard. Partage ce que tu as, que ta demeure soit aussi celle du passant, du démuni. Contemple les étoiles et le ciel. Sois persuadé que tu es là pour comprendre cette beauté, pour approfondir ta foi. Et si tu doutes, si tu ne crois plus, Lui ne doute pas, Lui croit et te montre le chemin. »

Un elk insomniaque a traversé la rue, là-bas vers la station Texaco. Corey s'est souvenu de plusieurs poèmes, d'impressions fugaces et déterminantes, d'envies et de peines. Certains mots avaient creusé en lui leurs mines, des mots comme obscur, or, diamant, amour, d'autres comme blanc, pur, mort, torture, fragile. Sourire, bonté, nocturne. Il s'est souvenu du pauvre cow-boy. Il y avait tant et tant de mots. Au singulier ou au pluriel, ils éclairaient le ciel et s'appelaient ange ou étoiles. D'autres mots reculaient se cacher, refusaient qu'on les prononce, évoquaient des besoins ou des faits insupportables. La vie était un théâtre sublime et dérangeant. Ça faisait honte souvent et on riait, on dormait. On avait envie de poser ses lèvres sur les lèvres d'un homme et c'était interdit. On avait dans sa bouche le goût de l'autre. On aurait eu envie de le dire, d'annoncer la nouvelle. C'était impossible, interdit. C'était injuste et cruel — Corey ne protestait pas. Et peut-être qu'au fond c'était mieux, plus beau ? Corey était étourdi par la puissance de son envie d'amour, de tendresse. Comment faire ? Comment avait-il pu vivre sans ?

Si l'elk avait disparu, la lueur derrière la vitre non. Pâle, elle vacillait au front de la maison froide. Corey s'en est approché lentement. Il n'était pas fatigué, mais il y avait des moments qu'il vaut mieux essayer de vivre. Il a poussé la porte, avancé dans le couloir sombre. Certaines marches de l'escalier luisaient comme si elles exsudaient des pleurs. Il s'est souvenu du matin déjà lointain. Sur le palier, il s'est laissé guider par la lumière si faible qu'on aurait dit à peine un souffle. Dewey Gray s'était assoupi dans un fauteuil — le crucifix projetait sur lui son ombre de bonté. Couché, mains croisées sur la poitrine, Ed Wolf n'écrivait plus pour toujours son histoire des États-Unis. Le Seigneur l'avait accueilli dans Son Éternité, lui, Nick Corey, le garderait dans son cœur jusqu'à sa fin de pauvre pécheur. Corey s'est signé et lui a dit au revoir.

La lettre

Talihina — comté de Le Flore, Oklahoma

Corey a regardé la Bible, l'a serrée contre lui, glissée dans une poche de son blouson. Il a éteint la lumière, descendu l'escalier. Dans sa cellule, David Oliver ronflait en geignant comme si on lui avait fait du tort. Corey s'est assis — il a allumé la lampe qui n'éclairait que le bureau. Il entendait les bruits du passé, sa maman qui chantonnait en préparant le repas, les rumeurs de l'été à Talihina, le facteur qui s'arrêtait. Ces bruits s'associaient à des images oubliées, une mariée au bras de son époux, elle semblait si heureuse, si confiante… L'hôpital abandonné où jadis on soignait les tuberculeux, ses fenêtres béantes, un vieil homme qui pleurait. Ce Choctaw en habit traditionnel, planté bras croisés, au bord de la route, attendant que l'ancien temps vienne le sauver… Le motel que Corey trouvait lugubre sur la berge de la rivière Kiamichi verte comme une olive, comment s'appelait-il déjà ? Le Red Shadows Inn ! Sa façade en bois peinte en rouge… « Chambres avec cabine de douche, restaurant ». Les filles en maillot de bain, un baiser échangé par un couple et qui avait fait frissonner Corey… Et puis ce cheminot mort dans une ravine au bord de la piste, épuisé par sa vie et la donnant à la poussière.

— Monsieur le maire, a murmuré Corey, les mains derrière la nuque, je suis contraint de démissionner. Vous pouvez offrir mes meubles au prochain shérif s'il en veut, les clefs sont sur le contact de la jeep. Nick Corey.

Il est resté dans cette position, contemplant le temps insaisissable aux ombres mouvantes.

Le coyote

Le pendentif, le trésor

Ça faisait trois heures qu'il avait quitté Panguitch. Il en avait marre, il lui restait de quoi rouler une dizaine de minutes pas plus. Il faudrait qu'il s'arrête pour vider son jerricane d'essence dans le réservoir. Il avait fait plus de deux cents miles. Il en restait moins de cent pour arriver à Cortez. Dans le rétroviseur, il voyait sa vie qui restait en arrière, du sable et des cactus. On montait en bagnole avec un gars et on devenait pédé. On ne savait rien de la vie, que dalle. On pouvait écrire la recette de la soupe au cheddar et à la bière, pas celle de la vie. On oubliait toujours le hasard. Le hasard était le maître du temps et des hommes. Le hasard faisait ce qu'il voulait. Il était le seul Dieu. Aucune image ne le représentait dans aucune église, sauf à Vegas.

Le coyote s'est retourné vers les deux phares blancs de la Harley. Il a lâché ce qu'il avait dans la gueule, puis a sauvé sa peau et filé entre deux cactus comme un arc de triomphe qui lui aurait été élevé par la nuit. Corey a freiné. Qu'est-ce qu'il avait dans la gueule, ce coyote ? Un enquêteur qui n'est pas curieux, il valait mieux qu'il enseigne la grammaire à Trou-Du-Cul-Ville. Corey a béquillé la Harley et a avancé sur la piste. Dans le faisceau lumineux de sa torche : une godasse. Un bon vieux brodequin, avec le tibia dedans. C'était original. Corey s'est accroupi et a examiné la chose sans la toucher. Il restait un peu de vieille barbaque autour de l'os, de la barbaque séchée. Le coyote devait avoir la dalle.

Dans l'enquête criminelle on devait réfléchir avec son instinct et l'instinct, c'était le désir. « Plus on bande, mieux on pisse, disait un sergent instructeur. Mais pissez pas sur une mine. »

Corey a saisi la godasse, s'est levé. Il ne pouvait pas laisser l'affaire, ce n'était pas le mystère du siècle peut-être… Mais fallait reconnaître que c'était un sacré hameçon.

Un virevoltant silencieux a traversé la piste, Corey était fasciné par ces saloperies. Pour lui, c'était un des plus grands mystères de la Création. Pas de pattes, de tentacules ou d'oreilles… Et si c'était eux, les Martiens ?

Corey a ôté son bonnet kaki. Un feutre en bécane, ce n'était pas la solution. Ici à mille huit cents mètres d'altitude, l'air était froid et le désert était bleu et brun, obscur. C'était un endroit pour comprendre ce qu'était le rien, ou Dieu, ce qui était au fond pareil. Le Diable, lui, vivait du trop-plein, dans le chaos de la profusion. Et le gars qu'avait une godasse en moins, il disait quoi ? Il avait des cors au pied et s'était scié le tibia ? Corey avait quitté la piste et remontait les traces du coyote. Les coyotes, ce n'était pas des loups. Ils étaient moins malins. C'était des charognards. Ils vivaient sur le dos des autres et s'en branlaient un peu.

À trois cents mètres de la piste, Corey a décroché un pendentif poussiéreux d'un cactus. Un Christ sculpté au couteau, cloué sur une croix. La chaîne en fer avait cassé et le Fils du Père Éternel avait crevé de soif. Ça aussi, ce n'était pas ordinaire. Ce n'était pas le coyote qui avait perdu son grigri. C'était plutôt un bonhomme qui avait un pied en moins. Il fallait le trouver.

Il n'était pas bien loin, dans une sorte de fosse naturelle, à moitié ensablé. Un squelette avec un tibia en moins, une seule godasse et une bourse en cuir dans la main droite. Corey a dénoué les cordons qui l'obturaient. Cinq pépites dont une grosse comme une mandarine dans un sac en gaze, voilà le trésor du mort. Il avait perdu son porte-bonheur et un peu plus loin le sort l'avait frappé. Corey lui a redonné son talisman et sa godasse gauche, sa bourse.

Il poursuivait un tueur en série et il trouvait un vieux mort. Est-ce qu'il y avait un lien ? Sûrement pas. L'enquêteur ne savait pas où son enquête le menait, il devait suivre patiemment la piste.

Les âmes mortes

L'inconscient des routes

Au petit jour rose comme du jambon, avec ses montagnes là-bas bleues comme un mort sorti du congélateur, Blanding dormait encore. C'était beau, oui. Le dire à qui ? Et pourquoi parler de la beauté, ça l'abîmait. La plus grosse clientèle de la beauté, c'était les abrutis — ils en avaient la bouche pleine.

À la sortie du bled, des GMC et des jeeps de la Garde nationale étaient stationnés, gardés par deux policiers militaires. Pembroke Castle et sa piste radioactive étaient à une heure de là. Jack White avait tenu parole. Il avait bien convoqué des milliers de gars à ratisser le pays. De l'avis de Corey, ils ne trouveraient rien. Jack White devait être du même avis. Mais il était obligé d'aller au bout de toutes les voies du labyrinthe, en espérant que l'une d'entre elles ne se terminerait pas en cul-de-sac. Corey ne pouvait pas être solidaire de Jack White. Il ne pouvait pas se permettre de se laisser distraire : il voulait le Dindon. Il était sur sa piste, il le voulait. Il voulait offrir son nom et son visage aux âmes de ses parents. Les âmes mortes vivaient, malgré Gogol. Elles vivaient dans ceux qui leur survivaient. Corey aurait pu imaginer clouer la peau du Dindon au pied de la tombe de ses parents, en guise de paillasson.

Il aurait pu — mais il n'avait pas la peau du Dindon, parce qu'il n'avait pas le Dindon.

À quelques miles de Blanding, il a quitté le comté de San Juan pour le Colorado et le comté de Montezuma. Il n'était plus tout à fait le shérif Nick Corey, même s'il avait son blouson et au revers, son étoile. Il était à cette heure l'enquêteur, il suivait la trace du tueur. Il n'était pas accrédité pour le faire, en vérité il était hors la loi, ça lui allait. La loi, il fallait la faire évoluer — avant les cubistes, aucune femme n'avait les dents dans les fesses. L'enquêteur, cubiste ou pas, devait forcément tenter d'épouser la pensée de celui qu'il poursuivait. C'était dangereux. À force l'enquêteur pouvait devenir un double de celui qu'il traquait. Corey en avait conscience. Son amour le protégeait de cette funeste inclination. « L'amour protège de tout, disait sa maman, sauf de la bonté, de la joie et de la foi. » Bien sûr, c'était un rien crétin. Chrétien ou crétin, peu importe, Corey s'en fichait. Les conneries de ses parents étaient pour lui des paroles sacrées.

Sans en avoir vraiment conscience, Corey était un pisteur atavique, peut-être plus que Stone. Stone avait choisi la nature. Corey, lui, était son émanation, sa prolongation, venait d'elle. Il était un vieil homme de l'an moins cinquante mille dans la peau d'un gars du vingtième siècle. Et puis Stone était mort de mort, son arc et ses flèches, il pouvait se les carrer là où il ne s'assoirait plus. Corey lui était vivant et ferait bien attention de le rester pour profiter de la vie, ce qu'il n'avait pas pu, pas su faire.

Pour l'heure, il roulait vers Cortez, ne doutait pas, ne pensait pas. Il suivait la piste. Il ne regardait pas le ciel. À certains moments, l'enquêteur devait savoir ne pas le regarder. À certains moments, le ciel était à l'envers. Il reflétait la vanité du monde, l'angoisse de l'enquêteur, son amour pour l'agent spécial Jack White. Et puis, en Harley ou en patins à roulettes, il valait mieux regarder devant soi, surtout quand on roulait. On évitait la rencontre avec ce Mack argenté qui tirait des grumes énormes en crachant ses poumons par son pot d'échappement vertical huileux et noirci par les suies.

On pouvait voir des ombres, des traces de freinage. Un pauvre coyote transformé en décalcomanie, comme aplati au rouleau. Ses viscères et sa cervelle étaient répandus sur la terre et deux vautours attendaient leur heure, assis au bord de la piste comme deux commères qui auraient oublié leurs tricots.

L'enquêteur enregistrait tous ces détails, ces faits. En vérité, il guettait les souvenirs. L'enquêteur était le psychanalyste des bords de route. Il écoutait leurs rabâchages, leurs plaintes, leurs remarques sur le temps passé.

Les routes avaient un inconscient, comme les baignoires, les éviers, les rails et les couteaux. La poussière et les ornières. L'enquêteur devait écouter d'une oreille distraite jusqu'au moment où il entendait le bruit singulier de l'indice. Pas plus que sur le divan, il n'y avait de vérité. La vérité n'éclatait pas comme l'écrivaient certains balourds qui faisaient des paquets de corn flakes leurs livres de chevet. La vérité fuyait tout le temps comme l'univers lui-même. Corey ne recherchait pas la vérité. Il voulait arrêter le temps, démasquer celui qui avait tué ses parents. S'il pouvait sauver Juliet Patterson, ça serait bien. S'il sauvait Juliet Patterson, cette ordure de poulet au radium en serait meurtri jusqu'au centre de ses petites couilles. Il perdrait confiance en lui, cesserait de glouglouter et se rongerait la queue.

Un vieux gars dans une carriole menée par une mule blanche rampait au bord de la piste comme un pauvre cafard, semblait fuir le rêve américain. Ça s'est mis à sentir la créosote, Corey a ralenti. Après une falaise aux ailes bleues à demi déployées et un virage, Corey est tombé sur le chantier. Ils s'affairaient à goudronner. Le bitume recouvrirait toutes les traces, tous les souvenirs, les parfums. On préparait le monde du rock n'roll. Corey espérait son Éden dans une enclave, si possible loin du goudron et d'Elvis. Il ne militait pas contre les guitares électriques, mais il aimait trop le bruit du vent.

Ann Chambers & Charlie Bass

Les sacs

La station Texaco était à l'entrée de Cortez. Corey a béquillé sa Harley à côté d'une des deux pompes. Il a ôté son bonnet, ça faisait artiste ou clodo. Ann Chambers est sortie du bureau et s'est approchée de Corey. Elle portait une combinaison d'homme. Son maquillage et certains détails de son anatomie levaient toute ambiguïté. Son mari a surgi du garage avec un cric pneumatique qu'il remorquait dans un bruit de damné tirant perpétuité au bout de sa chaîne. Il était dégingandé, plutôt sec, les jambes arquées et de ces croquenots… Devait se les faire faire sur mesure à Sing Sing. Il a jeté un regard scrutateur à Corey et a glissé le cric à l'arrière d'un pick-up Dodge qu'on aurait dit en terre et en poussière. Son propriétaire, qui lui ressemblait, avait un fichu gros bide et une face de longhorn.

Il répétait en boucle : « Crever deux fois de suite, c'est-y pas de la malchance ? Est-ce qu'il a mérité ça, ce bon vieux Charlie Bass ? Crever quand je vais prendre de l'essence, ça ressemble à quoi ? »

À le voir rapidement sans intentions anthropométriques, c'était un rat des champs. Il devait trafiquer, distiller, et plus si possibilités. Méchant et salaud, l'intelligence d'un boulon, la sensibilité d'une agrafe. Et le vice en lui, c'était sûr. Il faisait partie de la catégorie des gars qui ont besoin de parler — quitte à en dire trop. Il a sorti la roue de secours de son emplacement et une autre posée sur le plancher de la benne. Il les a fait rouler jusqu'à l'atelier en disant qu'il reviendrait les chercher le lendemain matin. Il boitait de la jambe droite. Ce gars était aussi pervers qu'il en avait l'air, s'est dit Corey. Se méfier des criminels déguisés en clowns.

Ann Chambers a décroché le pistolet, Corey a dévissé le bouchon de son jerricane.

— C'est pas qu'on se connaisse vraiment, a-t-il déclaré, je vous ai téléphoné l'autre jour, rapport à un plein d'essence.

Il a entrouvert son blouson, dévoilé son étoile.

— Je suis comme qui dirait un peu incognito.

Elle hoché la tête et introduit le pistolet dans le jerricane.

— Incognito, a-t-elle répété, c'est pas un mot de tous les jours que ce mot-là, shérif Nick Corey.

— L'aurait pas fait le dindon ? a demandé Corey, troublé d'avoir été reconnu.

Elle l'a dévisagé.

— Le dindon ?

— Vous savez le dindon quand il glougloute.

Elle a retiré le pistolet. Il a fermé le jerricane.

— Voulez dire quand il ricane ? a-t-elle dit.

— Exactement.

Il a dévissé le bouchon du réservoir, Ann Chambers y a planté le bec du pistolet.

— Ça me revient maintenant, a-t-elle marmonné, comme un dindon, c'est ça.

Elle a imité le gloussement de l'animal.

— Avec ses dents bizarres, sacré numéro lui encore !

Elle a raccroché le pistolet.

— Vous le recherchez pas pour une amende, je crois bien en tout cas.

— Vous voyez juste, m'dame.

Corey a revissé le bouchon du réservoir et regardé les sacs à café vides, à cinq pennies pièce.

— Ça peut être utile à tout, a dit Ann Chambers, et comme on en a hérité par le vieux Milford Morton qui a mis la clef sous la porte… Vous mettez dedans un coyote ou cent livres de farine…

— Sont à vendre depuis longtemps ?

— Depuis janvier… J'espère que je les aurai écoulés avant que je parte les pieds devant.

— Et vous avez idée si on vous en vole, par exemple ?

— Je m'use pas la cervelle à réfléchir pour rien.

— Z'avez bien raison entre nous.

Elle l'a dévisagé, a voulu ajouter quelque chose, ne l'a pas fait.

— C'est pas rien la vie, a murmuré Corey après un silence.

— Je vous le fais pas dire.

— Entre nous, comme ça, vous avez idée vers où il a tourné ses bottes ?

— M'en manque trois.

— Y en a qui voleraient l'air qu'on respire…

Une nouvelle fois, Ann Chambers a regardé Corey avec suspicion.

— Prendriez pas les gens pour des… Voyez ce que je veux dire, shérif ?

— Je jouerais pas au plus malin avec quelqu'un comme vous, m'dame Chambers… Certainement pas.

— Qu'est-ce qu'il a pu vouloir en faire de ces sacs ? Vous savez vous ?

— Non, m'dame.

— Ouais… Où il a été faire ses diableries ?… J'ai pas souvenance de l'avoir vu se carapater…

Ça n'étonnait pas Corey — le Dindon devait avoir la manière pour ne pas se faire remarquer lorsqu'il le souhaitait.

— La dame, a poursuivi Ann Chambers, elle m'a demandé s'il y avait un bon hôtel par là et un terrain de tennis aussi. Entre vous et moi, elle se racontait Cortez comme ça existe pas… Je lui ai indiqué l'établissement de Desmond Porter. Un homme qui réussit les tartes comme pas une femme. C'est à une dizaine de miles en direction de Mancos… Colors of Colorado, c'est son nom.

— Il a pu vous entendre ?

— Possible.

— Il est parti avant ou après elle ?

Elle a tiqué.

— Je sais plus trop… Avant… Ah, je vous l'ai pas dit, la fille sentait le parfum, c'est sûr… Le whisky aussi. Elle fumait une fichue cigarette qui puait.

Elle s'est essuyé les mains dans un chiffon qu'elle a extrait d'une des poches de sa combinaison. Un camion-citerne plein de goudron chaud est passé en grognant, suivi par un camion benne rempli de gravier.

— « Quand nous étions enfants, a-t-elle déclaré, c'est comme si l'air était différent, le soleil et l'eau pareillement… Nos voix étaient autres, nos yeux… Nous étions… »

Elle a cherché le mot qui n'est pas venu sur sa langue.

— « Insouciants », a proposé Corey.

L'eau limpide, les regards et les voix, le foin, le manche du râteau dans les mains. Le goût de la tarte aux myrtilles, du poulet rôti. Ann Chambers scrutait Corey avec une bonté et une sagacité qui lui ont rappelé sa maman.

— Sûr, shérif, que vous êtes celui qui lui fera rentrer son gloussement de dindon dans la gorge, a-t-elle dit.

— Je connais le coin comme pas un, s'est vanté Charlie Bass, et c'est bien la première fois que je trouve un soulier de femme… Un sacré soulier de bal, à mon avis… Là-dessus, j'ai crevé… C'est-y pas de la malchance ?

Corey a tendu un billet de cinq dollars à Ann Chambers qui n'avait pas la monnaie et s'est dirigée vers le bureau.

— Un petit pied sans l'autre, a fait Corey, en rejoignant ce Charlie Bass qui voyait des Cendrillon dans la fiente de pigeon.

Bernard Chambers, lui, après avoir remonté la roue, halait son cric vers le garage.

— Vous croyez pas si bien dire, a rétorqué Charlie Bass, un petit pied sans l'autre.

Il sentait aigre, le fruit blet, l'alambic. Devait se laver au moins une fois par mois. Il a ouvert la portière de son pick-up, s'est baissé et a fouillé dans la cabine. Son pantalon descendait et dévoilait ses grosses fesses velues comme sa face de raie. Aussi bien il aurait pu avoir son postérieur à la place du visage. C'était un individu simplifié à l'extrême. Il s'est retourné, présentant un joli escarpin en cuir vert, son poignet droit était griffé. Il ne portait pas de sous-vêtement, cela pouvait signifier un certain auto-érotisme ? Souligner que Charlie Bass était encore bien plus complexe qu'il n'y paraissait au premier regard — bien plus pourri.

— Un joli petit pied mignon qu'on voudrait bien la propriétaire dans le lit à côté de soi, a-t-il marmonné, pas vrai ?

Corey lui a montré son insigne et s'est emparé de l'escarpin — pied gauche — avec son grand mouchoir à attraper les indices. Charlie Bass, lui, était dans l'expectative et devait faire le bilan. Peut-être pas le bilan complet de la naissance au jour d'aujourd'hui. Le bilan qu'on peut présenter à un satané poulet qu'on aurait juré taillé dans de la pierre. Corey, lui, examinait l'escarpin, signé Ferragamo, en lettres noires incrustées sur la semelle de propreté en cuir doré.

— Vous êtes comme ça en vacances ? a tenté Charlie Bass.

Si le poulet portait son étoile accrochée à la doublure de son cuir de la guerre de Sécession, c'était qu'il était peut-être pas complètement en odeur de sainteté, pas dans son droit ?

— Pas vraiment, a répondu Corey. Je suis sur une affaire de distillerie clandestine, voyez le genre ?

Charlie Bass a grommelé un borborygme.

— Pour dire la vérité, a continué Corey, pour dire la vérité…

Il s'est tu et a pris la monnaie que lui donnait Ann Chambers qu'il a remerciée.

— Ah j'oubliais, a-t-il dit.

D'une poche intérieure de son blouson, il a sorti une des photos de Juliet Patterson contenues dans l'enveloppe que le pilote du Bonanza lui avait remise. Il l'a montrée à Ann Chambers qui a hoché la tête. Charlie Bass a lorgné sur la photo. Une Mercury verte s'est arrêtée aux pompes. Ann Chambers est allée servir l'essence, elle a pivoté.

— Avant la guerre, a-t-elle dit, la fille d'un voisin a disparu, on l'a cherchée des jours… Et puis on l'a retrouvée…

Elle s'est tue un instant.

— La mort, c'est trop doux pour ces monstres.

Elle a rejoint le propriétaire de la Mercury. Il ressemblait à un Américain standard dans la peau d'un quelconque Richard Nixon. Un bonhomme qui croyait aux Martiens et au Dollar, à un Dieu blanc qui aurait fait le monde en quelques jours — alors pourquoi les nègres ? Charlie Bass en avait profité pour se carapater vers son pick-up couleur bouse de bison. Corey l'a retenu en posant sa main sur son épaule. Charlie Bass a violemment tressailli, fait volte-face pour affronter la volaille à la gueule de casse-tête.

— Pour dire la vérité, a répété Corey pour la troisième fois, comme vous l'avez vu, je suis pas là que pour une affaire de distillerie clandestine… Vous l'avez bien compris, s'pas ?

— Un peu…

Charlie Bass se méfiait du poulet. Il avait un côté un peu basané, indien ou à peine nègre, ça rajoutait du vice. Il a feint de reboutonner sa chemise d'une couleur indéterminée, dans les rouge sale. La vérité, c'était qu'il n'y avait pas de bouton à passer dans la boutonnière, que la chemise béait et laissait voir un nombril proéminent aussi laid et gros que la tête d'un nouveau-né au sortir du ventre maternel… Rien qu'un bouton qui manquait, ça n'allait pas loin, ce n'était pas la grosse affaire.

— Faut dire que je suis un peu cossard sur les bords, a confié Corey. Et que je veux pas cavaler pendant des mois après ce type… S'agit de bâcler rapidement l'affaire.

Il a fait claquer son Zippo, l'a rempoché, observé par Charlie Bass de plus en plus sur ses gardes.

— Me faut un suspect et je crois bien l'avoir trouvé…

Il a hoché la tête en fixant Charlie Bass. Le gros plein de péchés n'a pas vu tout de suite l'ampleur du coup de pute que lui servait à froid le poulet basané… Au bout du silence du poulet, au bout, il a pigé le traquenard.

— Ah non ! J'y suis pour rien, shérif, sur la tête de ma pauvre mère !

Plus Corey fréquentait ce Charlie Bass, plus il découvrait une ordure cynique emballée dans la peau d'un gros fumier. Charlie Bass bernait les gens avec sa dégaine de péquenot simple d'esprit.

— Votre maman peut pas trop vous sortir de ce méchant procès, a mâchouillé Corey, je crois bien qu'elle n'y peut rien. Cette chaussure de femme que j'ai là dans ce mouchoir, vous l'avez tenue dans vos mains, vous…

— Non ! Enfin oui, je l'ai ramassée comme je vous disais sur la piste.

— Je sais bien, fallait pas… Fallait pas. Maintenant, y a vos empreintes comme qui dirait. Enlèvement, suivi de meurtre et de viol, ou le contraire… Z'êtes pas parti du bon pied… Surtout, je vous le dis du fond du cœur, que je vous aime pas… Naturellement, je peux pas vous piffer, ça arrive.

— Shérif, c'est pas moi, c'est lui, c'est l'autre…

Charlie Bass bredouillait des mots incompréhensibles en bavant un peu.

— Qui l'autre ? Vous l'avez vu ?

— Non, non…

Charlie Bass était coincé et se demandait quel mensonge il pourrait servir au poulet.

— Ouais… m'sieu Charlie Bass… Ouais… Vous faudra un bon avocat parce que je vous vois parti vers une sentence pas clémente… À vrai dire, ça sent la corde, si vous me permettez.

Il regardait le pan de devant de la chemise de Charlie Bass, la couture effilochée, la boutonnière… Il faudrait que ce gros-là se marie avant de se faire allonger le cou.

— On peut pas me pendre parce que j'ai trouvé une chaussure, a bredouillé Charlie Bass.

Il suait, sacrée pétoche qu'il avait. Se mangeait l'intérieur des bajoues. Corey lui a montré la photo de Juliet Patterson.

— Ah non ! s'est écrié Charlie Bass. Ah non, je la connais pas ! Je l'ai pas vue, parole !

Il avait l'air sincère… Tous les menteurs l'étaient. On ne mentait pas sans y croire. Ce gros pourceau, pas besoin de le pendre par les pieds pour qu'il dégueule ses saloperies. Comme un pneu crevé perd son air, devait se déballonner rapidement. Il fallait simplement lui titiller le gland avec une bonne poigne.

— Les erreurs judiciaires, ça existe, Charlie Bass… Et le pays s'en porte pas plus mal.

— Sur la tête de ma mère, a geint Charlie Bass.

Il essayait de formuler une plaidoirie et il n'avait pas assez de mots dans son boulier, ça se voyait. Le gars à la Mercury verte s'en est allé rejoindre son destin qui courait devant lui. Il y avait un passager avec lui, un type chauve comme un œuf. « Les chauves portent la poisse », disait Wilson, ce vieux copain de Corey qui avait mal fini, faut le reconnaître. Et pourtant, il avait des sacs pleins de maximes, surtout sur la monnaie. D'après lui, c'était l'abondance des synonymes du mot « fric » qui poussait les gars à attaquer les banques. « C'est comme la multiplication des pains par Jésus-Christ », disait-il, comme s'il assénait une sacrée vérité. Corey n'avait jamais bien pigé le parallèle qu'il faisait entre les miracles de l'un et les synonymes de l'autre — il n'était ni linguiste ni théologien.

— On peut s'arranger, a-t-il proposé, doit y avoir un moyen. Vous allez me conduire où c'est que vous avez trouvé ce soulier de bal et puis on discutera… Je vous suis… Vos papiers, siouplaît, que je regarde ça.

Charlie Bass a tiqué avant de lui filer ses papiers dans un portefeuille racorni comme s'il était en peau de couilles. Corey a jeté un œil sur la carte d'identité du gros et a empoché le portefeuille.

— Je vous rendrai ça dans un moment.

Charlie Bass a tiré la gueule, Corey lui a montré son pick-up, l'invitant à se mettre au volant.

— Faut que je paye, a marmonné Charlie Bass.

— Je roule derrière, a dit Corey. Faudrait pas oublier que vous avez la corde au cou et qu'on vous pend pas encore parce que j'ai un reste de bonté.

Ce n'était pas l'avis de Charlie Bass, en plus d'être cuit dur dans ses bottes de merde, le gars devant lui, c'était un poulet. Le truc poisseux avec les poulets, c'était qu'on pouvait leur tirer dans le dos, bien sûr. Seulement tous les autres poulets du pays rappliquaient et s'en repartaient qu'après avoir eu la peau de celui qui avait buté leur confrère.

— Si je vous fais signe une fois, vous ralentissez, deux fois vous vous arrêtez… Si vous voulez rester de ce monde, à vous de voir.

Corey a rejoint sa Harley. Il a kické. Le bicylindre est parti au premier coup. Il tournait rond, faut dire que c'était un truc antédiluvien, plus proche de la hache en silex que du moulin à café électrique. Corey s'en fichait, il n'était pas fana de Harley, ni de motocyclettes. Il avait eu envie de respirer, pour ne pas mourir étouffé. Il s'est installé sur la selle. Pas de doute que le gars qu'avait imaginé cette bécane avait, en plus de sa colite, des hémorroïdes et un gros derrière. En conséquence on était dessus comme dans un bon fauteuil.

Et le Dindon ? Il était bien assis ? Il dessinait pour quoi ? Pour exprimer sa solitude infernale ? Il aurait quand même mieux valu pour tout le monde que sa maman lui achète un Meccano.

Charlie Bass a démarré. Son pick-up s'est ébranlé en crachant dru un flot d'échappement bleu comme de la viande avariée. Le moulin perdait et bouffait de l'huile, empoisonnait à tout va. Dans ce pays, les bagnoles étaient sacrées comme les flingues et les vaches là-bas chez les lanciers du Bengale. Le cancer des poumons ne tarderait pas à être casé dans le premier amendement, serait intouchable. En conséquence, Corey suivait le pick-up de loin. Juste avant de sortir du bled, il a aperçu une boutique qui devait être fermée depuis un bail, une bijouterie. The Golden Goose, qu'elle s'appelait. C'était marrant cette poule aux œufs d'or, inattendu. On avait envie d'entrer, de choisir un beau bijou simple. De l'offrir à celui qu'on aimait, qu'il le garde, le porte jusqu'à la fin.

Corey avait souvent entendu que les pédés étaient des gars sournois et efféminés qui se dandinaient pour montrer leurs culs. Des gars qui aimaient les bijoux forcément. Corey était donc un satané pédé, pédé à l'os. Il s'est demandé s'il se trémoussait, s'il prenait une voix de fille, s'est mis à suer comme un ours sur un gril. Il s'est dit que le mieux ça serait de demander l'air de rien, en faisant attention. En attendant, il n'oubliait pas qu'il était enquêteur. Ce n'était pas qu'il était fait pour ça, la vie s'était chargée de lui montrer le chemin. Il ne savait pas si ça durerait toute la vie.

Il pensait à Jack White et à son envie de disparaître à cheval. En vérité, il se voyait bien partir avec lui. À son avis, des gars assez malins pour remonter leur piste, il ne devait pas y en avoir des tas. Corey a souri, ma foi il ressemblait à un gars plutôt à la coule qui tenait le guidon d'une Harley et taillait la route à la recherche du bon coup.

Le mégot

Des indices, la jument à cinq jambes

L'enquêteur a repéré l'accotement, à cinq miles de Cortez. Après une belle ligne droite asphaltée où on pouvait taper la pointe de vitesse. Après l'accotement, elle était en terre jusqu'à Dolores, voire Singapour. Corey a fait deux appels de phares à Charlie Bass qui a freiné et s'est arrêté à cent mètres de là, comme Corey qui a coupé le moteur, béquillé la Harley. Il en est descendu, n'a pas bougé. La règle d'or du poulet, comme celle du psychanalyste, c'était de la fermer, d'attendre que le suspect parle. Et voilà que l'accotement a craché le morceau : le Dindon avait attendu là.

Avec sa botte, Corey a marqué l'emplacement de la bagnole, le capot vers Singapour. Aucune trace acceptable en ce qui concernait les pneus, d'autres véhicules avaient stationné ici. Le tueur avait dû lever le capot de l'Hudson. Corey en aurait juré. Il a fait des signes. Juliet Patterson au volant de la Packard Caribbean s'est pointée à fond de train. Elle a planté un coup de frein. Le goudron en avait gardé la trace. Elle s'est arrêtée. Le Dindon a fait mine de se pencher sur le moteur de l'Hudson. Elle a allumé une cigarette. Elle a hésité, puis est sortie de la Packard, s'est approchée — n'aurait pas dû. Elle avait bu un peu trop. Elle aimait bien faire ce que les autres femmes ne faisaient pas. Comme sa sœur, elle aimait bien provoquer. Des fois, il vaut mieux s'abstenir.

Corey a ramassé un mégot, un mégot sans filtre, une Gauloise avec une trace de rouge à lèvres.

Elle est arrivée au bord de l'aile de l'Hudson. Elle n'aurait pas dû non plus. D'un seul mouvement, il lui a passé le sac à café qu'il avait volé chez les Chambers sur la tête et le buste. Il l'a portée à l'arrière de l'Hudson, elle devait se débattre. Il a dû entourer le sac avec de la corde. Il a couché Juliet Patterson sur le plancher, l'a dissimulée avec un ou deux autres sacs à café. Il a enlevé les clefs du contact de la Packard qu'il a fermée.

Ça s'était passé comme ça, Corey s'en *souvenait*... Il a grimpé sur la Harley. Il a kické. Le moulin a pété et s'est mis à ronfler. Corey a recollé aux basques de Charlie Bass. Corey était persuadé que quelques centaines de mètres après l'accotement, Charlie Bass quitterait la route pour une autre, ou une piste. C'est ce qu'il a fait. Le Dindon était pressé, pour jouir de Juliet Patterson, il devait régler l'affaire proprement.

De nouveau, Corey a fait deux appels de phares. Charlie Bass a stoppé. Deux cents mètres après le croisement, on pouvait glisser une voiture sous des genévriers, sans trop empiéter sur la piste. Corey a béquillé la Harley et s'est approché. Il s'est accroupi et a examiné les traces laissées par des pneumatiques. Des Firestone plutôt neufs. Ceux qui étaient montés sur l'Hudson. Pour aller de là jusqu'à la Packard, il fallait moins de dix minutes en marchant vite. Le Dindon n'en avait pas mis plus. Il s'était mis au volant de la Packard et pendant ce temps, Juliet Patterson… Corey a rejoint le pick-up de Charlie Bass. Juliet Patterson avait trouvé un moyen pour se libérer. Elle était combative, avait dit le pilote du Beechcraft. Elle ne savait pas où aller. Tant pis, elle s'était enfuie avec ses escarpins de luxe. Corey s'est arrêté, à côté de la cabine.

— C'est à combien d'ici ? a-t-il demandé.

S'est baissé pour se gratter le genou ou vérifier si le moulin de l'épave perdait de l'huile, ce qui était le cas.

— Moins d'un mile, a répondu Charlie Bass.

— Range-toi, éteins ta marmite qui pue.

— C'est que j'ai à faire, a tenté Charlie Bass.

— Couper ta gnôle ? Allez, dépêche… Tu sais que t'as un gros cou, faut éviter de te faire pendre. C'est plus long pour mourir tranquillement.

Charlie Bass a tiqué, s'est exécuté en faisant la gueule. Un cul qui grimaçait. Corey a remarqué que les pédales de son engin étaient poisseuses. Le revêtement du plancher saupoudré de poussière rouge. Des jumelles étaient accrochées à la paroi arrière de la cabine. Le siège passager était encombré de tout un tas de merdouilles et de fringues. Sur le revêtement du plancher, il y avait aussi des canettes de bière vides, des mégots. Un putain de clapier pour un goret fourbe qui se massait les couilles en douce, dès qu'il pouvait… Manquait de ciseaux dans ce pays.

D'un mouvement de la tête, Corey a fait comprendre à Charlie Bass de marcher à côté de lui.

— Alors, a-t-il susurré.

— De quoi ? De quoi que vous parlez ?

Corey n'a rien pipé. Charlie Bass a remonté son pantalon

d'une main, s'est demandé s'il reposait sa question, a décidé que non.

— Pourquoi que tu portes pas de sous-vêtement ? a demandé Corey.

— De quoi ? De…

— De caleçon, tête de couille. Pourquoi ?

— Ah ben… J'en avais pas de propre.

— Ça t'arrive d'en avoir des propres ?

— Ben…

— Alors, c'est ce qu'on dit ? a marmotté Corey en crachant sur les godasses de Charlie Bass.

S'est excusé.

— C'est rien, a fait Charlie Bass.

— C'est rien quoi ? Ce qu'on dit ?

— Non… Je parlais du cramiot.

— Du glaviot ?

— Oui, du glaviot.

Charlie Bass était à cran et il aurait volontiers fracturé la tronche du poulet.

— Tu boites pourquoi ? a dit Corey.

Charlie Bass ne s'attendait pas à cette question, il a pris son air de serpent — se méfiait de prendre des coups.

— Ah… Oh… Je me suis réveillé avec la guibole qui tirait.

— On dirait que c'est le pied qui te fait mal.

— Ah… Oui… Ben j'ai aussi mal au pied, ça arrive…

Il mentait… Mais il arrivait que l'enquêteur soit empêtré dans ses propres problèmes, oublie son but et veuille se rassurer.

— Y en a qui disent que certains sont efféminés, a susurré Corey, z'êtes d'accord ? C'est ce qu'on dit ?

— Efféminés… Vous voulez dire « comme des femmes » ?

— C'est ça… Alors ?

— Alors… Oui ça se dit des tantes, c'est ça que vous voulez…

S'est tu, il sentait venir une embrouille.

— Je veux rien, a répondu Corey, je veux savoir si on pourrait dire que je suis…

Charlie Bass lui a jeté un regard scrutateur, attendant la suite de la phrase… Qui n'est pas venue. Corey s'est baissé et a ramassé un éclat de plastique rouge. Le cabochon d'une veilleuse ? Il est resté accroupi, le truc dans la main. Charlie Bass ne savait plus du tout quoi faire. Il en avait marre de marre du poulet qu'était pas capable d'aligner dix mots de suite et qui restait là à couver un putain de bout de plastique — cette attente l'a fait sortir du bois.

— Je vois pas qui pourrait dire que vous êtes une tante, a-t-il marmotté.

D'abord soulagé d'avoir parlé et puis tout de suite, le regrettant.

— Vous ? a dit Corey. Vous pourriez le dire, vous ? Tu pourrais le dire ?

— Ah non !

Corey s'est levé.

— Tu peux le dire, a-t-il affirmé, c'est ton droit.

— Non ! Pourquoi je dirais que vous êtes une tante ?

— Je me demande.

— Pas besoin ! Je pense pas que vous êtes une tante… Faut être fou pour penser ça de vous.

— Pourquoi ?

— Ben… Votre allure…

Il a marmonné d'autres explications, Corey l'a longuement scruté et lui a dit qu'il avait mauvaise mine.

— Comme un gars qui va mourir sous peu, a-t-il ajouté.

Il s'est remis à marcher. Dans le virage, il a vu une trace de peinture noire sur un rocher, un autre éclat de plastique rouge qu'il a cueilli. La bagnole était entrée dans le virage trop vite et avait laissé une partie de son clignotant avant droit sur le tapis. La bagnole avait dû être secouée et un peu plus bas avait perdu une veilleuse. Corey ne pouvait pas s'empêcher d'enquêter, d'enquêter sur tout ce que rencontraient ses yeux, son flair de bâtard. Mais il n'oubliait pas le gros salaud qu'il surveillait du coin de l'œil. Charlie Bass doutait de sa longévité, il avait la trouille.

— Il y avait un gars pas très intelligent, a dit Corey. Ce gars-là avait une jument à cinq jambes… T'as déjà entendu parler d'une bête comme ça, Charlie Bass ?

— Ben non.

— Cette jambe était atrophiée, tu vois, elle traînait sans porter, ce qui fait qu'elle était inutile. Ça emmerdait le gars, et il a décidé de la couper… Le problème, c'est que la jument est morte de la gangrène… Tu me suis ?

Charlie Bass a grommelé des sons pas bien intelligibles. Il ne pigeait pas où le poulet voulait en venir et ça lui fichait des brûlures d'estomac.

— J'en connais pas plus sur cette histoire, a confié Corey, et il me manque la fin, tu vois… La bonne fin. On lit les bouquins pour ça… On veut savoir, tu veux savoir, pas vrai ?

Charlie Bass a acquiescé, il évitait de trop se mouiller. Corey s'est arrêté. On voyait encore une tache sur la piste. La terre n'avait pas tout pompé. Il a réfléchi et a fait une dizaine de pas en changeant de direction, s'est baissé sur la droite de la piste qui en surplombait une autre. À peine tracée, tombée en déshérence. Elle devait conduire à un ranch et le gars était mort ou avait trouvé de l'or et s'était barré à Frisco pour frayer avec des jeunes chattes.

— Tu l'as trouvée par là cette chaussure ? a dit Corey.

Charlie Bass n'en revenait pas et a hoché la tête.

— Là, où vous êtes… À peu près, quoi.

— Donc tu circulais avec ton engin, t'as vu la chaussure et tu t'es arrêté. C'est ça ?

— Exact.

— Tu l'as ramassée et tu t'es tiré ?

— Comme vous dites.

— Ah comme je dis… Moi je dis qu'on peut se faire casser un doigt, voire tous les doigts… T'es d'accord ?

— Enfin, j'sais pas, ça dépend.

— Bien sûr… Tu veux que je commence par tous les doigts ou par un seul ? Ton pouce, tu le suces plus ?

Charlie Bass a reculé d'un pas.

— Shérif, faut pas…

— Un pouce, c'est rien. Je te le couperai pas comme la cinquième jambe de la jument… Tu risques pas la gangrène…

— Siouplaît, shérif ! Je suis juste un brave gars qui passait par là…

— Un brave gars, t'exagères… Et puis tu mens… C'est pas la bonne histoire que tu racontes, pas vrai ?

Charlie Bass a hésité comme s'il se demandait combien ça lui coûterait de changer de version, s'est gratté le menton, drôlement dubitatif.

— C'est que…

— C'est que ça sent la corde, je te dis, a fait Corey.

— Ah non ! Non…

— Voilà la bonne histoire, Charlie Bass… Tu es bien passé par là, c'est pas un escarpin qui t'a arrêté, tu as crevé un pneu.

Charlie Bass a tressailli… Corey a empoigné une de ses oreilles, il a gémi. Corey l'a tiré en avant, forcé à se pencher.

— Regarde, a-t-il dit, regarde, gros encorné ! On voit encore là où tu as posé le cric. Qu'est-ce que t'en dis ?

Il mentait, on voyait que dalle. Charlie Bass a bredouillé des trucs, Corey lui a lâché l'oreille.

— T'as entendu les cris, a insisté Corey, c'est ça ? Réponds vite, je vais devenir agressif.

— Oui, c'est comme ça, a répondu Charlie Bass, j'avais fini de remonter la roue quand j'ai entendu crier, exactement comme ça.

Il avait bien vite changé de doctrine, accepté de vider son sac. Plus vicieux et menteur que lui, il fallait chercher. Corey le dévisageait. Il était curieux de voir comment Charlie Bass allait mener sa barque. Comme ça : le gros salaud a feint de supputer les risques. Il a fait le gars qui avait pigé qu'il fallait dévaler toute la pente sur le cul en espérant qu'à l'arrivée il ne se ferait pas ratatiner le portrait.

— Oui comme ça, a-t-il marmonné, comme ça… Je me suis penché vers l'autre piste, comme ça.

— Pour pas qu'on te voie ?

— Oui.

— La suite ? a dit Corey.

— J'ai vu la fille qui se débattait dans les bras du gars… Il venait juste de l'alpaguer, je pense.

— Le type… Raconte.

— Grand, une salopette et une tête, bordel une tête… Pas de différence entre son crâne et sa gueule, voyez ? Comme un singe, quoi, ou plutôt un cochon sauvage, la pauvre fille je la plains…

Il n'a pas pu masquer une expression avariée qui a rappelé

une fois de plus à Corey qu'à des petits messieurs comme lui, il ne fallait pas leur tourner le dos.

— Continue, a dit Corey, t'endors pas, Charlie.

— Ben le gars, il a dû serrer le kiki de la fille, qui s'est calmée et il est parti avec…

Un ogre. Un ogre moderne, un ogre en série.

— T'as décidé de les suivre, pas vrai ?

Charlie Bass a opiné. Il n'était pas certain d'avoir convaincu le poulet. Il avait des doutes, des gros doutes.

— Viens, a dit Corey, ramène-toi. On va marcher dans tes traces.

Corey a dégringolé la pente à angle droit en direction de l'autre piste. Une trentaine de mètres de cailloux et de genévriers, là pour se rattraper. Corey en plus d'être né apache était né chamois, les cornes qui allaient avec, c'était pour empaler les cons. Charlie Bass le suivait sans joie, sur sa droite, un peu en retrait. Corey s'est arrêté et a vu un bout de la couture de la chemise de Charlie Bass accroché aux épines d'un cactus. Les enquêtes criminelles gagnaient à être alimentées par les agissements d'individus comme Charlie Bass, leur manque d'hygiène favorisait les conclusions à la Sherlock Holmes. Avec pour conséquence qu'on coffrait plus souvent des cons qui puaient que des gars intelligents et propres. Les tueurs en série, eux, cultivaient sûrement la saleté, la crasse, ça devait les exciter. Salir et tuer en faisant souffrir, c'était un peu leur credo. À la différence des nazis, ils ne faisaient pas de politique avec leur haine, pas de fric.

À cet instant, Corey en savait plus, bien plus. Et ce qui était encore plus évident, c'était que le Dindon jouait avec lui. Ce qui sous-entendait qu'il avait pris la décision de jouer avec lui en enlevant Juliet Patterson. C'était obligé, car le point de départ du jeu, c'était l'Hudson garée près du vieux cimetière. Il ne pouvait pas y avoir un chapitre précédent. Le début du jeu, c'était là — Corey en était sûr.

Parvenu au bord de la piste, Corey n'a pas bougé, arrêtant Charlie Bass d'un geste pour *voir* ce qui s'était passé : Juliet descendait en courant, se tordant les chevilles. Elle s'était retournée certainement là, vers cette pierre rouge qui affleurait comme l'aileron d'un requin. Elle avait vu le Dindon qui s'approchait. Elle avait pivoté pour s'élancer. Sa cheville l'avait trompée, elle était tombée — s'était relevée. Elle avait fait quelques mètres avec une seule chaussure. Puis le Dindon l'avait empoignée.

Corey a dévisagé Charlie Bass et s'est baissé pour tracer une croix dans la poussière. Charlie Bass a hoché la tête, hypnotisé. C'était devenu le chien du poulet. Il sentait le collier autour de son cou, la laisse. Pour le dire d'une autre manière, il allait à son propre enterrement, le savait et n'y pouvait rien.

Corey a vu les images du passé : le Dindon revenait vers les voitures. Charlie Bass descendait vers la piste, reniflant la bonne affaire pour un voyeur et une petite ordure qu'il était… L'enquêteur devait écouter le ressac du passé dans les rumeurs du présent. Sans oublier de protéger son cul. Corey a tourné la tête et surpris le regard bestial et sournois de Charlie Bass. Charlie Bass aussi bête que cruel — Corey le savait maintenant. Charlie Bass dont l'inclination du corps semblait l'attirer vers quelque aimant fiché au sud. Un aigle royal tournait là-haut, au-dessus de la mêlée. Un rouge-gorge chantait, insouciant. Corey s'est enfoncé dans les sapins et les trembles, une intuition d'enquêteur. Charlie Bass suivait le mouvement, bien obligé.

La clairière

Le puma

Des fois, on entend une petite clochette… Corey a levé la tête. Il a rencontré le regard d'un puma. Sur la branche basse d'un tremble, il attendait sa proie. Corey s'est souvenu de ce que lui avait dit Frank Balling. Le puma a détourné les yeux comme s'il s'ennuyait. Corey a fait un détour sur la droite, pour ne pas servir de goûter. Charlie Bass lui n'avait rien vu, obsédé par ce qu'il craignait et puis au fond c'était un gars sans avenir. Un gars qui voulait juste se satisfaire, couler un bronze, décharger.

Corey, lui, ne savait pas quelle piste il suivait, quel souvenir, mais ça ne devait pas être beau. Il remontait ça comme on remonte un courant empoisonné quand on ne peut pas faire autrement que nager dans les égouts. Il ne se posait pas de questions, il était guidé. C'était violent, il était comme tiré. Il savait que c'était le passé qui se rappelait à lui. Corey a stoppé avant d'« ouvrir » la porte, une branche qui lui barrait le chemin. Il s'est préparé à réfléchir juste, pas se laisser déborder par ses émotions. Corey a poussé la branche, découvrant une clairière à peine plus grande qu'une chambre d'enfant — suffisante pour être une scène de crime.

Il s'est souvenu de ce Marine qui pleurait, de cet autre qui se masturbait pour calmer sa frousse. Les vivants souffraient à la place des morts et le chagrin se perpétuait comme le vice et l'horreur. Corey n'a pas regardé Charlie Bass qui était en arrière, immobile et pesant.

Corey a fait deux pas. Là, le Dindon avait couché Juliet Patterson dans les aiguilles et les feuilles mortes et l'avait violée. Si on écoutait bien, on entendait encore ses cris.

— Tu regardais ? a-t-il dit.

Charlie Bass n'a rien répondu.

— Tu regardais, a répété Corey. Il en a terminé avec la fille et s'est tourné vers toi.

Corey a pivoté vers Charlie Bass.

— Il t'a fait signe et tu as pris sa place, tu as violé à ton tour Juliet Patterson.

— Non, a bredouillé Charlie Bass, non… J'ai pas fait ça.

Corey entendait les gloussements du Dindon et les supplications de Juliet Patterson. Ce philosophe français si laid disait que l'enfer c'était les autres. Les Marines, eux, disaient que l'enfer c'était à Guadalcanal et Nick Corey, lui, pensait que l'enfer c'était tout le temps. Il a ouvert sa main, l'a tendue. Dedans, il y avait le bouton trouvé près de chez Myrtle Tate, le bouton déposé par le Dindon. Le bouton qui manquait à la chemise de Charlie Bass. Charlie Bass ne disait rien. Corey n'entendait plus les bruits du passé. Il entendait Charlie Bass respirer et se demandait si le gars en avait conscience. Conscience que c'était une chance de respirer, que ça signifiait qu'on vivait. Charlie Bass était arrivé au bout. Le poulet l'avait ramené dans la chatte de la fille, entre ses lèvres.

— Elle vivait quand tu as fini ? a dit Corey, vaudrait mieux pour toi que tu me répondes vite.

— Elle vivait, oui, a marmonné Charlie Bass.

Il était atterré d'être revenu, de se passer la corde au cou.

— Elle vivait ! Je vous le jure ! Il l'a reculottée et est parti avec.

Il ne se rendait pas compte de ce qu'il disait, de l'horreur qu'il évoquait. Il a montré le nord. Corey ne parlait pas, le regardait. Charlie Bass avait envie de pleurer, il n'avait rien demandé. S'était fait baiser la gueule par le gars qui gloussait. Charlie Bass ne voulait pas se retrouver dans le couloir de la mort, à attendre. Il voulait vivre encore. Il a reculé, tourné le dos et s'est mis à courir entre les arbres. Il n'emportait pas le passé avec lui. Le passé demeurait dans la clairière, n'en bougerait pas.

Corey n'aurait pas eu le temps de compter jusqu'à vingt, s'il l'avait fait. En tout cas, il n'a pas été surpris. On meurt souvent par distraction. On ne regarde pas en l'air par exemple. Charlie Bass a hurlé. Ça ne se passait pas loin, à cinq, six bouffées de cigarette. Corey avait hurlé déjà et avait entendu hurler souvent — il n'était pas sourd. Charlie Bass gueulait encore, ça ne durerait pas tant que ça. Le puma le mangerait encore tant qu'il était un peu vivant et puis il le finirait mort. Il emporterait ou pas un morceau de choix. Corey n'était pas très calé sur le sujet des pumas, en tout cas moins que Frank Balling… Il est parti au nord sur les talons du Dindon. Charlie Bass était en train d'être mangé, fort à parier qu'il ne l'aurait pas deviné rien qu'une heure auparavant. Corey s'est signé et a dit *amen* sans trop y croire.

Le morceau de sucre

L'origine du jeu

Le Sabre a surgi, saupoudré de suie, projetant son ombre sur la carrosserie de l'Hudson. Le passé et le présent étaient le carburant de l'enquêteur, son poison et son graal. Corey avait beau vouloir dissocier les deux affaires, elles étaient liées, nouées. Il poursuivait le Dindon et le Sabre reniflait son cul à chaque pas qu'il faisait. Il avançait sous les arbres cherchant le souvenir du Dindon. Comme il portait Juliet Patterson, ses empreintes étaient plus marquées. Il n'y avait pas que ça. Il devait exulter, prenait moins de précaution, cassait des branches au passage… Corey s'est interdit d'avancer, le gars qui ne faisait pas attention où il mettait les pieds était un gars qui n'avait pas besoin de spéculer sur la hausse du prix du lard pour se faire une retraite. Ce gars-là se taillait un costard en sapin et par ici du bois à cercueil, il y en avait. Le Dindon n'était pas un fugitif ordinaire, d'ailleurs il ne fuyait pas. C'était lui qui avait conduit Corey ici. Ce n'était pas une proie, c'était lui le chasseur.

Il ne suffisait pas d'être pédé et orphelin pour faire un bon enquêteur. Être pédé et orphelin ne rendait pas lucide. Ce qui rendait lucide, c'était la méchanceté, voire la haine. Corey était méchant et plein de haine, c'était certain. Et il était pédé en plus comme tout le monde ne le savait pas encore. En conséquence, il ne prenait pas un lapin pour un loup-garou. Cependant un loup-garou pouvait se faire passer pour un lapin, c'était bien le problème. Un truc de l'enquêteur qui voulait rester en vie pour un tas de raisons, surtout la lubricité, c'était de raconter une histoire. Comme on le fait à un sale môme qui a peur de la nuit. Pendant qu'on lui raconte l'histoire, on peut mater par la fenêtre si la veuve Thomson ne porte pas de culotte comme à son habitude.

— C'était un péquenot qui avait deux bites, a murmuré Corey, une pour sa femme, l'autre pour son chien. Mais v'là qu'une fois qu'il avait trop picolé, ce péquenot s'est trompé et a fourré sa femme avec la mauvaise queue…

La branche devant à deux mètres n'était pas cassée, elle était ployée.

— Alors sa femme s'est mise à aboyer, a marmonné Corey pour mettre un point final.

C'était con une histoire, c'était toujours con qu'elle commence par un chasseur Sabre sans pilote, une Hudson sans chauffeur ou une branche tendue comme un arc. Corey a fait un détour et est revenu vers le tremble, la branche. Il a coupé la corde qui la tendait. En guise de pointe de flèche, il a trouvé une lame de rasoir. C'était suffisant pour lui trancher la gorge, lui crever un œil. La morale de cette histoire de lame de rasoir, c'était que le Dindon avait certes besoin d'un public sauf qu'il était prêt à lui faire la peau.

Le Dindon s'était arrêté là. Il avait posé Juliet Patterson, l'avait appuyée contre le tronc du pin, attachée. Corey ne bougeait pas. Il essayait de raconter l'histoire. Il a fait un pas, le puma était venu. Corey le voyait, il avait laissé deux empreintes de pattes arrière. Il était reparti sans avoir bouffé Juliet Patterson, pourquoi ? Il faudrait lui poser la question, là il était à table avec Charlie Bass.

Donc, le Dindon avait laissé Juliet Patterson. Il avait un problème de bagnole, ne pouvait pas en conduire deux simultanément. Et comme c'est en Hudson qu'il s'était fait connaître à Corey… Corey a contourné l'endroit où Juliet Patterson avait été abandonnée un temps par le Dindon. Il allait poursuivre quand il a vu les fourmis. Pas des géantes avec des soucoupes, juste de bonnes grosses fourmis noires de la taille de votre pouce quoi. Il a fait quelques pas, remontant la file des panzers qui filaient à deux cent quatre-vingt-seize mètres heure, ou à peu près. Il avait eu le temps de calculer ça en prison — et sous des aiguilles de pins, il a vu le morceau de sucre.

Il ne l'a pas ramassé tout de suite, tentant de répondre à la question : un indice laissé par le Dindon ou par Juliet Patterson ? Ça changeait tout. L'enquêteur partait du principe que ce morceau de sucre avait été laissé là volontairement. Corey n'avait pas le temps de multiplier les spéculations car Juliet Patterson n'avait pas le temps. Pour une raison obscure, il pensait que Juliet Patterson vivait encore. C'était indéfendable. Pourtant cela avait à faire avec la gravitation.

Il a ramassé le morceau de sucre, entamé par les fourmis. Il a choisi comme hypothèse d'école que c'était un indice laissé par Juliet Patterson. Il fallait que ça tienne. Première question : comment Juliet Patterson aurait-elle eu ce morceau de sucre dans les mains ? Parce qu'elle l'avait sur elle ? Corey n'y croyait pas. C'était trop simple, trop facile. Comme s'il y avait eu un accessoiriste avec elle et le Dindon.

Le Dindon s'est baissé pour déposer Juliet Patterson à terre, l'appuyer à l'arbre. Juliet Patterson en a profité pour tenter sa chance, lui faire les poches dans l'espoir de découvrir quelque chose qu'elle pourrait utiliser. Pas de couteau, de lime... Juste un morceau de sucre. Elle avait décidé que cela pouvait être un indice susceptible d'aider à la retrouver... Ou de démasquer le Dindon. Elle l'avait lancé avant que le Dindon ne la ligote.

Deuxième question : pourquoi ce morceau de sucre pouvait-il aider à remonter la piste, à sauver Juliet Patterson ? Cette question en entraînait de fait une troisième : pourquoi le Dindon avait-il ce morceau de sucre sur lui ? Corey a laissé son cerveau bosser là-dessus et il est allé traîner ses bottes ailleurs — les a remises dans les traces du Dindon. Maintenant qu'il s'était débarrassé de Juliet Patterson, il pouvait avancer plus vite, il était plus léger. Il devait planquer la Packard. Il pensait peut-être à Juliet Patterson, comment jouir d'elle ? Parce que la souffrance des tueurs en série, c'était bien là. Comment jouir de la répétition des actes qui étaient supposés le faire jouir ? Une supposition : le Dindon saisissait les opportunités qui pouvaient s'inscrire dans sa mise en scène, par exemple Charlie Bass. Ce qui dérangeait Corey, c'était que le Dindon n'ait pas tué Charlie Bass. Pourquoi courir le risque que Charlie Bass parle ? Pour le jeu ? Pour le risque réfléchi ?

En sortant de la forêt sur les talons du Dindon, Corey a repéré une empreinte droite de Thorogood sur le bord droit de la piste. Il s'est arrêté là où la voiture avait pris le virage trop vite, laissé de la peinture. L'enquêteur ne devait pas craindre que son attention soit détournée un temps par des faits qui n'avaient rien à voir avec l'enquête qu'il menait. Une raison à cela : Freud. Il avait été le premier grand enquêteur de l'ère moderne. Avant lui, il y avait eu ceux de l'Inquisition — autres temps, autres méthodes. Même si Corey pensait que les gars de l'Inquisition n'avaient pas tout à fait tort, ils n'avaient pas imaginé allonger leurs suspects sur un divan pour les faire parler sans leur arracher les ongles. Freud, lui, aurait fait un malheur, notamment avec Jeanne d'Arc. Corey avait dans l'idée que son inconscient avait ses propres buts, conduisait sa propre enquête et qu'un enquêteur un peu à la coule pouvait tirer des bénéfices d'une autre enquête que la sienne. Ou d'une autre manière d'entendre et de voir. Corey s'était arrêté et essayait de voir. Et il ne voyait pas plus loin que le bout de son gros nez. Une bagnole qui roulait trop vite, sûrement de nuit, voilà. Pas de quoi faire une suite.

Il a laissé tomber, s'est occupé du pick-up de Charlie Bass. Il a fouillé la cabine. Il était tracassé par un petit détail : il ne savait pas ce qu'avait fait Charlie Bass après avoir violé Juliet Patterson et il s'en voulait. Il aurait dû retenir Charlie Bass, l'interroger. L'enquêteur était toujours manipulé par ses émotions, comme le criminel. C'était trop tard, pour faire parler Charlie Bass. Corey souffrait, ne trouvait rien dans la cabine. Il a refermé la portière en utilisant son mouchoir. Il n'était pas satisfait de l'histoire, ça boitait. Qu'avait fait le Dindon de la Packard ? Il était allé la chercher et il l'avait garée où ? En tout cas, c'était ce qu'il avait fait, pas loin sûrement de l'Hudson pour s'apercevoir que sa proie s'était fait la valise.

Corey a remonté la piste jusqu'au croisement avec la route qui allait à Dolores. Pour des nèfles. Il est revenu là où l'Hudson avait été garée. C'était certain que le Dindon après avoir ligoté Juliet Patterson était allé planquer la Packard, il n'y avait pas de doute… Corey a percuté : c'était Charlie Bass qui conduisait la Packard. Corey s'était fait berner, il avait réfléchi avec ses genoux.

Ça s'était passé comme ça : en arrivant vers le cabriolet Packard garé sur la route de Dolores, le Dindon a vu un mec tourner autour, Charlie Bass. C'était plus que facile de le manœuvrer. Le Dindon lui a donné les clefs de la Packard, lui a dit d'en faire ce qu'il voulait… Et en échange de le conduire à cinq minutes de là. Ce n'était pas cher payé. Charlie Bass l'a embarqué dans son pick-up. Arrivé à l'Hudson, le Dindon s'est aperçu de la disparition de Juliet Patterson. Il a inventé un mensonge, par exemple que sa femme un peu foldingue avait disparu. Charlie Bass y a cru ou pas. L'évocation d'une femme a dû le convaincre. Il a accepté d'aider le Dindon. De l'avis de Corey, le Dindon est parti à pied. C'était un pisteur, en bagnole ça allait trop vite. Il a dû dire à Charlie Bass de rouler lentement, d'ouvrir l'œil, de faire un bon mile, pas plus. Elle n'avait pas eu le temps d'aller plus loin.

Au croisement des deux pistes, Charlie Bass aurait dû voir Juliet Patterson. Pour une raison ou une autre, il ne l'a pas vue. Le Dindon a rattrapé Juliet Patterson. Charlie Bass a fait demi-tour et a entendu Juliet Patterson crier. Il s'est garé et a descendu la pente pour retrouver le Dindon et cette belle fille.

Le Dindon avait envie de baiser, de tuer, de jouir. Il était excité d'avoir rattrapé la fille qui avait espéré s'en sortir. Il devait glouglouter. Il a pigé qu'il pouvait inclure Charlie Bass dans son programme. Jouir de baiser et de voir baiser. Utiliser Charlie Bass dans l'histoire qu'il voulait raconter — son bouton de chemise laissé chez Myrtle Tate. Cela impliquait forcément que le Dindon avait décidé de jouer avec celui qui le traquerait : Nick Corey, le shérif de Panguitch. En pensant juste, on arrivait à énoncer les faits clairement : c'était forcément à la station-service des Chambers que le Dindon avait choisi de jouer avec lui, Nick Corey. Juliet Patterson était-elle le déclencheur de ce changement radical ? Corey en doutait, cela lui semblait improbable. Pourquoi Juliet Patterson aurait-elle eu cet effet ? Parce que son père avait été assassiné ? Il aurait fallu que le Dindon la reconnaisse, fasse le lien. Et dans ce cas, pourquoi aurait-il choisi Nick Corey ? Rien ne le reliait aux Patterson.

Ce qui pouvait vouloir dire que le Dindon l'avait choisi car il le connaissait ?

Corey est revenu à l'histoire qu'il se racontait, lui : le Dindon et Charlie Bass avaient violé Juliet Patterson. Le Dindon avait décidé d'inclure Charlie Bass dans le jeu et cela lui simplifiait la tâche, nul besoin de perdre du temps à faire disparaître la Packard. Charlie Bass s'en chargerait. Il avait laissé Juliet Patterson et était allé chercher l'Hudson. Il n'avait pas envie de faire un mile avec elle dans les bras. C'était prendre le risque de se faire repérer.

Ça marchait mais tout reposait sur le fait que le Dindon avait décidé de jouer avec lui, Nick Corey, à la station-service des Chambers. Corey s'est alors souvenu de ce que lui avait dit Ann Chambers au téléphone la première fois : « Avec un beau gars comme vous, si vous me permettez, shérif, j'hésiterais pas. »

Ah ouais ? Comment qu'elle savait ça qu'il était beau ? Ou c'était juste une putain de formule à la mords-moi-le-chihuahua ?

La preuve

Corey est entré dans le bureau, Ann Chambers était au téléphone. Elle aurait pu être ailleurs ou toute nue en train de mettre ses bigoudis, ce n'était pas ça le truc. Le truc, c'était au mur, à la droite d'Ann Chambers et visible de l'extérieur si on passait par là... Une grande carte de l'Utah et de ses vingt-neuf comtés. Sur chacun d'eux étaient punaisés la photo du shérif et son nom. Au-dessus de la carte, cette phrase écrite en grandes lettres manuscrites : « Prions pour eux, ils nous défendent au prix de leur vie »... Et au-dessus, encore une croix et une Bible sur une étagère.

Le nom « Corey » et la Bible... le Dindon s'était souvenu et avait décidé de jouer avec le fils de ceux qu'il avait tués, d'autant plus qu'il était poulet... Ann Chambers a raccroché.

— Oui, shérif ?

— Je me suis dit qu'un bidon d'huile ça pourrait m'être utile.

Il aurait pu aussi bien demander trente livres de caribou séché ou la recette de la sauce barbecue. Elle a hoché la tête, s'est levée et a regardé la carte et a dit :

— Mon père s'est fait abattre, dans le dos.

Corey sentait le parfum de sa maman et avait envie de dégueuler. Il voyait les mains de son papa qui tenait la Bible sacrée. Le Dindon leur avait fait découvrir le mal et l'horreur. Il avait détruit le paradis, envoyé Corey dans la bauge et le stupre. Ce qu'il ne savait pas, c'était que Corey venait de refermer sa main sur ses couilles. Le Dindon aurait beau faire, Corey ne lâcherait pas. Ann Chambers le regardait, faut dire qu'une larme coulait sur sa joue, celle que sa maman baisait en murmurant « On va rendre l'autre jalouse ».

— Il y a parmi nous des justes, a dit Ann Chambers, ils ont pas toujours la tête de l'emploi mais ils sont là.

Oui d'accord, Corey savait que le Dindon le menait par le bout du nez, mais pourquoi ? Pourquoi le Dindon avait-il pris cette décision ? Simplement parce qu'il avait vu le nom de Corey et la Bible ? C'était ce lien, cette association, qui l'avait poussé à changer son *modus operandi* ? Corey n'était pas satisfait. Il pensait qu'il manquait une béquille pour que ça tienne. Pour qu'un tueur en série, au bout de dizaines d'années de crimes perpétrés avec la même méthode, change.

Il s'est souvenu de cet instant où, dans le vieux cimetière, il avait eu besoin de ne pas être seul. Il ne l'était pas, il en était sûr. Le Dindon était là et l'observait, le jaugeait.

Il y avait une histoire que tout le monde connaissait, c'était celle du gars qui cherchait le nom de son histoire — et les gars et les histoires tenaient debout par leur nom.

Au Famous Firefighter's

Le perroquet, la Mexicaine,
le Cheyenne, la pharmacie

Corey a laissé sa Harley à la station Texaco, il a traversé la route et est entré au Famous Firefighter's. On se serait cru un peu nulle part, un drôle d'endroit. Bien sûr il y avait le drapeau américain. Et cette collection de camions de lutte contre l'incendie et des figurines de pompiers, au moins une quarantaine de pièces, en plastique, fer, plâtre, mie de pain. Une photo d'Ernest Hemingway dédicacée à « Jack, le Grand Pompier », un perroquet sur un perchoir, le patron avec une veste en peau frangée et un chapeau à la Davy Crockett, une Mexicaine avec un stetson et des seins énormes dans une chemise hawaïenne — les requins et les joueurs de jokari s'en trémoussaient.

Dans la salle assez obscure, un Cheyenne aux cheveux longs jouait au flipper et un Blanc à la boule à zéro grattait une guitare, chantait une sorte de blues dont il devait inventer les paroles. Il parlait peut-être de sa vie ?

Derrière le patron, une pancarte en capitales rouges : « Pas touche au perroquet ».

Corey a salué l'assemblée et a commandé une Budweiser, demandé ce qu'il pourrait avoir comme sandwich.

— Un sandwich « Cortez », a dit la Mexicaine, ça fait du bien aux hommes.

Jolie voix. On aurait pu croire qu'elle parlait de pratiquer une fellation, pas de préparer un sandwich. Elle a quitté le comptoir pour la cuisine. Corey a tourné la tête et a vu une pharmacie. Il a pensé à quelque chose de diffus. Il a rencontré le regard du perroquet.

— Ça va ? a dit le perroquet.

— Ça va.

Corey s'est senti un peu animal d'avoir répondu au perroquet. Le patron lui a souri. Il avait la tête laminée, gonflée, rapiécée, cousue. Soit il avait fait de la boxe et avait passé pas mal de temps les bras en croix, couché sur le ring, soit il avait été pompier et avait éteint pas mal d'incendies juste avec sa gueule.

— Ça va ? a dit le patron.

— Ça va, a répondu Corey.

— Ça va, a marmonné le perroquet.

Corey a bu une gorgée de bière en se félicitant que le perroquet n'en boive pas aussi.

— Alors on se promène ? a dit le patron.

— C'est ça.

— Ça va, a répété le perroquet.

— Il peut pas voler, a dit le patron, il est amnésique, je crois.

Corey a acquiescé. Ici on devait vite devenir dingo, bègue, aphasique et j'en passe. Le Cheyenne malmenait gravement le flipper et lui tenait des propos carrément obscènes, invectivant son cul, sa chatte et compagnie.

— C'est pas ta squaw, a dit le patron, respecte cette machine, Lucius.

— Je t'encule, a répondu le Cheyenne, fais pas chier.

Le patron a haussé les épaules.

— Il est comme ça, a-t-il dit.

Corey a hoché la tête.

— Je t'encule, a dit le perroquet.

— Ferme-la ! a dit le patron. Parle pas comme ça, Henry.

— Ça va, a temporisé le perroquet.

Corey s'est mordu les lèvres pour ne pas dire à son tour « Ça va ». La Mexicaine est apparue avec le sandwich sur une assiette. Elle avait les lèvres barbouillées de mayonnaise. Elle a posé l'assiette devant Corey qui l'a remerciée.

— Ça fait bander, a dit le patron.

La Mexicaine a passé sa langue sur ses lèvres.

— T'as une cigarette ? a dit le perroquet.

Personne ne lui a répondu. Le sandwich était drôlement bon, sacrément épicé aussi. Corey a regardé de nouveau la pharmacie, a essayé de se rappeler un truc. Le Cheyenne s'est ramené. Il portait un costume blanc cassé à même la peau et était chaussé de souliers vernis.

— T'es un putain d'Apache, a-t-il déclaré à Corey, payemoi une bière.

D'un geste, Corey a invité le patron à servir le Cheyenne.

— Vous êtes végétarien ? s'est enquis le perroquet.

— Non, a répondu Corey.

— T'es apache, a dit le Cheyenne.

— Je fais ce que je peux, a dit Corey un tantinet dépassé.

Il bandait un peu, heureusement sa mère n'était pas là. Il a demandé au patron à quelle heure il fermait.

— Je sais pas, a dit le patron, ça varie.

— On verra, a dit le perroquet.

Complètement cintrés, tous sans exception. Corey a demandé s'il pouvait téléphoner. Le patron lui a indiqué le téléphone près des toilettes. Corey a téléphoné à Minnie Turner, lui a dit qu'il était à Cortez. Elle lui a répondu qu'il pouvait aller aussi à Durango s'il voulait faire du tourisme, lui a demandé d'attendre, ce qu'il a fait. Au-dessus du téléphone, une carte publicitaire était punaisée : « Réparation express pneus, toute mécanique. Carl Carr aussi s'occupe de votre vieille guimbarde et de votre ferraille ». Quelqu'un avait rajouté au crayon : « Et de ta femme aussi. » Un plan et un numéro de téléphone figuraient sur la carte, pour se débarrasser de son épouse, c'était simple.

Le Blanc grattait sa guitare et parlait à voix basse, le perroquet se la fermait, le Cheyenne buvait, le patron pelotait d'une main les fesses de la Mexicaine qui d'une main lui tripotait les parties, tout était tranquille quoi. Minnie Turner a dit :

— Vers les minuit… Ça va ?

— Ça va.

— Ça va, a dit le perroquet.

— C'est qui ? a demandé Minnie Turner.

— Un perroquet.

— Ah… Où ?

— Devant le Famous Firefighter's.

Il a raccroché et payé, salué l'assemblée. Le Cheyenne a roté, lui a dit qu'avec son gros nez, il était peut-être bien juif.

— Avec les Apaches, on sait pas, a-t-il ajouté presque tristement.

Le perroquet a marmonné « Ça va », la pharmacie a regardé Corey. Corey a haussé les épaules. Il ne bandait plus, tout n'a qu'un temps.

La femme

La Buick Super, le parfum, la cortisone

Une femme est sortie de la pharmacie, elle a croisé le regard de Corey et a marqué un temps d'hésitation, comme si elle le connaissait. Elle ressemblait un peu à Juliet Patterson, s'est dit Corey qui s'est dit aussi qu'il était complètement obsédé par cette affaire. Bientôt, pour lui, tout le monde ressemblerait à Juliet Patterson, y compris le perroquet. La femme est montée dans une Buick Super, noire. Poussiéreuse, une veilleuse manquante à l'arrière. Un modèle de 49, 50. Pneus à flancs blancs. La femme a démarré, reculé. L'aile avant gauche de la bagnole avait morflé, la plaque minéralogique arrière semblait neuve — des détails, quoi. Le bon enquêteur devait tout enregistrer, par exemple cette bagnole, ça pouvait très bien être elle qui avait laissé de la peinture noire sur le rocher, dans le virage... Elle qui avait perdu sa veilleuse et un clignotant. L'enquêteur devait démêler l'écheveau, éviter de se faire des idées préconçues. Corey a traversé la chaussée. En s'approchant de l'emplacement qu'avait quitté la Buick, il a senti un parfum fort, entêtant. Il a voulu enfourcher sa Harley, y a renoncé.

Il s'est souvenu d'un détail obscur, ça concernait la scène de crime *originelle*, celle de ses parents... Le souvenir s'est enfoncé en lui et il n'a pas pu le rattraper. Ce n'était pas la première fois, ça lui a laissé un sentiment de manque.

Il a décidé de remonter la trace du parfum jusqu'à la pharmacie, y est entré. Derrière la caisse, une dame maquillée l'a accueilli. Il lui a adressé son sourire Numéro Un, elle n'était pas obligée de savoir qu'il était pédé.

— Elle se parfume beaucoup, cette dame, a-t-il dit.

La dame a acquiescé.

— Vous savez ce que c'est, au fait ?

— *Youth Dew*, d'Estée Lauder.

Elle a eu un air méprisant.

— Et vous ? a demandé Corey avec son sourire hétérosexuel qui faisait craquer les dames d'un certain âge.

— *L'air du temps*, de Nina Ricci.

Elle était satisfaite de son français, espérait un compliment.

— C'est bien mieux, a dit Corey.

— Il faut savoir être femme.

Elle était drôlement contente que son parfum ait remporté le trophée. Corey lui a discrètement montré son insigne. Le côté discret, c'était juste de l'arnaque pour faire croire à la dame que c'était brûlant.

— C'est rapport à une enquête sur des actes...

— De cruauté...

— Pire.

La dame en avait pour son argent.

— Je voudrais savoir ce qu'elle est venue faire chez vous, des fois que...

— De la cortisone... Ça cachait donc quelque chose... de criminel ?

— Ça va, a marmonné Corey malgré lui.
La pharmacienne l'a dévisagé, troublée.
— C'est ça, s'est-il repris, quelque chose de criminel, oui.

Les crêpes

On soignait quoi avec la cortisone ? Les allergies, l'asthme... Il allait où avec ça ? La femme se parfumait, elle ressemblait vaguement à Juliet Patterson, d'accord... Ce n'était pas suffisant. Parfois l'enquêteur remontait une piste qui ne menait à rien, parfois l'enquêteur se leurrait plus ou moins intentionnellement. Et pourquoi avait-il regardé la pharmacie lorsqu'il était au Famous Firefighter's ? Il la regardait en se demandant à quoi elle lui faisait songer. Pas à la femme parfumée en tout cas, il ne savait pas qu'elle en sortirait.

Ce qui voulait dire qu'il fallait dissocier la femme et la pharmacie ? Parfois l'enquêteur avait le cerveau en panne et réfléchissait avec son cul.

Corey allait mettre les gaz, passer devant L'Imperial Hotel, sortir de Cortez, lorsqu'il s'est aperçu que la boutique était ouverte, il a ralenti et s'est garé devant la bijouterie — The Golden Goose. Il a béquillé sa Harley et a poussé la porte en verre sur laquelle était écrit : « Samuel Meyer, orfèvre ». Une clochette a sonné, ça lui a rappelé Frank Balling. Ça sentait les crêpes, c'était midi passé. L'heure des estomacs vides. Il y avait des éclaboussures de sang sur les murs près de la porte d'entrée. Ça ne datait pas du jour. Un gars avait dû rencontrer du gros calibre, à moins qu'une maman ait accouché debout.

Un vieux revenant est apparu, pieds nus. Ça devait être Samuel Meyer. Une loupe en sautoir et une putain de pétoire dans les pattes. Les sourcils fournis comme s'il avait des balais-brosses au-dessus des yeux. C'était bien un satané vieux singe que ce vieux-là.

— Vous savez ce que c'est mon gars ? a-t-il demandé avec un drôle d'accent en montrant son artillerie.

Un cow-boy juif, ça pouvait véridiquement exister — un cow-boy juif avec des dents en or, sauf une.

— Je crois bien, m'sieu, a-t-il répondu. Un fusil Sharps, sûrement le dernier modèle produit.

— Et vous savez ce que ça tirait ?

— Le .50-90 Sharps... De quoi coucher par terre un bon gros bison. Remarquez... y en avait plus déjà.

— Juste, mais y a toujours des bandits de grand chemin... Pas vrai ?

Corey a acquiescé et a tourné la tête vers l'entrée, les murs tachés de sang.

— Je m'en suis fait un en 47 et un l'année dernière, a marmonné le vieux singe. Comme ça mon assurance augmente pas... À vous voir, vous êtes dans le droit chemin malgré votre visage pas avenant, si vous me permettez.

Il a posé le fusil sur la banque.

— J'ai mal aux pieds, a-t-il confié, je supporte plus les chaussures, même pas les pantoufles. En vérité, je supporte plus de vivre... Qu'est-ce qui vous amène ? J'ai pas grand choix, j'ouvre une heure par-ci par-là… Voyez, je me mets à rêver debout, je rêve à ma vie, je vois…

Il n'a pas poursuivi.

— Vous voyez quoi ? a demandé Corey.

— L'Éden, mon gars, j'ai vécu en Éden et je ne le savais pas.

Corey a partagé sa peine. Comprendre trop tard, c'était ça la condition humaine.

— Qu'est-ce qui vous amène ? a répété le vieux singe.

Corey a ouvert sa main et a montré la pépite comme une mandarine qu'il avait trouvée dans la bourse en cuir d'une certaine momie rencontrée par hasard. Tout d'abord le vieux singe n'a pas bougé, comme fasciné. L'or c'était vraiment son truc.

— Je peux ? a-t-il fini par murmurer.

Sans attendre la réponse de Corey, il a pris la pépite, l'a soupesée.

— J'en ai eu une seule plus grosse dans les mains en cinquante ans, a-t-il dit.

Il a fait le tour du comptoir, s'est assis et a pesé la pépite.

— Onze onces par là, a-t-il précisé, trois cents grammes pour nous, non anglo-saxons.

Il a allumé une lampe de bureau et a examiné la pépite avec sa loupe.

— Le problème, a-t-il dit sans lever les yeux, le problème, c'est comment qu'il est venu dans vos mains, cet or, m'sieu…

— Nick Corey.

Le vieux singe le regardait et il avait des yeux diablement malins et perspicaces.

— Nick Corey, a-t-il répété, un nom comme un autre… Cet or, lui, il est pas comme les autres… Vous pouviez pas le savoir, s'pas ?

Corey ne pipait pas et au concours de celui qui avait une gueule pas plus expressive qu'un étron de phoque, Corey gagnait à tous les coups. Le vieux singe l'a bien compris, il a éteint sa lampe.

— C'est l'or du Danseur mexicain, a-t-il dit, personne l'a vu depuis… Il a disparu d'un jour l'autre… Il y a de ça…

Il s'est levé.

— On l'appelait comme ça parce qu'il prenait des cuites phénoménales et dansait pendant… Dès qu'il dégrisait, il retournait dans les montagnes en faisant bien attention de ne pas être suivi.

Il a rejoint Corey et a voulu lui rendre la pépite.

— Danseur espagnol ou pas, a dit Corey, il a plus mal aux pieds, lui. Il est tout à fait mort. Je l'ai trouvé dans les cactus et les virevoltants avant Blanding. Il avait paumé son grigri, je lui ai remis autour du cou et je l'ai laissé avec les quatre autres pépites qu'il trimballait dans son baise-en-ville.

Il a refermé la pépite dans la main du vieux singe, patte de poulet sèche et décharnée.

— Faut me faire deux alliances, a-t-il dit, le reste de l'or, ça sera pour vous. Et j'oublie pas de dire s'il vous plaît, merci et tout le reste.

— Ouais, a grogné le vieux singe.

— Comme vous dites.

— Z'êtes un drôle de pistolet, vous.

— On fait ce qu'on peut.

— Amenez-vous.

Le vieux singe a tourné le dos à Corey, fait le tour du comptoir. Il a posé dessus un présentoir où des modèles d'alliances en argent étaient exposés.

— On va commencer par les messieurs, a déclaré le vieux

singe, devant vous y a tous les annulaires du monde, manque plus que celui du Bigfoot.

Il a proposé un anneau à Corey, puis un autre.

— C'est lui, a-t-il affirmé. Et maintenant on va passer aux dames.

— C'est fait pour les dames, a dit Corey.

Le vieux singe l'a dévisagé. Corey se souvenait parfaitement de la main de Jack White. Il a choisi un anneau, puis un autre.

— Voilà, a-t-il déclaré.

— Et la largeur ?

— Classique.

— Classique, a répété Samuel Meyer, comme vous…

Il s'est marré.

— C'est-y pas que vous vous foutriez de ma gueule ? a dit Corey.

— Je me permettrais pas, vous z'êtes pas un gars facile… On dirait bien que vous êtes poulet ou… Voyez ce que je veux dire.

Corey a retourné son blouson, montrant l'étoile — Samuel Meyer a hoché la tête.

— Poulet sauce aigre-douce, a-t-il susurré.

S'est marré tout seul avec son sourire tout en or.

Il a rangé les modèles dans une enveloppe.

— Alors avec cet or je fais deux alliances et je garde le reste… On est bien d'accord.

— C'est ça.

Il a tourné autour de son comptoir et a fermé la porte d'entrée — il est revenu vers Corey.

— Venez par là, a-t-il dit.

Corey l'a suivi dans une cuisine assez sombre, éclairée par une fenêtre et c'était beau ce qu'on voyait — c'était le Far West immobile. Sur le gros fourneau de jadis, il y avait une ribambelle de poêles, casseroles, marmites.

— Il marche au bois, a dit Samuel Meyer, un jour j'aurai plus la force de faire le bois, bien fait pour ma gueule.

Il faisait bon. On se serait cru dans une histoire que Corey n'aurait pas racontée parce qu'elle lui plaisait, lui faisait de la peine et qu'il n'y avait aucun enseignement à en tirer, aucune morale, aucune leçon à donner en pâture à un con. Derrière la vitre le Far West était le point final. Ce que savait Corey et que beaucoup de gars ne savaient pas, c'était que les points se déplaçaient, car le temps se déplaçait, que les pages, les phrases tenaient sa traîne. *À la recherche du temps perdu* n'avait pas été écrit pour des prunes. Corey avait lu le premier paragraphe, ça l'avait vraiment botté. Il s'était dégonflé pour les cinq mille pages qui suivaient.

Le vieux singe a battu on ne savait pas quoi avec un fouet. Corey avait envie de fumer et d'être libre au point de ne pas avoir de comptes à rendre à lui-même.

— Les pots sur la table, a dit le vieux singe, c'est du miel et de la confiture, mon miel, ma confiture.

En fait, il devait battre de la pâte à crêpes, tout simplement. Et il n'y avait pas que du miel et de la confiture sur la table.

— Je venais de faire la première, a-t-il dit, quand vous vous êtes pointé avec votre mine patibulaire.

Il a posé deux assiettes et des couverts sur le plateau de la table en planches d'épinette bleue du Colorado, cirées. On avait envie de poser ses coudes dessus. Le front, par grosse fatigue.

— J'ai accouché une femme là-dessus en 43, a dit le vieux singe, prise dans une tempête de neige… Comme je m'occupais des montres, on a pensé que j'avais les mains pour ça... J'ai plus bandé pendant trois mois... Aucun bonhomme peut avoir une queue comme un gosse qui sort... Les femmes le savent bien, elles nous narguent avec ça.

Le vieux singe a fait sauter la crêpe. Corey s'est souvenu de sa maman. Il a regardé distraitement le sucre dans le bocal en verre. Le vieux singe a fait glisser une crêpe dans l'assiette de Corey.

— M'attendez pas... Au fait, comment que je vous appelle ça peut servir ?

— Corey... maintenant qu'on se connaît.

Le vieux avait tourné le dos à Corey qui a fouiné dans les pots, a décidé de goûter...

— De la pomme que je fais caraméliser, a expliqué le vieux singe, comme s'il avait une paire d'yeux au cul. J'ai trois pommiers dans une serre, c'est le seul arbre fruitier qui veut bien pousser par ici.

Corey s'est largement servi et il a goûté — c'était plus que bon.

— Ça sentirait pas l'alcool ? a-t-il dit.

— J'en mets un peu pour renforcer le goût.

Un peu... Mon cul, s'est dit Corey, un peu mon cul. Il s'est demandé ce qu'il fichait dans cette cuisine, à manger une crêpe en contemplant par la fenêtre le Far West crever. Le vieux singe s'est assis face à lui.

— On va tout liquider, a-t-il dit, ça fera une quinzaine chacun. Savez pourquoi ?

— Non, m'sieu.

— Moi non plus, mais je le dis... Z'en pensez quoi ?

— Fameux... La dernière fois que j'ai mangé une crêpe aussi bonne, sans parler de la confiture, c'était avec ma maman.

Il a manqué chialer parce qu'il pensait à ce que lui avait fait le Dindon. Le vieux singe le dévisageait avec une hostilité amicale, une réserve amusée.

— Chacun son tour, a dit Corey en se levant, comme ça vous pourrez en profiter.

Le vieux singe a manqué protester, ne l'a pas fait et a croqué dans sa crêpe qu'il avait lestée de confiture.

— Y a de la graisse dans le pot, a-t-il marmonné la bouche pleine, de la graisse de cochon. Ça devient dur à trouver. Maintenant les élèvent découpés en morceaux, prêts à être emballés dans du plastique… Putain de moine, tiens.

Corey a sursauté.

— Pourquoi que vous dites ça ?

Le vieux singe s'est retourné, ses dents en or pleines de confiture.

— C'était mon paternel qu'était youpin à fond et il jurait avec des mots chrétiens pour pas froisser le Grand Dieu Youpin… Moi, je croyais qu'en ma bite et maintenant en plus rien.

Corey a fait sauter la crêpe, s'est demandé si ça ne serait pas la première fois qu'il faisait ça, sauter une crêpe comme une mère de famille. Le vieux singe s'est levé et a traversé la cuisine en direction d'une sorte de vaisselier en pin. Il a saisi une dame-jeanne en verre, un bidon de cinq litres plein à moitié d'un liquide qui tirait sur les brun-rouge. Il a pris deux verres et a posé tout ça sur la table. Corey a fait glisser la crêpe dans l'assiette du vieux singe. Il a graissé la poêle et a versé une louche de pâte à crêpes dedans. Ça sentait bon, c'était sûr. Le vieux singe a empli deux verres. Il en a tendu un à Corey. Un gros verre avec un cul de négresse. Corey a humé le machin, c'était du puissant, rien qu'à le renifler on commençait à voir double.

— En 20, a dit le vieux singe, j'ai acheté une tonne de pommes, je l'ai fait pourrir comme il se doit et je l'ai distillée. J'ai mis ça dans un tonneau et j'en ai bu qu'à la fin de la guerre. Ça m'a plu, un peu comme si j'avais pas vécu pour rien… Allez, on vide le verre.

Ce qu'il a fait et Corey l'a imité et a fait glisser une crêpe dans son assiette, le vieux singe a pris sa place aux fourneaux.

Corey a pioché de nouveau dans la confiture de pommes. Une fois qu'on avait mis les doigts dedans, fallait finir le pot.

— Savez, Corey, a dit le vieux singe, qu'une grosse pépite comme la vôtre, ça vaut deux ou trois fois plus cher qu'une pépite ordinaire.

Corey a hoché la tête. Il a fini sa crêpe, se sentait bien dans ses bottes. Par la fenêtre le Far West crevait encore. Dans pas longtemps, il y aurait plus que des lignes électriques, des routes et des distributeurs de Coca. Les hommes avaient tout foutu en l'air et continuaient. Faudrait aller sur Mars pour continuer à tout pourrir. Le vieux lui a viré une crêpe dans son assiette et a empli leurs godets. Il a levé le sien, Corey l'a imité.

— Vous connaissez l'histoire du gars qu'avait trois yeux ? a dit le vieux singe.

Corey l'a dévisagé, où il voulait en venir ce vieux singe ?

— Je sais pas trop, a-t-il fini par répondre.

— On est bien d'accord, a fait le vieux singe. Allez on boit, pas comme des cons de Russes… D'un coup, mais en souplesse, en « suavité », si vous me comprenez.

— Je vous comprends pas mais je vous entends.

Ils ont bu d'un trait, en prenant leur temps. Le vieux singe a plissé les yeux et a ouvert la bouche, montrant tout son or.

— On le sent bien passer, pas vrai ?

— Juste.

Cet alcool devait titrer cinquante degrés minimum, il aurait fallu le déguster en slip de bain, voire nu comme un pneu. La vie n'était pas parfaite même si les lignes droites l'étaient — le vieux singe s'est préoccupé de faire une autre crêpe.

— Et celle du gars qu'avait avalé un fer à repasser ?

Il s'est retourné vers Corey pour accueillir sa réponse.

— Je connais celle du corbeau et du fer à repasser.

— Pas pareil.

Le vieux singe a retourné la crêpe et a empli leurs godets.

— Vous voulez des anneaux larges, très larges, avec tout cet or, y a de quoi.

— Simples.

— Simples, comme qui dirait pour un homme et une femme ?

— Pareil.

Ils ont trinqué et liquidé leurs verres.

— C'est quand même *véribIatement*... Véritablement épais votre breuvage, a remarqué Corey qui a souri à un balai qui ne demandait rien à personne.

— S'pas ! Épais comme un steak épais mais y a cette...

— « Suavité ».

— C'est ça...

Le vieux singe a fait glisser la crêpe à côté de son assiette, Corey s'est levé et s'est mis au boulot.

— C'est du bel or, a marmonné le vieux singe. Je vous le garantis.

Mangeait sa crêpe sur la table sans lésiner sur la confiture si bien que le pot était vide, s'est levé et a été en rattraper un dans le vaisselier.

— Et pourquoi vous avez fait des crêpes tantôt ? a demandé Corey.

Lui a semblé voir un mec qui montrait ses fesses par la fenêtre du Far West.

— Pour être moins seul, a répondu le vieux singe, je mets deux assiettes et chacun mange sa crêpe. Après je mets sa part dehors et y a cette bête qui rapplique et bâfre tout... Une sorte de chat croisé avec une chèvre, voyez ?... Ou p't-être un Shoshone qui s'est mal réincarné ? Faudrait le prendre au filet et le disséquer.

Le bonhomme qui montrait ce que Dieu lui avait donné pour s'asseoir a fait un doigt d'honneur à Corey qui a jeté la crêpe dans l'assiette du vieux singe.

— C'est qui ce gars ?

— Lequel ?

— Çui qui montre son postérieur.

— Ah... Vient quand on lève le coude uniquement, je connais pas son nom, sais pas où il crèche... Sinon je l'aurais asphyxié si j'y avais pensé...

Corey a versé de la pâte à crêpes dans la poêle et a pris le verre plein que lui donnait le vieux singe. Ils ont bu ensemble, le vieux singe a versé la moitié du pot de confiture dans sa crêpe.

— J'aime bien quand la crêpe déborde, un peu comme une baignoire, a dit le vieux singe. Ça vous tenterait un bain ?

— Un peu.

Corey a balancé la crêpe dans son assiette et s'est assis face au vieux singe.

— Pourquoi qu'on est là tous les deux à picoler ? a-t-il dit.

— On partage ce qu'on peut.

Le vieux singe a empli les verres, ils sont restés silencieux à les regarder.

— Je connais l'histoire que vous allez me raconter, a dit le vieux singe.

— L'histoire des mariés ?

— Ouais, je la connais… Je l'aime bien.

— Mais ils peuvent pas se marier.

— On peut pas chier par la bouche et le cul.

— Vous avez raison.

— Je ferai les deux plus belles alliances que, parole… Sûrement les dernières.

— Je l'aime, a murmuré Corey.

— Ça me rappelle l'histoire du cochon qui voulait devenir aviateur…

Corey a pas entendu la suite car il s'est effondré sur la table. Il a regardé le bocal de sucre puis rideau. Le vieux singe s'est marré et s'est écroulé à son tour — restait le Far West tout seul par la fenêtre, juste comme le cochon qui voulait devenir aviateur, enfin presque.

Encore du sucre

Le sucre quand t'es bourré, c'est tout blanc, voilà. Quand t'es bourré le sucre, il tourne, ce n'est pas explicable. Il n'y a pas de moteur. Il tourne sans. D'ailleurs tous les gens qui se sont réveillés la tête à l'envers le savent. Ce n'est pas une histoire, c'est une loi. La loi, c'est une histoire, mais faut arrêter de faire des boucles avec ses couilles… Pour dire que Corey a mis pas mal de temps à comprendre qu'il était éveillé et regardait le sucre qui tournait.

Il n'a pas dégueulé sur le vieux singe, il a réussi à tituber jusqu'à la porte qui donnait sur le Far West. Il n'a pas dégueulé sur le Shoshone réincarné en grosse poule. Il n'était pas là. Il a dégueulé sur les pieds du Far West, de la terre et de la poussière qui en avaient vu d'autres. Après, il s'est dévêtu et couché dans le bac en pierre. Il a manœuvré la pompe qui a craché de l'eau glacée à gros jets et ça l'a fait rire, ça le chatouillait quoi. Il a trempé dans l'eau comme une savonnette. Comme disait Eddy, un copain poulet de Boston : « Si tu meurs pas aujourd'hui, tu mourras un autre jour. » Eddy disait aussi : « On n'élucide pas complètement une affaire, parce qu'on ne peut pas élucider la nature humaine. »

Corey a quitté son bain et s'est habillé sans s'essuyer. Ça devenait une habitude. Il a tourné la tête vers l'Utah, à cinquante miles d'ici à vol d'oiseau des milliers de types cherchaient une bombinette qui répondait au nom de Mark-12… Et puis Eddy disait : « Faut toujours faire gaffe au témoignage des poivrots, le poivrot a pu voir ce qu'un gars de l'Armée du Salut, lui, n'a pas vu. Le poivrot est comme le poète, il parle pas comme nous, voit pas comme nous. » Corey est entré dans la cuisine et a secoué le vieux singe qui ne voulait rien savoir. Il lui a tiré sur une oreille.

— Oh, a-t-il dit, oh, réveille-toi ! Y a un client.

— Quoi, un client ! s'est écrié le vieux singe en relevant la tête. Où ça que c'est ?

— C'est moi, a dit Corey.

— Salaud ! Tu vas me gâcher ma cuite, laisse-moi dormir.

— Pourquoi t'aurais du sucre dans les poches ?

— Pourquoi ? Je m'en tape ! Tu es laid, je l'avais pas remarqué… C'est horrible, c'que t'es moche.

— Pourquoi ? Réponds sinon je vais te violer.

Le vieux singe a violemment tressailli.

— Ça va pas la tête, a-t-il marmonné.

S'est mis à rire.

— T'es cinglé !

— Pourquoi ? a insisté Corey.

— Pour… Qu'est-ce que t'es chiant… Pour… En cas de fringale, de fatigue, tu croques un sucre…

Corey a senti passer la vérité, comme une balle. Il n'a pas pu l'attraper. Il s'est dit qu'il allait laisser le vieux singe roupiller… Ça n'a pas duré.

— Et je veux mes alliances, a-t-il ajouté en lui relevant la tête, oublie pas. Tu te mets au boulot au plus vite et faudrait raser tes sourcils, tu vas finir par plus rien voir.

Le vieux singe avait les yeux comme des œufs durs. Il était incapable de comprendre quoi que ce soit, même un oreiller. Corey lui a lâché la tête. Le vieux singe a piqué du nez sur la table. Corey a pris la moitié d'une crêpe qui traînait, a mordu dedans. Il a grimacé et l'a flanquée sur la tête du vieux singe. Ça lui faisait une espèce de kippa, comme un Juif qui attendrait le train.

L'attentat à la pudeur

30 septembre

En sortant de Cortez, Corey s'est souvenu… Il avait oublié son rendez-vous avec Jack White, putain de moine ! À cause de cette vieille guenon et de son moonshine casher. C'était une heure, pas minuit. Corey a manqué se vautrer en faisant demi-tour, une Harley, ce n'était pas une Triumph. Il a pu redresser et a mis la poignée dans le coin. Il est entré dans Cortez à plus de soixante miles, c'était indigne d'un shérif. Mais il y avait peu de shérifs amoureux d'un agent spécial du FBI. Il a ralenti en passant devant la boutique du vieux singe, au cas où il aurait déboulé en plein *delirium tremens*.

Le Pompier Glorieux était éteint, Corey s'en voulait à mort. Il s'est arrêté parce que ne pas s'arrêter ç'aurait été comme nier l'existence du rendez-vous avec l'agent spécial Jack White. Il a béquillé sa bécane, aussi bien il aurait pu sucer le rétroviseur ou cirer le guidon. C'était idiot. Il voulait juste sentir l'air qu'avait respiré Jack White… Qui est sorti de l'ombre. Ils se sont enlacés, embrassés… Et Corey a vu la pharmacie qui attirait son attention depuis le matin…

— Le diabète, a murmuré Corey.

Il s'est souvenu de la femme trop parfumée et a reculé d'un pas, gardant les mains sur les épaules de Jack White.

— Le diabète ! Il a le diabète depuis pas longtemps, il sait qu'il risque de mourir... Il a du sucre sur lui en cas de crise...

— Tu es beau, a dit Jack White.

Ils se sont enfoncés dans l'ombre et se sont caressés. Jack White a sorti la bite de Corey et l'a branlée. Corey a foutu. Un phare aveuglant les a agrippés, la ronde des poulets de Cortez.

— Sortez d'là, a dit une voix, pressez.

Ce qu'ils ont fait.

Au volant de son pick-up DeSoto, l'adjoint du shérif braquait sur eux un phare, fixé sur le montant supérieur de sa portière.

— Approchez, a-t-il ordonné.

Corey était furieux, honteux aussi. Il était dangereux, il en voulait au gars. Il avait le pantalon mouillé comme s'il s'était pissé dans les brailles. Ce n'était pas de la pisse.

— Qu'est-ce que vous faisiez comme saloperies ? a dit le poulet. On n'aime pas les pédés par ici.

Il est sorti, la main sur la crosse de son pétard.

— Vos papiers, les pédés, pressez.

Il a baissé les yeux sur la braguette de Corey.

— T'es un vrai dégueulasse toi, a-t-il dit, faire ça en pleine rue...

Jack White a pris Corey de vitesse et c'était mieux pour le poulet. Il lui a mis sa carte du FBI sous le nez.

— À votre place, a-t-il dit, je partirais tout de suite.

Le poulet a croisé le regard de Corey et a compris qu'il risquait gros. Les deux pédés étaient dangereux. Il s'est mis au volant et a repris sa tournée sans tambour ni trompette. Corey a suivi Jack White qui s'est dirigé vers une Pontiac Star Chief noire, neuve. Avec deux antennes comme une sorte d'insecte perdu dans un récit sur la misère du sexe. Il ne faisait pas toujours bon vivre, cependant les bagnoles n'avaient pas de cœur. Ils sont montés dans l'habitacle — présence d'un téléphone. Corey a baissé les yeux sur sa braguette, il était à cran.

— C'est juste du sperme, a dit Jack White.

Si ce n'avait pas été celui qu'il aimait, Corey l'aurait massacré.

— Imagine que ça soit un gosse ou une femme enceinte qui nous ait vus, a-t-il marmonné.

— À Cortez à une heure du matin, a répondu Jack White, une femme enceinte, un gosse… Pourquoi pas une licorne ?

Corey a fini par sourire, c'était l'amour, c'était Jack White… Qui a démarré, reculé et pris la direction de Blanding, en roulant à petite vitesse.

— Ça se reproduira, a dit Jack White, ou alors il faut se cacher… Vivre dans la honte.

— Qu'ils crèvent.

Jack White a acquiescé.

— Je pense à toi sans cesse, a-t-il dit. Vivre me fait souffrir, j'avais essayé de me protéger mais la grande digue a rompu.

Il s'est tourné vers Corey, tenant le volant d'une main.

— Je souffre parce que je t'aime, a-t-il poursuivi, je ne savais pas que c'était ça l'amour. Un imbécile pourrait dire que c'est une aliénation… Moi je pense que l'amour est la quintessence de la liberté.

Ils semblaient si seuls sur cette piste solitaire posée dans la nuit que Corey a pensé un temps qu'ils s'étaient soustraits au monde, qu'ils avaient sans le savoir ouvert une porte et qu'ils étaient ailleurs, hors le temps et la géométrie que l'homme avait imposée à l'homme pour l'enchaîner.

La pipe

L'avis de recherche,
la traque des complotistes, le Sabre

Jack White s'est garé au bord de la route. Corey s'en voulait encore d'avoir foutu en pleine rue, d'être un dégénéré. Et en même temps, il s'en voulait de ne pas donner du plaisir à Jack White, d'être frigide comme un satané tapis. Ils se sont attrapés par les mains, les bras et la langue, la bouche. Se caressaient comme si c'était la fin du monde. Corey n'entendait plus que le bruit du rut tapi de partout, son silence simiesque. Il bandait et il venait de foutre. Il était devenu une folle. Il ne pouvait plus se résister, ne pouvait plus. Il a déboutonné la braguette de l'agent spécial. Tiens voilà qu'il a trouvé sa queue et s'est mis à la sucer. Il ne l'avait jamais fait autrement que sous la contrainte et là il découvrait le plaisir, son envie. Il en avait envie. Il suçait, ça le soûlait bien mieux que de la bière. Il bavait, n'en pouvait plus. Il voulait la sauce, l'extase et il l'a eue.

C'était une histoire que toutes les filles connaissaient — et toutes les tantes, mais elles avaient les cheveux moins longs.

Corey n'avait pas honte, il ne se comprenait pas. Il s'est laissé aller sur son siège, sans s'essuyer la gueule. Assis, le sperme sur la gueule, la queue à l'air. Il était heureux et calme comme une chose si une chose avait pu avoir une pensée et une bite. Il regardait plus loin que loin. Il ne regardait rien et c'était une fin en soi, un aboutissement. Jack White a allumé une cigarette et Corey a tendu la main. Maintenant il avait le petit tube tiède dans la main et il a aspiré la fumée avec sa gueule qui séchait et sa queue sortie. Mi-dure, mi-molle, elle attendait, comme lui.

Aucune bagnole, pas la queue d'un coyote. Jack White ne disait rien et fumait à côté de Corey et peut-être que lui aussi regardait ce qui ne pouvait l'être ? Peu importait. Ce qui comptait pour Corey c'était qu'il était certain qu'il partageait cet instant avec Jack White. C'était important et solennel, même s'il n'y avait pas un orchestre avec des cuivres, têtes en l'air pour aspirer le tempo, le fric et les *do* dièse.

— Grâce à toi, a dit Jack White, je sais à peu près qui je suis.

Ils se sont regardés.

— Ta queue, a ajouté Jack White. Tu sais que ça se range, tu as entendu parler des attentats à la pudeur ?

Corey l'a embrassé pour lui foutre sa fumée de Lucky dans les poumons, qu'ils partagent le cancer en plus du sperme et des poils — il a rangé son outil.

— Tu as téléphoné à Minnie Turner, a enchaîné Jack White, pour l'avertir du décès de trois individus... Avec leurs identités, on a pu considérablement avancer... On a aussi hérité d'un agent du FBI qui conduisait menotté à son volant.

— Peter Long. Il y en a un autre chez moi, David Oliver qu'il s'appelle, l'a peut-être un bras cassé.

— Pas besoin de prendre ton accent de shérif de Ploucville, a dit Jack White.

— Ça m'aide.

— À quoi ?

— À pouvoir te regarder… J'ai toujours honte.

Il a écrasé sa cigarette dans le cendrier. Drôle de geste. Fumer salissait tout, abîmait tout — et c'était bon.

— Tu as pensé à l'insuline ? a demandé Jack White.

Corey a tressailli. Il s'est senti débile comme un pot de moutarde vide.

— Je vais faire passer un avis dans toutes les pharmacies, a dit Jack White, chez tous les médecins… Un diabète récent… C'est ça ?

— Je t'engage, a répondu Corey.

— Et on prend le propriétaire de l'Hudson comme première victime post-diabète. Ça nous fait un point d'ancrage… Emmett Dunn qui habitait El Paso. On circonscrit la diffusion de l'avis au Nouveau-Mexique, la Floride, le Colorado et l'Utah.

— Il est grand, a poursuivi Corey, il porte un appareil dentaire ou a des dents en métal ou en argent. Il a le visage plus ou moins couvert de barbe, le crâne rasé très court. Il porte une salopette et est chaussé de Thorogood aux lacets neufs jaune et noir… Il a un rire spécial qui fait penser au cri du dindon.

À cinquante mètres d'eux, un Apache aux cheveux retenus par un bandeau blanc, habillé d'un costume rouge et qui tenait une valise à la main, a traversé la piste et s'est dilué dans la nuit… Il allait où grands dieux ?

— Je reviens à ma bombinette, a dit Jack White. On a mis un général aux arrêts — le général Thomas Pearson, chef de la base de Minot. Un lieutenant-général, trois colonels, deux lieutenants aux arrêts aussi. Sept autres officiers supérieurs à Norfolk et Hill Air Force Base. Le Président ne veut pas que ça s'ébruite, il ne veut pas de procès… Je pense que s'ils avaient le moindre honneur, ils devraient se suicider…

Il a allumé une autre cigarette. Corey a hésité. Il ne savait plus s'il fumait, ne fumait plus, il ne savait plus rien. Là-bas un nuage en forme de dindon est venu lui rappeler que les cauchemars des hommes prenaient toujours pied dans leur réalité… L'expansion des fantasmes s'accélérerait à l'ère atomique.

— Ce que j'imagine, a dit Jack White, c'est que les officiers supérieurs aux arrêts ont été manœuvrés par deux frères, Howard et Kenneth Parks. On les appelle les jumeaux et ils ne le sont pas… Howard est plus âgé d'un an.

Il a donné à Corey deux notices dactylographiées consacrées aux frères Parks qui se ressemblaient fortement. Des visages étranges, trop lisses, presque trop beaux. Des regards étranges, presque vides. Le genre de gars qu'on croyait surveiller et qui se rappliquait par-derrière vous pour vous trancher une oreille et la queue… Des putains de serpents à sonnette.

— Ils ont fait West Point et Harvard, a dit Jack White, ce n'est pas courant. Ils sont très intelligents. Howard, l'aîné, a travaillé jusqu'en 52 d'abord pour le FBI puis pour la CIA à partir de 48. Il était responsable du département « contre-espionnage » et Kenneth, lui, était responsable de la sécurité militaire des projets de fusées issues du V2. Il s'est spécialement occupé du JPL[1] et du développement de sa fusée « Caporal »… Comme son frère deux mois plus tard, il a donné sa démission et a disparu… Bravo pour la CIA et le FBI… Personne ne s'est posé de questions… C'est eux, les deux frères Parks, qui

1. *Jet Propulsion Laboratory*, basé à Pasadena.

dirigent les opérations. La bombe réceptionnée, ils devaient contacter les officiers supérieurs dont j'ai parlé. Ils ne l'ont pas fait… Ils sont aidés par certains de ceux qui figurent dans ce dossier, j'en suis à peu près sûr. Tous des militaires, hormis ceux que tu as « admonestés »… Violemment…

« Admonestés ! »

— La personne qui a utilisé un arc, a avancé Jack White, c'est un de tes amis, je suppose ?

— C'était.

Jack White a donné une liasse de feuilles de papier à Corey.

— Comme pour les frères Parks, a-t-il dit, on a ramassé tout ce qu'on avait sur eux… Si tu as le temps…

Il s'est tu comme s'il se rendait compte qu'il n'avait pas le temps.

— On est des cibles, a repris Jack White, toi et moi. Nos têtes sont mises à prix. Ce Peter Long que tu as menotté me l'a confirmé. Toi, parce que tu es ce témoin imprévu qui met tout en péril, moi, parce que je les traque.

Corey a plié les notices que lui avait données Jack White pour pouvoir les mettre dans ses poches.

— Un jour, a dit Jack White, je regardais la mer. J'étais sur le rivage, je pensais regarder, profiter de ce que je voyais, des odeurs… Mais peu à peu j'ai su que je ne regardais pas, que je ne pouvais pas regarder vraiment, que ça m'était impossible. J'étais distrait par ma peur de vivre, elle m'empêchait de voir, de sentir, d'entendre… Et c'est comme ça que je suis devenu agent spécial.

Ils sont restés côte à côte, silencieux. Corey se sentait emporté par le rêve de Jack White, le beau, le grand rêve de Jack White. Il ne savait pas où ce rêve les conduirait. Tant pis. C'était bon de se laisser aller. Il n'imaginait rien, enfin.

Il vivait ce qui ne se concevait pas, ne se regardait pas. Il n'était pas la mer contemplée ni celui qui la contemplait. Il était le tout, si c'était imaginable. Les étoiles, la bagnole, l'odeur de la nuit par la vitre entrouverte. Il était son corps calme, son âme. Car il avait une âme, comme il avait des doigts.

— On a ratissé la moitié du comté, a dit Jack White en rompant le silence. Rien. On a procédé à plus de deux cents perquisitions dans tout le pays : rien. Les écoutes : rien. Les familles, les amis, les bars, les relations : rien. Les indics : rien. J'ai lancé des recherches dans les villes que nous avions évoquées, Denver, San Francisco, Los Angeles… Tous les lieux publics, partout où on pourrait placer la bombe… Je ne peux pas dire évidemment que c'est une bombe atomique… Je ne peux pas demander le contrôle de tous les véhicules, ce n'est pas possible… Et pour finir, j'ai la liste des véhicules volés depuis le 15 septembre au Colorado, en Utah, Floride et Nouveau-Mexique… Ça en fait quatre-vingt-dix-sept.

Il a donné une autre feuille dactylographiée à Corey. Une bagnole s'est pointée, avec un seul phare, perdue comme eux. Elle a été engloutie en moins de deux, le temps avait faim et les dents pointues.

— Je ne veux pas t'impliquer, a poursuivi Jack White. Comment te dire… Ça me rassure de partager ces informations avec toi… Et puis sans toi, la bombe exploserait à coup sûr. C'est toi qui nous as appris où ce fichu Sabre avait atterri… Tu es mon porte-bonheur… Notre porte-bonheur… Si je trouve cette bombe, tu auras la Médaille d'or du Congrès et une deuxième Médaille d'honneur, p'tit gars… T'es content ?

— Drôlement.

— Je l'ai pas encore trouvée… Tu imagines que la population locale se pose des questions, vu le déploiement de milliers de militaires théoriquement à la recherche d'un avion-fusée qui se serait décroché de son porteur… On ne nous croit pas, bien sûr, et ça m'arrange. La plupart des gens pensent qu'on traque des Martiens ou une soucoupe volante… Certains penchent du côté d'espions communistes… À un moment ou à un autre, on risque la fuite… Je ne peux pas museler des milliers de personnes, forcément, il va y avoir une rumeur… C'est obligatoire… Tu imagines l'affolement ? Je ne peux pas me permettre de me décourager. J'essaye de me convaincre que la bombe est encore ici… Il me faudrait plus de compteurs Geiger…

Bien qu'embarqué dans le rêve de Jack White, Corey ne pouvait pas abandonner la recherche du Dindon. Un instant l'idée qu'il pourchassait une chimère l'a effleuré. Ça lui a donné le vertige. Et si le Dindon lui échappait, toujours, toujours, sans fin ? Et si c'était le Cherokee au visage peint en blanc qui avait inventé le Dindon ?

Corey a frissonné.

— Ce sont des idéologues, a dit Jack White, mais je crains qu'ils soient animés par une volonté presque religieuse, comme les kamikazes japonais… Et eux ne sont pas aux commandes d'un Zéro avec cinq cents kilos de TNT.

Eux, ils avaient quatorze mille tonnes de TNT.

— Il aurait fallu raconter l'histoire de l'Amérique, a ajouté Jack White, mais Ed Wolf est mort.

Ils ont regardé un mirage de nuit, peu de bonshommes en avaient vu. C'était en vérité comme un mirage de jour — chacun y voyait ce qu'il voulait.

— Tes analyses de sang sont parfaites, a dit Jack White, tu

mourras à cent ans… Et pour ce fichu Sabre, on a procédé à tous les contrôles imaginables… Rien. Absolument rien d'anormal. À part cette odeur d'acide formique. Quant au calcul des probabilités… En fait… C'est impossible, m'a dit un petit génie d'Harvard… Il s'en moque que tu aies été là, que tu l'aies vu atterrir… Tu connais la théorie des trois Danoises dans le petit village ?

— Vous vous y mettez tous… Non, je connais pas.

— La première des Danoises est grande, blonde, les yeux bleus, une belle poitrine, douce et docteur en physique nucléaire… La deuxième est pareille et la troisième itou.

— Mais il n'y a que deux gars à marier dans le petit village, des jumeaux blonds, aux yeux bleus… Et docteurs en physique nucléaire.

— C'est ça, a dit Jack White, le Sabre, c'est la Danoise de trop.

Corey n'a pas voulu faire de la peine à Jack White. Un Danois beau, grand et docteur en physique nucléaire pouvait se pointer dans le bled et résoudre l'affaire des trois Danoises. Jack White a saisi une pile de quotidiens sur la banquette arrière et a ouvert le *Washington Post*, il a montré une photo du Sabre à Corey et sa légende : « Un pilote de l'USAF trouve la mort ». Jack White a refermé le journal et a dit comme s'il lisait l'article :

— Un Sabre F-86F de la base de Minot a été pris dans un violent orage électrique, le pilote, le lieutenant Norman Mason, a décidé d'un atterrissage d'urgence. Lorsque le chasseur a touché terre près de Panguitch… Utah comté… Le pilote a péri carbonisé par la foudre… Voilà la teneur de notre communiqué largement repris par la presse nationale et régionale.

Corey a pensé que jamais aucun journal n'avait parlé du

Dindon. Il n'y avait que lui, Nick Corey, qui s'intéressait à lui. À se demander s'ils ne pédalaient pas sur le même tandem, l'un derrière l'autre tout le temps... Jack White s'est débarrassé des journaux.

— Il vaut mieux un bon mensonge qu'une vilaine rumeur, a-t-il ajouté. Je vais classer l'affaire, j'ai d'autres priorités, notamment ta queue.

Il a caressé Corey qui tentait de repousser le Dindon et ses sortilèges.

— On pourrait mourir ici, a murmuré Jack White.

On pouvait mourir partout, a pensé Corey qui a frissonné et aurait voulu ne pas quitter Jack White.

L'étau

Il aurait aimé lui dire : « Je t'aime, je serai à toi, pour tout le temps. » Il aurait dû plus le serrer dans ses bras, plus goûter son haleine et la douceur de sa peau. Et ses yeux, ses cils, le contour de ses lèvres, sa voix. « Rendez-vous dans deux jours, même heure, même endroit. » Corey se répétait ça pour se calmer, chasser la fatalité, pour croire justement au surlendemain, à l'amour possible.

Trois heures du matin : Corey roulait à faible allure, phares éteints. Ici et là, la piste luisait étrangement, de brefs éclats phosphorescents, verts. Comme si le parc de Mesa Verde, tout proche, renvoyait les reflets de ses rêves. Ou c'était le ciel, pourtant sombre, dense, parcouru de frissons comme l'encolure d'un cheval plus grand que Dieu et qui attendait que quelqu'un l'enfourche.

Corey a ralenti. La piste se scindait en deux, dans un virage. Sur la droite, des silhouettes de bâtisses semblaient écraser par le poids de l'histoire qu'elles racontaient une autre histoire de misère et de poisse. Corey a bifurqué vers ce cul-de-sac. Il a continué sur une centaine de mètres et a stoppé. Maintenant il voyait de quoi il en retournait, un vieux ranch en ruine — il a béquillé la Harley.

Il s'est approché à pied, vigilant. La cuite était restée dans le bac du vieux singe mais un enquêteur qui veut prendre sa retraite entier se doit de ne pas penser qu'il ne risque rien. Le criminel s'il se savait traqué était plus dangereux qu'un requin blanc. Et ce n'était pas tout, le propre corps de l'enquêteur le guettait, pouvait le trahir.

Les écuries étaient béantes, à l'abandon. La baraque avait une tête à faire un prolapsus. Le toit réparé avec des plaques publicitaires en tôle émaillée, des bidons d'huile aplatis et découpés. Des fenêtres condamnées, aucune lumière. Pas l'ombre d'une ligne électrique. Corey n'était pas un grand supporter du clair de lune. Dans les romans à l'eau de rose, l'infirmière et le chirurgien s'embrassaient pour la première fois. Dans le roman noir de la vie quotidienne, c'était propice pour flinguer le shérif. Corey a avancé vers la grange accolée à la baraque, construite en planches et tôles ondulées. Avant d'ouvrir une des deux portes, il a pris soin de s'assurer qu'il n'y avait pas un piège quelconque, apparemment non. Il l'a tirée et s'est introduit dans la grange. Il a attendu avant de déclencher sa torche qu'il portait accrochée à la doublure de son blouson. Dans le faisceau lumineux est apparue une voiture bâchée garée à côté d'un pick-up Ford d'avant-guerre, le capot levé, les pneus à plat. Plus au fond, on devinait un tracteur, une remorque.

Corey savait quelle voiture il allait trouver sous la bâche : le cabriolet Packard Caribbean jaune qu'avait emprunté Juliet

Patterson. C'était le cas. Avant de l'inspecter, il a promené son faisceau lumineux dans la grange. Elle était vaste, haute de plus de six mètres. Elle avait une partie supérieure, sur un tiers de sa superficie. Jadis on y entreposait de la paille, pas d'échelle pour monter.

Sur le sol en terre battue, des grelinettes du temps jadis, pointes en haut. Une herse étrille idéale pour se faire empaler. Un moteur à la culasse démontée qui ne serait pas remontée, des jantes, batteries hors d'usage. Un cric roulant, un chalumeau oxyacétylénique semblant neuf.

L'établi, lui, était encombré de pièces mécaniques hors d'usage. Ce rebut cohabitait avec deux boîtes à outils et une perceuse électrique. Corey était un peu perplexe mais il n'était pas là pour faire l'inventaire des biens de Charlie Bass. Il a ouvert la portière de la Packard avec son mouchoir, précaution inutile. Les réflexes permettent à l'enquêteur de rester en vie. Il a senti *L'Heure bleue* et s'est assis au volant. Tour à tour à la place de Juliet Patterson, du Dindon ou de Charlie Bass. Des mégots de Gauloise dans le cendrier. Des cartes routières et un paquet de Camel dans la boîte à gants. Il a eu envie de fumer. En vérité, il était en panne. Le Dindon n'avait pas pu laisser un indice dans la Packard. Il n'en avait pas eu le loisir. Quelle piste suivre ? Où aller maintenant ? Corey a décidé de poser les étapes du scénario les unes après les autres :

L'Hudson, le parfum, la trace de l'escarpin sur la tombe, le ticket de la station Texaco de Cortez.

Le pick-up Chevrolet en panne des Burnett, la tête de delco

manquante, les dents dans l'orifice de remplissage d'huile du carter.

Chez Myrtle Tate, le dessin de la tête d'un homme aux dents arrachées — et puis le bouton de la chemise de Charlie Bass.

Les deux petits tas de ciment et de sable, l'un relié aux Burnett, l'autre à Myrtle Tate.

Le morceau de sucre laissé par Juliet Patterson.

Avec ces indices, Corey était arrivé ici. Il devait avoir la bonne idée. Une intuition qui le guide vers Juliet Patterson. Il voulait la retrouver vivante. C'était plus important de la sauver que de démasquer le Dindon. Corey voulait aider la vie, pas sauver la mort. On ne pouvait rien faire pour aider la mort. Il avait payé pour le savoir. Il avait maintenant une chronologie et il devait s'en servir. Le Dindon était le samedi 25 dans la soirée à Cortez et le dimanche 26 dans la nuit au vieux cimetière. La distance entre Cortez et Panguitch était de trois cent soixante-cinq miles, six, sept heures de route. Corey avait dans l'idée que le Dindon avait voyagé seul. Il devait vouloir se concentrer sur le jeu qu'il allait proposer au fils de ceux qu'il avait massacrés, pas s'encombrer avec Juliet Patterson et prendre le risque d'un contrôle routier, d'un incident quelconque qui aurait ruiné son projet. C'était forcément tout près de Cortez que Juliet Patterson devait être séquestrée. Quant à l'homme aux dents arrachées, c'était un gars du coin qui avait malheureusement pour lui croisé le Dindon.

Corey a déplié le dessin laissé par le Dindon et l'a contemplé sans chercher un indice, comme on s'assoupit en regardant la télé. Ne pas oublier que le Dindon ne jouait pas à un jeu de piste mais à un jeu de massacre. Le gars n'était pas consentant.

Le Dindon ne pouvait pas le tenir et lui soigner les dents simultanément, c'était une ordure, pas un contorsionniste. Donc le Dindon lui avait serré la tête… Serré la tête dans un étau ! C'était ça : un étau. Un étau que le Dindon avait dû esquisser puis effacer. Et il avait rajouté les oreilles… Pour faire plaisir au public de la corrida.

Il fallait chercher un étau ? Charlie Bass en avait un. Corey s'en est approché, l'a touché, manœuvré. Dans chacune des baraques de la région, il y avait un étau, ce n'était pas une piste, plutôt une banalité genre : Juliet Patterson est retenue prisonnière aux États-Unis, plus certainement au Colorado, ou en Utah. Avec ça… Corey n'arrivait pas à quitter la grange. La Packard le reliait à Juliet Patterson, il lui semblait que s'il s'en séparait, il se séparait de Juliet Patterson.

Il a pensé au Dindon, il n'avait pas prévu que Charlie Bass puisse conduire la Packard. Il avait improvisé, s'il avait laissé un indice dans la Packard, c'était fortuit. Corey a inspecté l'habitacle, le coffre, sous le capot : rien.

Le dégoût

Erna Berger, le clou

Il a poussé la porte qui communiquait avec la maison et est entré directement dans la cuisine de Charlie Bass. Dans le faisceau lumineux : toute la saleté du gars. On aurait pu faire le portrait-robot de Charlie Bass juste en décrivant sa cuisine. Corey a inspecté les tiroirs, le four, les placards. La cuisine donnait sur un couloir, un escalier, une pièce vide qui avait dû être une salle à manger. Restaient des chaises, au mur un crucifix, la photographie encadrée d'un couple. Des chauves-souris se sont mises à danser dans la poussière. Corey est monté à l'étage, des empreintes huileuses sur certaines marches et dans le couloir. La première pièce était la chambre de Charlie Bass, sa bauge. C'était sûr. Corey a continué dans le couloir — deux autres pièces, toiles d'araignées, poussière, des matelas, une glace. Corey a avancé pour s'y voir, ce n'était pas reluisant.

Corey est revenu sur ses pas, entré dans la piaule de Charlie Bass. Les volets étaient fermés. Sur le plancher : des vêtements, des godasses, des cendriers pleins, des canettes de bière vides. Corey a ouvert l'armoire, le tiroir de la table de nuit. Ça le dégoûtait de toucher la vie de Charlie Bass, qu'il soit mort ne lavait pas sa mémoire.

Corey s'est approché du gramophone posé sur une commode bancale aux tiroirs qui pendaient comme des langues, pleins de linge froissé. Dans l'un d'eux, des morceaux de coton tachés de sang. Corey a remonté le gramophone. Il a posé l'aiguille sur la cire. Le disque tournait à vide, comme effacé. Et pourquoi un seul disque, sans pochette ? Il n'y avait que des questions quand on s'intéressait à la vie d'un gars.

Corey a poursuivi sa fouille. Sous un oreiller, il a trouvé une culotte. De la lingerie de luxe. Cette preuve du viol de Juliet Patterson l'a assommé. Il s'est assis sur le lit, anéanti par sa propre existence. Il a vu le paquet de Lucky sur la table de nuit, l'a saisi et a allumé une cigarette avec son Zippo. Il a éteint la torche. Aussi bien, il aurait pu se flinguer là. Pourrir dans la chambre de Charlie Bass. Il en avait marre, cela faisait plus de vingt ans qu'il vivait avec le crime et la saloperie. Il avait les mains sales, le cœur sale. Cette chambre résumait sa vie, il vivait dans la crasse, la haine et l'abjection. Les hommes naissaient pour faillir, tomber. Ils naissaient pour fauter, pécher, trahir. Polluer, souiller la terre, les eaux, le ciel et eux-mêmes. Et au fond, c'était la seule possibilité de transformation et d'évolution de l'homme : il dégradait et corrompait pour avancer. Il avançait parce qu'il bandait — et le désir, c'était la mort. L'homme voulait la mort, il vivait grâce à ça. Longtemps Corey s'était raconté des histoires à base d'eau pure, de chlorophylle et de gentils ours. Mensonge. Il avait des canines pour manger de la viande, humaine s'il le fallait. Des mains pour couper, arracher, creuser, tuer. Charlie Bass était un homme — synonyme ordure.

Corey s'était raconté des histoires. Il s'était endormi avec des comptines pour ne pas voir la vérité : il était pédé. Il bandait. Il voulait foutre… Ou il bandait, il voulait foutre, il était pédé.

C'était affreux de vivre, affreux d'être un homme. L'expression « contre nature » était un sacré mensonge. La nature de l'homme était de désirer coûte que coûte, donc de tuer.

Il a entendu brusquement une femme chanter. Il a reconnu la voix d'Erna Berger dans le rôle de Gilda. Frances aimait l'opéra et Verdi. Ils avaient assisté ensemble à une représentation de *Rigoletto* au Met. Corey se souvenait de cet instant — Gilda rêve à son bien-aimé, Gualtier Maldè.

Il a jeté son mégot en écoutant Erna Berger comme le faisait Charlie Bass. Son mégot était tombé sur un pantalon, peut-être que ça foutrait le feu ? Ça commençait à sentir, le mégot rougeoyait comme une queue qui reluisait. Corey ne bougeait pas. Pourquoi était-il homosexuel ? Parce qu'il avait été violé par Horn et les autres ? Parce que c'était sa nature profonde ? Il était aveuglé par l'évidence de l'inutilité de sa vie. Le disque s'était arrêté de tourner. Corey a rallumé une cigarette, il a fini par se lever et a déclenché sa torche. Le mégot s'était éteint. La maison de Charlie Bass ne disparaîtrait pas dans les flammes. Le pantalon maculé de terre rouge resterait sur le plancher. Les godasses aux semelles huileuses pourraient être chaussées par un pauvre va-nu-pieds qui continuerait sa route de misère avec.

Quand l'enquêteur était à la ramasse, quand son âme battait des ailes, quand il était à bout de son humanité, alors la vérité pouvait venir à lui. Corey ne le savait pas encore. Corey était un homme, pas un ange. Il a voulu sortir de la chambre, mais le souvenir de Charlie Bass l'a retenu là.

Charlie avait la même chemise que lorsqu'il avait violé Juliet Patterson le triste samedi 25 septembre. Corey est revenu en arrière, s'est accroupi et a examiné le pantalon. Charlie Bass ne portait pas de sous-vêtement, l'intérieur du pantalon était taché de merde. Corey l'a reniflé comme un chien qu'il était : ça puait l'urine et le sperme. Charlie Bass portait ce pantalon le jour où il avait violé Juliet Patterson, et peut-être ces godasses-là ? Corey les a examinées. Les semelles étaient grasses, traces de poussière rouge. Un clou était profondément enfoncé dans la semelle droite, il avait traversé la semelle de propreté, blessant Charlie Bass.

Corey n'avait pas bien mené son enquête : un gars comme Charlie Bass ne lâchait pas comme ça. Il voulait sa part du butin du Dindon, baiser encore la fille. Tuer peut-être le Dindon pour lui prendre ce qu'il imaginait que le Dindon avait volé à Juliet Patterson… Il voulait peut-être l'amener dans cette chambre et la violer en écoutant chanter Erna Berger ? Il avait suivi le Dindon. Il connaissait bien le pays et avait dû se servir de ses jumelles. Corey s'en voulait, il aurait dû être plus perspicace… Mais si on était malin, on pouvait faire parler les morts : « Charlie, tu connais l'histoire du gars qui se plante un clou dans le pied ? — Ben… — Il est rentré chez lui, tu vois… »

Il était rentré chez lui vivant… Il n'avait pas croisé le Dindon. Corey n'aurait pas misé un poil de cul sur l'éventualité que Charlie Bass ait pu régler son compte au Dindon. Il était rentré chez lui. Avant il avait suivi le Dindon et avait su peut-être où était Juliet Patterson. En fait, ce n'était pas si facile que ça de faire parler les morts. Charlie Bass avait suivi le Dindon, et puis ? Il s'était planté un clou dans le pied ? Charlie Bass était un voleur, il ne fallait pas l'oublier. Corey a pensé à la perceuse électrique, il n'y avait pas l'électricité ici. Quant au chalumeau oxyacétylénique, avec ce genre d'outil, on pouvait souder ou découper du métal. Et le gros cric ? Un garage ? Si Charlie Bass avait volé ces outils dans un garage, cela signifiait que le Dindon n'y était plus à ce moment-là, ni Juliet Patterson.

Corey s'est endormi une paire de secondes. Ses ronflements l'ont réveillé, replongé tête la première dans l'enquête. Il n'en pouvait plus, ça serait bien qu'il dorme. Il a pensé à la grange, à l'étage qu'il n'avait pas visité. Il a souri. Première loi des granges : dans une grange, il y avait toujours une échelle, souvent branlante, pour accéder à l'étage... Eh oui, mon vieux, faut ouvrir les yeux et réfléchir avec autre chose que ses coudes.

Le doigt

Pas d'échelle. Corey a promené le faisceau de la torche dans la grange. Il avait fait son boulot à moitié, ne s'était pas donné la peine d'aller voir ce qu'il y avait derrière le tracteur et la remorque : rien. Rien à part un landau, une vieille Henderson avec une seule roue, des portières et capots rouillés. En passant à côté de la remorque, Corey a vu une empreinte huileuse sur un chiffon qui traînait. Il s'est arrêté et a inspecté le coin avec la torche. Il a pigé la manœuvre. Il est monté dans la remorque, là aussi des empreintes huileuses. Il a levé la torche, l'échelle coulissante, à peine visible, était fixée contre une poutre. Charlie Bass était malin mais c'était un bonhomme sale et ça se retournait contre lui. Corey a décroché l'échelle. Il est descendu de la remorque et a fait coulisser l'échelle, l'a posée contre le plancher de la partie supérieure de la grange.

Il est monté, a remarqué que les montants de l'échelle étaient graisseux par endroits. Arrivé à l'étage, il s'est redressé — le toit de bardeaux et de tôle frôlait sa tête. Ce n'était pas difficile de repérer la planque de Charlie Bass, suffisait de suivre ses traces. Au milieu des vieilles bottes de paille… Un enquêteur aguerri se méfiait toujours d'un gars qui écoutait

Rigoletto en boucle. Les traces de pas de Charlie Bass évitaient un tapis en caoutchouc qui masquait un trou… Dessous la herse étrille et les grelinettes. Comme ça le fouineur inattentif était transformé en planche à clous.

Sous une botte de paille, Corey a trouvé le magot de Charlie Bass dans une caisse en bois. Des années de rapines pour un butin minable : des bijoux de pacotille, une écharpe en renard, un S & W .38 canon court dans son holster d'épaule, un crucifix en ébène et argent. D'autres petites cochonneries sans intérêt et une boîte en fer. Dedans un annulaire avec une chevalière — une améthyste sertie d'or — et une médaille de baptême en or, gravée et portant cette inscription : « Carl, 15 mai 1919 ».

« Carl Carr s'occupe de votre vieille guimbarde et de votre ferraille. »

Ce Carl Carr, du signe du Taureau, s'était fait coincer la tête dans un étau et arracher les dents, c'était à peu près sûr. Là-dessus, en bon Samaritain qu'il était, Charlie Bass lui avait coupé le doigt pour le soulager de sa chevalière et n'avait pas dû pouvoir la retirer. Une bonne histoire de pourris avec en fond sonore Erna Berger à la guitare électrique et Giuseppe Verdi à la batterie.

Un peu de jour rentrait par les trous dans le toit. Un peu de jour pisseux. Ça ne changeait rien en ce qui concernait ce sacré doigt. Il ne puait pas. Il était plutôt violacé — pas un seul asticot à signaler. Corey n'était pas le genre de gars à se jouer du Wagner pour un doigt plus petit qu'une bite et coupé en plus. Que faire d'un quart de doigt d'honneur ? Corey l'a mis dans son mouchoir pour se se curer le nez au cas où. C'était le moment de roupiller une paire d'heures. Il y avait de la paille, de la bonne paille de l'époque où les shérifs pissaient sans descendre de cheval.

Doris Floyd

Les frères Parks

Le premier coup de tonnerre a pété et pas mal de dentiers dans le coin ont dû remuer dans les verres à dents. Un éclair a illuminé la grange. Corey s'est levé comme il a pu. Il allait pleuvoir comme si un million de vaches lui pissaient dessus et le toit de la grange ne valait pas mieux qu'une passoire. Il a empoigné les montants de l'échelle et s'est mis en tête de la descendre comme si c'était normal dans une histoire normale sans pédé, sans bombe, sans tueur, sans parfum. Juste une histoire, quoi. Un barreau a pété et il a boulé sur le cul... Ne s'est pas enfilé avec le manche du cric parce que les miracles existaient.

Il s'est relevé en se massant l'arrière-train. Les premières gouttes tombaient larges comme des assiettes. Inutile de songer qu'il pouvait sauter sur sa Harley et débouler chez feu Carl Carr pour tenter de retrouver Juliet Patterson : dans une minute, toutes les pistes seraient transformées en pataugeoires, puis en piscines olympiques. Corey est entré dans la Packard, il a pris le paquet de Camel et a allumé une cigarette. La pluie tambourinait sec sur la tôle, le tonnerre pétait toutes les cinq secondes, faisait vibrer la baraque et la bagnole. Dormir n'avait pas reposé Corey, bien au contraire. Il voyait toujours en noir et blanc. Ses oreilles sifflaient. Dieu et les anges, Son Fils et la Mère de Son fils, les archanges et les diablotins, les diables de première catégorie, les croyantes et croyants, les bègues et les branleuses, branleurs… Tout le monde devait dire du mal de lui. C'était mérité. Presque dix heures, il était coincé là et ne pouvait rien faire d'autre qu'attendre. Il a pensé aux notes de Jack White. C'était connu qu'on pouvait passer le temps en peignant la girafe. Le chef de la police de Chicago qui était un sacré fumier disait que bien des enquêtes policières étaient résolues par hasard, ou parce que les flics qui en étaient chargés les laissaient tomber pour d'autres. Corey s'est intéressé aux notes que lui avait transmises Jack White. Pas besoin de la torche, les éclairs fournissaient la lumière en continu.

Howard Parks, l'aîné, jouait de l'épinette, au tennis, se passionnait pour le vin français. Un divorce quand il était jeune. Pas d'enfant. Peut-être homosexuel, rien de sûr. Il avait pas mal de décorations, commandant de réserve, helléniste distingué et asthmatique. Membre de l'AFC[1] — dissous en 41 — et ami de William Simmons, fondateur du second Ku Klux Klan, et de Harry Truman, président des États-Unis de 45 à 53. Pas besoin d'avoir des pouvoirs divinatoires pour affirmer qu'il n'était pas membre du CPUSA[2].

Kenneth Parks était helléniste comme son aîné. Il avait chié un livre sur *La civilisation blanche chrétienne* et un autre sur Socrate, *Socrate et le socratisme*. Plus attendu que *Socrate et le*

1. *American First Committee*, groupe de pression isolationniste américain.
2. *Communist Party of the United States of America*, parti communiste américain.

naturisme ou *Socrate en vacances*. Veuf depuis 43. Parachuté en Normandie et gravement blessé. Capitaine de réserve, décoré bien sûr. Il jouait au tennis et se passionnait lui aussi pour les vins français et le Klan. Peut-être homosexuel comme l'aîné ? Peut-être que les deux frères s'astiquaient mutuellement en regardant la bombinette qu'ils voulaient faire péter ?

(À noter que les « jumeaux » étaient en relation étroite avec le pasteur néo-nazi Gerald L.K. Smith, fondateur du parti nationaliste... America First... Les jumeaux aimaient vraiment l'Amérique.)

À la lecture des notes collectées pour l'agent spécial Jack White, il était patent que les frères Parks avaient tout fait pour ne pas se faire remarquer. Rien ne les reliait à ceux qui avaient « sorti » une bombe atomique de l'arsenal nucléaire américain. Si la secrétaire du général Thomas Pearson, sujette à des troubles de la mémoire dont elle n'avait pas informé son employeur, n'avait pas tenu un journal de ses appels téléphoniques, à l'insu de ce dernier, Jack White n'aurait pas eu vent du lien entre le général Thomas Pearson et Howard Parks. Il n'aurait pas perquisitionné aux domiciles des jumeaux et donc pas trouvé, grâce à des carbones, la preuve que les frères étaient les têtes pensantes du complot.

Un coup de tonnerre invraisemblable a secoué la baraque et la Packard. La grange s'est illuminée pendant plusieurs secondes. Il pleuvait si fort qu'on aurait dit qu'on faisait des claquettes sur le toit de la bagnole. Corey s'est occupé des notes concernant ceux supposés aider les jumeaux dans leur entreprise criminelle. Par le hasard du classement, c'est à la dernière fiche que Corey a gagné à la loterie : une femme, Doris Floyd. Trente-deux ans, ex-agent de la CIA. Elle avait démissionné l'année dernière pour raisons de santé. C'était elle qui était sortie de la pharmacie. Elle qui l'avait regardé car elle l'avait reconnu. La femme qui portait *Youth Dew*, d'Estée Lauder. La femme qui avait acheté de la cortisone… Pour Howard Parks qui était asthmatique.

Conclusion : ils étaient là encore la veille, et s'ils étaient là, la bombe était là. Elle l'avait reconnu et avait dû se demander ce qu'il fabriquait là.

Corey a consulté la liste des véhicules volés. Y figurait une Buick Super, noire, de 1950, piquée sur le parking d'un motel à Farmington, Nouveau-Mexique. Certainement celle que conduisait Doris Floyd, ils avaient juste changé les plaques. Maintenant, Corey savait que c'était cette Buick qui avait laissé ses empreintes sur la piste. Et elle en avait laissé d'autres sur une autre piste, celle qui conduisait chez le regretté Charlie Bass. Ces brefs éclats phosphorescents verts entrevus par Corey au petit matin, c'était des bribes du revêtement radioactif du terrain d'atterrissage de Pembroke Castle.

En poursuivant la piste qui se séparait en deux en arrivant ici, on parvenait à un col, et de ce col descendait cette autre piste empruntée par Juliet Patterson pour sauver sa peau et sur laquelle Doris Floyd avait éraflé l'aile de la Buick et perdu une veilleuse et un clignotant. Sans le vouloir, c'était le Dindon qui avait aidé celui avec lequel il jouait à « Attrape-moi, je te castre » à faire un pas de géant dans une autre affaire… Il ne pleuvait plus, des lueurs se reflétaient sur le capot et ça sentait le cramé : la paille entassée là-haut flambait. Il fallait se tirer de là ou finir comme un canard laqué.

Le vieux singe

Les alliances, une conversation téléphonique

Déjà les bardeaux du toit de la baraque de Charlie Bass s'enflammaient. Il aurait fallu que quelqu'un remonte le gramophone et qu'une dernière fois la voix d'Erna Berger se lève dans l'incendie, souffle sur les braises. Mais il ne fallait pas demander à un serpent à sonnette d'avoir une crinière. Partout des arbres brûlaient, il fallait espérer que ça ne dégénère pas. Corey a rejoint sa Harley, elle trempait dans la boue. Corey ne croyait pas au père Noël — il a essuyé le delco, intérieur/extérieur. Il a démonté une bougie et l'a chauffée avec son briquet, l'a remontée. Il s'est mis en selle. Au troisième coup, le moteur est parti avec son bruit de gars qui a de gros problèmes de transit. La vie était comique, surtout quand elle vous précipitait vers la mort. Corey avait pigé ça en lisant des bouquins et en crapahutant à Guadalcanal. La tragédie, c'était juste cet intervalle de différence entre le rire et les larmes — pendant un instant, on ne savait pas. Corey a passé une vitesse et s'est tiré lentement, les jambes bien écartées pour rattraper la bécane si possible.

Il n'a pas tourné à droite, vers le col et la recherche de la bombe. Non. Il était engagé par Beverly Patterson pour sauver sa sœur. Il a piqué à gauche. Il n'a pas tardé à débouler sur la route et allait virer vers Dolores lorsqu'il s'est souvenu d'Ed Wolf et de Stone. Putain de la mort. Il est parti pleins gaz vers Cortez. Jack White avait dit que leurs têtes à lui et Corey étaient mises à prix. Avec pour conséquence que celles et ceux avec qui ils étaient en contact l'étaient aussi. Doris Floyd l'avait vu à Cortez. Pour elle et pour les autres : il était à leurs trousses. Ils étaient obligés de penser ça. Corey ne le savait pas en entrant dans la boutique du vieux singe — mais il l'avait condamné à mort, comme Ed Wolf et Stone. Il aurait dû y penser quand il avait quitté Jack White, le prévenir. On reproduisait toujours les mêmes erreurs, toujours on écoutait le même disque rayé.

Tout était silencieux ou Corey était sourd. Il s'est garé devant la boutique du vieux singe. Il a béquillé sa Harley et a poussé la porte. Fermée. Il a fait le tour de la baraque. Il aurait donné une couille pour voir le vieux singe débouler avec son Sharps de l'époque où on pouvait se faire un Indien pour se distraire. Corey est arrivé à la hauteur du bac dans lequel il avait trempé pour décuiter. Il est entré dans la cuisine, il était là, assis, blanc comme un sucre. Les pieds dans le sang, le sien.

— Y a de quoi faire du boudin, a-t-il marmonné, enculés… Ils m'ont eu.

Il s'est marré, il avait le poing droit serré comme s'il voulait fiche un pain à quelqu'un. Pas impossible que la trouille lui ait raidi les nerfs.

— Pas eu le temps d'en plomber un… J'étais au travail… Me sont tombés dessus avec un truc pour pas faire de bruit… Essaye de mettre une bûche dans le fourneau, je me les pèle.

Corey a soulevé les ronds du fourneau avec un pique-feu, il a posé deux bûches sur les braises.

— Je savais que t'allais venir, je savais... T'es un mec à ça, un mec à venir... Je me suis traîné là, je voulais boire un dernier coup... J'ai pas eu la force.

Corey a empli leurs deux verres restés sur la table, de jus de pomme à cinquante degrés. Il a mis son verre dans la main du vieux singe, elle tremblait — lui se marrait.

— Pourquoi que tu te marres, vieux mort ? a demandé Corey.

— Je suis pas mort encore.

Ils ont partagé une gorgée, Corey s'était assis face au vieux qui mourait.

— Je me marre parce que t'es pas observateur pour deux ronds, a dit le vieux singe.

— Mon cul, je sais bien que t'es pas gaucher.

Le vieux singe a ricané. Corey a allumé deux cigarettes sorties du paquet de Lucky de Charlie Bass.

— S'est fait bouffer par un puma, a-t-il dit.

— Chacun son lot.

Ils ont fumé ensemble, en bons potes.

— Je pourrai pas t'enterrer, vieux singe, a déclaré Corey, j'ai du pain sur la planche.

— Te casse pas la tête.

— Comment tu la veux ta tombe au cas où ?

— Je m'en tape un peu. Tu sais bien, les tombes, c'est pas les mecs dedans.

— Je viendrai prier au moins une fois.

Le vieux singe a hoché la tête. Il a ouvert sa main droite. Dedans les deux alliances. Elles brillaient comme les yeux de la maman de Corey.

— L'or restant, je l'ai bouffé, a murmuré le vieux singe, je vaux de l'or !

Il a rigolé et est mort. Corey a pris les alliances et a posé ses lèvres dessus, puis il les a empochées. Il a hoché la tête comme s'il répondait à une question du vieux singe. Il a balayé ce qu'il y avait sur la table et a couché le vieux singe dessus. Il lui a fermé les yeux. Le fourneau ronflait, il aurait chaud un bon moment.

— Je reviens, a marmonné Corey.

Il a quitté la cuisine, décroché le téléphone posé sur la caisse.

— C'est moi, a-t-il dit dans le combiné. Z'êtes habillée comment ce matin ?

— En rose, a répondu Minnie Turner, comme d'habitude… Et à part ça ?

— J'ai aperçu un de vos lascars… Çui qui se parfume.

— Ah… Tiens… Et où ça ?

— À Cortez, hier matin, il sortait de la pharmacie où il avait acheté de la cortisone pour soigner son asthme ou celui de son vieux papa… Voyez ?

— Tout à fait, je transmets… Et prenez soin de vous, certaines personnes peuvent être de mauvais poil… Atrabilaires, si vous préférez.

— Atrabilaires… Vous y allez fort… C'est gentil de vous intéresser à moi… Ah il y a un gars qu'a avalé son bulletin de naissance d'où je vous appelle… D'ici un quart d'heure par là, je traînerai plus mes bottes dans les parages.

Il est revenu dans la cuisine. Il a allumé une Lucky. Il a fumé en contemplant le vieux singe. Par moments, il marmonnait des trucs. Il a fini par se débarrasser du mégot dans le fourneau. Il s'est recueilli et signé.

— Mon Dieu, a-t-il dit, je Vous demande de prendre soin de ce gars-là, il le mérite.

Il restait une crêpe, il l'a trempée dans la confiture. Il s'est tiré en la mangeant. Son pantalon et ses bottes étaient tachés de sang, son blouson aussi. Ça faisait négligé ou boucher. Il a grimpé sur la Harley et s'est tiré.

Les charognes

Pas loin de Cortez, il a vu un nuage. Ce nuage-là, on aurait bien dit le vieux singe qui passait l'Achéron. Corey a accéléré pour se faire un camion. Il trimballait tout un paquet de charognes dans sa benne, ça puait avec grandeur. Une fois le Mack effacé et rejeté au rang d'élément du passé, comme la Mercury verte qui le précédait, Corey a ralenti pour réfléchir au futur proche : il ne s'agissait pas d'aller traîner devant le cimetière de ferraille et le hangar où intervenait Carl Carr du temps qu'il avait des dents. Même si tu passais en faisant mine de te repeigner ou de te rogner les ongles : c'était mort. Tu attirais forcément l'attention. Toutes les chances que ça soit planté à un carrefour où devaient passer trois bagnoles par jour. Un coin où tu voyais pousser les arbres tant il n'y avait rien à voir que la progression du néant, l'éclosion des œufs de l'inceste et des punaises de lit.

Le gosse

Les souvenirs

La lumière déclinait. Par ici ça arrivait dans ces journées d'orages. Le soir venait plus vite. Corey distinguait un amas de bagnoles montées les unes sur les autres comme des chiens en rut. Il a avancé dans la forêt de trembles assez obscure. Peu à peu, il a découvert l'ensemble du terrain grillagé situé derrière le hangar. En plus des rangées d'épaves empilées, des monceaux de ferraille, de fûts métalliques, de moteurs, des tas de pneus, un Caterpillar jaune banane attendait sa pelle levée et rouillée et deux caravanes barbotaient dans la flotte, la boue et cet étrange crépuscule qui se pointait en avance sur l'heure légale. Pas l'endroit idéal pour faire du camping, d'ailleurs il n'y avait pas de transat. Pas le paradis et pas un bruit. Seulement, Corey était encore à cinquante mètres des barbelés, si quelqu'un chialait, c'était un peu loin pour l'entendre. Il avançait prudemment mais il était gêné aux entournures. Il ne sentait pas l'embrouille, ne sentait pas la saloperie du Dindon, sa folie meurtrière. Ce n'était pas normal. Dans les chiottes, s'il manquait du papier, ça se remarquait.

En fait, il était sur les nerfs. Ça faisait plus de vingt ans qu'il voulait agrafer le salaud.

Le piège s'est refermé sur sa cheville gauche, ça ne faisait pas du bien. Il n'avait qu'à pas penser avec sa bite. Il s'est baissé pour voir les dégâts. Heureusement qu'il avait des bottes. Les dents avaient d'abord mordu dans le cuir, sinon il y aurait eu des dégâts. Corey a écarté les mâchoires du piège. Un truc pour se faire un lynx, un coyote, une biche, pas un shérif. Il a retiré sa botte. Il aurait un bleu, saignait un peu comme une fillette qui a ses règles pour la première fois. Il n'allait pas regretter de ne pas avoir perdu une guibole. Le piège était habilement dissimulé… Ou plutôt naïvement. C'était pour ça que Corey s'était fait avoir, lui il poursuivait un psychopathe, pas un braconnier. Il s'est rechaussé, a fait quelques pas. S'est arrêté, transformé en courant d'air. Il avait vu un mouvement dans les feuillages. Il était revenu dans la peau de l'enquêteur vigilant. Le piège l'avait ramené dans le droit chemin.

Le gamin avait une combinaison trop grande pour lui et des godillots de sécurité comme s'il bossait dans les chantiers. Ou dans la mécanique. Il ne devait pas manger souvent, devait manger ce qu'il piégeait. Nonobstant, il ne fallait pas se raconter les contes et légendes du gentil petit gars qui se débrouillait comme il pouvait. C'était un jeune fumier à sonnette, pas un gentil écureuil à sa maman. Ça se voyait. Il ne devait pas hésiter à mettre ses couilles dans les serrures pour baiser les populations. Les dépouiller et les niquer de a à z. Pour ce faire, il était armé d'une carabine Savage. Idéale pour le tir aux poulets.

Corey s'était mis en mouvement comme un arbre qui aurait eu des pattes. Résultat il était carrément invisible dans une forêt, dans un parking moins. Il a attrapé l'oreille du gosse en le délestant de son artillerie. Le gosse s'est agenouillé. C'est toujours pareil dans le domaine des oreilles. Lorsqu'on se la faisait tordre, on se mettait à genoux. Le gosse, qui devait avoir entre douze et quatorze ans, marmonnait entre ses dents : « Ordure, lâche mon oreille, salope, pédé… » Un p'tit gars bien élevé. Blond, maigre, la gueule bouffée par les taches de rousseur, des dents en avant.

— Je crois que je vais te couper la bite, a dit Corey. Qu'est-ce t'as à répondre à ça ?

— Que t'es un putain d'enculé, a murmuré le gosse. Je vois même pas ta gueule, sale lâche.

Il en avait une sacrée paire, c'était sûr. Pour autant, ce n'était pas suffisant pour lui accorder une bourse d'études à Yale ou lui tourner le dos. Corey lui a lâché l'oreille et a déchargé sa carabine qui était parfaitement entretenue comme un outil indispensable. Le gosse s'est relevé. Il a jaugé Corey et il a pigé qu'il était tombé sur du lourd. Les taches de sang sur les fringues de Corey clignotaient comme des enseignes au néon.

— Le problème des pièges, a dit Corey, c'est qu'on ne sait pas ce qu'on attrape avec.

— C'est moins cher qu'une balle, a répondu le gosse.

— Les godasses, a marmonné Corey.

Le gosse a détourné les yeux.

— T'en avais vraiment besoin ?

— T'as déjà marché pieds nus, toi, avec ta gueule d'acteur ?

Le gosse se demandait s'il allait tenter l'échappée — un truc dans le regard tout blanc du grand Apache l'a retenu.

— Des fois la nuit vient plus vite, a dit Corey, la boue est plus rouge surtout quand il a plu… Le pétrole colle aux godasses comme la poisse, c'est ce qui est arrivé à Charlie Bass…

Le gosse n'a pas pipé — se demandait où l'enculé le menait, dans quel potage.

— Comme aujourd'hui, c'est presque la nuit et c'est pas l'heure de la nuit… T'étais par là pour relever tes collets et tes pièges… Et puis…

Il s'est tu pour que le gosse prenne le relais.

— T'as qu'à continuer puisque tu sais si bien raconter, a dit le gosse.

— T'as entendu des cris… Comme t'es curieux t'as décidé d'aller voir ça de plus près… Mais t'étais pas ici, t'étais de l'autre côté de la route, face au hangar… On est bien d'accord ?

Le gosse a haussé les épaules, il était en danger et le savait bien.

— Pour le moment, a poursuivi Corey, nous on est de ce côté, derrière le hangar… Fais voir le passage que tu t'es fait dans les barbelés.

Le gosse a dévisagé Corey et est passé devant lui. Comme Corey, d'un signe, l'avait encouragé à le faire. De l'autre côté des barbelés, un vieux tracteur Massey Ferguson, le cul en l'air, semblait prier, implorer une deuxième chance. En enfer, pas de deuxième chance. L'épave servait de paravent, le gosse avait pratiqué son passage là. À la nuit, il devait faire son marché dans la casse. Le gosse a replié les barbelés — coupés et rabattus. Du beau travail, ça pouvait faire illusion. Le gosse s'est retourné vers Corey, pour savoir comment il voyait les choses.

— Tu passes devant, a dit Corey, à quatre pattes. On peut pas faire autrement. Si tu fais le malin, je te coupe le pied et je te le fais sucer.

Le gosse s'est baissé et est passé à quatre pattes dans la chatière. Corey a laissé la carabine Savage dans le taillis qui séparait les barbelés de la forêt. Il n'en avait pas l'utilité. Il a suivi le gosse qui s'est relevé le premier et a tenté de lui rectifier le portrait d'un bon coup de tatane. Corey s'y attendait. Il a bloqué le pied du gosse, s'est relevé et l'a fait basculer, tête la première. Pendu par les pattes comme une poule prête à plumer. Il n'était pas lourd, ce n'était pas un gros effort.

— Tu veux que je te mette ce rétroviseur dans le troufignon ? a dit Corey. Ça me tente, moi.

Le gosse n'a pas répondu, devait regarder le rétroviseur et appréhender le futur.

— Si tu manges avec un porc, a dit Corey, mieux vaut être rose et à quatre pattes. Si tu fréquentes un gars qui a les boyaux ballonnés, faut péter. Voilà des préceptes qui tombent toujours juste… Mais si tu veux te faire un tueur en série diabétique, faut quoi ? Réponds.

— Je comprends pas, a bredouillé le gosse.

— Tu as tendance à mentir et à bafouer le Seigneur. On a oublié une étape… L'arrivée de la Hudson. Tu te souviens ?

Le gosse a marmonné qu'il allait dégueuler.

— C'est ton problème, a répondu Corey. Tu te souviens ?

Le gosse a grogné que oui.

— Circonstances identiques… À commencer par une nuit rouge, tiens, comme celle qui vient.

Elle avançait, venant de l'est comme si le jour s'était trompé de porte. Une sacrée nuit rouge comme un gril.

— Donc l'Hudson arrive, a repris Corey. Elle fumait p't-être ? Une espèce de grand gars avec une salopette et une gueule comme un cul en sort… Entre toi et moi, je l'appelle le Dindon.

Le gosse a dégueulé, Corey l'a remis sur ses pieds. Il n'était pas d'équerre. Blanc comme le général Lee dans une histoire de confédérés et de nègres. Corey lui a fait signe d'avancer, sur sa droite, à un mètre par là.

— Le Dindon, a-t-il continué, il est entré dans le hangar. Il entendait sûrement Carr bosser et lui, Carr, avait pas entendu la bagnole… Toi tu étais toujours de l'autre côté de la route… C'était pas passionnant, t'étais prêt à te tirer… Mais t'as vu le Dindon qui revenait.

Le gosse a hoché la tête. Sur sa binette de petit salaud, les souvenirs ont rappliqué.

— Il a dû regarder à droite et à gauche, a dit Corey, et t'as eu de la veine qu'il te repère pas… Il a fait coulisser la porte du hangar et a rentré la bagnole dedans.

Ils étaient à cinquante mètres du hangar, derrière une des caravanes. Le gosse se souvenait, il était plutôt mal dans ses pompes.

— Comme t'es curieux, a dit Corey, t'as pas pu t'empêcher d'aller voir ça… D'ailleurs, tu vas me montrer.

Il a poussé le gosse en avant et lui a collé aux basques jusqu'à une porte — à droite, la route à vingt mètres. Le gosse s'est retourné, Corey a hoché la tête. Le gosse a fouillé dans une des poches de sa combinaison et en a sorti un fil de fer tordu. Il s'en est servi de clef et a ouvert la porte sans entrain, s'est retourné vers Corey.

— La caméra subjective, tu connais ? lui a dit Corey.

— De quoi ? J'entrave rien à tes conneries !

— C'est pas parce que tu ne comprends pas que tu es intelligent… Pour vivre, faut être intelligent.

Corey et sa caméra subjective ont poussé le gosse en avant dans le présent et le passé.

Les souvenirs bis

Le sablier, la corde

Du toit troué à maints endroits, de l'eau gouttait. Ç'aurait pu être un petit bruit tranquille, mais le décor n'incitait pas aux positions de yoga. En fait, ça suintait le malheur.

On ne peut pas expliquer le temps pas plus que la bite, ça va, ça vient. Corey savait ça. Le gosse était à côté de Corey, revivait ce qui s'était passé le 25 septembre. La seule différence, c'était la puanteur. Carl Carr schlinguait carrément plus qu'un gars qui se lave les pinceaux une fois par an. Il exhalait une puanteur acide que connaissait bien Corey. Des cadavres en décomposition, il en avait senti son content. Pas plus que le gosse, il ne remuait la queue. Ils revoyaient tous les deux la scène, pas besoin d'écran :

Le Dindon est sorti de l'Hudson.

Le gosse qui était entré comme il venait de le faire avec Corey s'est approché et a découvert Carl Carr à terre, un bloc moteur sur les jambes pour l'empêcher de bouger. À cette heure, maculé de sang à côté du cadavre de Carl Carr, pieds nus.

Le Dindon a tiré Juliet Patterson hors du coffre de l'Hudson. Elle devait être à moitié nue, sûrement les mains liées dans le dos. Il l'a assise sur le fauteuil de bagnole qui devait servir à Carl Carr pour se tourner les pouces en grillant une clope.

— Il devait glouglouter, a dit Corey. Pas vrai ?

— Je sais pas ce que ça veut dire.

— F'sait son dindon.

— Oui, a répondu le gosse.

Il était brusquement terrorisé, sa pomme d'Adam montait et descendait comme un yoyo.

— Oui, f'sait le dindon ! C'est ça, le dindon !

Tous les deux sous le sombre barnum éclairé par des néons accrochés aux poutrelles métalliques qui traversaient la baraque pour soutenir la charpente et leur passaient au-dessus de la tête. Ils ne pipaient pas et ont vu le passé revenir lentement, sans possibilité de le refermer dans son tiroir. Ils étaient en sa possession et ils ont vu le Dindon soulever le bloc moteur — une force de la nature. Puis ç'a été le tour de Carl Carr. D'une façon ou d'une autre, il lui a coincé la tête dans l'étau et lui a arraché les crocs. Carr ne devait pas être content, criait, à tous les coups. Sûrement un sale spectacle, d'ailleurs le gosse avait les mains plaquées sur les yeux. Il ne voulait pas revoir la scène, ni voir le présent : la vermine qui bouffait le défunt Carl Carr, le rat qui lui grignotait un orteil.

— T'étais là, a dit Corey, t'as rien fait et je te le reproche pas. Pour la fille, si t'as regardé ce qui a pu lui arriver, c'est ton problème. Si tu veux te tirer une balle, je te prête mon .45.

Le gosse chialait.

— Il a changé la batterie de sa bagnole qui était H.S., ça je le sais aussi… Et la fille, elle vivait encore ?

Le gosse pleurait, il a hoché la tête.

— Bon, elle vivait. Il l'a mise dans le coffre et il s'est tiré. T'avais besoin de godasses. Surtout que les siennes, elles étaient quasiment neuves. Il vivait, je pense… Mais tu pouvais compter sur sa mort prochaine. Tu savais que t'aurais plus à croiser son regard. Tu es une satanée ordure… Je n'ai rien à redire là-dessus, moi aussi.

Il a enjambé un rouleau de corde et d'un signe de la tête, il a invité le gosse à le suivre sur la scène de crime. Dans une vie d'enquêteur, on en voyait des trucs abominables. Sans compter les propres turpitudes de l'enquêteur, innombrables.

— C'est la maison des morts, a marmonné Corey, retire ton chapeau.

— J'en ai pas.

Le gosse était à plat, au bout du bout. Il ne se gourait pas qu'il n'en avait pas fini. Corey regardait attentivement tout ce qu'il y avait à voir. Et il y en avait… Oh que oui. Il essayait de tout capter. Ce n'était pas facile, il y en avait tant. Il oubliait peut-être un peu la loi de la gravitation simple : les emmerdements nous tombaient toujours dessus. En quelque sorte, ils étaient immanents à notre condition de bipède soumis à la gravitation — la pomme tombait, point.

Corey sentait dans l'odeur de pourriture humaine les traces ténues de *L'Heure bleue* que portait Juliet Patterson. Pas sûr que le parfumeur français ait pensé que sa création atterrisse dans pareil merdier. Il lui a semblé entendre un réveil — ce n'était pas impossible. Pas à classer dans la rubrique « hallucination ». Il a bouclé son premier tour de piste sans bouger, juste du regard… S'est arrêté sur le pick-up près du portail coulissant, avec dans la benne ses bonbonnes de gaz pour le barbecue de la fête des tueurs en série… Réveil + bonbonnes de gaz… Corey s'est précipité vers le pick-up. Les bonbonnes n'étaient pas reliées à un dispositif de mise à feu et elles étaient vides. Et puis, le Dindon s'était barré d'ici depuis pas mal de jours. Beaucoup trop longtemps pour régler une quelconque minuterie, faire péter un truc. Un coup d'affolement indigne d'un enquêteur. Le gosse n'en avait pas profité pour se faire la valise. Il était englué dans cette putain de mélasse morbide, fasciné par toute cette saloperie, sa lâcheté.

Corey est revenu vers la scène de crime en passant à côté d'une Crosley Station Wagon bleue, toit gris. Propriété d'un éleveur de poules à la retraite. Un peu plus loin, un pneu à flanc blanc attendait la réparation. Quant au réveil, il était sur l'établi. Il ne servait qu'à donner l'heure à plus personne. Pas à faire péter des bonbonnes de gaz.

Corey s'est approché de Carl Carr. Il a étudié sa position. Apparemment il n'était pas piégé, technique souvent utilisée par les Japs : une grenade quadrillée qui pète quand on bouge le corps. Pas piégé. Juste supérieurement moche et répugnant, pas un cadeau.

— T'as pris ses godasses et t'as entendu la bagnole ? a dit Corey.

— Oui, a marmonné le gosse, oui, j'ai entendu la bagnole.

— Tu savais pas trop ce que tu faisais et au lieu de te tirer, tu t'es caché.

Le gosse a hoché la tête.

— Ce Charlie Bass a rappliqué comme une fouine, a poursuivi Corey, s'est approché…

— Il lui a fait les poches, a murmuré le gosse, il a raflé le pèze.

— Ce que t'aurais fait sauf que t'as pas eu le temps… Quant à Charlie Bass, l'a pas eu le temps de le placer, le fric, je te le dis… Continue, fils.

— Et puis il a pris la pince et lui a coupé le doigt, a balbutié le gosse qui revivait tout ça.

Doigt que Corey a exhibé.

— Tu veux le sucer ?

Le gosse n'en revenait pas. Interdit, il matait Corey qui jouait avec le doigt comme si c'était une pièce de monnaie ou un jeton de casino, le lançait, faisait des tours avec.

— Et puis ? a-t-il dit.

— S'est planté un clou dans le panard, cet enculé.

— Et il s'est barré.

— Ouais, barré.

— C'est déjà une belle histoire, a dit Corey, mais à mon avis, t'as pas bien raconté, surtout la fin.

Il s'est emparé d'un rétroviseur posé sur l'établi à côté d'un petit sablier, s'est penché au-dessus du corps. Un rat est sorti tout réjoui de la braguette de Carl Carr. Corey a rendu un peu de bile et a posé la glace du rétroviseur sur les lèvres de Carl Carr, un peu de buée a fini par s'y déposer.

— La fin, a affirmé Corey, la vraie belle fin, c'est qu'il vit encore.

Carl Carr avait malheureusement pour lui un organisme de survivant. Le gosse s'est adossé à la roue arrière d'un tracteur en rade pour ne pas s'affaler. Corey a soupiré et a reposé le rétroviseur sur l'établi, renversant le petit sablier de poupée. Il a dégainé son .45 et l'a tendu au gosse qui a fait non de la tête en chialant sans bruit. Corey n'a pas insisté. Il a tiré.

La balle a arraché une partie de la boîte crânienne de Carl Carr, ça devait être une munition dum-dum — des manières de fumier. Ce n'était pas Corey qui avait chargé l'arme. La chose positive : Carr était enfin mort. Il aurait certainement remercié Corey. Avec ce qu'il avait enduré, les couilles bouffées, au mieux il aurait fini sa vie à l'asile. Il lui a rendu son doigt mais il n'en avait plus rien à fiche.

Corey a rengainé son .45. Il a pivoté vers l'établi et s'est emparé du sablier en marmonnant « Putain de moine ! ». Le gosse a voulu en profiter pour se carapater.

— Bouge pas sinon je te plombe, a dit Corey, fais-toi pas remarquer… Écoute, écoute.

Il s'est approché du gosse.

— Le ciment, a expliqué Corey en montrant le sablier, les petits tas de ciment et de sable qui grossissent, comme le sable qui coule d'un sablier, tu piges ? Le temps ! Le temps qui passe, l'urgence ! Tu comprends ?

Le gamin ne percutait pas. Corey s'en fichait, il avait d'autres priorités.

— Une cimenterie, gamin, y a ça près d'ici ?

— Ouais, a murmuré le gosse, peut-être… ? Tu sais, je suis con, je connais rien.

Il ne savait pas trop comment expliquer ça et s'est tu, épuisé d'avance par l'effort. De toute façon, Corey ne l'aurait pas écouté… Il était éberlué carrément par ce qu'il venait de comprendre.

— Le problème, a-t-il marmonné, le problème, c'est que…

Il a reposé le sablier.

— Il n'avait pas imaginé ça quand il a arraché les dents du gars qui est là, a-t-il ajouté. J'en suis sûr comme je suis sûr que j'en ai encore deux au cul… Il a imaginé ça le coup d'après… Tu vois ? Ce qui veut dire qu'il est revenu… Ouais… Il est revenu poser son p'tit sablier… Et c'est pas bon pour nous, si tu veux savoir.

Le Dindon pouvait être n'importe où à attendre le moment de les tuer. Sans le vouloir, Corey entraînait le gosse dans le train fantôme, la machine à tuer. Tant pis pour lui. Il y avait quatre hypothèses concernant le Dindon :

Il les attendait côté route.
Il les attendait côté cimetière de bagnoles.
Il était là et allait passer à l'action.
Il n'était pas là.

Corey avait envisagé un instant que les bonbonnes de gaz soient reliées à un détonateur. Ça ne ressemblait pas au Dindon. Le Dindon était sur la route depuis plus de vingt ans — sur la route pour tuer et voir souffrir, mutiler, martyriser. Il n'avait pas pris des cours du soir d'artificier. Loi numéro dix-sept ou dix-huit : l'enquêteur qui avait les couilles dans la main du gars qu'il voulait mettre hors d'état de nuire réfléchissait comme une pompe à vélo. Par conséquent, il devait cesser de réfléchir et se manier le train parce que si le Dindon était dans les parages, il avait de mauvaises intentions. Il n'allait pas leur offrir sa collection de timbres.

— Et maintenant, fils, a dit Corey, écoute-moi bien. Tu sais, le Dindon, celui qui a arrangé le dentier de Carr, je crois bien qu'il est par là… Je sais pas où, c'est le problème. On va essayer de se tirer par où on est venus et je te conseille de pas rentrer chez toi, si t'en as un.

Il a senti un parfum très puissant… Le gosse le dévisageait

atterré et Corey a manqué de rapidité. Pas eu le loisir de raconter une histoire édifiante. Le nœud s'est serré autour de sa gorge et il a été violemment tiré vers le haut tandis qu'il entendait le glougloutement du Dindon. Bruyamment pendu parce que le Dindon était forcément à l'autre bout de la corde, sur la poutrelle, et qu'il s'était jeté dans le vide, pesait lourd, et que Corey était monté plus vite qu'un ascenseur. Le gosse avait vu la corde au-dessus de la tête de Corey… D'où son expression. Maintenant, Corey pendait comme un satané jambon et essayait de lutter contre l'étouffement en se traitant de tous les noms… Là-dessus les lumières se sont éteintes. Pour l'ambiance, manquait *Rigoletto* et Erna Berger.

Pendu

Dès qu'il était parti comme une balle vers le dernier coït, Corey avait glissé ses mains entre la corde et son cou. Pour le parfum, il ne doutait pas que c'était *L'Heure bleue*. Malgré sa vitesse de réaction, il perdait conscience à toute allure. Il était lourd, il mourrait plus vite. À moins d'un mètre du sol c'est ça qui était marrant. Corey avait une qualité, il ne s'affolait pas. Le pire s'était déjà produit. Il a entendu le gloussement insupportable du Dindon. Il lui aurait facilement dit d'aller se faire foutre mais il ne pouvait pas parler. Il a compris qu'essayer de lutter contre l'étranglement était un réflexe. Un réflexe bête de gars qui était bon pour être pendu par un tueur en série. Il avait son .45, son cran d'arrêt. Le cran d'arrêt, il n'avait plus la force de cisailler la corde avec. Il a réussi à dégainer le Colt et à plaquer le canon contre la corde.

Le sucre sans cesse

Un mort de plus, les shérifs de campagne

La recette du poulet à la corde : le choc l'a réveillé. Il avait atterri sur le dos, la corde au cou. Dans le noir. Il étouffait. Ne voulait pas mourir pendu et couché comme une carpette. C'était indécent. Il voulait juste desserrer cette putain de corde. Il a réussi, n'avait plus de force, restait couché. Finalement, il a pu bouger un peu, se redresser, s'asseoir. Il s'est souvenu du Dindon. Pourquoi ne surgissait-il pas pour achever le poulet dans la panade ? Le poulet qu'il avait bien manœuvré parce que le poulet était borné. À force de renifler le cul du Dindon, il avait perdu toute forme de raison, sans parler de flair ou d'intuition.

Corey s'est levé, tout tournait. Il n'a pas bougé, tant pis si le Dindon venait l'achever. Il n'avait pas la force d'en faire plus. Peu à peu, il s'habituait à l'obscurité. Il était tombé sur Carr qui avait servi de matelas. Toujours cette trace de Guerlain dans la puanteur. C'était sûr que si une belle poupée en dentelles et parfumée à *L'Heure bleue* voulait le baiser sur le coin de la table, il se défendrait. *L'Heure bleue*, ça serait sans lui désormais.

Il a fait deux pas hésitants, marché sur un truc, son .45. Il s'est baissé pour le ramasser, a manqué piquer du nez. Il a remis le .45 dans son holster. Une bagnole a démarré et est partie… C'était le Dindon qui levait le camp ?

Il fallait qu'il sorte de l'indécision dans laquelle il était. Il ne pouvait pas rester là sans agir. Il avait les foies. Le Dindon l'avait mis dans sa poche de terreur. Il allait claquer des dents toute sa vie en se pissant dessus, ce qu'il avait fait d'ailleurs. Il s'est accroupi. Il a attendu de ne plus entendre le moteur de la voiture. Il a saisi sa torche et l'a déclenchée, en se raidissant au cas où il prendrait une balle ou autre objet contondant pas convivial. Rien. Il a promené le faisceau lumineux de la torche et a rencontré le corps du gosse. Il s'est levé, approché. Le gosse avait été soigneusement massacré. Le Dindon s'était acharné sur lui. Pourquoi Corey était-il encore en vie ? Il s'était dépendu, certes, mais pourquoi le Dindon ne l'avait pas castré ou égorgé, alors qu'il était inconscient, à terre ? Ou avant lorsqu'il pendait tranquillement ?

Dans le faisceau lumineux de la torche, Corey a aperçu les morceaux de sucre éparpillés. Le Dindon avait eu une syncope diabétique. Il était revenu à lui mal dans sa peau de monstre. Il avait réussi à bouffer un peu de sucre et s'était tiré, incapable de violer un poulet. Ou simplement de le plumer ou de lui crever un œil.

Celui qui avait eu moins de chance, c'était le gosse. Corey s'est signé, il allait finir pasteur. En se tournant, il a vu le sablier. Il avait oublié Juliet Patterson.

Le ciment qui coulait d'un réservoir comme le sable d'un sablier. Juliet Patterson était dessous, en train de se noyer lentement dans le ciment. Le sablier était là pour ça, pour parler de temps. Il pouvait encore la sauver, il en était certain. Il la sauverait. Elle vivrait à la place des autres.

Il a pensé à Jack White, il le verrait demain, dans exactement vingt-quatre heures, s'il vivait. Dans cette histoire, ça mourait ferme. Pas facile de faire des pronostics. Il a mis la main à son cou. Il avait encore la corde. Il s'en est débarrassé, ça portait chance, disait-on. Elle avait laissé des traces. Ça brûlait sec, il faudrait peut-être qu'il porte des cols roulés même dans son cercueil. Il a jeté un regard au gosse toujours bien mort. Il y avait une mauvaise habitude chez les poulets de campagne, c'était de s'en foutre des macchabées sans le rond. Ils étaient jetés à la fosse, souvent sans une seule prière. Pauvres jusqu'au bout des temps, quoi. Pire… Si le pauvre mort avait une breloque, une médaille de la Vierge en or, un peu de pognon, le shérif étouffait ça pour ses frais. La justice ce n'était pas juste et ça coûtait chaud.

Si on écrivait une histoire des shérifs de campagne, il fallait absolument parler de la superstition. Tous les shérifs de campagne étaient superstitieux, ceux du Klan comme les trois ou quatre qui étaient démocrates ou pas loin de l'être. Depuis l'invention de la potence, les shérifs de campagne se méfiaient des trucs pas catholiques : par exemple, un gars refroidi avec un œil ouvert, l'autre fermé… Et si cet enfoiré-là avait cent dollars dans la main gauche, la main du doigt dans le cul, eh bien, c'était mauvais signe.

Corey a fermé un des yeux du gosse et a retourné la paupière de l'autre. Il était carrément affreux comme ça. Corey lui a mis cent dollars dans la main gauche.

— Pour payer ton enterrement, fils. Allez salut.

Il a éteint la torche, il sortirait par-derrière, dans le noir. Au cas où.

Les spectres

1er octobre

Il marchait dans le bois, au milieu des spectres. Le gosse l'a regardé. Il voulait quoi ? Des excuses, une couronne de fleurs ? Les spectres n'avaient plus rien à fiche, sinon emmerder le monde. Spécialement le brave shérif qui ne demandait rien à personne. Il faisait semblant de ne pas les voir pour ne pas leur donner de l'importance, par exemple ce Horn, il voulait quoi ? Des regrets éternels comme le gosse ? Il essayait de fixer la pointe de ses godasses. Il ne voulait pas rencontrer le regard de ses parents. Il avait honte. Il puait bien plus que Carl Carr, bien plus oui. Mais il n'avait pas la force de s'agenouiller et de demander pardon. Il fuyait. Il avait oublié Jack White. C'était la puissance malsaine du passé, il aspirait tout dans sa fosse à merde. Les hommes méchants étaient construits sur du néant. Il pompait toute force, toute beauté, tout amour. Corey a levé les yeux. À travers les arbres, il a vu le ciel, pas plus compliqué que ça.

— Tu connais l'histoire du shérif qui avait perdu ses éperons ? a marmonné Corey.

Le ciel n'a pas répondu, Corey savait depuis longtemps qu'il était sourd. Il a repéré sa Harley assoupie comme une vache au pays des tueurs en série. Il est monté en selle et a kické.

Il a démarré et roulé lentement sur le sentier avant de rejoindre la piste. La cimenterie était forcément dans les parages. Le Dindon n'avait pas eu le temps d'aller loin. Il avait dû se hâter de se débarrasser de Juliet Patterson pour filer vers Panguitch.

Corey ouvrait bien grands les naseaux, s'agissait de repérer des effluves d'*Heure bleue* dans cette nuit rouge d'Indien en colère. L'Indien, c'était lui. Myrtle Tate le lui avait dit, l'avait prévenu : il n'était qu'un putain d'Apache aux portes de la folie meurtrière. Il fallait qu'il se presse de se réincarner en gentil Blanc amoureux d'un autre gentil Blanc. Ce n'était pas une réincarnation si facile que ça. On ne pouvait pas choisir la longueur de sa bite, c'était connu.

Il a accéléré en arrivant sur la piste. Il roulait sans phares, bien sûr, pour éviter de se faire dégommer.

Il ne savait pas où il allait, cherchait une cimenterie sans avoir la moindre idée d'où elle pouvait se trouver. Demander son chemin dans ce pays n'était pas recommandé. Frapper à la porte d'un péquenot, c'était prendre une option pour le tir sans sommation. Cette éventualité n'était par ici pas envisageable. Absurde. Il n'y avait pas de péquenot ou si peu qu'on ne les voyait pas. Pas une baraque, juste de l'espace. Beaucoup d'espace et quelque part : Juliet Patterson qui espérait. Elle avait lancé le morceau de sucre comme une bouteille avec son message de détresse. Et lui, Nick Corey, il était prêt à mettre la tête et les pattes dans le piège que lui tendait forcément le Dindon. Tant pis. Corey voulait sauver Juliet Patterson. Fin du crime et des coups de pute.

En attendant, il reniflait le vent, la terre et les pierres, les arbres… Et cette ligne électrique dont les fils, de place en place, pendouillaient comme les breloques d'un centenaire. Ce qui signifiait qu'on se fichait bien de transporter du courant électrique, qu'au bout de la ligne, il n'y avait plus d'abonné et qu'en conséquence l'entretien, la maintenance, c'était fini.

Corey a ralenti, il devait se méfier de tout. Il ne se montait pas la tête. Il ouvrait l'œil tout en sachant que ce n'était pas suffisant, juste nécessaire. Il est parvenu à un croisement, pas un seul panneau. Le gars qui passait par là était censé savoir où il allait. Corey a obliqué sur la droite pour suivre la ligne électrique, aller au bout de cette piste. En mauvais état, fréquentée par des elks et des types ivres qui cherchaient leur chemin dans le goulot des canettes qu'ils s'enfilaient. Chacun son bréviaire, sa boussole.

Corey a aperçu un éclat lumineux, vert. Ce n'était pas prévu. De nouveau les deux affaires se rencontraient. Il s'est arrêté pour vérifier s'il ne se trompait pas. Si ce n'était pas un ver luisant ou un tout petit Martien. Il a béquillé la Harley et s'est approché, agenouillé. À vue de nez, ça ressemblait à ce qu'il supposait, un souvenir de la piste lumineuse de Pembroke Castle. Et comme le radium 226 était actif pendant mille ans et plus, il s'est gardé de le sucer. Que faisait Doris Floyd par là ?

Corey s'est relevé. Il ne parvenait pas à raconter l'histoire de Doris Floyd, ça boitait. Par exemple, ce minuscule fragment de la piste de Pembroke Castle avait résisté au déluge qui avait duré des heures… C'était possible ? L'enquêteur devait poser les questions et y répondre. C'était en y répondant qu'il pouvait entendre le truc qui grinçait, son doute.

Il s'est adossé à un des poteaux qui supportaient les câbles électriques. Il a allumé une cigarette en l'abritant dans sa main pour ne pas se faire repérer par un tireur anonyme. Si on pensait arriver près du but, il ne fallait pas aller plus vite que le temps. Il fallait plutôt marcher en retrait... En regardant où on mettait les pieds.

« Penser à sa vie permet d'améliorer son comportement », disait le papa de Corey. Il s'est souvenu d'Albert Wilson. Ensemble, ils avaient chapardé pendant quelques mois, en Louisiane. Ils crevaient de faim. Wilson lui avait dit en guise d'oraison funèbre : « Je mangerais bien du poulet au riz. » Il était mort dans les bras de Corey, plombé par un poulet justement. Corey n'avait pas eu le loisir de l'enterrer. Il l'avait balancé dans le bayou où traînait un alligator de la taille d'un piano à queue. Corey s'était barré en courant pour échapper aux chiens et à la corde. La guerre était arrivée. Il avait tué parce qu'il savait faire. C'était ainsi qu'il était devenu un héros, décoré comme un sapin de Noël. La morale de cette histoire, c'était que les héros ne valaient pas plus cher que des assassins.

Corey a ouvert la Bible qu'il portait contre son cœur. Il l'a lue dans les ténèbres car la parole de Dieu était lumineuse et éclairait le pauvre pécheur.

— « Bénissez ceux qui vous maudissent, a-t-il murmuré, priez pour ceux qui vous maltraitent »... Luc 6 : 28.

La cloche

La cimenterie, la baignoire

Corey est remonté sur la Harley. Un peu plus loin, il a aperçu un autre éclat lumineux comme si Doris Floyd le précédait dans sa recherche. La ligne électrique partait en oblique, allait vers des bâtiments biscornus, noirs et lugubres sous le ciel rouge. Corey a poursuivi sur la piste qui s'est séparée en deux, comme des cuisses ouvertes. La branche de droite s'enfonçait vers les bâtisses, là-bas à un demi-mile. Elle était défoncée, quasiment impraticable.

Sur un panneau publicitaire, on pouvait encore voir une petite tête de Diable cornu et hilare... Et le slogan : « Le Diable n'y peut rien, le meilleur béton, c'est celui de Johnny ».

Ça ne l'avait pas empêché de mourir ou de faire faillite. « Il ne faut jamais invoquer le Diable, prononcer son nom maudit suffit pour l'attirer », disait le papa de Corey. Pourtant, il l'avait rencontré. On ne pouvait pas échapper à son destin, ni à la mort. Ni à ses envies. Au fond, c'était elles qui menaient le jeu. Toutefois, ça foutait les jetons d'écouter ses envies et on se retrouvait le plus souvent sous six pieds de terre sans avoir osé se donner la liberté d'avoir fait au moins une fois ce dont on avait envie. Le Dindon, lui, n'était pas concerné par le problème. Le Dindon, lui, cédait tout le temps à ses envies. La question était de savoir si faire souffrir était une envie ou un besoin. On pouvait gloser là-dessus comme on pouvait pisser dans un seau troué pour le remplir.

Corey a garé sa Harley dans une ruine. Une cloche sonnait par instants, dans le lointain, un son grêle qui résonnait comme un mal de dents — à ce sujet ne pas oublier le traitement subi par Carl Carr.

Corey est parti à pied vers la cimenterie, en arc de cercle. Pour avoir le panorama le plus détaillé. Essayer de renifler les emmerdements et retrouver Juliet Patterson vivante. Il le fallait. Après, tout serait plus simple. Il avançait comme une ombre, sans bruit. Sans réalité. On ne le voyait pas, il avait sa haine à la main et ses habits de crime. Pas de cape de Zorro. À la place, ses yeux si blancs qu'ils étaient noirs comme le cul de la Grande Guenon. La cloche sonnait toujours, plus proche. Le mal de dents se faisait plus lancinant. C'était un paysage de pleine lune sans pleine lune, peint par Washington Allston sous l'emprise de la came, devenu aveugle et syphilitique, fou à se mordre les talons.

La cimenterie se rapprochait par l'arrière. Trois bâtiments séparés les uns des autres, toits de fer, murs en moellons nus, et là cette inscription comme trop souvent lavée, peinte en noir : « J'ai baisé June ». Une sorte de volonté de peindre quelque chose sur pas grand-chose, de masquer le rien par du rien. C'était tragique comme le monde moderne et la chasse au tueur en série. Corey aurait aimé qu'un écrivain ait écrit : « La nuit était rose, le Dindon rôtissait, tout le monde était heureux. » Ça l'aurait réconforté. Il était arrivé à une centaine de mètres de l'objectif. Il a attendu plusieurs minutes sans bouger. Il n'a rien senti, rien décelé. Une nuit rouge ordinaire. À vérifier. Il y avait plusieurs couches de sensations. Nombre de bonshommes se faisaient enfler, parce qu'ils n'écoutaient que ce qu'ils entendaient, ne voyaient que l'apparence. Comme disait Wilson : « Tout est impossible à un négro comme moi mais je peux rêver… Tu sens la bonne friture, Nick ? » Les couches cachées des sensations rencontraient le rêve. Le rêve permettait à l'enquêteur de dépasser ses perceptions soumises aux lois de la gravitation et à celles de la raison. La raison était le pire ennemi de l'intuition — l'inattention était le meilleur ami du fossoyeur. Ça risquait de chier du sang, c'était à peu près certain. Mieux valait ne pas porter des bretelles pour descendre son pantalon au plus vite. Les augures ce n'était plus à la mode, on parlait maintenant de prévision — et les prévisions puaient, voilà la vérité.

La cloche s'est tue, la dent a été arrachée du même coup. Elle laissait son vide, une certaine douleur, un doute effrayant. Corey s'est mis à courir. Il est passé entre les deux bâtisses les plus proches, prêt à tout. Il a déboulé sur une esplanade. Des chauves-souris dansaient, silencieuses, sous le toit d'une des bâtisses devant laquelle un camion incendié il y a longtemps croupissait dans une flaque sombre. Une coursive occupait à mi-hauteur tout le mur arrière du bâtiment. Des machines crevaient sans bruit, absurdes. Incompréhensibles comme une écriture inconnue découverte sur le boyau du Minotaure.

Corey avait le sentiment que c'était une pause dans le temps. Il était fasciné par le silo, éclairé de l'intérieur pour la mise en scène. Entouré sur trois côtés par un mur en parpaings de deux mètres, il était haut de plus de cinq mètres, peint en gris. Et la tête de Diable hilare en partie bouffée par la rouille qui dévisageait Corey, lui disait : « Viens, approche. »

Corey était baisé comme June. Il entendait, impuissant, l'eau qui coulait, rejoignait la flaque dans laquelle l'épave du camion trépassait. Pourquoi le Dindon ne le tirait-il pas comme un lapin ? Pour jouir, c'était la réponse. Le Dindon devait se branler. Corey a entendu sa maman lui parler, que lui disait-elle ?

Il a fait un puis deux pas. Il pouvait s'extirper du sortilège. Il niquerait le Dindon et sauverait Juliet Patterson. Elle vivrait dans ses bras, ressusciterait sa maman. Il serrait tellement les mâchoires qu'il saignait, grognait comme un dogue. À tout moment, le Dindon pouvait se le payer. Il n'y pensait pas. Il pensait à Juliet Patterson. Il était tout près du mur qui entourait le silo, face à la face rubiconde du Diable. Il a marqué un temps d'arrêt, puis a avancé et a contourné le mur.

La baignoire était éclairée par un projecteur à la lumière blanche et aveuglante, relié à une batterie. Corey s'en fichait d'être une cible, de mourir là. Il a murmuré « Juliet Patterson ». Il tremblait. Un peu de ciment tombait du silo dans la baignoire, à peine quelques grains. D'un tuyau en caoutchouc, l'eau sortait en gargouillant. Corey a avancé dans le sable, le ciment et la boue. Il a marché sur un entonnoir. Il pleurait et murmurait des mots inaudibles. Il a plongé les bras dans la baignoire et en a sorti un corps englué dans le ciment — celui de Juliet Patterson car ce ne pouvait être qu'elle.

Le Dindon a glougloutté quelque part et la cloche s'est remise à sonner.

Corey essayait de laver Juliette Patterson. Elle était enchaînée. Son visage est apparu, elle a regardé Corey et tenté de parler mais le ciment était en train de prendre en elle. Elle pleurait et Corey l'enlaçait et pleurait avec elle. Il la sentait mourir. C'était affreux, impardonnable. Une voiture a démarré. Le Dindon les abandonnait, il avait gagné. Bien plus que gagné d'ailleurs. Corey a senti Juliet Patterson mourir et il a espéré partir avec elle, ne plus être puisqu'elle ne serait plus.

Il lui a fermé les yeux et lui a lu la Bible pendant longtemps, il faisait jour, d'ailleurs.

Le téléphone

Sam Sutton, la Mercury verte,
les pneus à flancs blancs

Sur la porte d'entrée de la boutique du vieux singe, une note informait qu'il était mort. Obsèques le surlendemain. Il attendait au frigo que ça se passe. Là, pour les survivants, c'était avant midi. Corey est allé téléphoner de la cabine publique, à pas cent mètres. Il avait l'impression de ne plus avoir de cerveau, d'être une machine. Il a eu d'abord une secrétaire, puis Beverly Patterson. Il lui a annoncé qu'il avait retrouvé Juliet, près de Cortez, comté de Montezuma — qu'elle était morte dans ses bras. Parler lui faisait comprendre qu'il était vivant, que ça continuait. Ça le calmait et lui faisait honte. Il a fallu du temps à Beverly Patterson pour répondre. Elle lui a dit de ne pas prévenir la police, personne. Elle prenait l'avion au plus vite. Elle lui a demandé de lui situer l'endroit où sa sœur attendait — elle envoyait du monde depuis le ranch. Elle n'a pas pleuré. Corey a acheté des cigarettes, il s'est aperçu qu'on le regardait. Il était maculé de boue, de sang et de ciment, trempé. Il a acheté un Levi's, une chemise. Dans les glaces, il était livide, la face bleue de barbe, les yeux cernés. Un peu plus loin, il a acheté un drap, un oreiller, une taie d'oreiller et il est entré au :

Bob's
Lost Dog

... Dans l'un, c'était un perroquet, dans l'autre... Derrière le comptoir était accrochée une collection de photos de chiens. Le patron avait une tête de chien, des tétines qui se dandinaient sous sa chemise — c'était détestable. Il ne fallait pas imaginer une montée de lait, non, il ne fallait pas. Corey a commandé un sandwich, du café. Il a évité de se regarder dans la glace. Le patron a gueulé d'apporter un sandwich.

— À quoi que vous le voulez ? a-t-il demandé à Corey.

Corey a haussé les épaules.

— Poulet mayonnaise ! a-t-il gueulé. Et presse !

Il a fait un café à Corey et a posé la tasse devant lui.

— Z'avez déjà vu un chien-loup à poils noirs remonter une piste ?

Corey a fait non.

— C'est pas rien, a dit le patron, c'est pas rien... Et un petit chien marron ? Un petit chien marron, vous l'avez vu faire comme il fait ?

Un avorton est entré en scène, il a commandé une bière. Il a dit au patron que, la veille, Sam Sutton s'était fait soulever son Mack.

— Plein de charognes, a ajouté l'avorton qui en salivait.

— Un négro, a dit le patron, ou un Shoshone, ils se lavent pas, sont pas gênés quand ça coince... Prends un setter, tu as vu un setter se laver les pattes ?

Corey a commandé un autre café, il avait bu le premier d'une traite. Une femme laide, au visage cruel de brosse à dents, a posé un sandwich à côté de lui et est repartie. L'avorton le regardait, essayant de lier conversation. Corey, lui, regardait le comptoir, ses mains. Il ne parvenait pas à réfléchir, à penser. Il vivait. Il n'était capable que de ça. Il n'avait pas sauvé Juliet Patterson, ni vengé ses parents. Ni sauvé ses parents. Il vivait. Le Dindon devait bicher. Il allait poursuivre sa route, assassiner encore. Ou prendre sa retraite, s'il en était capable. Corey restait, resterait là, en arrière — avec les morts, leur horreur, leurs supplications et leurs larmes.

Un bonhomme qui ressemblait à Kirk Douglas en plus vieux et malade jouait au flipper. En fait, il ne ressemblait pas tant que ça à Kirk Douglas. Il ressemblait à un Kirk Douglas raté et alcoolique.

L'avorton grattait son zob en cachette, vraiment détestable ce coin.

Corey a pensé au Mack qui trimballait les charognes, à la Mercury verte qui le précédait. Il s'est souvenu d'une autre Mercury verte. Le conducteur avait demandé le plein le matin où Corey s'était pointé à la station Texaco de Cortez, avait fait la connaissance des Chambers et de Charlie Bass. Il y avait un passager dans la Mercury, un chauve. Corey a consulté les fiches laissées par Jack White. Le type qui était sorti de la Mercury était inconnu. L'autre s'appelait Francis Greene, capitaine des Marines à la retraite. Directeur d'une agence d'enquêtes, siège social à Bismarck (capitale du Dakota du Nord), agences à Fargo (Dakota du Nord) et Aurora (Colorado). La Mercury Monterey verte avait été soulevée à Boulder (Colorado).

Si Francis Greene et l'autre gars escortaient le camion piqué, il y avait fort à parier que les gars dans le camion étaient eux aussi des complotistes. La question qui venait tout de suite à la pensée, c'était pourquoi piquer un camion d'équarrisseur ? Pour faire des bougies avec le suif ?

Des fois, le type qui était à bout avait besoin de lire l'annuaire, de regarder la télé, de se réciter n'importe quoi pour reprendre pied. Des fois, le cerveau marchait tout seul — déconnecté du gars qui n'en pouvait plus et se raccrochait à n'importe quoi, à un sandwich un peu sec, à des souvenirs disparates.

Le client qui ressemblait à un Kirk Douglas foutu, sourd et atteint de la maladie des sauteurs du Maine, a tilté bruyamment et a déclaré que la guerre nucléaire, c'était ce qui pouvait arriver de mieux au pays. Les Rouges seraient liquidés, on n'en parlerait plus. Et pourquoi on les avait libérés en 45 ? Il aurait fallu les laisser crever.

L'avorton a reposé sa canette sur le comptoir.

— Et il a pas déclaré le vol, a-t-il déclaré. C'est du Sam Sutton tout craché, son Mack est pas assuré et il se méfie que les poulets lui cherchent des crosses.

Le gars du flipper a introduit une pièce dans le juke-box. Les mains de part et d'autre de la machine, penché sur la vitre, il a écouté Perry Como chanter *Papa Loves Mambo* en se dandinant. Bien sûr qu'il avait le droit de vivre. Mais il y aurait eu un vote, il ne s'en sortait pas. Corey a allumé une Lucky.

Il n'avait pas envie d'écouter Perry Como. Il se souvenait du film que Beverly Patterson lui avait fait voir, de Juliet Patterson telle qu'elle lui était apparue par le truchement de la mystification des images et du cinéma — de Juliet Patterson telle qu'il l'avait trouvée, suppliciée, à bout de vivre. Lui, il vivait. Le Dindon lui avait échappé et disparaissait encore avec ses projets de monstre. Corey n'y pouvait rien car le Dindon ne jouait plus avec lui. De fait, il était hors d'atteinte et continuerait son job, tranquille comme Baptiste.

— J'ai acheté des pneus à flancs blancs, a dit l'avorton à côté de lui, ça m'a coûté vingt dollars de plus… S'emmerdent pas…

Il a souri à Corey pour que celui-ci abonde dans son sens… Mais il a vu les yeux, les yeux de Corey — il a vite regardé ailleurs.

Un clignotant s'était allumé dans la tête de Corey… Les pneus à flancs blancs… Le pneu à flanc blanc repéré dans l'atelier de Carl Carr… Là-dessus le patron, après s'être gratté les tétons, a saisi le comptoir à deux mains pour faire une déclaration solennelle :

— Je vais vous dire un truc, Messieurs, les chiens sont pédés. Oui, c'est grave, ils sont tous pédés. Aussi bien le staffordshire terrier que le staghound ou le old country bulldog… Tous, je vous dis.

Il a regardé Corey qui pensait au pneu à flanc blanc.

— C'est pour ça qu'ils marchent à quatre pattes, a poursuivi le patron, et pas les hommes.

— Je comprends pas, a marmonné l'avorton.

— Pour se renifler le cul, Loyal, a expliqué le patron, tu vois, pour se renifler le cul et se mettre. Les hommes qui s'enfilent, s'enfilent à quatre pattes… C'est comme ça et c'est pour ça que c'est un crime et qu'il faut les pendre.

Il a regardé Corey sortir et a hoché la tête.

— Sacrée gueule de faiseurs de torts, çui-là encore. À mon avis, il en a lourd sur la conscience.

Loyal, l'avorton, a acquiescé, s'est mis à parler de cette soucoupe volante que recherchaient tous ces bidasses et que le vieux Unknown Summers avait vu des Martiens, il en était sûr.

Le pneu à flanc blanc (suite)

Grover Mills, *Youth Dew*, la corde

Corey est passé à petite vitesse devant l'établissement de Carl Carr. Activité zéro, ce qui était assez normal vu les événements. Ne pouvait pas y avoir une fête foraine. Corey s'est garé un peu loin, derrière une ruine. La Harley n'était pas visible depuis la route. Ne pas chercher la publicité, les rencontres inopportunes, était le credo de Nick Corey depuis qu'il avait compris qu'il n'était qu'un petit bonhomme mal embarqué dans une affaire qui s'appelait l'existence, aux synonymes nombreux — le premier étant la malchance.

Corey a marché jusqu'au hangar et a poussé la porte pratiquée dans le portail. De jour, c'était plus affreux, plus évident, plus désolé. La mort dégueulasse. La mort des hommes sacrifiés par la folie d'autres hommes. La merde de vivre, quoi. De se coltiner à ça. Il a dégainé sa torche pour examiner le pneu à flanc blanc crevé. Il a accroché un éclat lumineux dans une strie du pneu à flanc blanc : un peu de la piste de Pembroke Castle.

Voilà l'histoire : Doris Floyd crève. Elle voit le panneau publicitaire faisant la réclame de l'établissement de Carl Carr. Elle roule sur trois roues et arrive à destination. Elle doit signaler son arrivée. Ce n'est pas Carl Carr qui se pointe, mais le Dindon. Là pour déposer le sablier, préparer la pendaison de Nick Corey. Doris Floyd plaît au Dindon. D'une façon ou d'une autre, il la fait prisonnière. Ce n'est pas le genre de type à tuer rapidement ses victimes. Il change le pneu de la Buick et repart avec elle et Doris Floyd.

Et lui, le Dindon, il était arrivé comment ici ?

Corey s'est tourné vers la Crosley Station Wagon bleue pour éleveur de poules à la retraite. Il ne s'est pas emmerdé à déplier son mouchoir pour ouvrir la portière. Il s'est baissé et a examiné l'habitacle propre, à la sellerie en tissu plastique marron. Une plaque fixée au tableau de bord indiquait que ce véhicule était la propriété de Grover et Mabel Mills, habitant à Waxwing Gulch, comté de Montezuma. Une oie était gravée dans le cuivre. Symbole d'intelligence, de prudence. Une croix était suspendue à un chapelet accroché au rétroviseur. Ça sentait le parfum et la mort.

Corey a écarté les portières arrière. Il a soulevé la couverture et vu un vieil homme menu, plié en deux comme un parapluie de poche, et tout à fait mort. Il avait perdu ses godasses, était pieds nus. De pauvres petits pieds, vieux et seuls. Putain, ce n'était pas possible. La machine était folle. Ce petit vieux, c'était dégueulasse qu'il s'en aille pieds nus comme un clodo.

Corey a fermé les yeux de Grover Mills — forcément lui — et lui a dit de ne pas s'en faire. Il s'est signé et a marmonné un *amen*. Il a refermé les portières arrière, s'est installé au volant. Pour l'odeur de la mort, c'était fait. Restait le parfum. Il a ouvert la boîte à gants. Dedans un flacon vide de *Youth Dew,* le parfum de Doris Floyd. Le Dindon l'avait vidé sur les sièges et la banquette de la Crosley. Le Dindon jouait encore avec lui. Corey était perplexe. Il s'est raconté l'histoire pour piger : le Dindon met Doris Floyd dans la Buick, il va à la cimenterie. Il enfonce le tuyau dans la gorge de Juliet Patterson, puis dans la baignoire, pour que le ciment prenne. Il attend que Corey arrive et découvre Juliet Patterson en train de mourir... Ça ne fonctionnait pas.

Pourquoi le Dindon avait-il essayé de pendre Corey, s'il voulait que Corey découvre Juliet Patterson en train de mourir ? Cela n'était pas cohérent. Corey est sorti de la bagnole et a tourné en rond en ruminant. C'était connu, l'enquêteur qui pédalait dans la semoule tournait en rond, la tête baissée le plus souvent.

Alors il s'est souvenu du flacon d'eau de Cologne de sa maman, vide, abandonné sur la descente de lit. De l'odeur d'eau de Cologne mêlée à celles du sang et de la merde. Le souvenir qui lui échappait depuis des années, c'était ça — l'odeur de l'eau de Cologne de sa maman. Le Dindon avait répandu le flacon sur toute la scène de crime. Le Dindon était un fétichiste du parfum. Si Corey avait la possibilité de lire tous les procès-verbaux de crimes restés impunis, il était sûr qu'il reconnaîtrait ceux commis par le Dindon, à l'abomination des meurtres eux-mêmes et au fait qu'à chaque fois le Dindon avait dû inscrire le parfum dans ses mises en scène macabres. C'était important mais ce n'était pas avec ça qu'il arrêterait le monstre.

Il a vu les sucres éparpillés sur le ciment et s'est demandé si ce n'était pas de la mise en scène. Si c'était de la mise en scène, cela voulait dire que… Il a évité de marcher sur Carl Carr qui en avait assez subi de son vivant. Ça voulait dire que peut-être c'était le Dindon qui avait jeté le sucre près de la scène de viol ?

Corey a resserré les doigts du gosse sur le fric pour payer son enterrement. Sans savoir pourquoi il lui a murmuré de ne pas se biler. C'était bizarre, il avait dit ça au vieux Grover Mills. Il a cherché la corde : la corde du pendu. Il l'a trouvée. Une corde sectionnée par une balle ou tranchée au couteau, ce n'était pas du tout pareil. Et là la corde avait été coupée au couteau, c'était indiscutable.

Le Dindon avait attendu que Corey perde connaissance pour trancher la corde. Ainsi le jeu pouvait continuer. Il n'y avait peut-être pas de fin au jeu proposé par le Dindon ou peut-être que si ? La mort de Corey dans des circonstances imaginées par le Dindon et propres à le faire bander comme un âne.

Corey ne savait plus… Le Dindon pouvait être diabétique, ou pas. Le Dindon diabétique pouvait très bien avoir simulé un évanouissement ou le Dindon avait réellement eu une syncope.

Les gens bien mis rabâchaient souvent que Shakespeare avait tout dit. Des conneries. Il n'avait rien dit. Personne ne pouvait rien dire. C'était bien pourquoi les écrivains continuaient d'écrire : pour ne rien dire.

La cloche encore, encore

Les sœurs Patterson

Voilé du drap blanc acheté par Corey, le corps de Juliet Patterson reposait sur des planches posées sur le béton. Quelque part, une biche a bramé. Corey fumait, assis sur un fût d'huile moteur. Un coyote a surgi. Il a dévisagé Corey comme si ça le faisait chier que le poulet soit là. Et lui, le coyote, qu'est-ce qu'il foutait là ? Il voulait du ciment pour sa baraque ? Du boulot ? Le coyote s'est barré en louvoyant comme un skieur sur une pente de sable gris. En fait, il était inconséquent, pouvait juste servir de descente de lit. La cloche sonnait de temps en temps. De sales souvenirs. Corey a écrasé sa cigarette, n'a pas ramassé le mégot. C'était fini ce temps du mensonge, il était né pour détruire et polluer. Il fallait l'assumer.

Sous le silo, dans l'enceinte de parpaings fermée sur trois côtés, l'eau coulait toujours. Un gaspillage qui rappelait la mort. Ici tout la rappelait. Tout s'organisait autour de la baignoire et du ciment qui avait pris, gardant une vague empreinte du corps de la martyre. Juliet Patterson avait vécu là des dizaines d'heures, espérant jusqu'au bout, jusqu'à ce que le Dindon enfonce l'entonnoir dans sa bouche, y fasse couler du sable, du ciment… Et puis l'eau.

Elle avait espéré, prié sûrement. Corey était arrivé trop tard une nouvelle fois.

Le Dindon l'avait épié découvrir Juliet Patterson. D'où ? La cloche a sonné. Corey a pivoté et regardé en direction de la coursive à mi-hauteur du mur du fond. Elle desservait des bureaux aux vitres cassées. La cloche pendait au-dessus de la balustrade qui servait de garde-corps à la coursive. Le Dindon jouait encore avec lui. Le Dindon avait imaginé que Corey finirait par avoir la certitude que Doris Floyd était passée chez Carl Carr. Il avait abandonné le flacon de *Youth Dew* dans la Crosley. La veille ou aujourd'hui ? Corey pensait qu'il avait fait ça la veille, avant que Corey se pointe avec le gosse. C'était une intuition, pas une certitude. Corey pensait que le Dindon, après avoir joui de la mort de Juliet Patterson et de l'échec de celui qu'il avait fait orphelin, était remonté dans la Buick en ayant déjà décidé du sort de Doris Floyd, de l'endroit où il la séquestrerait, l'assassinerait.

Corey a allumé une cigarette, s'est assis à côté de Juliet Patterson.

— Je te jure, a-t-il murmuré, j'ai fait ce que j'ai pu.

Il regardait le sol et s'est mis à chanter des bribes d'une chanson de John Carson que chantait souvent le pauvre cow-boy et qui s'appelait *The Little Old Log Cabin in the Lane*. L'histoire d'un vieil esclave. Il a jeté son mégot au loin et a hoché la tête.

— Le vieux Louis, a-t-il poursuivi, un vieux nègre du Mississippi, a surpris un jour son patron en train de baiser la jument. Il s'est bien gardé d'en parler, c'était des histoires de Blancs. Mais voilà-ti pas qu'on retrouve le patron raide mort dans la stalle de la jument, la tête et les pendentifs défoncés à coup de sabot… Voilà… Après l'enterrement, la patronne a viré le vieux Louis.

La cloche a sonné… Une petite cloche. Corey a hoché la tête. Une petite cloche, rien de plus. Une petite cloche, au lieu d'une grosse, d'une cloche électrique, d'une sirène. Il s'est levé et dirigé vers l'escalier qu'il a gravi lentement. Il aurait pu entrer dans chacun des bureaux, chercher un os dans les poubelles, les paperasses, les meubles déchiquetés. Il aurait pu, ouais. Il aurait pu aussi avoir un réacteur au fondement et décoller vers Moscou. Il s'est arrêté là où s'était tenu le Dindon pour profiter de sa mise en scène de la mort de Juliet Patterson — avant il avait accroché la cloche. Corey l'a saisie. Une petite cloche avec une oie gravée dans la fonte. Une petite cloche qui avait sonné pendant de longues années pour annoncer un visiteur à Grover et Mabel Mills.

Là-dessus, Corey a vu un gars à cent mètres avec un fusil dans les mains, puis un autre. Des gars en costume noir avec des chapeaux. Corey a lâché la cloche qui s'est mise à sonner. Une Cadillac Fleetwood noire et un corbillard ont surgi lentement, stoppé. Le chauffeur de la Cadillac est sorti et a ouvert une portière arrière. Beverly Patterson est apparue, en deuil, lunettes noires. Corey a rejoint l'escalier qu'il a descendu. Il est parvenu en bas des marches tandis que Beverly Patterson pénétrait dans le vaste hangar. Si Corey avait eu son chapeau, il l'aurait ôté — il n'avait que ses oreilles et son gros nez. Il a salué Beverly d'un mouvement de la tête.

Elle ne bougeait pas et regardait le drap blanc qui cachait le corps de sa sœur posé sur les planches.

Elle s'est avancée, s'est arrêtée à un mètre et a demandé à Corey de soulever le drap. Ce qu'il a fait. Beverly a pu découvrir sa sœur. La tête sur l'oreiller enveloppé d'une taie blanche, elle semblait dormir. Elle était nue, n'aurait plus les tétons qui durciraient, c'était sûr. Elle n'était pas indécente, faisait penser à une princesse endormie qui attendait le prince charmant, pas à la victime d'un tueur en série.

Corey n'a pas su apprécier le temps qui s'écoulait, une minute, dix, plus ? Il était inerte et on aurait pu le dégringoler comme une pipe en terre à une fête foraine. Il n'était pas là pour vivre, il était là sans qu'il n'y puisse rien. Beverly Patterson lui a demandé une cigarette. Elle avait les mains gantées de cuir noir. Corey a allumé leurs cigarettes sans faire son tour de cow-boy. Beverly Patterson pleurait. Ils ont fumé en regardant la morte. Un vautour s'est posé sur l'esplanade. Un des gars l'a tué d'un coup de fusil. Rapport à une croyance qui disait que le vautour était un envoyé du Diable et qu'il venait voler l'âme du disparu.

— Elle sera enterrée dans notre cimetière, a dit Beverly Patterson rompant le silence. Pour tous, elle sera morte des conséquences d'une chute de cheval.

Elle s'est débarrassée de son mégot. Elle a embrassé sa sœur sur le front, l'a recouverte du drap. Elle s'est tournée vers Corey et a ôté ses lunettes noires.

— Je veux sa tête et sa queue, a-t-elle dit, cent mille dollars.

Elle a rejoint la Cadillac, quatre gars en noir ont rappliqué avec un cercueil dans lequel ils ont emballé Juliet Patterson, 1926-1954.

Le feu rouge

Le crotale, la fumée

Des histoires, il y en avait tant que tu voulais. Tiens, celle du zèbre qui faisait de la balançoire, par exemple. Le problème, c'était que la plupart des gens s'en fichaient des histoires, préféraient regarder la télé. Mais si l'histoire dans laquelle il était empêtré jusqu'à la garde était comme toutes celles qu'il connaissait, eh bien, il ferait aussi bien d'abandonner tout de suite car toutes les histoires qu'il connaissait se terminaient en eau de boudin, mon vieux.

Corey fumait une clope sur la branche d'un tremble, comme un puma, quoi. Il attendait. Pas besoin de jumelles, un bâtard d'Apache voyait à cent mètres un morpion en caleçon kaki. Ce n'était pas génétique, c'était historique. Les Apaches avaient appris à survivre, les Blancs américains, non. Un geai a cajolé et dans le lointain un T-6 a rasé l'horizon à la recherche de la bombe sûrement. Le soleil commençait à poser le menton sur les monts San Juan, là-bas vers Durango. Corey ne voulait pas écrire une carte postale. Il se préparait à l'action, ne voulait pas se faire piéger. Finir à la broche. À quelques centaines de mètres, Waxwing Gulch clapotait dans le mirage du soir.

L’humidité qui remontait du sol vaporisait sa brume légère sur les baraques, les faisait vibrer.

Un coyote s’est arrêté au milieu de la route qui traversait le bled fantôme. Le feu rouge qui le surplombait l’éclairait. Il était fixé à un câble à quatre mètres au-dessus de la route. Ce feu rouge oublié par l’administration contrariait l’idée de la narration calme d’une fin de journée dans un coin dont tout le monde se fichait, mis à l’écart, oublié. Pourquoi ce feu rouge sans aucune valeur en prenait-il une, très grande, folle ? Pourquoi ce feu rouge changeait-il tout dans ce qu’on pouvait penser de cette ville fantôme ? L’enquêteur devait se pencher là-dessus, sur sa propension à accorder à des détails une importance transcendantale. Mais ce feu rouge élevait Corey, c’était sûr, lui permettait de vivre la triste beauté de la condition humaine, son absurdité symphonique. C’était si beau ce feu rouge, son lent balancement, le coyote dessous, la ville déserte, ce silence, le mystère. C’était ça vivre, sûrement, recevoir des informations, les transformer en impressions, émotions. Il ne fallait pas s’emballer. Un fer à repasser pouvait faire pleurer, pourquoi pas ? D’ici à prendre une douche avec lui, dormir avec lui, fumer une clope avec lui… Tout ça était velu et compliqué et si à la place du feu rouge, il y avait eu une cocotte-minute, Corey n’aurait pas manqué se faire mordre par le crotale.

À l’instant où il projetait sa tête en avant pour tuer Corey… Corey l’a attrapé à la gorge et lui a envoyé de la fumée dans le nez. Il a fini par le jeter comme une peau de banane et a continué d’épier le bled fantôme. Un personnage à l’encre de Chine illustrant une aventure d’un James Fenimore Cooper dévoré par l'acide et les soucoupes volantes, voilà comme on aurait pu le voir. La vaste prairie, c'était du passé. Dans moins de cent ans, l'homme serait parvenu à se suicider, il n'y avait pas de doute. L'homme n'était pas fait pour durer. Corey s'en fichait, il voulait vivre et aimer. C'était tout ce qui l'intéressait.

Il ne pouvait pas s'empêcher de penser à ce camion emprunté par les complotistes. C'était un défaut de base de l'enquêteur, homosexuel ou pas : ronger l'os sans laisser un bout de barbaque dessus, d'autant plus quand c'était de la bidoche avariée. Pourquoi des gars qui avaient piqué une bombe nucléaire piquaient un camion plein de viande daubée ? Pour le camion ? Ils avaient besoin d'un camion benne ?

Le coyote s'en était allé. Le feu rouge régnait en maître au-dessus de la route qui s'en allait nulle part et éclairait certaines façades comme un dieu simplifié montrant la voie à un monde mort. Corey persistait à observer le bled, c'était une assurance-vie. Ou alors, sans le savoir, il était envoûté, par l'enquête ? par le Dindon ? Peut-être qu'il était fasciné par l'horreur de ce qui l'attendait, par cette traque qui le conduisait de saloperie en saloperie ? En tout cas, la croix de l'église était tombée, le Christ avait le cul par-dessus la tête. L'église béait, sans porte, elle ouvrait la bouche pour avaler les couleuvres. Il n'y avait plus un pécheur debout par là.

Corey a fini son travelling sur la baraque des Mills. Pas de doute, c'était elle. Elle était plantée à l'écart du bled, comme si elle ne voulait pas trop le fréquenter, qu'elle en avait un peu honte. Plein est, à l'embranchement de pistes dont l'une menait direct chez Carl Carr — pratique pour l'entretien de la bagnole. Elle était cachée en partie par deux séquoias, plantés bien avant que l'homme blanc ne se pointe dans le coin. De la fumée sortait d'une cheminée. Corey n'imaginait pas Mabel Mills en train de cuisiner des macaronis sauce Guadalcanal aux petits Japs et champignons radioactifs. Non. Quand il y avait le Dindon dans une histoire, il fallait envisager les perspectives avec pessimisme.

Le vieux

Les oranges, le truc du prestidigitateur

Il lui a semblé entendre le chuchotement d'une radio quand il s'approchait de la baraque des Mills. Il valait mieux aller voir ça, pas tourner le dos et offrir son cul en cadeau aux ennuis. Une chouette a hululé, ce n'était pas original mais ça se mariait bien avec l'ambiance. Une enseigne de barbier grinçait, une bagnole attendait le départ imminent, capot levé depuis des années. Corey a pénétré dans la maison sans frapper. C'était désolé, sale et triste. Apparemment personne n'était entré là récemment. Et les Mills devaient éviter le bled, trop triste… Ouais… Mais la radio… Corey est monté à l'étage, a poussé la porte. Avant d'entrer, il a regardé le plancher, la descente de lit. Pas de traces dans la poussière. Le rocking-chair oscillait un peu, comme le rideau gonflé par le vent parfumé à l'orange. Il venait du Pacifique et passait sur les orangeraies de Central Valley avant d'arriver ici.

À la radio le speaker a dit avec sa gouaille de vendeur de mots : « Vous êtes sur 740 KVFC, *La Voix des Quatre Coins* en direct de Cortez. »

Le vieux était mort depuis longtemps, c'était une momie en fait. Il avait séché comme un saumon fumé, assis dans son rocking-chair et écoutant vingt-quatre heures sur vingt-quatre son poste de radio presque aussi gros qu'une de ces petites bagnoles italiennes. Topolino elles s'appelaient ou un truc dans le genre.

Il était en peignoir, pieds nus, ce vieux-là. Il n'avait plus d'yeux, c'était tout ce qu'il y avait à redire. Il aurait fallu mettre des billes dans ses orbites. Il avait les cheveux plus longs qu'un peintre de Greenwich Village ou qu'un mousquetaire. Ses ongles devaient être coupants comme des rasoirs, celui du pouce gauche de la taille d'un stylo.

Une mise en scène du Dindon ? Ou sa famille l'avait oublié tant ils avaient hâte de voir un autre paysage. S'en étaient aperçus en route et puis s'étaient dit : « Oh ben, va se débrouiller… Et puis, c'est trop tard pour lui. »

Le speaker disait : « Nous avons la chasse et la pêche… De gros ours et des elks… Les plus belles truites arc-en-ciel des Quatre Coins… Et l'uranium, les haricots… Qui ne connaît pas nos haricots ! »

Pas d'odeur d'homme ou de femme, pas d'empreintes dans la poussière, ni sur les moutons qui recouvraient le lit. Corey n'était pas persuadé pourtant que le Dindon n'était pas entré ici. Il avait payé pour savoir que ce gars-là avait le vice en lui, bernait n'importe qui. Corey a coupé la radio, il avait besoin de réfléchir. Le vieux n'a pas râlé. Corey a décidé d'en griller une, s'est assis à côté du vieux sur le pieu et a allumé une

Lucky en abritant la flamme du briquet, puis le bout incandescent de la cigarette dans sa main. On était tranquille ici. Un coin pour finir ses jours, pas de doute. Corey pouvait imaginer que les Mills n'aient pas entendu la radio du vieux. Possible. S'ils passaient dans Waxwing Gulch, ils le faisaient en bagnole, ce n'était pas un lieu de promenade. Trop triste sûrement pour ceux qui avaient connu le bled vivant. D'accord… Mais est-ce que le Dindon était passé par là ? C'était une question à laquelle il valait mieux répondre. Corey hésitait. Il avait allumé la cigarette pour ça, pour créer le doute, pour faire ce qu'il ne fallait pas faire. Comme tout à l'heure quand il fumait sur une branche. Aussi bien, il aurait pu se sécher les cheveux avec un ukulélé. Quand l'enquêteur faisait consciemment ce qu'il ne fallait pas faire, il pouvait se prendre un mal de balle sévère ou avoir une réponse inattendue.

« Le ciel est partout », disait la maman de Corey. Corey savait que le mal était partout lui aussi, partout, et que lorsque les anges tombaient du ciel dans la boue, il fallait les laver. Il contemplait le crucifix, sa croix d'ébène et son Fils en argent. Ce n'était qu'un objet mais lui le méchant aurait eu du mal à le jeter à la poubelle. La connerie humaine pesait plus lourd que le carré de la vitesse. On se fracassait la gueule sur sa propre inertie, son incapacité à réfléchir par soi-même.

Corey a regardé le poste de radio comme si celui-ci avait la solution. Corey s'est levé et a écrasé son mégot dans le cendrier du vieux. Il a ouvert l'armoire, les tiroirs de la commode. Il a regardé sous le lit, le tapis. Il a secoué la Bible, feuilleté plusieurs *Rocky Mountain News* dont le dernier en date du 7 avril 1948. Il a décroché la photo encadrée où on voyait le vieux, plus jeune, quand il bandait encore. Il souriait à côté d'un puma raide mort. Le cadre n'avait pas été touché depuis un paquet de temps. Corey a remis la photo en place, au cas où le vieux serait du genre conservateur.

Un coyote a hurlé, c'était l'heure. Quand le premier coyote gueulait à la nuit, c'était recta. On pouvait engager une balle dans le canon. Si ça devait chauffer, mieux valait être prêt. Il allait essayer d'arriver vivant dans le cul de la baraque des Mills. Le Dindon pouvait très bien avoir envie de lui faire un tour de pute dont il avait le secret.

— Allez, bonne continuation, a-t-il marmonné.

Il n'était pas content, se demandait s'il n'avait pas su voir le détail qui résout tout. C'était un peu plus qu'ennuyeux. Il est sorti de la chambre… Et puis il est revenu. Il a remis la radio en marche. Un gars présenté sous le nom de Big Joe Turner s'est mis à chanter *Shake, Rattle, Roll*. Du blues noir qui sonnait comme du rock, c'était quelque chose. Mais ça pouvait faire douter… Corey a soulevé le vieux, des fois qu'il soit assis sur un œuf. Non. Il s'était chié dessus, mais il y a longtemps, pas besoin de PQ… Là-dessus, Corey a percuté.

— Tu sais pourquoi ils ont piqué le camion ?

Le vieux n'a pas pipé.

— Pour l'odeur, putain de moine ! s'est écrié Corey. Aucun poulet va fouiller un camion plein de pourriture dans le but de trouver une bombe atomique ou un sac volé à une mamy ! Tu piges ? C'est le truc du prestidigitateur, tu exhibes ce que tu caches…

Il a hoché la tête en regardant machinalement le poste de radio. S'est demandé encore s'il ne passait pas à côté de la cagnotte du Grand Jeu des Enquêteurs Réunis.

— Je sais, il y a des questions subsidiaires, on est d'accord… Des tas…

Par la fenêtre, il a vu un sac en papier crasseux courir comme un virevoltant au-dessus de la chaussée, ça l'a ramené à la vie qui coulait par le robinet. À ce monde où les déchets prendraient de plus en plus de place. Un monde de poubelles. D'ailleurs, le vent n'apportait plus la douce odeur des oranges de Central Valley, mais celle d'une grillade un peu corsée. Des brochettes moquette/viande.

— Non ! a hurlé Corey.

Des morts

Denver, Columbus Day, l'évidence

Il courait vers la baraque des Mills. Il avait oublié qu'il ressemblait tout à fait à une cible sur pattes. Ça sentait nettement la grillade et le poil roussi. Par moments, il bredouillait des « non », comme un gars qui aurait forcé sur la bouteille. Le portail était entrouvert, manquait la cloche au bout du cordon sectionné. Il a couru sur l'allée empierrée et a donné un coup de pied dans une main, une main de femme. Il est tombé à genoux et a crié, les mains sur les tempes. Lui en avait encore deux. Le Dindon ne gloussait pas, pas besoin. Corey était bien seul au monde, un monde de monstres et de crimes. Il s'est relevé et a marché, penché en avant par le poids de sa peine. Il a vomi sur le perron, maculé de sang. Il a entendu gémir. Il ne pouvait plus, non, il ne pouvait plus. Cependant il était né pour vivre avec le meurtre, au fond, il devait aimer ça. Il avait du mal à voir, tout était flou, en noir et blanc, teinté de sang obscur… une flaque de viscères dans l'entrée.

Corey s'est arrêté pour ne pas s'évanouir. Il a pu continuer, est entré dans le salon. Un chien gisait sur les braises de la cheminée. Une femme nue était clouée à un mur, elle avait dû être plutôt bien roulée avant. Quel gâchis. Elle a ouvert les yeux et regardé Corey. Cette femme était Doris Floyd. C'était une criminelle. Ses agissements risquaient de causer la mort de centaines de milliers d'êtres humains. La destruction d'une ville et une guerre nucléaire, mettant toute la planète en danger de mort. Mais elle avait croisé le Dindon, et là… Corey a relevé la tête et s'est approché. C'était une fille solide, bien des gars auraient tourné de l'œil, supplié. Corey a mis la main à sa tempe pour la saluer.

— Bien le bonjour, m'dame Floyd, a-t-il dit.

— On peut dire qu'ils ont un bon shérif à Panguitch, a-t-elle murmuré.

— Bien gentil à vous, m'dame, mais là je suis pas en service, je suis en villégiature comme qui dirait.

— J'ai très mal, a-t-elle murmuré.

— Sûr que c'est pas comme une dent, z'êtes bien arrangée…

— Aidez-moi…

— Je me ferais pas prier ! Qu'est-ce que je peux pour vous, m'dame Floyd ?

— Tuez-moi.

— Ah c'est que je suis shérif, je peux pas tuer comme ça, surtout une dame.

— S'il vous plaît… Pitié.

Elle sanglotait.

— On peut s'arranger, j'pense. Me faut savoir où est cette bombinette, par exemple… Et où vous voulez tirer votre feu d'artifice… Et puis quand ? Pas bien méchant, ce que j'vous demande.

Elle hésitait, il ne comprenait pas ou plutôt trop bien. C'était si facile de croire mordicus à n'importe quelle connerie. Depuis des siècles, ça durait. Tout le temps, partout, des bonnes femmes et des bonshommes avaient défendu au prix de leur vie des foutaises. Doris Floyd allait mourir en croyant encore au bien-fondé de son action, de ce qu'ils s'apprêtaient à faire pour un monde meilleur. Corey a allumé une Lucky et s'est assis dans un des fauteuils clubs en peau de vache. Il aurait préféré que le chien cesse d'être en position de cuisson lente. On ne peut pas décider de tout. Doris Floyd pleurait silencieusement et pas de doute qu'il payerait ça, qu'il y penserait tous les jours de sa pauvre vie d'enculé.

— Denver, a-t-elle murmuré.

Il s'est levé et a jeté sa cigarette sur le tapis, qu'est-ce qu'il en avait à foutre ? Et le tapis, qui l'écouterait se plaindre ? Il s'est planté tout près d'elle, tout près.

— Et si vous mentez ?

Elle a fait non de la tête, rien de plus difficile que de ne pas croire une femme, toutes des mamans ou presque. Et une maman crucifiée, comment faire ?

— Et puis ? a dit Corey.

— Lawrence Duncan… Un cousin des frères Parks, il a une congrégation dans le centre de Denver… les Fils et Filles de la Lumière… C'est plus facile de joindre Denver… Plus près, moins surveillé.

— Vous pouvez m'envoyer où vous voulez, s'pas, m'dame ?

Elle a dû s'évanouir quelques secondes avant de poursuivre dans un souffle :

— Croyez-moi, s'il vous plaît… On devait voler le camion d'un équarisseur pour y dissimuler la bombe, aller jusqu'à une usine de traitement des ordures ménagères, à Aurora… Repartir de là avec un corbillard, la bombe dedans jusqu'à la congrégation…

— Quand ?

— Pour Columbus Day.

Le deuxième lundi du mois d'octobre… Elle pleurait.

L'agent spécial Jack White avait eu raison de penser à des extrémistes religieux. Le problème avec les kamikazes, c'est que rien ne les arrêtait, sauf la mort.

— Ah sacredouille ! s'est écrié Corey, v'là qu'il revient ce malade.

Elle a tourné la tête. Il en a profité pour lui loger une balle dans le cœur, pour ne pas lui éclater la tête avec une balle dum-dum. Un peu de respect, quoi. Elle n'aurait pas vu la mort, il lui avait épargné ça. C'était bizarre, elle avait fermé les yeux ou ils s'étaient fermés tout seuls, de fatigue, de peine. Il a fermé les yeux comme elle, ne plus voir. Ne plus entendre. C'était la première fois qu'il tuait une femme, ce n'était pas plus moche que de tuer un bonhomme ou un ragondin. Corey a pensé à une prière, ça coûtait rien, même si ça rapportait rien. Il a rouvert les yeux, pas elle.

— Je Vous la recommande, Vous l'Éternel, a-t-il dit. Elle a fait des conneries, mais elle a payé au prix fort. Prenez soin d'elle, *amen*.

Corey avait du mal à tenir debout. Il a pensé à Mabel Mills, elle était où ? Elle ne faisait pas du ski à Aspen, c'était sûr. Il avait les jambes qui flageolaient. Il a quitté la pièce lentement, comme un vieux garçon qui aurait fait dans son pantalon. Il a contourné la flaque de sang dans l'entrée. Il a entendu une plainte. Il a gémi. Il ne pouvait plus, ne pouvait plus. Il a monté l'escalier en voyant tout tourner, a vomi en route. Il est parvenu sur le palier en sueur, démoli. Elle était à peu près nue, une main en moins, couchée sur la descente de lit

— autour d'elle des crayons de couleur ensanglantés. Elle devait vivre un peu. Comment c'était possible de vouloir vivre autant que ça ? Il s'est accroupi. Elle le dévisageait comme s'il était le monde entier.

— Je peux pas, m'dame, a-t-il murmuré. J'peux pas vous tuer, j'ai plus la force. Pardon…

Il a caressé le front de la vieille et a attendu en lui parlant du printemps dernier à Panguitch, du geai bleu le matin. Il pleurait comme elle, peut-être bien… Il n'y avait personne pour le dire. Elle prenait son temps et puis a fini par se décider à lâcher la rampe. Il s'est relevé et a vu le poste de radio… L'évidence qui lui brûlait les yeux et qu'il n'avait pas voulu voir.

Le dessin

Le cœur

Il est arrivé essoufflé dans la chambre du vieux, à bout. Il a soulevé le poste de radio et a vu dessous la feuille de papier vierge. Il a hésité à la retourner, il avait peur. Il s'est décidé. Il a reconnu le visage de Jack White dessiné aux crayons de couleur. Il n'arrivait pas à prendre la feuille de papier dans ses mains, il était fasciné. Finalement, il s'en est emparé en tremblant, l'a tenue, horrifié et impuissant.

— Je vais te tuer, a-t-il bredouillé, je vais te tuer.

Il a laissé le vieux, s'est cassé la gueule dans l'escalier. Il s'est retrouvé au rez-de-chaussée, la bite dans les dents. Il s'est remis debout. Il a jailli de la baraque comme un cow-boy ivre d'un saloon de la belle époque. Il a marché en titubant sur la chaussée, s'approchant du feu rouge. Il a ralenti, s'est arrêté. Un grand cœur était tracé à la craie sur un mur teinté de lumière rouge et dedans était écrit : « Corey et Jack les tapettes ».

Il a entendu le moteur qui ronflait et s'est jeté de côté pour échapper à la Buick Super noire éteinte. Seul le visage du Dindon était éclairé. De sa vie, Corey n'avait vu autant de haine et de folie, de laideur — la voiture s'est enfoncée dans les ténèbres.

Le guet-apens

La bague au doigt

Corey s'est forcé de ralentir en entrant dans Cortez. Depuis Waxwing Gulch, il priait à sa façon, murmurait en boucle : « Mon Dieu pourvu qu'il ne lui soit rien arrivé, s'il Vous plaît, épargnez-le… Pitié… Ne le laissez pas dans les mains de ce monstre, sauvez-le, s'il Vous plaît. » Il est parvenu au niveau du Pompier Glorieux fermé. Sur le rideau de fer du bar, on avait écrit à la craie : « Ce perroquet est de trop ». La Pontiac Star Chief de Jack White n'était pas là. Corey n'en pouvait plus d'espérer Jack White. Incapable d'attendre là. Il a décidé de rouler à petite vitesse deux ou trois miles dans la direction de Blanding, comme l'autre nuit. Et après il ferait demi-tour et attendrait… Ou Jack White serait là.

Corey est sorti de la ville et se mordait les lèvres, répétait ses incantations et tout ce qu'il avait déjà rabâché : le Dindon n'avait pas les moyens de nuire à Jack White. Le Dindon n'était pas un gars à se contenter de tuer un bonhomme, il voulait l'entendre hurler. Tout ce que risquait Jack White de la part du Dindon, c'était de se faire balancer comme pédale… Maintenant comment le Dindon avait-il pu connaître l'existence de Jack White et celle de leurs rapports amoureux, c'était un autre problème. Et ce n'était pas l'heure d'y réfléchir. C'était l'heure de Jack White, l'heure de l'aimer.

La piste était toujours aussi solitaire qu'il y avait de ça deux nuits — et la nuit aussi avide, épiant ceux qui vivaient avec ses grands yeux noirs. Corey se rassurait peu à peu. Les seuls ennemis de Jack White étaient les complotistes et ils avaient dû tous filer vers Denver et le sanctuaire de la congrégation des Fils et Filles de la Lumière. Ils devaient sabler le champagne sur leur bombinette.

Le phare de Corey s'est éteint, l'ampoule avait dû griller. La lune était planquée quelque part. Ambiance salle obscure. Corey a repéré une bagnole qui roulait devant lui, à trois cents mètres par là. Il a pensé au Dindon et a accéléré… Mais non, c'était un pick-up. Sans éclairage comme la Harley. Panne générale des ampoules. Ou plus certainement un bouseux plein de bière qui rentrait chez lui, ramené par sa bagnole.

Tout irait bien, il sucerait Jack White.

Là-bas, tout au bout de la longue ligne droite, des phares sont apparus. Corey a souri. Son cœur de tapette a branlé plus fort, plus fort. C'était lui, Jack White : son bonhomme d'amour. Il se pointait avec ses hormones et ses godasses à deux cents dollars. Devant lui le pick-up a accéléré brutalement. Corey a senti un picotement dans la nuque. Il le connaissait bien : c'était une sonnette d'alerte. Pourquoi le gars avait-il accéléré comme ça ?

La lune a déboulé de derrière son rideau noir. Corey a repéré la silhouette couchée sur le plancher de la benne du pick-up… Et l'arme.

Corey a mis la poignée dans le coin, la Harley est partie en pétant, de plus en plus vite. Corey répétait : « Faites pas ça les mecs, faites pas ça ! » Là-bas, Jack White venait, venait, se rapprochait. Corey se rapprochait du pick-up. Là-bas, Jack White venait, venait. Corey est arrivé à cinquante mètres derrière le pick-up. Le tireur a tourné la tête vers lui. Il a dû se poser des questions de trop. Corey n'était plus qu'à dix mètres derrière le pick-up et Jack White se rapprochait, se rapprochait. Le tireur a décidé de changer de stratégie. Il s'est levé avec un Bar, un fusil-mitrailleur. Cinq cents coups minute. Corey connaissait. Le tireur a posé le Bar sur le toit de la cabine du pick-up. Le conducteur, lui, a allumé ses phares et un projecteur de côté. Corey est parvenu à la hauteur du pick-up. Dégainer à cette vitesse : impossible. Alors il a sauté à l'instant où le tireur a commencé à tirer. Il avait sauté trop tard, trop tard. Il a vu la Pontiac foncer sur lui, le visage blême de Jack White. La Harley a continué sa route toute seule. Corey a réussi à s'accrocher à la ridelle de la benne, les jambes dans le vide. Le pick-up a ralenti et freiné. Le tireur s'est retourné et a continué de tirer sur la Pontiac, puis a changé d'objectif. Corey a encaissé un putain de choc au ventre. Le pick-up a freiné sec. Le tireur a basculé en arrière. Corey lui a mis une balle dans les couilles, pour faire mal. Du sang a éclaboussé son visage, l'autre a hurlé et s'est affaissé. Le pick-up a stoppé. Corey s'est redressé. Il a cassé la lunette arrière de la cabine et tiré, une seule balle. Chargeur vide. Il s'est emparé du fusil-mitrailleur et a sauté à terre, côté talus. Il a fait feu sur le conducteur qui s'était redressé pour sortir… Ce qu'il a fait. Il a roulé comme un gosse et puis n'a plus bougé, mort de mort. Corey courait vers la Pontiac qui était sortie de route et avait stoppé dans les cactus.

— Jack, criait Corey, Jack ! Déconne pas, Jack !

Il s'est arrêté contre la portière conducteur de la Pontiac. La vitre était constellée de gouttelettes de sang. Corey a ouvert la portière. Le pare-brise avait volé en éclats, du sang partout. Jack White lui souriait.

— Corey, a-t-il balbutié, Corey.

Il avait encaissé plusieurs balles. Plusieurs balles de .30-06 Springfield — 860 mètres seconde. Oui, c'était mortel. Oui, mon amour, oui, c'était foutu. Corey pleurait.

— J'ai pas mal, a murmuré Jack White.

Corey a hoché la tête, il n'avait pas mal parce qu'il mourait — il était anesthésié par la mort qui le prenait. Les salauds avaient gagné, il ne restait que le crime et l'horreur.

— Tiens-moi, a dit Jack White, tiens-moi. Soulève-moi, qu'on se tienne. Tu vois, contre la voiture… Il y a la lune et le ciel, Corey.

— Bien sûr, a marmonné Corey dans ses larmes. Bien sûr, t'inquiète.

Il a soulevé Jack White qui a gémi, il était trempé de sang. Corey était atterré, se sentait démuni, ne savait pas quoi faire. Il a assis Jack White, le dos contre la Pontiac. Jack White a crié. Corey a manqué crier lui aussi. Il s'est assis à côté de celui qu'il aimait et qui mourait là. Il pleurait, ne pouvait pas s'en empêcher.

— Je t'aime, a murmuré Jack White, je t'aime tant.

Corey a enlacé Jack White comme il a pu et humé son cou. Il ne pouvait pas perdre cette odeur, c'était terrible. L'odeur, la chaleur, cette émotion.

— Tu es mon poussin, a-t-il ajouté.

Il a pensé aux alliances — il a remercié le vieux singe dans sa tête.

— Je vais te raconter une histoire, Jack White.

Jack White a souri.

— C'est un shérif qui trouve un macchabée avec un trésor, a dit Corey, des pépites d'or. Il en prend une et demande à un vieux bijoutier juif de lui faire deux alliances.

Il a ouvert sa main, dévoilant une alliance.

— Celle-là, c'est la mienne.

Jack White s'en est emparé comme il a pu. Ensemble, ils se sont passé la bague au doigt. La lune se cachait lentement comme pour ne pas voir la suite. L'un et l'autre regardaient leur alliance. C'était si fort et inutile, si beau pour que dalle.

— Quand je serai mort, a dit Jack White, je veux bien que tu prennes mon alliance et que tu la portes tant que tu seras seul… Si tu aimes un autre…

— Je serai toujours avec toi, a répondu Corey, tu le sais bien. Il n'y a que toi.

Ils se sont embrassés et c'est ainsi que Jack White est mort en partageant son dernier souffle avec Nick Corey.

La séparation

Jack White regardait droit devant, poursuivait sa vie dans la mort, comme c'était son souhait. Corey a fini par se lever, il a éteint les phares de la Pontiac qui déclinaient. Il a rejoint le pick-up. Il a soulevé le gars mort sur la piste et l'a balancé dans la benne avec l'autre qui crevait encore. Au passage, il a pris la pelle pliante, le gars qui crevait lui a parlé. Son nom, c'était Francis Greene, capitaine des Marines à la retraite. Corey n'avait rien à lui dire. Il a éteint les phares du pick-up qui a bien voulu démarrer, il l'a rangé derrière un talus. Il a coupé le contact. Il a marché jusqu'à la Harley à cent mètres de là, debout contre un énorme cactus, une souche dans le ventre, un cylindre en l'air. Il a basculé la bécane sur le côté. On ne la verrait pas de la piste, si ça se trouve elle aurait le temps de rouiller.

Corey est revenu vers la Pontiac. Bien sûr qu'il avait mal. Il n'y avait pas de doute, seulement il avait à faire. Il a ramassé le fusil-mitrailleur et l'a flanqué dans le coffre. Il a soulevé Jack White et l'a assis à la place du mort. Au loin, un bruit de moteur, la piste se réveillait. Il s'est mis au volant, le moteur a fini par partir. Des phares sont apparus dans le rétroviseur intérieur, il est parti dans la brousse à vitesse réduite. La voiture est passée sans ralentir, tout continuait comme avant.

Corey a fini par stopper dans un creux, il est sorti de la Pontiac et s'est évanoui. Sûrement pas longtemps. L'horizon était toujours là, n'avait pas perdu patience. Corey s'est relevé, adossé à la bagnole. Il a allumé une cigarette, il pleurait. Il a fumé toute la longueur de la Lucky en pleurant, ça ne l'a pas soulagé. Il a déplié la pelle et a creusé. Il s'est encore évanoui. S'est relevé. Il n'a pas creusé profond, il n'en avait plus la force. Ça suffisait. Il a fait les poches de Jack White — sa carte du FBI, son accréditation spéciale du Président.

Il l'a soulevé et est tombé avec lui en gémissant dans la fosse. Il avait du mal à en sortir parce qu'il s'était agrippé à celui qu'il aimait, lui demandait de ne pas le laisser seul sur terre. Mais Jack White ne répondait pas.

Corey lui a pris son alliance en sanglotant et se l'est mise au doigt. Jack White regardait en l'air les étoiles qui dansaient. Corey avait un problème terrible. Jack White voulait partir les yeux ouverts et Corey ne voulait pas lui mettre du sable dans les yeux.

— Je vais te mettre un mouchoir sur les yeux, a-t-il balbutié, tu l'enlèveras quand tu voudras.

Il a posé sur les yeux de celui qu'il aimait son grand mouchoir d'enquêteur, il n'en aurait plus besoin.

— Seigneur Dieu, a dit Corey, Seigneur Dieu, faites tout ce que Vous pouvez pour cet homme. Protégez-le et…

Il ne savait quoi dire. Il a enseveli Jack White et c'était une honte, c'était affreux. Il a contemplé longtemps l'endroit où

Jack White reposait désormais. La croix serait dans son cœur, la stèle dans son cœur :

Jack White, 1917-1954

Il s'est calé au volant, a regardé longtemps les deux alliances à son doigt. Il est parti en marche arrière, les yeux fermés pour ne pas voir. Il a disparu. Aucun générique ne s'est imprimé nulle part, ça continuait sans fin.

Le salaud

La fille aux seins nus, la douleur

... **U**ne sorte d'obscurité trouée de points lumineux aveuglants, parcourue de chimères absurdes. Il avait dû prendre une cuite phénoménale. Il avait soif, putain de moine, il crevait de soif... « Sur la tête de sa bite », comme disait il ne savait plus qui.

— Tu boiras pas, tête de punaise, a dit une voix gutturale.

Une voix dégueulasse, une voix d'homme — d'homme pourri, méchant, idiot.

Le Dindon ? Non, le Dindon glougloutait... Wilson était mort, bouffé par un alligator. Il avait réglé son compte à un sergent à Guadalcanal, le sergent... Il avait fait tuer une dizaine de gars pour des nèfles. Il avait oublié son nom. Corey a voulu supplier. Il est arrivé à rien, à rien du tout. Il a voulu bouger, il a eu si mal qu'il est devenu sourd et aveugle.

— T'évanouis pas, a dit la voix. Reste là. T'as mal, c'est bien fait pour ta gueule. Les Apaches, vous êtes que des serpents et toi encore plus... Franchement, je t'aime pas.

... S'appelait le sergent Cook, ce sergent — Corey lui avait serré le kiki de nuit. Le gars avait avalé sa pomme d'Adam sans histoire. Le toubib avait conclu à une crise cardiaque. Le passé... Le passé, ce n'était pas toujours comme une image pieuse. Là-dessus, Corey a vu le buste nu d'une fille qui passait dans les nuages. Il a souri, il a pensé à sa maman. Il était sûrement en enfer. Il avait une fièvre carabinée, c'était sûr.

— Tu la pineras pas, a dit la voix, t'es trop laid. Et puis je sais pas si tu pourras repiner... Et je m'en fiche.

... Le visage d'un bonhomme, un visage maigre, les yeux brillants, les cheveux longs comme ceux d'une malheureuse femme très laide. Ça devait être lui qui avait cette voix de fosse d'aisance. Un fieffé salaud, ce serpent. Le salaud s'est mis à parler en kituhwa, une langue cherokee. Il chantonnait et se marrait et puis il a parlé en allemand, c'était impossible. À moins que ça soit du néerlandais ? Il chantait de nouveau en kituhwa.

... Un feu par là, des braises. La fille aux seins nus est apparue, si belle que Corey a voulu rire. « La beauté c'est toujours drôle », disait Jack White. Corey a souri en pensant à lui. Il allait se pointer avec ses godasses de luxe et ses déclarations philosophiques. La femme et le gars l'ont ligoté, il a hurlé. La femme parlait en allemand, c'était de l'allemand, en allemand et en anglais. Elle lui a dit, en anglais : « Tu vas guérir. » Le salaud a ri. Il a dit qu'un Apache du clan de l'Ours comme c'était le cas de ce débris pouvait mourir, tout le monde s'en foutait.

— Je vais te soigner par le feu, a-t-il ajouté, fais pas ton douillet.

Corey a hurlé, le salaud lui avait rentré un truc bouillant dans le ventre — il a voulu mourir.

— Reste, a dit le salaud, pars pas, je recommence.

Ce qu'il a fait, Corey n'avait jamais eu aussi mal. Hurler ne suffisait pas, ne résolvait rien.

— Tu vas dormir, a dit la fille.

— On te coupera la queue quand tu ronfleras, a dit le salaud.

Il a approché son visage qui suait, son visage peint en rouge et en bleu.

— Tu as été envoûté, toi, a-t-il marmonné, par un sacré enculé. Je te le dis, moi. Il avait le visage peint en blanc, c'est ça ? Un putain de Cherokee fou, en dérive depuis la Marche de la honte, crois-moi… T'as pas dû avoir la vie facile.

— Jack, a murmuré Corey, Jack…

La fille lui a caressé les cheveux. Corey s'est mis à sangloter, il a eu le sentiment qu'on posait un bébé sur son torse — la guérison sacrée.

L'enfant

Rendez-vous à Blue River

Il y avait les ours et les aigles, l'eau et les loups, l'air, les jeunes gens aux corps nubiles, les chevaux, les trembles et les pins, les fleurs, la montagne et la plaine, l'air, le puma affamé, les femmes qui chantaient en tapant dans leurs mains, le bébé qui venait au sein, celui qui avait perdu un être cher. Corey s'était éveillé, il n'avait plus de fièvre. Il était faible et triste. Il s'est débarrassé du plaid, il avait un caleçon, pas plus. Un caleçon pas à lui. Une vilaine cicatrice pas vraiment refermée sur le ventre, en diagonale, entre la hanche et le nombril. Il ne pourrait plus poser pour vendre des slips de bain.

Il s'est redressé, les braises s'éteignaient. Il a pleuré sans pouvoir s'en empêcher. Après, il a regardé comment ça se configurait tout ça. Le campement était abrité par une roche en surplomb qui faisait toit. Un peu à l'écart, six mustangs reliés par des brides, dont une attachée à la roche. Tout près de lui, les deux corps sous la couverture — et le berceau.

Et la brousse partout, le ciel limpide et bleu, lumineux. Des étoiles surprises par le jour, la lune pâle. Une biche fragile qui a tourné la tête vers lui.

Une jument isabelle a renâclé. Corey s'est souvenu du pauvre cow-boy.

Il a entendu l'enfant rêver. Il s'est levé. Tout a tourné, il a attendu que ça passe. Il était plus faible qu'un vieux de cent ans mais il a pu marcher. Il fallait qu'il le fasse, c'était vital. Quand il faut, il faut. C'était une satanée maxime qu'il s'était imposée — donnée pour règle de suivre et de respecter coûte que coûte. À l'orphelin, il ne restait que des conneries comme ça et puis ton amoureux mourait — à peine devenu pédé, te voilà devenu veuf. La vie était une sacrée plaisanterie.

Il s'est penché au-dessus du berceau. L'enfant était éveillé et regardait Corey, si beau, si doux que Corey a su que son papa avait bien raison de croire au paradis et de propager une parole de paix et d'amour. Les anges existaient. Il a saisi l'enfant, l'a serré sur son cœur, l'a senti et embrassé sur le front. Puis il l'a recouché, sinon, il l'aurait gardé mille ans.

Il s'est retourné et a vu le salaud, tout près. Un maître du silence, plus silencieux que le plus silencieux. Un Cheyenne ou un Cherokee ou les deux. Grand, maigre, avec un Levi's, torse et pieds nus. Il ne craignait pas le froid, à vrai dire, il ne devait pas craindre grand-chose. Il avait un poignard dans un étui sur la cuisse — lame de trente-cinq centimètres. Il devait savoir s'en servir, ça ne faisait pas de bruit et tu étais en train de mourir. Un homme redoutable, sa femme et son fils ne craignaient rien.

— C'est moi Black, a dit le salaud. Black, si tu veux… T'aimes bien ça, les noms simples.

Corey ne voulait pas se demander si l'autre se foutait de lui, il n'en avait pas la force.

— On est quel jour ? a-t-il demandé.

Surpris d'entendre sa voix qu'il avait du mal à reconnaître.

— Je sais pas.

— Le combien du mois ?

— Je sais pas.

— Faut que je parte, a dit Corey.

— Ça va être juste, t'es pas fringant.

Corey s'en doutait mais quand il faut, il faut. Black a montré une pierre plate. Le .45 dans son holster était posé sur les fringues de Corey trempées de sang séché — son blouson de cuir était perforé de deux trous.

— Si tu veux mon avis, a dit Black, habillé comme ça tu vas te faire repérer, malgré ton étoile et ta Bible.

Corey l'a dévisagé, attendant la suite.

— J'ai un Levi's et une chemise qui devraient t'aller, le blouson et les bottes, ça passera.

Corey a donné son accord en hochant la tête. Black a ouvert un bât. Il en a sorti un Levi's et une chemise blanche qu'il a mis dans les mains de Corey.

— Je vais faire du café, a-t-il déclaré.

Il s'est dirigé vers les braises, est revenu. Dans la paume de sa main : deux balles déformées, calibre .30-06 Springfield.

— Ça t'intéresse ?

Corey a haussé les épaules.

— T'es pas sentimental, a dit Black.

Il a empoché les balles. Corey, lui, s'est emparé du Levi's posé sur le plateau. Passer le pantalon l'a crevé. Black avait soufflé sur les braises, posé dessus la cafetière en fer. La fille sous la couverture s'est redressée et a souri à Corey, lui a adressé quelques mots en allemand — a dit «bonjour» en anglais. Elle s'est levée toute nue. Corey a baissé les yeux. Un mustang bai a henni. La fille avait une robe maintenant. Elle s'est approchée de lui et lui a bandé le ventre, en serrant, ses mains étaient douces.

— Bande-toi tous les jours, a-t-elle dit. Pendant un mois. D'ici cinq, six jours, va te faire enlever les fils… Force pas.

Elle l'a laissé. Corey s'est vêtu de la chemise blanche, s'est chaussé comme il a pu — la fille, elle, se brossait les cheveux. Corey a sanglé son holster d'épaule. Il a sorti le chargeur vide du .45 et l'a chargé avec les munitions qu'il avait dans les poches de son blouson.

— Sont nombreux ? a fait Black.

— J'ai pas idée, a répondu Corey en glissant le .45 dans le holster. Peut-être cinq, six… Plus, je sais pas.

— Tu es l'homme le plus méchant que j'aie rencontré, ça équilibre.

Corey savait qu'il était méchant — mais s'est demandé comment l'autre pouvait le savoir. Question idiote. Black savait tout de lui, Corey, parce qu'il l'avait guéri et sauvé avec sa médecine de sorcier. Black était bien plus qu'un gars dangereux et silencieux. Il avait le don de préserver de la mort celui qui tombait dans ses mains. Ou c'était un devoir ? Corey ne lui poserait pas la question. Il a passé son blouson et l'a rejoint.

— Vous avez pas entendu une grosse explosion ces jours ? a-t-il dit.

— Grosse comment ?

Corey a ébauché un geste avec les mains.

— Ah comme ça, non. Des gars qui pêchaient à la grenade l'autre jour… Pas plus.

Il a empli un quart en fer de café et l'a proposé à Corey

qui l'a pris dans ses mains, c'était agréable. Il s'est souvenu de Jack White, ses yeux se sont mouillés de larmes. Tout serait sans Jack White, tout. Il a bu une gorgée de café. La fille est revenue avec des muffins et un pot de confiture.

— Des myrtilles, a-t-elle expliqué, on les a ramassées cet été.

Corey aimait bien son accent, il aimait bien cette fille.

— Et les muffins, a-t-elle ajouté, c'est moi qui les ai faits.

— Faut que tu manges, a dit Black, tu as perdu beaucoup de sang. De la viande ça te ferait du bien… Faut manger avant de te faire tuer.

Il a rigolé et s'est adressé en allemand et kituhwa à la fille qui a regardé gentiment Corey. Elle lui a tendu le plateau. Il a pris un muffin, l'a trempé dans son café. La fille donnait le sein à l'enfant, elle s'était assise en tailleur. Black a plongé un muffin dans le pot de confiture de myrtilles puis dans son quart, l'a ressorti et mangé en regardant Corey. Il s'est sucé les doigts et a repris un muffin.

— On est à peu près où ? a demandé Corey.

— Pas loin de Cortez.

Black a tendu le bras et le doigt.

— Plein sud, dix miles.

Il a indiqué une autre direction.

— À cinq miles de là, à l'est, il y a deux gars en train de pourrir dans un pick-up Ford et une Harley, plus près une carcasse de voiture qui a cramé… Voilà à peu près où on est.

Corey a trouvé son paquet de Lucky, s'en est allumé une.

— Toi, c'est Katja qui t'a trouvé, à cinq, six cents mètres de là, en train de mourir.

Il a pris le paquet de Lucky des mains de Corey, s'est servi. Corey lui a allumé sa clope.

— Tu sais pas faire des tours avec ton Zippo ? s'est étonné Black. Tous les shérifs de campagne savent faire.

Corey a fait ses tours — Black s'est esclaffé.

— Si tu t'en sors, a-t-il dit, tu pourrais nous retrouver vers l'été, y a de l'air là-bas, ça te fera du bien. Et de l'eau, des forêts.

Corey a acquiescé.

— Tu verras… Le lac Pend Oreille.

Corey semblait partant, il a trouvé sa liasse de billets dans son blouson.

— Pas d'argent, a dit le salaud, on n'a pas besoin de ça.

— Pour le petit, a insisté Corey.

Le salaud l'a regardé.

— Je préfère qu'on te voie cet été, tu lui apprendras des tours… L'Idaho ça te changera les idées.

Corey a remballé son fric.

— Blue River que ça s'appelle, a ajouté Black, tu trouveras. Il faut que tu te trouves, sinon tu rôderas en enfer pour toujours et tu le sais bien.

Corey a pensé à Myrtle Tate. Il n'a pas voulu demander à Black ce qu'il voulait dire. D'ailleurs il l'imaginait un peu. Ça ne se pensait pas au grand jour. Il ne fallait pas toujours tout sous-titrer. Il fallait garder le silence si on était un homme dans ce monde de lâches et de mécréants. Il fallait avoir foi dans un autre monde, avec d'autres façons d'être. Bien sûr, Jack White était mort, oui, il était mort. C'était horrible. Il fallait essayer, au moins essayer de continuer. Black était un homme. Il voulait une autre vie, il aimait. Tout ça quoi. Tout ce qu'on ne pouvait pas dire, qu'aucun gars digne d'être un gars ne dirait, ne pouvait dire — et Corey ne le dirait pas.

— Je ne vais pas te prédire l'avenir, a assuré Black, ça ne se fait pas. Mais j'espère que tu comprendras à un moment ou à un autre qu'il faut que t'arrêtes... Tu sais de quoi je parle ?

Corey croyait savoir. Il s'en est allé lentement. Black l'a regardé partir. Tenant son enfant, la fille lui a passé le bras autour de la taille, elle chantonnait *Lili Marlene*.

Dimanche 10 octobre 1954

Corey est descendu de la cabine d'un « Jimmy », le camion a redémarré en ferraillant. Il avait gagné la guerre, il faisait ce qu'il pouvait de cette paix. Sur le plateau du camion, un gosse jouait de l'harmonica, les pieds dans le vide. Blême et triste, il attendait que ça passe. Des fois avoir des épaules ça ne suffisait pas, on se faisait écraser. Corey s'est approché du bureau vitré de la station Texaco, Ann Chambers en est sortie en s'essuyant les mains dans du papier jetable.

— Eh bien shérif, votre Harley est en panne ?

— Comme qui dirait.

— Vous auriez pas mauvaise mine ?

Elle a remarqué les alliances, n'a pas pipé.

— Trop mangé de crêpes.

Elle a regardé Corey sans trop y croire — le ciel était noir et brillant comme des godasses bien astiquées.

— C'est pas un boulot de femme, a-t-elle marmonné en se débarrassant du papier jetable dans la poubelle fixée au mur du bureau. Je peux quelque chose pour vous, shérif ?

— On est quel jour ?

— Dimanche 10 octobre.

Corey a hoché la tête, il avait le temps. Columbus Day,

c'était demain. La bombe arriverait en corbillard. Il y aurait une dernière messe et la bombe péterait.

— Z'auriez une voiture à vendre ?

— Ça se peut… Quel genre ?

— Je vais arriver à Denver pour commencer.

— On y sera nous aussi, c'est pour ça qu'on travaille aujourd'hui… On est pas les seuls. Si vous voulez, on vous y amène à Denver ? On part demain, tôt, c'est à une trotte.

— Bien gentil, m'dame, mais faut que je sois ce soir chez ma vieille tantine qu'habite là-bas.

— Suivez-moi, a proposé Ann Chambers. Et je serais flattée si vous me donniez du « Ann »… Je suis pas si vieille que ça.

Ils ont contourné le bureau. Des bagnoles étaient alignées dans une sorte de corral ouvert sur un côté.

— Et après Denver ? a demandé Ann Chambers.

— Je sais pas trop.

— Si c'est pas pour vous trimballer longtemps, je vous conseille celle-là… Elle est de 48… Elle a pas beaucoup roulé.

Une Oldsmobile Futuramic 98 noire au pare-brise coupé.

— Je vous fais le prix « shérif »… Cinq cents dollars.

— Merci bien, Ann.

— Ah si vous me prenez par ce bout-là ! Comment que vous le dites « Ann », je m'en lasserai pas… Vous la faut quand ?

— Je fais un tour en ville et puis je monte dedans.

— C'est bien parce que c'est vous.

Corey a pris sa liasse et payé Ann Chambers.

— Ça me fait drôle de recevoir de l'argent de votre main, shérif, a-t-elle dit.

Elle a glissé le fric dans une poche de sa combinaison et s'est troublée, venait d'apercevoir la tache de sang sur la chemise blanche — Corey s'en est aperçu.

— Juste trois fois rien, a-t-il dit.

Il a remis sa liasse en place et fermé son blouson.

— Qu'est-ce qui vous est arrivé, a murmuré Ann Chambers, sur mon salut, je peux pas vous laisser comme ça.

Corey lui a fait son clin d'œil qui tuait.

— J'ai des bricoles à terminer, a-t-il dit, et dès demain, je prendrai des vacances, les orteils écartés à regarder passer les nuages… Vous faites pas de soucis, Ann.

Il l'a saluée et est allé vers le bled, observé par Ann Chambers qui s'est signée. Elle a fini par tourner le dos et a rejoint son époux qui ouvrait le capot d'une Chevrolet.

Une communication téléphonique

Le gosse, le deuil

Le pick-up DeSoto du shérif est passé lentement avec l'adjoint au volant — il devait mater s'il n'y avait pas un pédé qui traînait.

— C'est moi, a dit Corey dans le combiné de la cabine téléphonique. C'est ça… Faudra plus compter sur l'agent spécial Jack White, il a comme qui dirait passé la main.

Il s'est essuyé les yeux d'un revers de la main.

— Ouais, pour toujours, Minnie.

Il s'est tu parce qu'il allait se mettre à pleurer.

— Faites dire au Président d'envoyer des hommes à Denver, a-t-il repris, demain à midi, des hommes sûrs… C'est ça… Pour cette histoire de bombinette… 'Xactement… Donnez-moi un téléphone où je pourrai le joindre…

Il a attendu en regardant une fichue mouche qui s'est posée sur une vitre comme si elle avait sa place dans tout ça.

— Pas besoin de noter, je me débrouille avec ma mémoire… Très bien… Allez, que Dieu vous protège, Minnie.

Il a raccroché, est resté incertain dans la cabine, incertain, épuisé, si triste… Et il voyait Jack White et toutes celles et tous ceux de sa vie. Il les voyait, sentait l'eau froide sur sa peau, la main de Jack White. Franchement, il aurait bien voulu en finir. Se trouver un coin tranquille et s'enfoncer le canon du .45 dans le gosier. Fin des soucis de digestion, des ballonnements. Le problème, c'était qu'il ne pouvait pas. Il avait des trucs à régler. Après, c'était improbable. Il verrait. Après, il y avait cru. Il s'était imaginé avec lui. Tous les deux comme des satanés rentiers, à cheval, en train de pécher. Tous les deux au pieu. Tous les deux sur la véranda, à boire une bière, à regarder le néant. Tous les deux. Il a entendu la voix de Jack White et il s'est dit que peut-être demain... Demain, elle aurait disparu de sa mémoire, parce que les morts s'en allaient en marchant à reculons comme les jeteurs de sorts. Les morts s'oubliaient eux-mêmes, c'était sûr.

Il a senti la main qui se posait sur la sienne, celle d'un petit gosse de huit ans, pas plus. Le gosse lui avait pris la main et il ne disait rien, ce petit, comme s'il savait, s'il savait tout. Corey recevait la paix et l'amour, la fraternité que lui donnait le petit et il se sentait moins condamné à être méchant. Il se disait qu'on pouvait espérer dans ce monde. Lui, Nick Corey, il crèverait bientôt. Le petit, non, il serait là. Corey s'est relevé car il s'était assis dans la cabine sans s'en rendre compte. Le gosse le regardait et ses yeux étaient si beaux, ah oui. Corey lui a caressé les cheveux. Il ne pouvait pas parler car il était sans mot, ne pouvait rendre ce que lui avait donné le petit. Le petit était ce qu'il n'avait pas pu être, c'était un cadeau pour lui, Nick Corey, le méchant. Il a pensé à ses parents qui avaient tout fait pour qu'il soit bon.

Corey a fait un signe d'adieu de la main sans se retourner. Il a marché jusqu'à l'armurerie. America's Best Shots, qu'elle s'appelait. Il y est entré. Derrière la banque, le patron a posé son journal qu'il lisait debout. Il a accueilli Corey d'un sourire de vendeur de mort et d'une formule tout droit sortie du tabernacle des Philistins Réunis :

— Bien le bonjour, m'sieu, en ce jour de repos du Seigneur.

Corey l'a salué d'un mouvement de la tête et s'est approché de la banque vitrée dans laquelle étaient exposés des armes de poing et des couteaux. Corey a posé le doigt sur la vitre, au-dessus d'un poignard ressemblant à celui de Black.

— Bon choix, a dit l'armurier.

Il a levé la partie vitrée de la banque et a tendu le poignard à Corey qui l'a manipulé comme il aurait fait des tours avec son Zippo. L'armurier qui se prénommait Wilbur, si sa femme n'avait pas brodé une connerie sur sa chemise, a apprécié la dextérité de Corey.

— Savez vous en servir, a-t-il marmonné, ça se perd de nos jours.

Corey a tendu le poignard à l'armurier.

— Je le prends avec une gaine de cuisse.

L'armurier a acquiescé, il a proposé plusieurs gaines à Corey qui en a choisi une, en la montrant.

— Et le Remington derrière vous, a-t-il ajouté.

Un Remington 870 à pompe que l'armurier a sorti du râtelier en tournant le dos à Corey et en lui disant qu'il avait un magasin pour sept munitions. Il a pivoté et proposé le fusil. Corey a refusé d'un mouvement de tête.

— Chargez-le de double-zéro, a-t-il dit, et emballez-le, s'il vous plaît. Vous me donnerez le reste de la boîte de double-zéro et des munitions pour mon .45.

Il a regardé le grand crucifix, les affichettes exposées ici et là, dont une spécialement :

Fils et Filles de la Lumière, Denver.
Célébration du culte exceptionnel de Columbus Day,
le lundi 11 octobre à 12 heures PM.
Denver. Riverfront Park, 1605 Little Raven St.

Corey a continué son panoramique, s'est arrêté sur un mannequin vêtu d'un vaste imperméable noir, cravate assortie.

— C'est pour nos endeuillés, a dit l'armurier qui avait remarqué l'intérêt de Corey pour le mannequin.

Il s'est approché.

— Le deuil, a-t-il poursuivi, ça compte pour un homme et les bêtes n'y attachent pas d'importance… On les tue aussi bien avec un crêpe que sans.

Corey l'a dévisagé et l'armurier s'est senti mal à l'aise. Il est revenu derrière sa banque où il avait forcément une arme prête à tirer.

La mariée

Le roquet, le ketchup

C'était rien de tuer, mais vivre, comment faire ? Ce n'était pas bien compliqué de construire sa cabane, mais il fallait l'habiter. C'était le problème des histoires, de toutes les histoires. Au fond, l'homme ne pouvait habiter nulle part, même pas dans une histoire. L'homme se leurrait tout au long de sa pauvre vie.

Mais il y avait des gars qui n'avaient pas le droit de vivre et il fallait s'en occuper.

Corey regardait les alliances sans en avoir vraiment conscience. Elles signalaient son nouvel état de veuf, c'était ce qu'il était, un veuf. Il n'attendait pas de commisération. Il n'attendait rien. Il regardait les alliances et il pensait au paradis. C'était pénible. Il ne pouvait pas s'interdire de penser que c'était injuste — même s'il y avait tant et tant d'injustices qui frappaient les plus faibles, les plus innocents.

Le ciel semblait vouloir coller à la terre, la route goudronnée était noire et tout le reste gris. Corey voyait en noir et blanc. Il tenait le volant ferme pour ne pas abandonner et partir sans freiner dans le décor. La route longeait la South Platte. La rivière renvoyait ses remous d'argent vers le ciel. Et là-bas les montagnes du Front Range barraient la haute plaine, promettant quelque chose à ceux qui espéraient un ailleurs. Il a croisé un White dont les phares se sont allumés, l'éblouissant comme l'aurait fait quelque sainte apparition, mais ce n'était qu'un camion et sa longue citerne triste.

Corey espérait être soustrait à cette comédie, une sorte de miracle. Il disparaîtrait enfin. Il a fini par allumer les codes de l'Oldsmobile parce qu'on lui faisait des appels de phares. Il a écrasé son mégot dans le cendrier. Il a mis la radio, capté une émission évangélique. Il l'a écoutée en pensant à son père.

Là-bas sur la droite de la chaussée, de nombreux véhicules étaient stoppés. Il a ralenti. Il a dépassé des hommes qui poursuivaient une mariée dont la robe flottait derrière elle. Il y avait tant d'explications à tout ce qu'on voyait et on voyait quoi de tout ce qui se passait ? Il a accéléré. Denver n'était plus qu'à trente miles.

Il a pilé pour ne pas écrabouiller un roquet pas tellement plus gros que deux poules. Blanc avec quelques taches noires, genre chiures de mouche. Il ne bougeait pas et grognait. Derrière ça rappliquait pleins phares, devant ça arrivait pleins phares. Corey est sorti de la bagnole, il a empoigné le roquet. Le roquet l'a mordu. Corey l'a traité de moustique. Il a manqué le jeter sur le talus, le roquet a encore essayé de le mordre. Corey n'en est pas revenu de tant de méchanceté dans si peu de place. Derrière les bagnoles se rapprochaient dangereusement. Corey est monté dans l'Olds avec le roquet qu'il a balancé sur le siège passager. Il a démarré en appuyant à fond sur l'accélérateur pour ne pas se faire emplafonner par la Cadillac qui se pointait à grands coups d'appels de phares — et le klaxon à tue-tête. Corey a regardé le roquet qui lui a montré les crocs.

— T'es moche, tu sais, a grommelé Corey.

Le roquet a grondé. La Cadillac a dépassé Corey, s'est rabattue devant en faisant la queue-de-poisson à laquelle s'attendait Corey. Le conducteur devait se sentir mieux. À la radio, un évangéliste a dit que Dieu était partout. Corey a haussé les épaules. Partout où ? Lui, ce roquet ? Le roquet a grogné en réponse à la question de Corey qui a allumé une Lucky. Il a tiré dessus en s'efforçant de ne penser à rien. Le roquet a toussé. De nouveau Corey l'a observé. Il craignait la fumée de cigarette, satané roquet que ce roquet.

Corey a descendu sa vitre un poil. Là-bas la ville se profilait. Des enseignes lumineuses indiquaient un motel et un restaurant. Il a décidé de s'arrêter. Denver était à dix miles, ça se faisait en vingt minutes. Il a enclenché les clignotants, ralenti et quitté la route, croisant une camionnette qui portait sur son flanc cette inscription peinte : « BullMix the Best ». Pourquoi pas ? Corey s'est engagé sur le parking du Western Hills Motel où il s'est garé à côté d'une Chevrolet Station Wagon rutilante. Une famille américaine qui venait de Tucson prendre un bain de nucléaire pour Columbus Day.

Corey est sorti de la bagnole en compagnie du roquet qui a levé la patte sur une roue de la Chevrolet. Corey ne savait pas trop quoi faire avec ce roquet. Il n'avait pas voulu avoir un chien, jamais de la vie. Il n'avait simplement pas voulu le ratatiner ou qu'il se fasse ratatiner, ça n'allait pas plus loin. Il n'avait pas le temps de prendre un avocat pour régler cette affaire. La tache de sang s'était élargie sur la chemise. Il a fermé son blouson, s'est dirigé vers la réception. Le roquet lui a collé aux basques. Il a fait comme s'il ne le connaissait pas. Il est entré, tant pis si le roquet se prenait la porte dans le nez. Une radio invisible diffusait *Wide Open Road* d'un gars qui s'appelait Johnny Cash. Corey s'est arrêté à la caisse. Le préposé a bien voulu lui sourire. Corey lui a demandé une chambre. Il a payé. Le préposé lui a donné la clef, lui a demandé ce que c'était comme race.

— Pardon ? a dit Corey qui n'avait pas capté.

— Votre chien, m'sieu.

— Un Bullmix, a grommelé Corey.

— Bullmix ?

— Ouais, Bullmix… Le meilleur.

Corey a quitté la réception, a fait le tour de la baraque. Et puis quoi encore, un chien ! Ce n'était pas son chien, c'était un chien. Contre une vitre du restaurant, la famille américaine idéale mangeait joyeusement. Une famille de poissons rouges dans le bocal de l'*American way of life*. Tantôt, ils seraient peut-être tous au ciel ou radioactifs. Corey est entré. Malgré le comptoir, les tables, les luminaires qui pendaient du plafond, celles et ceux qui consommaient, accablés par la lumière, il manquait Hopper pour en faire une image qui passe à la postérité. Corey s'est assis. Le roquet a sauté sur la banquette, face à lui. Corey commençait à en avoir assez. Ç'aurait été un bonhomme, il aurait réglé ça sans problème.

— Votre chien, m'sieu, a dit la serveuse.

Corey s'est senti rougir, il a dit au roquet de descendre. Le roquet a montré les dents. Corey s'est levé à moitié, a penché le buste et a saisi le roquet par la nuque, l'a soulevé en lui marmonnant à l'oreille :

— Te prends pas pour Jack White.

Le roquet a tenté de le mordre. La serveuse faisait semblant de ne rien voir. Corey s'est rassis, le chien sur les cuisses. Il ne l'a pas mordu, s'est calmé. Corey a commandé un hamburger, des frites et une bière. S'est dit qu'il était dingo d'avoir dit ce qu'il avait dit au roquet. Il a allumé une Lucky, le roquet a grogné. Corey s'en fichait, ce n'était pas un chien qui l'empêcherait de faire ce qu'il voulait. Il se sentait absurde, encore plus que d'habitude. Il n'a pas voulu penser au lendemain. Il avait appris ça à Guadalcanal. Le lendemain, ça ne se passait jamais comme on l'avait imaginé. La serveuse a apporté la commande. Corey a eu le sentiment étrange d'être enfin « normal », d'être comme tout le monde. Parce qu'il avait un chien ? Parce qu'il pouvait en avoir un comme tout le monde ?

Il a bu avec plaisir une longue gorgée de bière. Parce qu'il revenait de chez les morts, qu'il aurait dû crever s'il n'avait pas été sauvé par une Allemande aux seins nus et un Indien en rupture de ban ?

Il a attaqué son hamburger. Il avait oublié le roquet qui a ramené sa tête dans le champ. Corey a soupiré et lui a donné un morceau de viande. Le roquet l'a avalé et a poussé la main de Corey vers les frites… Il voulait une frite ?

— Tu veux une frite ? a murmuré Corey en regardant s'il était observé.

Il avait honte de parler à un chien, se sentait comme un gâteux et en plus le roquet avait un œil au beurre noir à cause d'une tache mal placée. Tout ça la fichait mal. Corey a proposé une frite en douce au roquet qui l'a avalée puis a poussé son menton en direction de l'assiette, semblant montrer le ketchup. Corey l'a dévisagé et s'est dit qu'il fallait être dingue pour espérer attendre une réponse d'un chien. Il voulait du ketchup ? Il aimait les frites, ce n'était pas idiot. Alors il a trempé une frite dans le ketchup et le chien l'a engloutie — puis a dévisagé Corey avec une attente avide et polie.

La serveuse faisait les cent pas comme un maton à l'époque où Horn vivait encore. Il l'a hélée et lui a commandé un autre hamburger, des frites et une bière. Ça se voyait bien qu'elle croyait que la bière c'était pour le roquet et que lui, Corey, était complètement siphonné. Corey et le chien ont mangé, Corey a fini sa bière. La serveuse s'est pointée avec un plateau et dessus la commande.

— Vous connaissez l'histoire du gars qui avait le seul marronnier jaune du pays ? a dit Corey.

— Non, m'sieu.

Elle en avait rien à cirer, entre les mains au cul et les blagues de cul, les bonshommes, elle les classait comme espèce à éviter.

— Eh bien, a conclu Corey, il l'a coupé parce qu'il lui faisait de l'ombre.

La serveuse a fait semblant de se marrer, elle est repartie. Corey a dégusté sa bière. Il avait de la mousse sur la lèvre supérieure. La preuve que la vie était une saleté, tout continuait : la mousse, les frites et les histoires. Maintenant, demain, après-demain. Oui demain, même si ça pétait, ça continuerait : la mousse, les frites et les histoires. C'était ça qui avait usé les pyramides et ça continuait. Dans cinquante ans, bombe ou pas bombe, ici, il y aurait un pauvre cow-boy qui n'aurait pas vu de canasson depuis sa naissance et qui dirait une connerie à une fille qui en aurait entendu tant qu'elle ne l'entendrait pas. Corey s'est demandé si le roquet aimait les glaces. Il aimait bien les frites et le ketchup, la vie continuait, continuait, mon vieux.

La prière

Corey pleurait dans son lit, il aurait souhaité voir Jack White. Il avait souvent entendu que les morts venaient rendre visite aux vivants et il espérait. Jack White ne venait pas et Corey pleurait. Il s'est levé en caleçon avec son bandage de momie et a allumé une cigarette en regardant le parking, plus loin la route. Il a croisé le regard du roquet, couché le nez dans les couilles sur le fauteuil. Il ne le gênait pas. Corey s'est débarrassé de son mégot. Il a déambulé dans la piaule jusqu'à ce qu'il ait l'idée de prier. Il s'est emparé de la Bible, l'a serrée sur sa poitrine, s'est agenouillé à côté du lit. Il a pensé à sa maman et à son papa. Il leur a juré qu'il avait fait tout ce qu'il pouvait pour être un homme juste et bon. Il leur a demandé pardon de ne pas y être parvenu. Il a embrassé la Bible. Il a posé son front sur le dessus-de-lit et a appelé Jack White, en chuchotant son nom.

Columbus Day

11 octobre

Les réverbères se sont éteints. Au volant de l'Oldsmobile non éclairée, Corey est passé à petite vitesse devant le 1605 Little Raven St. Une seule fenêtre éclairée dans la bâtisse austère qui devait servir de lieu de culte et comme surmontée par quatre arbres immenses, certainement des épicéas bleus du Colorado. Sur un panneau fixé au portail était écrit : « Temple des Fils et Filles de la Lumière ». Des conneries — en vérité, il faisait sombre. Une sorte d'encre violette coulait du ciel sur les trottoirs qu'on aurait dit saupoudrés de talc, c'était six heures trente.

Le roquet était sur le siège passager, sur ses gardes comme Corey.

Corey a allumé une cigarette, peut-être la dernière. Le roquet l'a regardé comme s'il lui disait d'arrêter la fumette, de ne pas déconner.

— Fais pas chier, a marmonné Corey, t'es pas ma mère.

Il était embêté d'avoir le roquet sur les bras, ce n'était pas prévu. Ç'aurait été plus simple qu'il lui dise de se tirer, de se trouver un autre plan de survie. Seulement, le roquet ne parlait pas et ce n'était pas lui Corey qui allait lui apprendre à le faire. Il a stoppé dans une zone non bâtie, entre deux immeubles, pas loin d'une cabine téléphonique. Il ne savait pas comment faire. Finalement, il a retiré les clefs du contact. Il s'est retourné et s'est emparé du fusil emballé dans du papier kraft. Le roquet attendait, Corey ne savait pas quoi. Il a baissé sa vitre, de façon à ce que le roquet puisse se faufiler, s'il en avait marre d'attendre. Corey a hoché la tête, n'allait pas parler à un chien, lui dire adieu. Il est sorti et a fermé la portière, s'en est allé avec son paquet sous le bras, son imperméable de deuil et son feutre noir.

America First

Des tourterelles tristes et des pigeons bisets voletaient de-ci, de-là, entre les trois épicéas bleus du Colorado qui frisaient les quarante mètres de haut et une pruche qui les dépassait de trois étages. Une sturnelle de l'Ouest, au ventre jaune vif, chantait à tue-tête. C'était un mâle. Il confondait l'automne et l'été, il était peut-être aveugle ? Sur le toit d'une des dépendances, un grand héron attendait que le poisson vienne à lui. Un bruant noir et blanc sautait sur place, deux oies rieuses se dandinaient dans l'herbe et un coulicou à bec jaune semblait se faire les puces sur la branche basse d'un énorme tremble. Le Temple des Fils et Filles de la Lumière était une satanée volière, manquait juste un ptérosaure et Batman. Il y avait des hommes aussi dans le zoo. Deux étaient visibles pour l'instant, dont l'un était un nommé Rex Barney, lieutenant de l'USAF. Ils veillaient un corbillard Diamond, en fait un autocar avec des fleurs en veux-tu en voilà. Le corbillard avait été piqué au Nouveau-Mexique, là, il avait des plaques de l'Utah.

Les deux gars étaient en deuil, ce qui semblait bien adapté pour des bonshommes qui jouaient aux croque-morts et avaient pour but de tuer cent mille personnes au moins. Rex

Barney avait un Grease Gun, pas difficile à planquer, pas très précis, mais tirant du .45 plus vite qu'on pouvait vivre longtemps. L'autre, un fusil M1 Garand qu'il portait à l'épaule, avec une bretelle — ne se donnait pas la peine de le dissimuler. On était aux USA, le pays du meurtre par balle à la portée de tous. Ils fumaient. Ça aussi c'était national et préconisé par le lobby du cancer pour tous, ces messieurs-dames du tabac.

Finalement, les jumeaux Parks et l'inconnu aux lunettes en écaille sont sortis du corbillard. Ça faisait plus d'une demi-heure qu'ils étaient là-dedans. Corey avait une petite idée de ce qu'ils avaient fabriqué : régler la minuterie pour que la bombinette bombine.

Les Parks et l'inconnu sont entrés dans le presbytère, les croque-morts sont restés. Il y avait deux autres gars en vadrouille dans le coin. Sept en tout. Sept kamikazes, prêts à mourir pour leur complot délirant. Les Japonais, eux, étaient morts pour leur patrie, là, c'était le contraire. Les deux gars en vadrouille pouvaient passer à côté de Corey, ils ne le verraient pas. Corey avait tout du caméléon. On le mettait sur une chaise électrique, il ressemblait à un condamné à mort. On le mettait dans un bosquet de chênes rouges aux feuillages en train de virer au lie-de-vin, on le prenait pour un gland. D'ailleurs Morris Gilbert, ex-Marine, a rappliqué. Il patrouillait avec un fusil à pompe Winchester M12. Une bonne idée, une bonne arme, mais le gars mangeait trop, était trop gros, rien à ajouter.

Il a entendu un drôle de bruit, comme le ferait un animal qui se laverait les dents, enfin un peu quoi. Il s'est arrêté et a avancé sous les arbres, voir si ce n'était pas un raton laveur des fois. Corey lui est tombé dessus et lui a planté son poignard dans le cœur. C'est ainsi qu'il est mort. Ça ne serait pas gravé sur sa pierre tombale, s'il en avait une.

Corey a essuyé la lame du poignard sur la veste du défunt. Il l'a glissée dans l'étui qu'il portait à la cuisse. Il a attendu sans bouger. Pour atteindre le corbillard, il fallait traverser un espace de trente mètres au moins, sans rien pour se cacher.

Un écureuil a atterri sur l'épaule de Corey avant de sauter sur une branche et de disparaître — il se croyait au cirque.

Les cloches ont sonné à la volée, annonçant l'office. L'entrée du temple était côté rue, le corbillard était du côté de South Platte, la rivière qui bordait le parc. C'était onze heures cinquante-cinq, le dix octobre de l'an mille neuf cent cinquante-quatre. Le roquet a surgi et a foncé vers les croque-morts en aboyant. Corey est sorti du bosquet. Il a épaulé le Remington. Il a fait feu sur Rex Barney qui a été projeté sur le corbillard, puis sur l'autre qui se retournait. Touché dans la poitrine, il a sauté en arrière, comme pour s'affaler sur un bon vieux club.

Rex Barney était en train de mourir et glissait sur ses fesses. Il avait l'air de rire. L'autre a tenté d'épauler son Garand. Le roquet l'a mordu et Corey lui a ouvert la gorge. Ensuite il est entré dans le corbillard en tirant carrément la jambe. Il faisait trop de sport pour sa cicatrice.

Pas besoin de se creuser la tête pour deviner ce qu'il y avait sous toutes ces fleurs qui embaumaient tant que ça puait. Il les a virées. La bombe est apparue, sinistre. Un long suppositoire à enfiler dans le cul de cette bonne ville de Denver. Quelqu'un avait écrit dessus *America First*, à la peinture rouge. Corey a repéré la minuterie, à la queue de la bombe. Il a encaissé dans l'épaule gauche tandis que des vitres s'étoilaient. La Bible du père avait amorti l'impact, l'avait sauvé. Il avait oublié Gus Hunt et son allure de longue sardine trempée dans de l'huile de vidange. En tombant sur le cul, Corey a tiré d'une main, tenant le fusil comme un pétard. Les cloches se sont arrêtées de sonner à tue-tête. Gus Hunt s'est affalé — il avait perdu la moitié de la tête. Il n'était pas beau vivant, mort il l'était encore moins.

Corey n'était pas content de lui, il avait déconné. Ce n'était pas le moment de téter son pouce à la morgue. Il avait à faire. Il a coupé les fils électriques avec son poignard. L'explosion nucléaire était reportée pour l'heure. Il a embrassé la Bible du père ensanglantée, creusée par les chevrotines. Il l'a remise dans la poche intérieure du blouson. Ce n'était pas fini. Il est sorti du corbillard vivant, une rédemption à demi-tarif. Un délai de vie à saisir en promotion sans garantie, sans durée définie. Si quelqu'un avait voulu dire la vérité, il aurait dit que Corey n'était pas frais. Mais personne ne s'occupait de vérité dans ce coin de l'espace-temps près de la South Platte River en ce deuxième lundi d'octobre.

La colère de Dieu

Il a fait le tour du temple en tirant la jambe. Là-dessus, la chorale a chanté comme un coucou pour annoncer que c'était midi pile. Il a gravi les cinq marches du perron en marbre, faisant le plein du magasin de son fusil. Il a poussé un battant de la porte. La chorale composée de filles en chaussettes blanches et en robes bleues et de garçons en costumes bleus était plantée face à lui, l'organiste derrière elle sur une estrade. Il avait une gueule de Marine viré pour alcoolisme, pas de fervente chrétienne. Le pasteur, lui, était sur la droite de la chorale, debout, la tête baissée, les mains jointes sur son bas-ventre — il bandait peut-être ?

Tournant le dos à Corey et faisant face à la chorale, à gauche : les femmes, les filles, les vieilles. La travée au centre. À droite : les hommes, les vieux, les infirmes. Toutes et tous assis. Pas loin de deux cents Fils et Filles de la Lumière.

Corey a fait quelques pas dans la travée centrale. La chorale a fermé sa gueule. Le pasteur a levé la tête et a vu Corey. L'organiste s'est redressé et a épaulé son Winchester M12. Corey l'a dégommé en deux coups au but. Il s'est écroulé en charpie sur l'harmonium qui a couiné dans les hurlements et les cris affolés des Fils et Filles de la Lumière. Corey a tiré en l'air, il lui restait trois balles dans le magasin du Remington.

— Fermez vos gueules ! a-t-il crié. Dieu est en colère. Je suis là pour tuer.

Ils se sont tus, tous tournés vers lui, stupéfaits et terrorisés. Tous, non. Howard Parks a dégainé un .38 et Corey l'a scié net, l'envoyant promener aux pieds du pasteur dont les jambes de pantalon se sont tachées de sang. Kenneth Parks s'est précipité vers son frère en hurlant son prénom. Corey s'est avancé le fusil dans une main, le .45 dans l'autre.

— Je tue sans jugement, a-t-il dit, attention ! Attention !

Une partie de la chorale était à genoux. Le pasteur riait en marchant en rond. Il faisait sa crise. Kenneth Parks avait enlacé son jumeau et lui marmonnait des conneries.

— Si tu crois en Dieu, lui a dit Corey, recommande-Lui ton âme de merde.

Il lui a fait sauter la tête avec le .45 et s'est tourné vers l'homme aux lunettes en écaille. Il s'était agenouillé et suppliait Corey à mi-voix.

— C'est quoi ton nom ? a dit Corey.

— Harmon Stokes.

— Jamais entendu parler.

Corey lui a mis une balle de .45 dans le front. Il s'est tourné vers le pasteur qui avait cessé de rire. Il l'a longuement dévisagé. Ce gars avait de la chance que le papa de Corey ait exercé le même boulot.

— Tous à genoux, a dit Corey, remerciez Dieu de ne pas être en cendres… Allez, chantez !

Il a tiré en l'air avec son Remington. Ils se sont agenouillés et peu à peu se sont mis à chanter « Plus près de Toi mon Dieu ». Corey s'est dirigé vers la porte. Le roquet l'attendait un peu trempé de sang — la mort, c'était salissant.

In memoriam

Des badauds de tout poil étaient massés devant le portail du Temple des Fils et Filles de la Lumière. Corey est apparu, la foule s'est ouverte comme la mer Rouge. Il était extrêmement patibulaire. Corey s'est dirigé vers la cabine téléphonique. Il a lâché le fusil qui est resté raide sur le trottoir. Corey ne marchait pas droit et perdait du sang. Le roquet l'escortait en le matant par moments et en gémissant. Des sirènes de police se rapprochaient. Corey est entré dans la cabine téléphonique, il a composé le numéro de téléphone donné par Minnie Turner.

— Je voudrais parler au Président, a-t-il dit. Ah… C'est vous… Ben, m'sieu le Président, cette bombe, vous la trouverez dans un corbillard au 1605 Little Raven St…

Il a lâché le combiné et a glissé sur le derrière, il a pensé à Jack White.

« Et ce gars qui rabâchait tout le temps : “Je vous l’avais dit ! Je vous l’avais dit que ça allait lui arriver.” »

Sur la piste du Dindon, one more time

14 mai 1955

La femme était éventrée, on lui avait coupé les tétons. Elle s'appelait Ruby Nichols. Elle avait vingt-sept ans, était de taille moyenne, yeux marron, cheveux bruns.

— Ça puait, a dit le shérif Buddy Price, de Bridgeport.

Six cent cinquante âmes, siège du comté de Mono, Californie.

— Ah oui, ça puait… On l'a trouvée à l'étage, dans une des chambres.

Le shérif s'est levé et a rallumé son cigare comme pour répondre à la puanteur par une autre puanteur. Fichu cigare qui ressemblait à un étron de porc séché et peint en noir.

— Elle était morte depuis plusieurs jours, a-t-il confié, ah ouais, le légiste est pas fichu d'en dire plus… Dieu me préserve d'en voir d'autres comme ça dans ma vie… Elle était enceinte… Comme je vous le dis.

Le shérif Buddy Price avait l'air de ne pas vouloir, pas pouvoir cracher tout le morceau.

— Comme vous le dites, a susurré Corey.

Il savait que répéter ce que disait un gars prenait un sens pour le gars. Ça a marché sur le shérif qui n'a pas su quoi ajouter, sont restés à se regarder.

Corey était vêtu comme s'il ne s'était pas fait trouer la peau maintes fois. À croire qu'il avait passé une annonce pour trouver le même blouson de cuir un peu fané. Le reste, la chemise en laine verte, le pantalon beige et les bottes, ça se trouvait si on aimait ressembler à un plouc. Il avait les cheveux argentés, il avait tout de l'homme à femmes.

— Dès que j'ai vu ça, a repris le shérif, j'ai pensé à la note du FBI et je vous ai contacté, agent spécial.

C'était Hoover en personne qui était venu filer l'étoile à Corey, dans sa chambre d'hôpital. Avec le salaire qui allait avec. Il était en mission spéciale à vie, faisait ce qu'il voulait, pouvait cultiver de la marijuana à grande échelle, personne ne l'emmerderait. Il était intouchable comme un pauvre fakir de Calcutta. Il téléphonait tous les jours à l'Agence pour savoir si on les avait prévenus d'un meurtre ou de meurtres avec mutilations et tout ce qui allait avec. C'était tombé hier. Depuis qu'il était sorti de l'hôpital, il faisait toutes les pharmacies du pays. Des bonshommes qui avaient du diabète et se soignaient à l'insuline, ça ne manquait pas… Mais des diabétiques qui avaient la dégaine et la gueule du Dindon, c'était beaucoup plus rare.

Corey avait fait plancher des spécialistes de l'anthropométrie du FBI pour avoir un portrait-robot du Dindon. Il l'avait toujours sur lui… Toujours sur lui et il était toujours sur le tandem, derrière le Dindon ! À pédaler comme un dératé.

Il avait appris la nouvelle à Cochise, Arizona. Pas loin de Tombstone où sa traque l'avait envoyé pour rien. Pas loin de mille miles. Il avait roulé toute la nuit, avait dormi un peu dans la bagnole avant d'arriver ici sur les coups de neuf heures AM. Faudrait qu'il ne tarde pas trop à faire un somme.

— Vous voulez un autre café, agent spécial ?

— Appelez-moi Corey, shérif, je veux bien.

Même s'il faisait soleil, on était vers les deux mille mètres d'altitude. Le poêle marchait avec le café dessus. Ça rappelait un autre bureau de shérif, mais ce n'était pas Ed Wolf qui avait fait le café. Celui du shérif Price pouvait sûrement servir d'insecticide ou de désherbant, tant il était amer. Le shérif Price a empli la tasse de Corey qui a bu une gorgée de cette saloperie. C'était chaud, il n'avait rien mangé depuis la veille à midi. Il a allumé une Lucky. Le shérif Price a grimacé, soupiré, s'est décidé :

— C'est pas tout en ce qui concerne la dame, non, c'est pas tout.

Il a poussé une chemise vers Corey.

— Pardon, c'est comme si je pouvais pas… il y a une limite. Bien sûr, j'allais vous montrer, mais il y a une limite.

Dans la chemise, Corey a trouvé d'autres photos de Ruby Nichols, les premières prises. Elle avait une main de femme enfoncée dans le vagin. Une main gauche. Il y avait des photos de la main, une main de femme avec une bague.

— Cette main, a dit le shérif Price, on sait pas à qui elle est… Il faut être… On peut pas être un homme et faire ça, on peut pas.

Corey a regardé les photos en pensant à l'autre scène de crime. Celle où le Dindon avait tranché la main d'une femme inconnue. Il n'avait pas changé de méthode. Semblait avoir le besoin que ses mises en scène soient plus spectaculaires, attirent l'attention sur lui, sur son *modus operandi*, son style quoi. Il souhaitait peut-être de plus en plus que son statut de tueur en série soit reconnu, que son cas attire l'attention, qu'on le mette à la une.

Corey a allumé une Lucky et s'est emparé d'une autre chemise qui contenait les photos de Bradford Nichols. Assez grand, plutôt maigre. Trente-trois ans. À moitié nu, le cou dans une drôle de position.

— On l'a trouvé dehors, a dit le shérif, à moitié bouffé par les vautours… On lui avait coupé les… Au sécateur… Ouais… Il était à côté de lui.

Il l'a montré emballé dans du plastique, posé sur le bureau : un sécateur banal acheté en promotion chez Ace Hardware pour moins de deux dollars.

— Putain de moine, a-t-il marmonné.

Corey a tressailli et l'a dévisagé.

— Pardon si je vous ai choqué, a dit le shérif Price.

Il a voulu poursuivre, s'est tu. Comme étouffé par toute cette saloperie. Corey s'est emparé de la dernière chemise. Les photos montraient la petite fille pendue par les pieds dans l'entrée de la baraque, lacérée. Elle avait quatre ans, s'appelait Sheri — c'était dur à digérer.

— Ça devrait pas exister des monstres pareils, a dit le shérif Buddy Price. Voyez, j'suis content de pas l'avoir sous la main car j'crois bien que je l'aurais tué net… J'en suis même à peu près sûr.

Il ne pouvait s'empêcher de regarder les deux alliances que portait Corey à l'annulaire. Corey a aspiré une longue bouffée en songeant au cancer, ça devait être une mort crade. Il souffrait un peu de ses blessures, ça s'installerait peut-être, il s'en fichait. Jack White, lui, n'avait pas cette chance. Corey souffrait pour deux. Il a bu son café qui avait refroidi en regardant les photos, le sécateur. Ça ne pouvait être que l'œuvre du Dindon, ou il y avait deux monstres dans le pays.

— Comme j'vous le disais, a dit le shérif, c'était des braves gens, un peu pas comme tout le monde... C'est pas interdit. Ils sont arrivés dans le comté il y a de ça deux ans et se sont installés dans cette ville fantôme pour des raisons, je sais pas trop en fait, je sais pas trop... On disait qu'ils voulaient que des artistes les rejoignent, voyez, des peintres, des écrivains... C'était des rêveurs, quoi. Oh ils se camaient bien un petit peu sûrement et alors, tant qu'ils troublaient pas l'ordre public... Lui, il peignait, c'est ce qu'on m'a dit... Et des tableaux, ça manque pas là-bas.

Corey attendait patiemment, non pas que le poisson morde, mais qu'un fait, un mot attire son attention, mette en route la machine à déduire quelque chose de toute cette merde.

Le shérif Buddy Price a écrasé son cigare et a poursuivi :

— Faut pas croire qu'ils habitaient à Bodie toute l'année. C'est à plus de deux mille quatre cents. L'hiver tous les accès sont bloqués par la neige et au dégel, c'est pire, la boue, on s'en dépêtre pas... Le reste du temps, ils étaient sur la côte. Ils se pointaient fin avril... Ils étaient là depuis trois semaines.

Il s'est tu un instant avant de dire à haute voix ce qu'il pensait :

— Dans quel autre pays au monde on abandonne des villes ?

Corey a pensé à Waxwing Gulch, au feu rouge, au vieux qui écoutait la radio. Il s'est souvenu de cet instant où il avait vu le Dindon. Corey était emmerdé. Le problème c'était le hasard. Dans une histoire, pouvait-il y avoir deux villes fantômes ? Et pourquoi ? Y avait-il un lien, une raison ? Corey s'est senti brusquement accablé. Il n'aurait pas la force de traquer le

Dindon encore pendant des années. C'était désespérant, désespérant oui. Un homme ne pouvait pas être né juste pour ça.

— Vous vous souvenez de trucs sans importance de votre vie, Corey ? a demandé le shérif Buddy Price. Vous savez, ces petits trucs qui passent dans votre tête.

Tu parles ! Corey a acquiescé.

— Je crois que c'est pour ça qu'on peut vivre, a assuré le shérif, parce qu'on est insignifiants comme ces trucs insignifiants auxquels on pense... Pour autant, j'oublierai pas, je crois. Je me suis réveillé cette nuit en sueur...

Il a regardé les tarentules qui peignaient la girafe dans cette espèce d'aquarium. Elles n'avaient pas de palmes et elles étaient moches, velues comme des Italiennes. Il y en avait pas mal dans la Sierra Nevada, des tarentules. Le shérif Buddy Price devait en faire la collection... Ou c'était des pièces à conviction, qui sait ?

— C'est des bêtes pas méchantes, a dit le shérif Buddy Price, mais les gens en ont peur. Elles rappliquent à l'automne...

Il a regardé Corey et Corey a su qu'il essayait de partager avec lui l'impossibilité de vivre.

— Elle on la voyait plus que lui, a garanti le shérif, elle circulait cette année dans une Buick Roadmaster de 52, une Woody.

... Un peu le genre de bagnole qu'un dentiste achetait pour amener sa famille au ski.

— Elle manquait pas de fric, son père était garni. Il est dans l'immobilier, on m'a dit ça. Elle, je crois qu'elle essayait de vendre des babioles, du parfum qu'elle faisait.

Du parfum...

— Elle écrivait aussi... C'est à peu près tout ce que j'ai à vous dire, Corey. C'est le postier qui a découvert ça et le pauvre gars, il est pas prêt de s'en remettre.

Corey a hoché la tête.

— Cette Woody, vous m'en dites un peu plus ?

Elle avait disparu.

— Verte, un vert plutôt foncé, avec des finitions bois… Pneus à flancs blancs.

— Au fait, shérif, vous auriez pas remarqué un truc particulier ? Voyez, y aurait-il pas un détail qui vous aurait turlupiné ? Ou vous auriez senti une odeur…

— J'étais comme un robot, a répondu le shérif. J'essayais de pas vomir ou hurler… Faut pas trop m'en demander.

Il a soupiré et craché dans un crachoir, genre de truc qui disparaissait du paysage.

— Ça ne vous dérange pas si je fais un tour là-bas ? a demandé Corey.

— Ça me dérange pas mais je préfère pas retourner là-bas, franchement. Voyez, j'étais là-bas hier à midi et je crois que je m'en souviendrai jusqu'à ce qu'on me cloue dans le sapin.

— Et le postier ?

— Vous le trouverez au Bob's.

Corey a eu un doute de plus sur sa vie. Et s'il y avait des photos de chiens au Bob's ? Il ferait quoi ?

— Valentine qu'il s'appelle, a continué le shérif, pas de chance pour lui… Valentine Farmer. Vous le reconnaîtrez, pas besoin de vous le décrire… Et il avait pas besoin de tomber sur ce massacre, le pauvre, il avait déjà son compte.

Une femme est passée derrière les vitres, comme affairée. Elle avait une forte poitrine qui l'entraînait en avant, la courbait, relevant son postérieur.

— On dirait qu'elle va quelque part, a dit le shérif Buddy Price. Non, elle va nulle part. On se fait tellement suer dans ce bled qu'on baise plus, pardon de vous le dire, Corey, mais c'est la pure vérité. On fait plus rien à part vivre sans aucune raison de continuer de vivre, putain de moine.

Il a allumé un cigare.

— En plein milieu du bled, a-t-il ajouté, vous pouvez pas vous tromper. J'ai flanqué des scellés un peu partout… Pour ce que ça sert… C'est ouvert à tous les vents. Ils devaient être contre les clefs, on en a pas trouvé une.

Corey a déplié le portrait-robot du Dindon. Il en avait une bonne pile dans ses bagages, au cas où… Tout s'usait, sauf les obsessions. La haine était une forme d'obsession. La haine était un péché terrible, Corey se souvenait de ce qu'en disait son papa. Tous les jours, il se souvenait des mises en garde de Myrtle Tate et de Black. Le problème, c'était qu'il ne pouvait pas résister à l'emprise de la traque. Au fond, le Dindon le tenait. Cette pensée effrayait Corey. Il se rassurait en se répétant qu'il poursuivait un monstre, qu'il fallait l'arrêter. Pour autant, il avait peur d'aller trop loin, de perdre son âme, de commettre l'irréparable — de se substituer à la justice en la faisant lui-même.

Il a tendu le portrait-robot, sa main tremblait. Le shérif Buddy Price s'est emparé du dessin et l'a longuement examiné.

— Inutile de me dire que c'est lui qui a pu faire ça, a-t-il murmuré, c'est lui… Y a pas de doute.

Il a exhalé de la fumée et ajouté :

— Je crois que je vais prier pour que vous le… Oui, je vais prier, Corey.

L'autre Bob's

La patronne, le roquet,
Valentine Farmer, un souvenir

Elle avait des tétons, mais c'était une femme. Elle avait du sang indien, pas de doute. Il n'y avait pas une seule photographie de chien aux murs du Bob's. C'était un bon début. Pas de collection de voitures de pompiers, non plus. Pas de perroquet, ce qui était vraiment bien. Elle avait un œil de verre, c'était certain. Tant que Corey ne savait pas pourquoi ou comment elle l'avait paumé, ça allait. Le gars dégingandé qui parlait à son verre de lait et avait pas mal de tics, c'était forcément Valentine Farmer. Corey a salué tout le monde d'un « Bonjour, m'sieus-dames » et s'est accoudé au comptoir. Il a demandé si c'était possible d'avoir un bon gros sandwich.

— À quoi que vous le voudriez ? a demandé la patronne. Ici, il y a des choses qu'on fait pas, par exemple chier à côté du trou.

Une femme aimable qui avait le sens du commerce.

— À ce que vous voulez, a répondu Corey.

Elle l'a toisé pour voir ce qu'il avait dans la culotte et a gueulé : « Un cheddar-poulet pour un bon client. »

— Et avec ? a-t-elle dit.

Du genre qu'il ne fallait pas non plus sombrer dans l'exotisme.

— Un grand café et puis… J'voudrais bien aussi une tasse de lait tiède.

Elle a tiqué. Elle avait elle aussi une forte poitrine. Peut-être que toutes les femmes de Bridgeport étaient équipées ainsi ? C'était passionnant, sauf que Corey n'était pas sociologue.

— Z'êtes du genre à boire un coup du café, un autre du lait ? a-t-elle susurré, prête à tout pour punir cette folie.

Le roquet a grondé en entrant au Bob's sur les talons d'un gros bonhomme à la tête de citrouille et aux yeux vitreux, devait pas mollir sur la bibine.

— Ah, c'est pour lui ! s'est-elle écriée. Y a rien de mieux qu'un chien comme compagnon, parce que les hommes, entre nous, les hommes, c'est pas des cadeaux… Dehors, toi, je t'ai dit de pas venir le lendemain où tu t'es cuité.

Le gros est ressorti sans discuter, faut dire que la patronne imposait sinon le respect, la méfiance. Elle était capable du pire, il n'y avait pas de doute.

— Comment qui s'appelle votre chien ? a-t-elle demandé presque gentiment.

— L'a pas de nom.

La patronne a soupiré, écœurée par Corey. Elle a tourné le dos, utilisé son percolateur pour bichonner un bon petit lait moussu. Elle a fait le tour du comptoir pour déposer ça devant le roquet qui lui a montré les crocs et a grondé. Elle a gloussé de contentement. Un gars plutôt blanc comme s'il mangeait que des endives sans sortir le nez dehors s'est pointé avec le sandwich dans une assiette. Il l'a posée à côté de Corey en lui murmurant que s'il voulait une épouse pour que dalle, l'affaire était faite à condition de partir avec tout de suite.

— Tu dis pas ça quand je te suce, a dit la patronne.

Infirmant en quelque sorte les propos amers et philosophiques du shérif Buddy Price. En tout cas, le sandwich était le meilleur que Corey ait jamais mangé et il l'a dit.

— Il sait faire que ça, a marmonné la patronne, au moins, il le fait bien.

Corey s'est approché de Valentine Farmer qui n'avait toujours pas touché son verre de lait, marmonnait toujours, en se tordant les mains.

— Vous êtes pas près de l'oublier, pas vrai ? a dit Corey en guise de bonjour.

— Ah non, s'est plaint Valentine Farmer, ah ça non, m'sieu !

Il a saisi son verre de lait en tremblant et a bu une gorgée.

— Vous imaginez pas ce que j'ai vu, ah ça non, c'est pas possible... Pas possible... J'entre et puis voilà que je vois la gosse, ah, m'sieu, c'est pas humain... Pas humain, je vous le dis.

Corey lui a montré son étoile du FBI. Ce qui a déclenché une crise d'angoisse au pauvre Valentine Farmer.

— J'ai tout dit, m'sieu, parole !

— Z'êtes pas venu là pour faire chier le monde, a grogné la patronne.

Sans se retourner, Corey lui a montré son étoile. Elle a marmonné que c'était connu, les gars du FBI avaient une bite et un cerveau pour deux, au meilleur des cas.

— Comme vous connaissiez un peu la baraque, a dit Corey, de votre point de vue, tout était en place ?

— Ah, m'sieu, je voyais que la pauvre petite Sheri... Qu'elle.

Il était au bord des larmes et hochait la tête comme s'il acquiesçait à des propos sur le mal et l'effroi.

— Manquait p't-être un tableau, a-t-il murmuré.

— Un tableau, vous dites ? Savez lequel ? Qu'est-ce qu'il y avait peint dessus ?

— Un motel… Enfin… Dans le genre.

Corey était en alerte. Le Dindon n'avait pas dû partir avec n'importe quoi, sans parler de ce qu'il avait pu laisser, en plus de la main, en provenance d'une autre scène de crime.

— Un motel ? a-t-il répété.

— Oui, m'sieu.

— Et je sais pas moi… Il avait un nom ce motel ?

— Je pense bien, m'sieu, mais je vous dirai que je suis bien incapable de m'en souvenir, m'sieu.

— S'il vous revenait, téléphonez à ce numéro.

Corey a donné une carte à Valentine Farmer avec juste un numéro de téléphone imprimé dessus. Il a fini son sandwich, observé par Valentine Farmer qui ouvrait et refermait la bouche, s'apprêtant à dire le nom du motel et puis la fermant parce que le nom se jouait de lui. Corey savait qu'il ne fallait rien négliger dans une enquête, ne pas craindre de recommencer sans cesse. À la fin de leur carrière, la plupart des enquêteurs étaient usés par la répétition des gestes et des questions. Ils n'avaient plus qu'à devenir gagas, avant de finir impotents. Corey a déplié le portrait-robot du Dindon et l'a montré à Valentine Farmer qui a fait non de la tête, les yeux révulsés par la trouille ou le dégoût.

— Faites voir, a dit la patronne, à moins que les gars du FBI en aient rien à fiche de l'avis d'une femme, ce qui m'étonnerait pas trop…

Corey lui a présenté le portrait-robot.

— J'l'ai vu, a-t-elle dit, oui. Lui, cette gueule de malheur. Oui, m'sieu.

Corey a frissonné, c'était la première fois que quelqu'un reconnaissait le Dindon depuis qu'il présentait le portrait-robot. Il s'est gardé de poser une question pour ne pas risquer de parler simultanément avec la patronne. De lui couper la parole, dévier l'expression de ses souvenirs. Fermer sa gueule, encore une règle numéro un de l'enquêteur.

— On est le 14, a-t-elle dit, samedi... Je l'ai vu mardi 10, oui, mardi... Juste avant midi.

Valentine Farmer avait découvert le massacre, la veille, le vendredi.

— À Mammoth Lakes, a-t-elle révélé, y a rien à Bridgeport, faut tout acheter là-bas. J'avais fini de remplir la voiture. Je me suis arrêtée au White's Lodge. J'avais fait développer et tirer des photos, ils s'occupent de ça aussi en plus des locations. Ils loueraient n'importe quoi, ces gens-là... Bref... Quand je suis sortie de la boutique...

Elle revivait l'instant et ses gros seins se gonflaient au point qu'elle aurait pu s'envoler sûrement.

— C'est là que j'l'ai vu, a-t-elle dit. Il m'a regardée et j'ai détourné les yeux, oui, m'sieu, j'ai pas pu supporter son regard, c'est comme ça... Z'avez une cigarette ?

Corey lui a tendu son paquet, elle s'est servie. Il a allumé leurs cigarettes avec son Zippo, sans faire son tour.

— Il était dans un coupé Plymouth... Belvedere, je crois. Jaune, toit blanc. Jamais vu un tel regard, jamais.

Elle a tiré sur sa cigarette et s'est souvenue...

— Et bonsoir ! En sortant du parking, j'ai croisé Ruby Nichols qui rappliquait dans sa Buick.

Elle associait Ruby Nichols et le Dindon et ça l'horrifiait.

— Je pouvais pas savoir, a-t-elle bredouillé, je l'ai pas dit à Buddy Price parce que je savais pas... Ah, la malheureuse.

Le Dindon avait repéré Ruby Nichols et peut-être senti son parfum… Après, il l'avait suivie.

— Je m'appelle Dallas, a-t-elle murmuré et je ne sais pas pourquoi je vous dis ça… Pauvres gens…

Corey s'est dit que s'il n'était pas pédé, il l'aurait bien consolée — c'était une sacrée bonne femme.

— Je suis née là-haut, a-t-elle confié, déjà les gens partaient. Chaque semaine, il y en avait son lot. Après le grand incendie de 32, ça s'est accéléré. On est arrivés en 35, on était moins de deux cents. La fièvre nous a pris, tous, j'avais onze ans. On était bloqués à cause de la neige, seuls au monde… Ça a duré des semaines… Beaucoup sont morts… Mardi dans la nuit, je me suis réveillée, j'entendais des voix, on m'appelait au secours, m'sieu… Je savais que c'était là-bas… Et je suis pas venue.

C'était ça le moteur, s'est dit Corey, la culpabilité. C'était ça qui le maintenait sur le tandem, dans ce huis clos.

Bodie

Le corps dans le coffre, le souvenir revenu

Un cheval blanc penché au-dessus du vide comme un oiseau et qui semblait vouloir s'envoler au-dessus de la ville fantôme apparue brusquement. Il y avait eu jusqu'à dix mille habitants à la fin du siècle dernier. Corey a ralenti. Il ne craignait pas de renverser un aveugle — il craignait de l'être, de passer à côté. Il s'est garé près des pompes à essence, leurs récipients de verre ne contenaient plus qu'une sorte de boue.

Corey a fermé la portière de sa Ford Customline noire. Sans bouger, il a regardé le bled, cherchant à voir ce qui ne se voyait pas. Puis il a avancé, le roquet sur sa droite. Il avait les oreilles en arrière, avait senti l'épouvante. Corey ne s'est pas arrêté devant la baraque badigeonnée de scellés, elle avait été repeinte en blanc. Juste la façade. Il aurait mieux valu du noir pour le deuil, ou du rouge comme chez Myrtle Tate.

Une girouette tournait en grinçant, la cloche de l'église sonnait par intermittence — et le silence, mon Dieu.

Quelques dizaines de mètres après le 174 Main Street, la scène de crime, il n'y avait plus de traces de pneus. Tout le monde s'était arrêté par là. Ouais, tout le monde, à voir. Si ça se trouvait, il y en avait un qui était revenu sur ses pas et qui avait tué, mutilé. Corey était attentif, cheminait comme un gars qui a ce fameux lumbago du type qui ne tire pas sa crampe et qui en devient chauve. Corey marchait à gauche, revenait en arrière, marchait à droite de la chaussée. Le roquet, lui, était resté en arrière, s'était couché dans un fauteuil à trois pattes. Il prenait un bain de soleil. Lui manquait juste un bermuda et des lunettes noires pour ressembler à un des frères Kennedy. Le roquet était décisif sur les coups pourris, il l'avait prouvé. Sinon, il était assez fainéant — pas l'enquêteur modèle. Corey est passé devant une boutique tout ouverte comme si les clients allaient venir d'un instant à l'autre, mais il n'y avait plus rien à vendre, plus de viande. Il restait des crochets, une scie.

Corey a repéré l'empreinte laissée par une Thorogood, à deux cents mètres du 174, même côté. Pas de doute, c'était le Dindon. Empreinte du pied gauche, indiquant un défaut de pronation. Corey s'est redressé et a écouté la ville.

La ville lui a dit : « Nous avons baisé à couilles rabattues, prié et bu, dansé, couru, putain de moine ! Nous sommes morts et nous sommes nés, tout ça en vain, car nous avons acheté et accumulé des choses et les choses nous ont possédés. »

C'était ça la vérité. Elle tonnait dans la bouche de la ville fantôme et Corey savait que Jack White avait été assassiné par les choses qui avaient pris le pouvoir sur les hommes. Pour autant, Corey n'avait pas tout à fait perdu pied. Il s'est arrêté devant une baraque jadis peinte en vert. Devant la double porte en bois du garage, des traces de pneus. Des Goodyear, état neuf. Peu importait. Ce n'était pas en 1935, lors de la grande fièvre obsidionale, que la bagnole était entrée dans le garage. Corey a ramassé une tige en fer fileté qui traînait et a poussé une des portes. Deux détonations ont pété simultanément et la porte a été criblée de chevrotines. Le Dindon l'avait rattachée à la détente d'un fusil de chasse… Comme ça celui qui rentrait sans réfléchir…

Ça puait la mort. Les tôles et chromes de la Plymouth Belvedere vue par la patronne du Bob's luisaient comme dans une publicité pour les voyages en amoureux.

Le fusil à canons superposés était tombé à terre. Un Darne, une arme française. Il avait dû être posé sur le fût métallique. La corde, détendue, était toujours attachée à ses détentes.

Corey a avancé dans le garage, à peu près persuadé qu'il ne risquait plus rien. Il avait envie de dire « Stop ». Il en avait assez de l'horreur. Un petit bout de prière écrite pour lui par sa maman s'est posé sur ses lèvres amères :

— Quand je vois l'eau qui court, a-t-il murmuré pour se donner du courage, l'eau si claire, je sais que le Seigneur est là partout et me protège. Quand j'entends le vent, quand je vois le blé tout jaune, je sais que le Seigneur est là, partout, et me protège.

Il n'a pas marché sur le sécateur, un autre sécateur à couper les hommes.

Il a déplié son mouchoir à ramasser les souvenirs de crimes et a ouvert le coffre. Une femme, à moitié nue, énucléée. Le poignet gauche sectionné. Sa main droite tenait une carte d'identité. Dans un premier temps, Corey ne voulait pas y toucher. Il ne voulait pas que la piste du Dindon refroidisse au point de disparaître pour des mois ou des années. Il s'en est voulu. Un enquêteur sérieux ne pouvait pas faire ça. Avec le mouchoir, il a saisi la carte d'identité, c'était celle de Doris Floyd. Le passé revenait comme un express. Le Dindon jouait encore, encore. Corey a reposé la carte à côté du corps. Il a refermé le coffre. Il a inspecté l'habitacle avec sa torche, n'a rien trouvé de matériel. Mais malgré la puanteur, il a identifié le parfum que portait la victime : *N° 5* de Chanel. Il avait exercé son odorat, en savait un rayon sur les parfums maintenant.

Le roquet l'attendait dans la rue, devant le garage. Le poil hérissé, il grondait. Il n'aimait pas l'odeur de la mort. Tous les deux sont allés rejoindre le 174 Main Street.

Du sang séché devant la porte que Corey a poussée. L'entrée était vaste, l'escalier partait sur la droite. La fillette avait été pendue là. Traces de sang sur les murs, partout. Partout des tableaux comme des cartes postales, des paysages, des bouts de rues, de villes. Sûrement des reproductions de cartes postales ou de publicités. Sauf le visage de Ruby Nichols qui souriait trop connement pour que ça ne finisse pas mal. Sur un des murs tapissés de papier à très grosses fleurs bleues, le tableau emporté par le Dindon avait laissé sa trace. Emporté n'était pas le mot. Il avait été choisi, forcément. Et pourquoi ?

Corey est monté à l'étage. Les draps, le tapis, les murs étaient ensanglantés. C'était attendu. Corey a reniflé les draps : ils sentaient *N° 5*. Il a trouvé le flacon vide posé en évidence sur une étagère. Le shérif Buddy Price ne l'avait pas vu mais il n'avait pas passé sa vie sur les traces du Dindon.

Corey a entendu un bruit de moteur surmené. Il est descendu en vitesse. Il est sorti, la main droite sous son blouson, prête à saisir la crosse de son S & W .44 Magnum. Le revolver prévu pour stopper un dinosaure. Pas besoin. C'était le camion du postier qui rappliquait comme si le conducteur avait croisé le Diable. Il était passé par là et était allé semer l'épouvante ailleurs. Le camion traînait un nuage de poussière et cahotait, décollait sur les bosses. Il s'est arrêté en se mettant en travers. Valentine Farmer en a jailli et a bredouillé très fort une suite incompréhensible de mots. Corey s'est efforcé de rester neutre. Surtout ne rien dire pour laisser Valentine Farmer extirper de sa mémoire le souvenir… Il a fini par y parvenir, à s'exprimer intelligiblement :

— Le Red Shadows Inn… Le Red Shadows Inn, c'est ça ! C'est le nom du motel sur le tableau, oui, le nom du motel.

Il était si heureux de s'en être souvenu qu'il en riait. Corey, lui, était lancé à pleine vitesse dans le passé. Le motel surgissait dans sa mémoire, lugubre, émergeant du brouillard au bord de la rivière Kiamichi, si verte, si glauque.

Vingt et un ans plus tard, le Dindon revenait là où il avait assassiné les parents de Corey. À Talihina, Oklahoma. Et c'était juste du hasard, il ne pouvait pas savoir que Bradford Nichols peignait des cartes postales choisies au gré de ses envies, et du hasard encore.

Valentine Farmer regardait Corey avec crainte, il craignait d'avoir dit quelque bêtise… Corey a réussi à hocher la tête et a bredouillé que c'était capital, très important. Il a chassé Le Red Shadows Inn de son esprit et a dit à Valentine Farmer qu'il fallait prévenir le shérif Buddy Price : une femme à la main coupée était dans le coffre d'une Plymouth Belvedere, un peu plus haut dans Main Street. Il a tapoté sur l'épaule de Valentine Farmer et lui a dit merci.

Il n'avait plus rien à fiche là, ça serait la première fois qu'il quitterait une scène de crime sans l'avoir minutieusement inspectée. Il n'avait pas le temps. Le Dindon avait massacré les Nichols le 10. Il avait dû partir de Bodie le 11. Il n'avait pas besoin de se presser. Il savait où il allait. Arrivé sur place, il assassinerait des gens et laisserait le tableau volé sur les lieux de son dernier massacre.

Mille six cent cinquante miles pour rejoindre Talihina. Corey avait trois jours de retard sur le Dindon.

Le Red Shadows Inn

Le bâtiment principal — réception, restaurant, salle de jeu et logement des propriétaires — était en bois, le toit en une seule pente côté nord, la façade donnant sur la rivière. Il était construit en grosses planches peintes en rouge, surplombait le parking et les dix-huit chambres, qui étaient réparties dans les deux ailes d'une construction en « v », aux deux branches formant un angle à cent cinquante degrés. Pas de problème de vis-à-vis. Cette construction en pierre et bois peint en rouge tournait le dos au bâtiment principal, séparée de lui par le parking et un pré.

Corey se répétait, se répétait ses souvenirs. C'était là que ça se passerait, il était prêt. Enfant, le motel l'inquiétait, semblait l'appeler pour l'étouffer dans son histoire. On disait que jadis une famille avait été massacrée là.

Il conduisait pied au plancher : le but c'était de niquer le Dindon, pas de temps à perdre.

Le Enola Gay

Un renseignement précieux, Tommie Paulson

Corey s'est garé sur le parking du Enola Gay, c'était vers les dix-huit heures. Il roulait depuis quatre heures à peu près. Il n'avait pas fait deux cents miles. Il venait de s'endormir au volant, avait manqué quitter la route. Il est sorti de la Ford. Il avait plu, le roquet a bu dans une flaque d'eau. Corey est entré dans le bar. Ambiance sombre. Aux murs lambrissés, des photos sous-verre du B-29 qui avait largué *Little Boy*, son équipage, tous bronzés et souriants. Le champignon atomique tout tordu et silencieux au-dessus de la ville. Rien de bien méchant quoi, des souvenirs. Et derrière le bar, la fille était jolie et a souri à Corey, gentiment.

— Faut pas vous faire du mouron comme ça, a-t-elle dit.

Corey a hoché la tête, elle avait raison. Elle portait *Youth Dew*, d'Estée Lauder. Ça lui allait bien. C'était une fille à qui tout devait bien aller — Corey lui a commandé un café.

— Croyez pas que je veux moisir ici, a dit la fille, mais j'ai pas Le plan encore… Un café comment ?… Pour un type avec vos yeux, faut de la crème.

— De la crème, alors.

Corey a allumé une cigarette. À côté de lui, un gars a dit à un autre gars que cette histoire de Sabre qui avait atterri sans pilote, c'était juste des conneries. Il se trouvait que son pote Johnny Hofer avait piloté un Sabre en Corée et d'après lui, c'était pas plus possible à un Sabre d'atterrir tout seul qu'à un dromadaire de faire du ski. Le roquet a gratté le mollet de Corey. Il a demandé un doughnut à la fille. Elle lui a dit que c'était bien d'être gourmand, que ça soignait de la mélancolie. Il l'a donné au roquet. Elle s'est penchée au-dessus du bar. Elle a souri, déclaré qu'il était mignon. Il lui a montré les crocs en grondant, le roquet quoi.

— Partir, a dit la fille, ça doit être bien… Vous êtes psychologue, ce genre ?

— Non.

— On dirait, je vous parle comme si j'avais confiance.

Corey lui a commandé un autre café, la nuit serait longue. Il l'a bu tranquillement, en a grillé une autre. La fille a augmenté le son de la radio pour écouter Elvis. Corey est allé pisser, puis a téléphoné à l'Agence. Son correspondant lui a dit qu'une pharmacie de Poteau — comté de Le Flore, Oklahoma — avait signalé une commande suspecte d'insuline. Faite par un enfant. Rupture de stock. La pharmacie n'aurait de l'insuline que le lundi en fin d'après-midi. Corey a raccroché — Poteau était à trente miles de Talihina. Il a payé, a dit au revoir à la fille qui lui a dit de mener la belle vie. Ils sont sortis avec le roquet. Corey était à peu près sûr que le lundi le Dindon viendrait en personne à la pharmacie. Il ne recommencerait pas deux fois de suite d'envoyer un commissionnaire.

Il avait besoin de son insuline, c'était vital pour lui.

Le Dindon irait à Talihina car c'était là qu'il avait tué les parents du shérif Nick Corey à qui il avait échappé. Il reviendrait pour montrer sa toute-puissance au fils de ses victimes. C'était presque certain qu'il irait au motel, oui, ça se tenait, c'était une sorte d'évidence pour Corey. Ça collait parfaitement avec le *modus operandi* du Dindon. Il irait là-bas. Et il tuerait comment ? Et qui ? N'importe qui, n'importe comment ?

Corey avait depuis longtemps pensé à ce qu'il pourrait faire pour baiser le Dindon. Il avait essayé d'anticiper, avait bien sûr songé au parfum. Bien sûr. Mais il ne pouvait pas se parfumer et vamper le Dindon. Le Dindon aimait bien massacrer une femme parfumée, si possible une jolie femme parfumée et puis tout ce qui bougeait autour. Pas un gars mal équarri avec des grosses mains et un gros nez. Corey fumait une Lucky dans la bagnole, sa vitre descendue pour ne pas gazer le roquet qui sommeillait. Le Dindon irait à Talihina après la pharmacie et puis ? Il pensait à quoi ? Quel scénario ?

Pour revenir sur les lieux de son crime, c'était râpé. La baraque des parents de Corey avait brûlé pendant la guerre. Corey l'avait su quand il était allé se recueillir sur leur tombe lorsqu'il avait été démobilisé. Il n'était pas revenu à Talihina depuis. Le Dindon, lui, ne savait pas que la maison avait brûlé. Et il allait forcément y passer. Impossible d'imaginer qu'il ne le fasse pas. Et il aurait pu imaginer massacrer ceux qui auraient habité là-bas… Cependant il ne trouverait que des ruines.

Profaner la tombe des parents de Corey ? Pourquoi pas. Mais ce qui comptait pour lui, c'était de ramener le tableau du motel au motel, au Red Shadows Inn, pour jouir en mêlant le passé et le présent.

Comment Corey pouvait-il jouer ses billes ? Il y avait trop de possibilités pour tenter d'être partout à la fois. Pour la première fois, son instinct ne lui donnait pas la marche à suivre. Il hésitait à choisir. Corey voyait venir l'été dans le ciel, ça lui faisait de la peine et il avait honte d'avoir de la peine. Honte de vivre, de survivre à Jack White. D'être toujours là avec son obsession qui lui masquait tout ce qu'il ne voulait pas affronter, vivre simplement. Et après le Dindon, il ferait quoi ? Se ferait sauter la tête avec son S & W ?

Il s'est aperçu qu'il s'était endormi quelques secondes. Il fallait qu'il se réveille. Il a démarré et a manœuvré pour sortir du parking. Il a freiné et est reparti en marche arrière, a stoppé.

— Attends-moi, a-t-il dit au roquet qui n'a pas répondu.

Corey est rentré au Enola Gay, croisant les deux gars qui en connaissaient un rayon sur les sabres. La fille derrière le comptoir lui a souri. Corey s'est approché d'elle et lui a montré son étoile du FBI.

— Un gars du FBI ? a-t-elle murmuré en regardant l'étoile.

— Pour vous servir, m'dame.

Corey a remballé son insigne.

— Comment que vous faites vous les flics pour montrer vos insignes sans qu'on voie vos noms, à peine vos visages… On vous forme pour ça ?

— Oui, m'dame.

Elle a souri.

— Je pensais que vous étiez un gros dur, voyez ? Qu'aurait changé… Que vous étiez une sorte de prédicateur, voyez ? Une brute repentante qui voulait la paix dans le monde…

Prédicateur, c'était pas loin d'être vrai, a songé Corey. Il savait là qu'il allait franchir un interdit, entraîner un innocent dans une sale histoire. Il ne voyait pas d'autre solution… Ce n'était pas vrai. Il y avait une autre solution : mettre le FBI sur le coup. On ne lui refuserait pas l'aide, on ne lui refuserait rien. Il était le protégé du Président, ce qu'il voulait, il l'avait. Il se trouvait qu'il voulait la peau du Dindon. Il voulait se le faire, lui, Nick Corey. Et il entraînait la gamine dans ce coup pourri. Il allait réserver deux chambres pour lundi soir au Red Shadows Inn, ça se terminerait là-bas ou ça ne se terminerait jamais. Deux chambres, pour un frère et une sœur. Craig et Kathryn Copeland par exemple.

— Et puis ? a-t-elle dit, et puis ? Vous voulez quoi avec votre p'tite étoile ? Que je balance qui ? Quoi ?

— Vous gagnez bien votre vie, m'dame, si je peux me permettre ?

— Un peu moins que pas trop mal.

— Trois mille dollars jusqu'à mardi au plus tard, ça vous tenterait ?

— Je vois que vous êtes sérieux… Vous payez les gens maintenant au FBI ?

Corey a acquiescé.

— Dans certains cas.

— Pour faire quoi ? a-t-elle demandé en enlevant son tablier. Je gagne pas ça en un an… Et puis j'en ai un peu marre d'ici.

Elle a fait le tour du comptoir, décrochant au passage une veste dont elle s'est vêtue.

— Payable d'avance, possible ? a-t-elle demandé.

Corey a sorti une liasse d'une poche intérieure de son blouson et a compté trente billets de cent dollars. Il les a tendus à la fille qui les a pris.

— Au fait je m'appelle Tommie, Tommie Paulson… Et vous, au fait ?

— Jack White.

Elle l'a dévisagé comme si elle savait qu'il mentait.

— Et dites, c'est quel genre de travail, entre nous ?

— De salubrité publique, voyez, Tommie. Une bonne action, c'est ce que vous allez faire.

— Y a des risques ?

Il a écarté les pans de son blouson, dévoilant son S & W en guise de réponse. Il ne pouvait pas lui mentir, lui dire que c'était une promenade de santé. Elle a accepté cette réponse. Il s'en est voulu mais il ne pouvait pas faire autrement. Il avait besoin d'elle — ils sont sortis.

— Je suis pas mécontente de me tirer de là, a dit Tommie. Je viens en stop... Je me suis pas encore fait violer mais ça arrivera.

Ils se sont dirigés vers la Ford Customline.

— Faudra vous mettre à l'arrière, rapport au roquet qui est très désagréable.

Corey a ouvert la porte arrière côté conducteur pour la laisser s'installer. Elle s'est installée, le roquet s'est retourné et l'a toisée en grognant.

— Voyez la boîte sur la plage de la lunette arrière ? a dit Corey en démarrant. Eh bien, ouvrez-la, s'vous plaît, Tommie.

Elle a saisi la boîte en carton et s'est emparée d'un flacon de *Shalimar* — Guerlain, France. Il l'avait acheté il y a plusieurs mois. Au fond, cela faisait longtemps qu'il préparait son coup, sans en avoir vraiment conscience, sans vouloir le savoir.

— Votre travail, a dit Corey, c'est de vous parfumer et puis on achètera une robe en route.

Il a manœuvré pour sortir du parking. Lundi matin, il demanderait au FBI de téléphoner au Red Shadows Inn pour savoir si un homme répondant au signalement du Dindon — qui serait donné au téléphone — était arrivé dans leur établissement ou si un homme avec une élocution spéciale avait réservé une chambre… Ou s'ils avaient eu une réservation pour un homme seul.

Tommie a débouché le flacon et l'a humé. Elle a déclaré que ça sentait drôlement bon cette vacherie-là. Elle s'en est mis dans le cou. Le roquet l'a rejointe quand Corey engageait la bagnole sur la route. Il a posé son menton sur les cuisses de la fille et l'a regardée. Elle lui a caressé la tête, il ne l'a pas mordue. Elle a baissé les yeux sur le plancher et aperçu les gants chirurgicaux, une scie et un sécateur.

— Vous faites quoi avec cette scie et ce sécateur ? a-t-elle dit.

Corey a tiqué, il avait oublié ça. Il ferait mieux de raccrocher.

— Et puis cinq mille dollars pour oublier, a-t-il dit en scrutant Tommie dans le rétroviseur intérieur, tout oublier.

— À ce point ?

— Des fois, faut nettoyer en profondeur.

— Ah ouais… Et on fait du jardinage et un p'tit barbecue entre amis.

— C'est ça… Exactement ça.

— Cinq mille ? a marmonné Tommie.

— Comme vous dites.

Elle a regardé par la vitre et a vu, de l'autre côté de la nuit, cet hôtel en bord de mer. Au Mexique, par exemple, avec huit mille dollars, tu achetais ce que tu voulais.

— Tout oublier, a-t-elle murmuré, je sais faire. Nous les femmes, on est souvent obligées d'oublier.

Elle serait parfumée dans sa chambre au Red Shadows Inn. Se brosserait les cheveux à la fenêtre, en déshabillé. Dehors, le Dindon serait là et materait, puis s'avancerait pour violer et massacrer…

Poteau, quatre mille sept cents âmes

16 mai

Le gars habillé comme un placier en assurances et qui marchait tranquillement dans Broadway Street le long des bagnoles garées en épis, ce gars-là, c'était Nick Corey. Pour savoir que c'était lui, il aurait fallu réanimer sa mère. Derrière ses lunettes de gars qui ne voyait pas trop bien, il matait les bagnoles. Il ne croyait pas au petit Jésus et était à peu près persuadé que le Dindon ne roulait plus dans la Buick de Ruby Nichols. Il cherchait une bagnole qui pouvait être celle utilisée par le Dindon. Le Dindon avait pu en piquer une ou tuer une victime de plus pour rouler dans sa bagnole ou vendre ou échanger celle de Ruby Nichols. Tous les vendeurs de bagnoles d'occasion n'étaient pas des saints.

La pharmacie fermait dans un quart d'heure.

Corey luttait contre l'envie de dormir. Il s'était bourré de comprimés de caféine. Il avait conduit pendant quinze heures pour arriver à Bridgeport et vingt-huit heures et une crevaison pour arriver dans un motel à McAlester. Ils avaient dormi une paire d'heures et puis ils avaient acheté des vêtements, chaussures, lunettes avant de prendre la route pour Poteau — soixante-dix miles par là.

Le ciel tirait sur le vert, il était pâle comme s'il avait eu une crise de foie. L'obscurité marchait à sa rencontre, se répandait de partout. Les néons s'étaient allumés, projetant des reflets sur les carrosseries, les flaques d'eau. La vente devait continuer jusqu'au bout. Les lumières s'éteindraient lorsque les tiroirs-caisses seraient vidés dans les portefeuilles.

Le Dindon devait se manifester. Il avait besoin d'insuline. Un petit marmot noir qui courait en rigolant a percuté Corey. Sa mère l'a pris par le bras, violemment, s'est excusée sans regarder Corey. Le marmot a perdu son sourire, cent ans d'esclavage quoi.

Corey a entendu la bagnole qui arrivait dans son dos, elle est passée lentement. Corey n'a pas tourné la tête. Il a vu la bagnole apparaître dans son champ de vision de trois quarts arrière, les veilleuses allumées. Corey a su que le conducteur, c'était lui, le Dindon. Il a frissonné. Un type massif, à la silhouette estompée par les vitres teintées. La bagnole était une Chevrolet Styleline Deluxe, noire. Récente, immatriculée en Oklahoma.

Corey a refoulé la pensée que c'était trop facile, trop évident. Mon cul, cela faisait vingt et un ans qu'il attendait ce moment.

Il a traversé la chaussée, pour voir sous un autre angle. Il n'a pas accéléré le pas. Le clignotant gauche de la Chevrolet s'est déclenché. La voiture s'est rangée en marche avant. Corey a continué d'avancer. Il est passé à la hauteur de la Chevrolet et a continué. Cent mètres plus loin, il est arrivé au niveau de l'arrière de sa Ford. Il s'est arrêté pour allumer une cigarette. Il a poursuivi sa déambulation de placier en assurances.

Il est passé devant la pharmacie, à l'angle de Cherry Avenue et de Broadway Street. Il a fait une cinquantaine de mètres, a traversé la chaussée et est revenu vers la pharmacie. La femme en noir avec des lunettes de soleil qui est sortie de la Ford, c'était Tommie forcément. Là-bas, le Dindon est sorti à son tour de la Chevrolet, grand. Coiffé d'un chapeau. Il avait un blouson sur sa salopette, peut-être pour cacher une arme ? Lui aussi avait des lunettes. Même à cette distance, il était inquiétant. Un type s'est retourné à son passage, une femme s'est écartée quand elle l'a croisé.

Il tenait le Dindon ! Il pouvait enfin le baiser, stopper tout ça. Corey s'est débarrassé de sa cigarette. Il a traversé Cherry Avenue et est entré au Sooner Bar. Il a commandé une Budweiser. Le Dindon est passé. Il a semblé à Corey qu'il entendait une sorte de rumeur épouvantable. Les plaintes des victimes en come-back. Du grand-guignol, ce n'était pas le moment. Le barman a rappliqué vers Corey en disant à un autre client :

— C'était un gars qui disait toujours « Je vais vous en raconter une bien bonne », alors on l'écoutait et puis un jour il est mort.

Il s'est esclaffé. Il a posé la canette devant Corey qui a mis un dollar sur le comptoir et a bu au goulot. Il s'est passé le film : le Dindon était entré dans la pharmacie. Tommie, à la caisse, demandait des conseils pour une crème de nuit. Elle était de dos, avec sa veste et ses jolies jambes. Elle sentait *Shalimar*.

Bien qu'en alerte, le Dindon devait apprécier. C'était son type de victime. Tommie se retournait et souriait au Dindon. Ce qui ne devait pas lui arriver souvent. Elle a pivoté vers la pharmacienne et lui a dit qu'elle avait loué une chambre au Red Shadows Inn, à Talihina. Est-ce que c'était bien pour une femme seule ? La pharmacienne, commerçante, a dû lui répondre que oui. Si ça se trouvait, elle ne connaissait pas ce motel. Tommie lui a appris qu'elle repartait le lendemain pour aller au mariage de son frère à Wichita, ce n'était pas la porte à côté. Une grande bavarde, cette Tommie. Elle a choisi une des crèmes et a payé. Elle a laissé sa place au Dindon et a fait mine de partir. Le Dindon s'est avancé et a montré son ordonnance à la pharmacienne qui a dû s'efforcer de ne pas réagir comme demandé dans la note d'information et avis de recherche concernant le Dindon.

Tommie s'est arrêtée sur le seuil de la pharmacie, est revenue sur ses pas. Elle a ôté ses lunettes de soleil et a souri au Dindon avec ses beaux yeux bleus. Lui son plaisir, c'était de les enlever de leurs orbites. Il a dû apprécier. Elle sentait très bon, un parfum rare et capiteux. Il devait bander. Tommie a fait semblant de s'intéresser à des produits pour la beauté de la femme ou autres, selon ce qu'elle trouverait à regarder. La pharmacienne a posé l'insuline sur la caisse, le Dindon a payé. Tommie s'en est allée en souriant généreusement à la cantonade. Le Dindon allait lui emboîter le pas… Après, on verrait…

Tommie est apparue, est entrée en coup de vent au Sooner Bar. Ça coinçait, ça coinçait méchamment. Le film ! Tu parles, Corey ! Tu parles ! Ton film, c'est un four.

Corey l'a prise par le bras, ils sont sortis. Dehors, elle lui a dit que le Dindon avait payé, mais qu'il avait fait le tour de la caisse. La pharmacienne avait protesté. Ça ne l'avait pas perturbé. Il avait disparu dans l'arrière-boutique. La pièce qui servait de remise donnait dans Cherry Avenue. Et puis, il ne ressemblait pas au Dindon, ce n'était peut-être pas lui ?

Peut-être pas lui…

Corey s'est trouvé débile. Le gars envoyé par le Dindon l'avait retrouvé. Il avait une autre voiture planquée dans Cherry Avenue ou à proximité. Le Dindon s'était méfié et avait pris le maximum de précautions — deux bagnoles. Et un commissionnaire adulte pouvant lui ressembler.

— Attendez-moi dans la Ford, a-t-il dit.

Tommie s'est dirigée vers la Ford. Corey a avancé sur le trottoir, vers un attroupement à la hauteur de l'endroit où le Dindon avait garé la Chevrolet. Une Pontiac Cruiser noir et blanc équipée d'un phare rouge sur le toit stationnait sur la chaussée. La patrouilleuse des poulets du coin. Entouré de badauds, un homme parlait avec un adjoint du shérif de Poteau, lui disait qu'on lui avait volé sa voiture. Il y a de ça à peine deux heures comme il l'avait signalé en déclarant le vol. Et qu'il venait de la retrouver, par hasard, en revenant justement du bureau du shérif. Il hochait la tête, parlait en gesticulant et a déclaré qu'il payait un coup à tout le monde.

Corey était perdu. Il devait prendre une décision, d'autres décisions ou arrêter, arrêter tout de suite, là. Maintenant. Il a fait quelques pas et à l'angle de Plum Avenue et de Broadway Street, un bonhomme digne comme un billet de dix dollars haranguait trois vieilles mamans noires, un aveugle blanc comme sa canne et un gros chien un peu pelé et il leur disait : « N'entraînez pas dans le péché les innocents, dites non à Satan qui veut vous rendre pareil à lui-même. Ne confondez pas vos actions avec celles des autres, même si elles vous paraissent justes. La seule justice est celle du Seigneur, Lui seul sait ce qu'est la justice ou l'injustice. » Il s'est tourné vers Corey et a ajouté : « Toi qui as péché une fois de plus, va réparer ta faute en demandant pardon à Notre Seigneur, lève tes yeux vers Lui et attends Sa grâce. »

— Pardonnez-moi, a murmuré Corey.

À qui parlait-il ? Les mamans l'ont regardé. Il s'est barré. Le Dindon avait prouvé une fois de plus qu'il était retors, intelligent. À cette heure, il pouvait être déjà à quinze miles de là. Peu importait. Corey l'attendrait dans la chambre de Tommie. Elle y était restée un peu plus d'une heure en fin de matinée. Corey lui avait dit de ne pas lésiner sur *Shalimar*, d'en mettre partout. Au cas où le Dindon serait passé au Red Shadows Inn avant la pharmacie. Il était fou, idiot, tout ça était dérisoire, absurde. Il avait déraillé, fait passer la vengeance avant l'enquête. Il avait voulu mettre en scène l'enquête, lui mettre un point final. Ce n'était plus du boulot d'enquêteur, c'était une conduite criminelle, hors la loi. Il avait délibérément mis la vie de Tommie en jeu, en danger. Se servir d'elle comme appât, c'était dégueulasse. En vérité, il était prêt à la sacrifier. Une honte, oui.

Une femme a débouché de Cherry Avenue. Elle titubait et hurlait qu'un homme était égorgé, que c'était épouvantable. Elle s'est affaissée dans les bras d'un passant qui a manqué partir avec elle dans le décor. Un des flics que Corey avait vus s'est mis à courir vers eux. L'autre a sauté au volant de leur patrouilleuse. Il a fait demi-tour, sirène en action.

Le Dindon avait dégommé son commissionnaire.

Corey a traversé Broadway Street, est revenu vers la pharmacie. Il a tapé sur le coffre de sa Ford. Il a continué sur deux cents mètres et a ouvert la portière d'une Dodge Coronet qu'il avait louée à un garagiste de Poteau en début d'après-midi. Et il n'avait pas été foutu d'imaginer que le Dindon pouvait faire pareil, avoir deux bagnoles à sa disposition.

Corey s'est installé au volant et a refermé la portière. Le roquet le regardait, il aurait voulu parler sûrement. Corey a caché son visage dans ses mains. Il n'en pouvait plus. Il a dû s'endormir. Un klaxon l'a réveillé. Il a démarré et a quitté le stationnement. Un gars lui a fait des appels de phares. Il avait oublié d'allumer les veilleuses. Il a quitté la ville. Une femme en deuil remorquait un gamin qui avait un masque de clown. Pourquoi était-ce si désespérant ? Une étoile filante a dégringolé du ciel, s'est éteinte à bout de souffle.

Une autre séparation

À dix miles de Poteau, Corey a ralenti et s'est engagé sur une piste. Les pinceaux des phares ont agrafé la Ford Customline, garée le long d'un banc de nuages qui frémissaient comme l'immense forêt de trembles. Tout autour de la bagnole, des centaines de grumes étaient empilées méthodiquement, montant à plusieurs mètres au-dessus du sol. Comme si le but poursuivi était de convertir la forêt en jeu de construction pour malades mentaux.

Corey a stoppé derrière la Ford, éteint les phares. Il est sorti, ça sentait si bon pourtant. Corey s'est assis à côté de Tommie. Elle tenait une cigarette dans sa main droite, jouait avec. Corey a sorti son Zippo et a allumé leurs cigarettes.

— Vaut mieux arrêter, a-t-il fini par dire. Partez avec cette bagnole. Laissez-la à une gare…

Il ne savait plus, ne parvenait plus à penser, à continuer ce jeu criminel.

— Faut arrêter, a-t-il répété, faut arrêter.

— Je te laisserai pas, a murmuré Tommie, c'est pas mon genre… Je suis embarquée, Jack.

Corey s'est efforcé de ne pas hurler.

— Je m'appelle Nick Corey, je vous ai menti... Pour... Je suis qu'un pauvre minable.

Il s'est tu et a écrasé son mégot dans le cendrier.

— Je sais que tu t'appelles Nick Corey. Quand tu t'es endormi hier dans la bagnole. Je t'ai fait les poches...

Ils se sont regardés.

— Il est mort, a dit Corey, en s'efforçant de ne pas pleurer.

Elle lui a caressé la tempe avec la main.

— Tu es un chouette gars.

— Je suis un pauvre pédé, juste un pauvre pédé, Tommie... T'entends ?

Elle a hoché la tête.

— Je suis pas sourde, Nick. T'as le droit d'être pédé et moi j'ai le droit d'être moi.

Corey était assommé par la gentillesse, la bonté de Tommie. C'était injuste. Il ne lui donnait rien et elle, elle refilait tout son tapis, d'un coup. Sans voir. Une chouette fille.

— Écoute-moi, Tommie... Écoute-moi comme tu écouterais ton papa... D'accord ?

Elle a ri.

— Mon papa ! Tu es drôlement beau et quoi, tu as dix ans de plus que moi, p't-être un peu plus... Mon papa, tu me fais rire.

— Tommie, le gars que je veux coincer, c'est le pire des criminels, ma parole. Ce qu'il a fait, c'est inconcevable... Tommie, j'avais pas le droit de t'entraîner là-dedans, c'est une honte que je l'aie fait. Une honte... Tommie, le plus beau cadeau que tu puisses me faire, c'est de m'écouter, de te tirer... Que je sois au moins sûr que toi, je t'ai pas conduite au pire... Tommie, pitié, écoute-moi, écoute-moi.

Elle l'a enlacé et ils sont restés longtemps comme ça. Il s'est séparé d'elle. Elle pleurait. Il est sorti de la bagnole. Il s'est remis au volant de la Dodge. Il a attendu, puis il a entendu le moteur de la Ford. La voiture a bougé lentement, a fait demi-tour, ses phares se sont allumés. Elle a disparu sur la piste. Et dans les rétroviseurs et devant Corey, et autour de lui, et plus loin, il le savait, il n'y avait que la nuit.

Alors il s'est endormi par faiblesse, désespoir, il savait bien que tout était fini, qu'il ne lui restait même pas lui-même. Il avait disparu dans son long soliloque qui lui avait fait perdre la raison et le peu d'amour qu'il avait en lui.

Le sommeil

Il entendait le roquet gémir, voulait bouger, se lever, se réveiller… Il n'y parvenait pas. Corey s'est éveillé à bout de souffle. Il suait, avait envie de dégueuler. Il avait dormi, le con. C'était une heure. Il ne voulait pas que le passé se reproduise. Il disait : « Mon Dieu, s'il Vous plaît, s'il Vous plaît. » Il a démarré en marmonnant des « non » à la file. Il a braqué et accéléré sur la piste, tourné à droite vers Talihina à un peu plus de vingt miles de là.

L'amour

Par réflexe, Corey a rangé la Dodge sous des pins. En amont du Red Shadows Inn pour ne pas signaler son arrivée. Il s'est mis à courir. Seule une veilleuse verte brillait à une fenêtre du bâtiment principal. Il a laissé sur sa droite le tronçon de piste qui conduisait à la réception. Il est descendu en direction du parking réservé à la clientèle. Il priait. Mais la Ford Customline était là. Tommie était revenue. Elle n'avait pas voulu se séparer de lui, le laisser. Ah mon Dieu ! Les deux chambres de chaque bout des ailes de la construction avaient un accès sur le côté. C'était le cas de la chambre qu'occupait Tommie.

La rivière Kiamichi se lamentait, aussi violente et agitée de convulsions qu'un alligator en train de dévorer sa proie. Corey s'est efforcé de garder un peu de sang-froid. Il y avait cinq voitures sur le parking. Le capot de la Ford Customline était encore tiède, les autres froids. Cela a rassuré un peu Corey. Il a avancé dans l'ombre, s'est approché de la bâtisse. Il en a fait le tour, s'est arrêté devant la chambre onze. Il a senti le parfum, aucun bruit. Il a tourné le loquet. La porte s'est ouverte — il est entré.

— Tommie, a-t-il dit, Tommie.

Il a entendu un gémissement comme celui qu'on peut faire lorsqu'on rêve. Il a avancé. Elle était couchée dans le lit, vaguement éclairée par la baie vitrée vers laquelle elle était tournée. Corey a senti l'odeur de la mort mêlée à celle du parfum. Il s'est précipité vers elle, envoyant promener le flacon vide de *Shalimar*. Et à l'instant où il s'agenouillait, il a vu le tableau du motel punaisé sur le mur.

— Ah Nick, a-t-elle dit, c'est toi... Nick, tiens-moi, tiens-moi, je ne veux pas, Nick... Garde-moi, Nick... Ne me lâche pas.

C'est elle qui l'a lâché, c'est elle. Il ne savait que faire, à part balbutier ce que son cœur éperdu bredouillait. Et les mots venaient à ses lèvres comme une litanie et il disait : « Les Cherokees, les Cheyennes, ils sont où ? Et les Apaches, les Sioux, les Iroquois, les Cris, les Delawares, les Navajos, les Comanches, ils sont où ? Et la mésange, le geai bleu ? Les douces mères, les pères courageux et fiers ? Mon Dieu, ils sont où ? Et nos prières, toutes nos prières, elles sont où ? Les bleuets, les coquelicots, les blés d'or ? Le bébé qui riait, la petite fille qui jouait de l'accordéon, le chat Bijou et le chien Wick ? Et ce monsieur si bon ? Et celui qu'il avait aimé, il était où ? Et toi, Tommie ? Et toi ? »

Mon Dieu, il était donc si seul ? Il parlait tout bas pour ne pas réveiller la morte, car peut-être qu'elle l'entendait et peut-être qu'il aurait dû crier pour qu'elle se réveille ? Il priait pour que Tommie vive mais elle mourait pour toujours. Tout ça n'avait pas de sens et ça le désespérait. Croire en quoi ? Continuer pourquoi ?

« Les histoires sont tristes, disait sa maman, mais la vie est un trésor. »

Le cavalier

C'était un gars sur un mustang blanc, il en tenait un autre par la bride, un noir. Au soir, il allait tout droit sur le haut plateau. Dans les fontes de sa selle, il y avait de quoi faire. Il dormirait à la belle étoile. C'était un gars solide, au visage pas commode. Il avait deux alliances en or au doigt. Une peine d'amour, ça arrivait. Un roquet est apparu, courant et sautant à côté du cavalier. Il s'est baissé et l'a ramassé, assis sur sa selle, entre ses cuisses. Il ne tarderait pas à traverser la rivière à gué De l'autre côté, c'était l'Idaho et on ne le verrait plus.

Je tiens à remercier Ralph Schoolcraft III et Edwige Allaert pour leur aide précieuse et leur engagement à mes côtés, Carlos Pardo et Marie-Joëlle Pedretti. Je remercie Delphine Chaume qui m'a donné confiance au bon moment (et que je nomme marraine de ce livre). Et je n'oublie pas Christelle Mata et Astrid Seguin qui me soutiennent si bien.

Je remercie Joëlle Losfeld de l'honneur qu'elle me fait en m'éditant.

Œuvres de Richard Morgiève (suite)

Tout un oiseau, Pauvert, 2000.
Ton corps, Pauvert, 2000.
Ma vie folle, Pauvert, 2000. Réédition, Pocket, 2002.
Deux mille capotes à l'heure, Pauvert, 2001. Réédition, Pocket, 2005.
Ce que Dieu et les anges, Pauvert, 2002.
Full of love, Denoël, 2004.
Vertig, Denoël, collection Roman français, 2005.
Miracles et légendes de mon pays en guerre, Denoël, collection Roman français, 2007.
Cheval, Denoël, collection Roman français, 2009.
Mouton, Carnets Nord, 2010.
United colors of crime, Carnets Nord, 2012.
Boy, Carnets Nord, 2014.
Love, Carnets Nord, 2015.
Martyrium, La Dragonne, collection Curiosa, 2015.
La trilogie (*United colors of crime*, *Boy*, *Love*), Carnets Nord, 2017.

Composition : Entrelignes (64)
Achevé d'imprimer
par CPI Firmin-Didot
à Mesnil-sur-l'Estrée, en octobre 2019
Dépôt légal : octobre 2019
Premier dépôt légal : janvier 2019
Numéro d'imprimeur : 155283

ISBN : 978-2-07-282932-1/Imprimé en France

363928